U0926757

卓越医生的修炼

杨傲飞　著

華中科技大學出版社
http://www.hustp.com
中国·武汉

图书在版编目(CIP)数据

卓越医生的修炼 / 杨傲飞著. —武汉 ：华中科技大学出版社，2022.6(2022.10重印)
ISBN 978-7-5680-8199-3

Ⅰ. ①卓… Ⅱ. ①杨… Ⅲ. ①长篇小说—中国—当代 Ⅳ. ①I247.5

中国版本图书馆CIP数据核字(2022)第063526号

卓越医生的修炼
Zhuoyue Yisheng de Xiulian

杨傲飞　著

策划编辑：饶　静
责任编辑：饶　静
封面设计：琥珀视觉
责任校对：刘　竣
责任监印：朱　玢
出版发行：华中科技大学出版社(中国·武汉)　电话:(027)81321913
武汉市东湖新技术开发区华工科技园　邮编:430223
录　　排：孙雅丽
印　　刷：湖北新华印务有限公司
开　　本：880mm×1230mm　1/32
印　　张：9.75
字　　数：308千字
版　　次：2022年10月第1版第2次印刷
定　　价：56.00元

目 录

C O N T E N T S

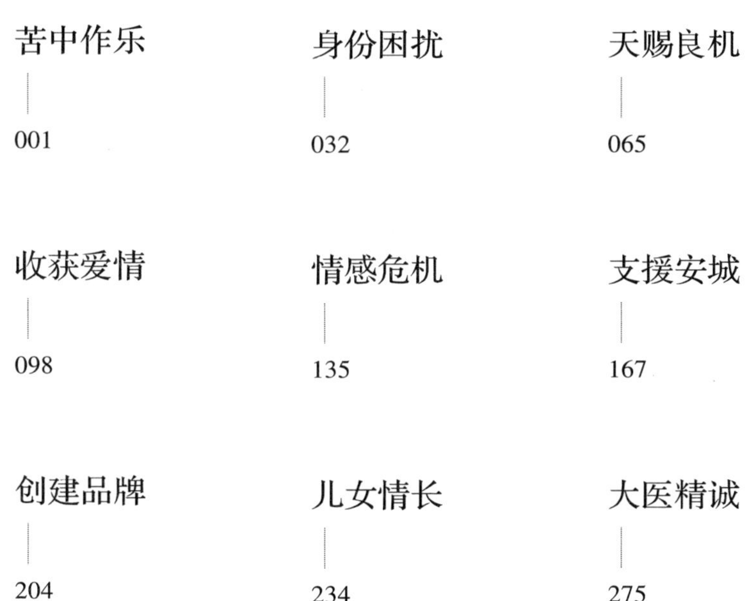

苦中作乐

一

120急救车的声音如同小学时期的上课铃一样，让人精神为之一振，提示着大家要进入一个状态，一个谈不上喜欢也不能定义为讨厌的状态。无法回避，唯有迎面而上。

“君子，快起来，我们一起去接这个病人！”崔智美朝里屋喊道。

“你们去就行了。”陆子君回应道。

“这个病人脊柱损伤很严重，需要你的指导！快出来！”崔智美推门进来大声说。

听到这里，在沙发上歪坐着的陆子君一溜烟儿爬起来冲了出去，只留崔智美在身后说“等等我”。

“血压70/30，脉搏140，呼吸微弱，意识不清，另外再建立一个静脉通道，快，急查一个颅脑CT，检查一下四肢和脊柱！”张博对大家说道。

崔智美很快增加了静脉通道，之后进行其他药物的输入，陆子君则快速检查了病人的四肢和脊柱，确认是脊柱骨折伴重度畸形，双侧肋骨也能摸到骨擦音，确认肋骨也有骨折。

“张主任，患者胸腰椎爆裂骨折伴重度畸形，肋骨也有骨折，需要做胸腰椎及肋骨的X线片、CT。”陆子君说道。

“嗯，做颅脑CT时，将这些部位的CT也一起做了。”张博回答道。

“患者的脊髓损伤很严重，双下肢现在可能已经瘫痪了，在搬运的过程中要保持脊柱的平整，防止脊髓的二次损伤。条件允许的话，最好是尽快手术，给损伤的脊髓以恢复的机会。”陆子君说道。

“目前患者生命体征尚不平稳，现在手术的风险太大，瘫痪与生命相比，先保命，另外，跟家属把患者的情况说一下。”张博说道。

“是的，我们边治疗边观察，这个患者治疗方案的确定还需要进一步的评估。”陆子君说道。

张博把此病人交给急诊科宋晓明医生后，带着陆子君和黄志荣来到办公室，快速讨论处理方案。

“小黄，她是什么情况?”张博问道。

“患者吴薇，女，24岁，四楼坠落，全身多处受伤，家属反映说是抑郁症发作自己跳下去的，平时不发病时跟正常人没有区别。”黄志荣回答道。

“怎么处理?”张博接着问道。

“血压一直升不上去，没有任何外部出血，说明体内还在出血。全身内脏的彩超和骨头的X线、CT检查完后明确出血点，然后边输血边进行外科手术止血，骨折的问题要放在下一步处理。”黄志荣说道。

“陆子君，你同意小黄的意见吗?”张博问道。

“张主任，我同意。”陆子君说，“脊柱的骨折虽然也会导致出血，但一般不会止不住，但骨折引发大动脉出血的话就很难说了，我建议把全身主要血管也查一查。目前她这种情况造成的脊髓损伤，若是早处理，日后双下肢恢复的可能性还是有的，时间越长，越没有机会恢复。若是这么年轻就瘫痪了，有点可惜。”

“但手术一次做完不现实，就算排除了颅脑的损伤，只做内脏和血管的止血修复，也需要花很久的时间，还要输大量的血。况且她现在生命体征都不平稳，瘫痪也是没办法的事，从受伤的那一刻起，就决定了这个结果。脊柱复位固定至少需要5个小时的手术吧？出血在1000毫升以上吧？哪有那么多的血来保障？理想是好的，但无法实施。”张博说道。

“跟患者家属讲清楚就行了。”陆子君说道。

“小黄先去跟她的家属交代情况，然后按这个讨论结果去执行，大家还有没有什么疑问?”张博问道。

“没有。”大家低声说道。

“没有就行动起来。”张博说完，带头走出了办公室。

陆子君来到休息室，接着躺下，这是最舒服的状态。昨天晚上他有一台急诊手术，一直做到凌晨3点，今天上班主要是靠浓咖啡支撑着，躺一会喝几口，快乐赛神仙。

“小人，手术室通知，麻醉已经准备完毕，让你赶快进去开刀。”张小雅推开门，溜到陆子君耳边，小声地说道。

“张小雅，你能不能尊重我一下，我好歹也是一家大型三级甲等医院的主治医师，也算是个有身份的人，你老叫我‘小人’，合适吗?”陆子君都没看张小雅，边说边坐起来去拿自己的咖啡。

“对不起，我不知道你是个有身份证的‘小人’。”张小雅说完自己笑了起来。

“低级趣味，你这样不懂礼貌，以后怎么嫁人。”陆子君说道。

“你是正人君子，不还是照样没人要，担心自己去吧，还有心情管我。”张小雅笑着说。

“哎，要不是你长得还不至于影响人吃饭的心情，我早就不想理你了。”陆子君说完夺门而去。

“我当你是在夸我漂亮，就不跟你计较了。”张小雅说完也出去忙自己的事情。

大家都看得出来，张小雅对陆子君有意思，可她就是不说破，陆子君一心扑在工作上，也没时间去谈恋爱，不过，直觉告诉他，不要跟护士结婚，要不然上班、下班都在一起，会非常难受。他们两个人经常这样斗嘴，也是为了排解内心的疲乏，特别是陆子君，没日没夜地做手术，放假的时间都很少，但凡有休息的日子，那一定是在家里睡大觉。张小雅经常跟他互动，是想让他放松，也是喜欢他的表现，不过，这种表达喜欢的方式很另类。

出手术室时，已经是晚上10点多，陆子君在朱文静的盛情邀请下，拖着疲惫的身体来到医院附近的烧烤店，边吃烤串边喝啤酒。本来很困顿，谁知越吃越精神，越喝越兴奋。

“陆医生，上次听你说换房子，换好了吗?换到哪里去了?”朱文静问道。

“别提了，这换个房子也是一波三折，到现在还没找到合适的。而且房东已经在催了，他要把房子卖掉，给我的最后期限是这个月底。”陆子君说。

“你干脆把它买下来，这样就不用搬来搬去了，以你的条件应该没问题。”朱文静说道。

“别开玩笑了，我的条件当然有问题，我哪有那么多钱，这一片的房价实在是太高了，二手房我都买不起。”陆子君说。

“不是还可以贷款吗？不用一次性付清呀。”朱文静说道。

“我不想欠别人钱。”陆子君说。

“银行是别人吗？银行是咱爷啊，是亲戚。”朱文静笑着说道。

“就算是亲戚也不想借，我觉得现在挺好的，租房子也没什么压力。”陆子君说。

“依我看，你身边就缺一个女人，现在买房，买到就是赚到，以后结婚、生小孩都需要房子，不能固化思维，不贷款的思想属于旧思想，要抛弃，跟上时代的步伐。你早点找个女朋友，开启开挂的人生。”朱文静说道。

“哈哈，女朋友又不是神仙，开挂的人生，你是在认真地搞笑吧？”陆子君笑着说。

“你要不嫌弃，可以搬过来跟我们合租，我们正好空一间房，一直没找到合适的室友。”朱文静说道。

“这样不太合适吧，男女混住，生活中有很多不方便。”陆子君说。

“还好吧，大家回来也就是睡个觉，整天忙得晕头转向的，没什么方不方便的。”朱文静说道。

“这倒也是，我再考虑考虑吧。”陆子君说。

“对了，你刚说换房一波三折是什么意思？还有故事？”朱文静问道。

“哦，折腾，前几天特地抽出时间来跟中介去看房，花了我半天时间，房子却没看成功，真的是满满的罪恶感。”陆子君说。

“陆医生，你别把工作看得太认真，仿佛不工作就是犯罪一样，你真是把工作深深地融入自己的血液中去了。要知道，医生只是一份职业而已，并不是人生的全部。”朱文静说道。

“呵呵，文静，看不出来，你还会讲这种大道理，真令人刮目相看。”陆子君笑着说。

“本来就是，这是生活常识，丢开那满满的罪恶感，你说说，发生了什么，导致房子没看成？”朱文静问道。

“刚开始时，中介说带我去看房子，结果他却没带钥匙，我等他从另外一个店里送钥匙过来，足足等了一个小时。然后，中介骑着他那小电动车带着我在看房子的路上又被交警拦了下来，说我们违规、非法载人，结果我跟中介两个人站在路边低着头接受警察叔叔的批评教育，还要罚款。”陆子君说。

“哈哈，后来呢？”朱文静问道。

“后来，我就跟中介分开走，他在前面慢慢骑，我跟在后面小步跑，就这样花了近一个小时才到房子那里。那天也不知道是什么情况，路上交警特别多，跑几步停下来，中介说让我再坐上去带我走，结果一看，前面又有交警。”陆子君说。

“那一定是特别的缘分，哈哈。”朱文静大笑着说道。

“真正搞笑的还在后面。”陆子君说。

“后来又发生了什么？”朱文静好奇地问道。

“我们来到福田10栋5单元4楼402，用钥匙反反复复很多遍就是打不开门锁，真是很奇怪，我问中介是不是搞错了，然后他打电话给他们店长，店长告诉他没错，就是这间房，并把房东的电话发给中介。中介给房东打电话，可是房东就是不接电话，我们又把钥匙换了个方向再试，当然了，还是打不开。中介又跟店长打电话，确认是这家，可打房东电话确实没人接，最后叫来了开锁公司。”陆子君说。

“开锁公司？你们准备撬锁？这也太随意了吧？”朱文静说道。

“谁说不是呢，我还问这样不好吧，要不然算了，改天再来看，结果中介说没事，反正房子租出去的时候是要换锁的，房东把钥匙放在他们手上，对他们是非常放心的。”陆子君说。

“哎，干这一行的人都不容易，你看看别人中介为了留住你这个客户，承担了多大的压力，你要是不租别人的房子，真是对不起这个中介。”朱文静说道。

“谁说不是呢？这个中介把开锁的叫来，还花了三百多块钱。开锁的来了之后，刚开始不敢撬锁，因为我们都没有证据证明我们是房东或是租户，中介口才好，硬是把开锁的师傅说动了，半推半就地开始撬锁，把门砸得咚咚响，隔壁邻居都出来看是什么情况，中介跟别人解释说是换锁。”陆子君说。

“这邻居之间都互不往来，看来都不认识啊。”朱文静说道。

“谁说不是呢？没有人质疑。所以师傅接着咚咚地敲，锁已经垮掉一半，门也坏了一小块，这个时候，搞笑的短信来了。”陆子君说。

“谁发的短信？怎么搞笑？”朱文静问道。

“中介的店长，说搞错了，不是福田10栋5单元4楼402，而是福田11栋5单元4楼402。”陆子君说。

“哈哈哈，搞笑的店长，不敢打电话说，选择发信息，无脸面对他的店员，哈哈。”朱文静止不住地笑道。

“哎，我站在旁边，感到一丝丝尴尬，我在想，这事我是不是也要负一部分责。”陆子君说。

“你要负什么责？跟你又没有关系，开锁是他的决定，找开锁师傅也是他的决定，后来呢？”朱文静问道。

“当然是停下来了啊，不能再砸了，可怜的开锁师傅用手按那个翘起来的铁皮子，可哪里还能用手按回去？”陆子君说。

“那怎么办？”朱文静问道。

“中介说，让师傅在这里继续修，他先带我去福田11栋5单元4楼402看房子。”陆子君说。

“这叫临危不乱，你看看人家这职业素质，跟你有得一比，虽然错了，但还是要把事情往对的路上办。”朱文静说道。

“说得对，于是我们去看了正确的房子，但是，那个房子装修得太‘卡通’，墙上还有涂鸦，显然不适合我这样的大老爷们儿住，很遗憾，没能完成交易。对不起中介，也对不起开锁的师傅。”陆子君说。

“这也不能怪你，没缘分而已。”朱文静说道。

“是的，浪费时间。”陆子君说。

“后来怎么样？”朱文静问道。

“后来我也不知道，没看中，我感觉中介还要面对的事会比较多，所以我说今天不看了。可以想象得到，无缘无故把门锁撬开了，很令人难堪，这是可以报警抓人的，还好我们没有进去，那个短信来得及时，若是真撬开进入房间了，再遇到一个稍微不讲道理的房主，这个事可就麻烦大了。”陆子君说。

“哈哈，这倒是的。”朱文静笑着说道。

他们两个人不知不觉已经喝了快一箱啤酒，聊天真是一个非常好的“下酒菜”。陆子君比较警觉，照这个喝酒的势头，他生怕朱文静喝醉了没办法自己回家，朱文静可能正好相反，生怕自己喝不醉而能自己回家。

“文静，差不多了，我们今天就喝到这里，喝多了撑得胃难受。”陆子君说。

“才刚开始呢，咋就不喝了？你的故事还没讲完，接着讲。”朱文静笑着说道。

“我的故事都是尴尬事，没什么好炫耀的，等我以后哪一天真正牛起来了，才值得分享给你们听。”陆子君说。

“好吧，既然你这么低调，我也不强求，不过，我觉得你将来一定会成为一代名医的。”朱文静说道。

“名医？跟我多么不搭边的一个词，我现在每天不停地忙啊忙，一眼望不到头，我都不知道自己还能坚持多久，只是做好本分事罢了。不过，借你吉言，心中有希望总归是好的，来，干了。”陆子君说完一饮而尽。

“干。”朱文静也一口见杯底。

二

陆子君提着早餐从食堂一路小跑着来到急诊休息室，打开饭盒正准备吃，只见张小雅推门进来，她也带着早餐。

“这么巧，一起吃呀，我带了两个鸡蛋，分你一个。”张小雅说道。

“我吃这些已经够了，不用，谢谢。”陆子君边吃边说。

“你带换的衣服了吗？这身打扮太职业化，显得没有亲和力。”张小雅边吃边说道。

“我这样穿挺好的，很舒服。要不是你强力推荐她，我真不想去跟她见面。”陆子君说。

“你真得去跟她见一面，你们两个人的各项指标都很契合，可谓是天造地设的一对，不在一起对不起老天爷。”张小雅说道。

“什么指标？体重指数？身高？三围？血脂全套？”陆子君笑着说。

“不对，是阴阳八卦指标，生辰八字之类的。”张小雅说道。

“现在都21世纪了，还在迷信老黄历，亏你还是新时代的有志青年，你这个习惯有愧于这个时代，要改。”陆子君说。

“不是所有老祖宗留下来的东西都是迷信，这个真的很准的，你去见了就知道。”张小雅说道。

“哎，好吧，看你如此用心良苦，我今天就去会会她，不过，事情搞砸了，你可不要怪我。”陆子君说。

“不会的，你只要正常发挥就行了，保持好的状态，加油。”张小雅说道。

“加什么油，又不是开车。对了，下午吴志强来顶班的时候，你再提醒他一下，多去日间病房巡视一下手术病人，我上午进手术室后，估计要到三四点才能出来，没时间看这些手术病人。”陆子君说。

“你放心，我会盯着他的，隔几分钟提醒他一下。”张小雅说道。

“也不用这么勤，只要别忘记去看病人就行。”陆子君笑着说。

“放心吧，你把自己今天的任务完成好就行。”张小雅说道。

“我这个人你还不了解，每个病人的手术都做得很漂亮，当然能完成好任务。”陆子君说。

“我不是指手术，谁不知道你是出了名的‘快枪手’，手术快、准、狠。我是说约会，要把我介绍的那个妹子拿下。”张小雅说道。

“别老说我是‘快枪手’，容易引起别人的误会，叫我‘陆一刀’。行了，我知道了，我尽力。”陆子君说完径直走向日间病房，查看今天的手术病人。

“叫你‘陆一枪’还差不多。”张小雅看着陆子君走远，自己也去准备配药输液。

按照张小雅发给自己的地址，陆子君来到约定的酒店，坐电梯来到四楼，奇怪得很，约会选在酒店，难道这家酒店的菜很有特色？陆子君见眼前布置得跟婚礼现场一样，心想，该不会觉得合适就直接原地结婚吧？这也太夸张了。当他看到旁边摆放的新娘新郎的照片时才放下那颗悬着的心，但疑问又冒出来了，难道约在别人的婚礼上？还是给错地址了？陆子君拨通了张小雅的电话。

“小雅，什么情况？是不是这里？这是别人的婚礼现场。对方人呢?”陆子君有一堆疑问。

“泰尼，不要着急，没错，她就在里面的10号桌，靠近角落的那一桌。”张小雅说道。

“泰尼？我怎么又变成‘泰尼’了?”陆子君问道。

“Tiny man，Tiny，小的意思。”张小雅在电话那头偷偷地笑。

“什么乱七八糟的，真后悔答应你，感觉上当了。”陆子君说完把电话挂掉，然后小心翼翼地往里面走，去寻找那个10号桌。

陆子君边走边观察，发现这里的人讲的话自己都听不懂，仔细听也听不出是哪里的方言，感觉有点像日本话，男男女女每个人都很守规矩的样子，没有平时婚礼上的那种热闹场面。

“陆子君?”一个女生站起来对陆子君问道。

“是的，您是边祺祺?”陆子君看着眼前这个女生，脑袋一下子放空了。她身材高挑，纤细，青春，没有造作的痕迹。

“您？我应该比你小吧，不必使用尊称。”边祺祺笑着说道。

“哦，对不起，习惯了，你好。”陆子君说。

“你好，坐吧。”边祺祺边说边坐回原位。

“谢谢。”陆子君边说边坐了下来。

两个人一时不知道该讲点什么，于是都默默地坐着，主要是因为陆子君还停留在边祺祺的青春模样中，脑袋还在放空，此时他觉得之前“合适就直接原地结婚”的想法显得没有那么夸张，并且，若是实现了就非常棒了。这样的场合，陆子君应该主动聊点什么，也许一切来得太超乎想象，他就傻掉了。

“你没有什么话想跟我讲吗?”边祺祺问道。

“哦，对不起，有，有，这是你的婚礼?”陆子君似乎说话都没经过大脑，紧张地问道。

“我的?”边祺祺在笑。

“哦，不对，对不起，这是你亲戚的婚礼？你不是本地人？你的这些亲戚讲的家乡话我都听不懂。”陆子君说道。

“今天结婚的是我老板，不是我家亲戚，这里坐的大部分都是日本人，是我老板家乡的人，我是本地人。”边祺祺说道。

“日本人？怪不得我都听不懂。”陆子君苦笑了一下，端起桌上的茶喝了几口。

陆子君感觉自己今天的开场表现不佳，有点丢脸，一时又不知道该聊点什么。

“听小雅说你们是同事，你是哪个科的医生？”边祺祺问道。

“骨科。”陆子君回答道。

“你每天都要给别人做手术吗？”边祺祺问道。

“是啊，每天，不过，周末不值班时可以休息一下。”陆子君回答道。

“你长得这么帅，怎么会一直没有女朋友？”边祺祺问道。

“是吗？我这张大众脸，大部分时间都是戴着口罩做手术，没机会展示给其他人看，除了我的病人。”陆子君说道。

边祺祺听到这里，突然笑了两声，又立马收住了笑。陆子君见到她笑点这么低，开始放松起来。

“好奇怪，你老板是哪一个？两个名字都不像日本名。唐王朝是你老板？还是宋珺？这两个人迟早会打起来的，感觉其中一个一定会灭掉另外一个。”陆子君说道。

“为什么？他们两个都是日本人，宋珺是我老板，你是看相的吗？为什么说他们会打架？”边祺祺问道。

“你看他们的名字，一个是唐王朝，代表唐朝，一个是宋珺，宋军代表宋朝，根据朝代更替规律，他们会打起来，最后宋朝灭了唐王朝。”陆子君一本正经地说道。

“哈哈哈哈哈哈哈。”边祺祺大笑起来，突然又用手捂住嘴收住笑，不过忍不住又笑了两声。

陆子君见她笑起来的样子更迷人，感觉自己已经喜欢上了她，难道这就是传说中的一见钟情？陆子君那昏天暗地的世界突然敞亮了起来，他显得越来越轻松。

“你说得很有道理，我的老板很强势，跟大部分日本女人都不一样，可能是由于她一直生活在中国的原因，身上少了许多日本女人的特点。唐王朝应该会被我老板掌控得死死的。”边祺祺说道。

“你老板很强势，所以你连约会的时间都没有，也被她掌控着，对吧？”陆子君问道。

“是的，也不全是。”边祺祺回答道。

“你是做什么工作的？”陆子君问道。

“设计，潮流服装，主要是女装。”边祺祺回答道。

“原来你是大设计师，岂不是有很多机会去全世界各地游玩？这是我很羡慕的。”陆子君说道。

“我不是大设计师，才刚入行，目前只是助理设计师，大部分时间都是做幕后工作。你平时在大银幕上看到的风光设计师的样子是我老板她们那群人，我是老板背后的人，是不被看见的。”边祺祺说道。

“只要一直努力，迟早会从幕后站到台前去的。”陆子君说道。

“希望如此吧。”边祺祺说道。

“如此看来，张小雅说得没错，我们的确有些地方比较相似。”陆子君说道。

“小雅说什么了？”边祺祺问道。

“她说你跟我一样，都比较忙，没时间好好认识其他人，但是都有丰富的内心世界。”陆子君说道。

“她夸大了，我只是一个普通人而已，丰富的内心世界谈不上，也许你有。”边祺祺说道。

“我的确有，但一直被现实世界束缚着，丰富不起来，跟大多数年轻人一样，想法很多，但大部分都只是想法而已。”陆子君说道。

“陆子君，今天在现场的，还有我的家里人。”边祺祺说道。

“啊？在哪里？”陆子君惊讶地向四周看了看。

“别乱看来看去，他们在你正前方角落里的那一桌。”边祺祺说道。

“我要不要过去跟他们打个招呼？”陆子君问道。

“不用，你看我们坐的这一桌就我们两个人，他们等会会过来填上这些空位的。”边祺祺说道。

这个消息让陆子君有点困惑，他没经历过相亲还带家属的状况。毫无疑问，边祺祺是他很满意的相亲对象，只是这样的安排免不了让他多想，他在犹豫，想多问几句，又怕失礼，不问，放在心里又觉得不是那么畅快。就在他不知道该把目光投向哪里的时候，边祺祺说话了。

“陆子君，你是一个很不错的相亲对象。我的老板强势，我的爸妈比她更强势，他们希望我能安定下来，已经逼我相亲很多次了。每一次都怪我，没有看中对方，我不想再继续这样下去，所以，求你帮帮我，假装跟我相亲成功。张小雅是我最好的闺蜜，我才说服她帮我介绍的，我们只是假装，不做男女朋友。”边祺祺说道。

看着眼前如此充满青春气息、天真的女生，听着她这番话，陆子君开始有点迷茫：她到底是什么意思？她想干什么？陆子君一时之间不知道该怎么接她的话，他回避她的眼神，过了好一会才抬头看她。

“你的意思是，今天是你家里人要你来相亲，而不是你本人的意思？”陆子君问道。

“我说了你别生气，我们不当男女朋友，但也可以交个朋友吧，我是想逃避他们的好心，不想伤害他们。其实我感觉自己还小，不适合结婚，目前的状态也不想谈恋爱，我想先奔事业。”边祺祺说道。

“你没有讨厌我的意思？”陆子君问道。

“没有，其实你给我的感觉很踏实，是我众多相亲的人之中最好的一位。”边祺祺说道。

“谢谢你的肯定。我在想，他们为何要逼你做你不喜欢的事？你直接跟他们说不就好了？”陆子君问道。

“我在日本留学的时候，有一个非常好的日本闺蜜，我们天天生活在一起，感情很好。有一天，她爸妈让她回去跟一个不认识的人结婚，像包办婚姻那样，她不同意，但是她的爸妈不顾她的想法，执意要她嫁给那个人。在结婚当天，她逃跑了，所有人都找不到她，包括我，也不知道她怎么样了。毕业后，我一直没有回国，在日本边工作边找她，找了她整整三年，一点消息都没有。

我爸妈一直催我回国，但我执意不肯回来，后来他们知道我是在找她，就硬把我带回来。他们以为我是同性恋，这是一件让他们脸上非常无光的事，所以就逼着我去相亲，他们想早点把我嫁出去，让我安定下来。”边祺祺说道。

“原来如此。”陆子君一脸的茫然。

“谢谢你，能认识你我真的很开心，希望我们能成为好朋友。”边祺祺说道。

“不客气，我这个人也没有什么别的优点，能为他人做点事也是非常开心的。”陆子君勉强笑着说道。

“那我先去告诉他们。”边祺祺说道。

“你要跟他们讲什么？说我们相亲成功吗？”陆子君问道。

“是啊，说我们对彼此都有好感，愿意交往下去。”边祺祺说道。

“等一会，我还有几个问题想问你一下，应该没问题吧？”陆子君说道。

“没问题，你问吧。”边祺祺说道。

“你以前谈过男朋友吗？”陆子君问道。

“谈过，没出国之前谈过一个，在遇到我的日本闺蜜之前也谈过一个，都是谈的时间不长就分手了，不是同一类人，找不到共鸣的感觉。我的闺蜜叫佳美秋子，名字和人一样漂亮，你看见她也会喜欢上她的，真的特别可爱。”边祺祺说道。

陆子君被眼前这位真诚的女生感动了，自己没理由不帮助她，也许这也是注定的缘分，一切随缘吧，交个朋友也好。

“陆子君，你还有问题吗？”边祺祺问道。

“没有了。”陆子君说道。

“那你等我一下，我马上回来。”边祺祺说完起身准备离开。

陆子君突然本能地起身，拉住边祺祺的胳膊，又突然松开。边祺祺回头用疑惑的眼神看了他一眼。

“还有问题就问吧，没关系的。”边祺祺说道。

“我是想说，我们能不能试一试真的在一起？”陆子君问完感觉自己的脸红得发烫，像是被人狠狠地打过耳光一样。

“我是指假装在一起，我想我们能成为好朋友。”边祺祺说道。

“好的，明白，你去吧。”陆子君勉强地笑着说道。

看着边祺祺离开的背影，陆子君觉得自己好可怜，又感觉自己活该，不值得同情，对待感情太随便，这么容易就喜欢上一个人，像一个没有见过世面的大老粗。面对如此干净的女生，他感觉自己配不上她，若是真的在一起了，反而会变得不知所措，如此想想，倒有几分释怀，这有点像“精神胜利法”，阿Q先生的精神。

边祺祺回到10号桌边，向陆子君一一介绍自己的家人，然后大家都坐定。看得出来，边祺祺的爸妈很开心，因为他们一直冲着陆子君笑，陆子君则不敢看他们，要么低着头喝茶，要么侧过头去看看旁边的边祺祺，顺便将椅子向她靠近，显得很亲近的样子，仿佛处于热恋中的情侣，这两个人有着天生的默契。

“真没想到，你们这么快就熟悉起来了。”边祺祺的妈妈说道。

“是啊，希望你们以后好好相处。听说你是骨科医生？”边祺祺的爸爸问道。

“是的，边叔叔。”陆子君很有礼貌地回答道。

“那太好了，最近我的颈部很不舒服，你帮我看看是怎么回事？祺祺，你坐过来，我们换一下。”边祺祺的爸爸说道。

“爸，别人今天出来是相亲的，又不是出诊，让别人看病多不合适。”边祺祺一边站起来一边说道，她知道自己是改变不了爸爸的想法，所以边照做边嘀咕而已。

“呵，这么快就开始维护他了，这女大不中留就是说的你这样的。”边祺祺的爸爸边走过来边说道。

“没关系的，我很乐意，这没什么。”陆子君忙接话说道。

等边祺祺的爸爸在旁边坐稳，陆子君站在他身后开始为他做检查。对于骨科医生而言，手上的感觉非常重要，“手摸心会”，快速定位到病变的位置，做出准确的诊断，这是需要积累一定的经验才能达到的高度。

“边叔叔，您的颈椎有点反弓，颈椎5到6节段的位置向左侧凸，右侧神经根受压，所以沿着这一条线您都不舒服，这是神经根受压的症状。”陆子君说道。

“那应该怎么办?”边祺祺的爸爸问道。

“平时注意保养，低头半个小时或一个小时后就要抬头活动一下，不要一直保持一个姿势，另外，可以去门诊做做颈椎牵引，这样能让颈椎的生理弧度恢复一些，减轻您的症状。”陆子君说道。

“不用吃什么药吗?你们医生不是很喜欢开药解决问题吗?”边祺祺的爸爸问道。

“呵呵，边叔叔您误会了，并不是所有的病都需要吃药，关键是找到产生疾病的原因，针对这个病因来治疗，能用什么方法去除病因就上什么手段，并不是一律使用药物。我给您稍微正一下骨，这也是治疗方法之一。”陆子君说道。

“你还会正骨?来吧。”边祺祺的爸爸说道。

陆子君用大拇指顺着边祺祺爸爸的颈椎，来回轻轻滑动了几下，然后定在颈椎5到6节段，用巧力分别向上、向下各推了四次，然后回到自己的座位上。

“边叔叔，您感受一下，颈椎还有没有不舒服?”陆子君问道。

“真神奇，一下子就好了。这也太神奇了，不可思议。”边祺祺的爸爸边说边活动颈部。

“爸，你还是坐到你的位置上吧。”边祺祺走到她爸爸旁边说道。

“等一下，我的腰痛，你帮我也看看，这几天一直有点不舒服。”边祺祺的妈妈边说边走过来，示意边祺祺和她爸爸坐过去。

“我现在颈椎没有不舒服了，就不用去做牵引了吧?”边祺祺的爸爸边走边问道。

“最好还是去牵引一下，我用手法调整了一下您的颈椎小关节，但是您的颈椎反弓仍然存在，所以还是需要治疗一下。”陆子君说道。

“那好，我明天就去。”边祺祺的爸爸说道。

“妈，这样不合适吧，别人今天来……”边祺祺还没说完，就被她妈妈打断了。

“别人今天是来相亲的嘛，我知道，顺便帮忙看看有什么关系?你看这亲生女儿，真是的。”边祺祺的妈妈边坐下边说道。

面对眼前的场景，边祺祺表现出一副无奈状，她也没办法，呆坐着吃了点东西。

“不要紧的不要紧，阿姨，我帮您看看。”陆子君连忙说道。

经过陆子君详细的检查，他发现边祺祺的妈妈是典型的腰椎间盘突出症，并且还不轻，需要做一个腰椎磁共振检查来印证。

“阿姨，您这是腰椎间盘突出症，但还是需要做个检查。”陆子君说道。

“什么检查？会不会是什么大问题?”边祺祺的妈妈紧张地问道。

“腰椎磁共振，您这不是什么大问题，就是很普通的腰椎间盘突出症。”陆子君说道。

“那就好，只要不是什么癌症就行，像我们这样上了年纪的人，最怕的就是去医院检查。”边祺祺的妈妈说道。

“不会的，没有那么多癌症，您别乱想。等您做了腰椎磁共振后，我再帮您好好看看。”陆子君说道。

“好的，我明天就去做。”边祺祺的妈妈说完站起来，示意边祺祺坐过来。

“我的肩膀也有不舒服……”边祺祺的二叔说道。

“我的脖子也不舒服……”边祺祺的三姨说道。

“我的腿一直感觉冰冷……”边祺祺的四姑说道。

……

一桌的亲戚都开始说自己身上的小毛病，边祺祺看着此情此景，内心五味杂陈，感到万般无奈，她用双手托自己的头，头却不停地往下掉，然后又用手扶起来。面对自己的大家庭，她一直是一个小角色，所以，她的内心是孤独的。陆子君现在扮演的就是一个老好人，一团和气，一个一个耐心地解答，虽然在忙着手中的事，但他留意到一边的边祺祺，知道她内心在想什么，也体会到了她在家庭中的状态，对她也增加了一分理解。

三

“陆医生，您下手术了？我给您买了咖啡，休息一下。”张小雅见陆子君走过来，急忙迎上去，点头哈腰地说道。

“你今天很奇怪耶，无事献殷勤，非奸即盗。”陆子君看了她一眼，走向休息室，径直拿起桌上的咖啡喝上一口，舒服。

“献殷勤倒是没错，但却是非奸非盗，我闺蜜跟我说了你们相亲的经过，但我跟她的想法不一样。我是真心希望你们两个人能在一起，虽然她只是想让你帮个忙，但是我希望你把握机会，假戏真做。”张小雅笑着说道。

听了张小雅这些话，陆子君面部表情没有起一丝波澜，心里想：我也想假戏真做呀，我还想跟她立马结婚呢，可是现在都不清楚她的性取向，我再怎么努力，如果方向不对，就会适得其反呀。陆子君坐着默默地喝着咖啡，沉浸在自己的世界里思考着这个让他看不懂的女孩。

“怎么？知难而退了？还是不是个爷们儿，你不喜欢她吗？”张小雅见陆子君一直没说话，又开口说道。

“奇怪得很，你怎么就觉得我应该要喜欢她？”陆子君说道。

“因为你们的命理很配呀，我很相信老祖宗的。”张小雅说道。

“尽整这些有的没的……她长得的确好看，也确实是我喜欢的类型，但是她不喜欢我，这不能勉强。”陆子君说道。

“没有啊，她对你还是很有好感的，只是她暂时不想结婚而已，你可以跟她先谈个恋爱。”张小雅说道。

“你没听说过，不以结婚为目的的谈恋爱都是耍流氓吗？”陆子君说道。

“我知道你是正人君子，不过，你情我愿的事，别把话说得那么难听，相处久了觉得合适再谈结婚的事，不就水到渠成了。”张小雅说道。

“你真的很关心她耶，但有点遗憾，你并不是她最好的闺蜜。”陆子君说道。

“我不是难道说你是？”张小雅说道。

“我不是，你也不是。”陆子君说道。

“你是说日本那个吗？”张小雅问道。

“你知道她的日本闺蜜？”陆子君反问道。

“听她妈妈说过，但她自己没跟我提起过，我不知道这个世界上是否存在这个人。”张小雅说道。

“你真是阴阳怪气，我听你说这句话感觉毛骨悚然的，什么叫是否存在？”

陆子君说道。

“因为我确实不知道这件事，我也是从其他人口中得知的，她本人没有跟我说过，所以，我当然不承认那个女生的存在。”张小雅说道。

“第一次感觉你说的话比较严谨，逻辑很清晰。”陆子君说道。

“你这是在夸我吗？谢谢你，陆大医生。”张小雅说道。

“若是知道这段恋情注定没有结果，我会很犹豫，不知道要不要去投入感情，毕竟可能会受伤。”陆子君说道。

“没人要求你很投入啊，只要很自然地去相处就行，况且，你一个大男人怕什么？更何况是边祺祺求你的。”张小雅说道。

“让我再考虑一下。”陆子君说道。

“你就是太认真了，读书读太多，脑子都读坏掉了。”张小雅说道。

“若是跟你谈恋爱，我倒是觉得没什么，伤害了活该，但是边祺祺看着……”陆子君欲言又止。

“你对她不忍心是吧？你就是喜欢上她了，你承认吧……等等，什么叫跟我谈恋爱就没什么？我的尊严就能随便践踏吗？你说话很伤人，咖啡没收了，送到魔兽的口里了，我眼拙。”张小雅说完把咖啡拿起来就往外走。

“喂，咖啡还没喝完，这不是浪费吗？你等我喝完再丢……”陆子君话没说完，张小雅已经消失了。

陆子君在沙发上躺下，又开始想起边祺祺来。思索再三，他决定接受边祺祺的“邀请”，参考张小雅的“策略”，实现自己的小目标，想着想着竟然激动地睡着了。

“君子，快起来，我们一起去接一个120病人！”崔智美朝熟睡的陆子君叫道。

崔智美见陆子君一点反应都没有，急忙跑到他跟前，摸他的颈动脉，然后使劲拉他的耳朵。

“哎呦喂，小崔，你能不能轻一点，你是想疼死我还是咋的?”陆子君边坐起来边说道。

“喊你没反应，以往叫你，你都是一溜烟儿就起来了，今天很反常，我担心你呀，怕你手术太累猝死了。”崔智美说道。

“你长那么漂亮，能不能说点好听的话，我怎么会猝死？精神好着呢，净瞎说话。我们赶快去看病人吧，什么情况，又要我一起去？”陆子君说道。

“一个从高处坠落的病人，怀疑脊柱有骨折，当然要请你出马。”崔智美说道。

“那赶快走。”陆子君小跑着出了休息室。

当陆子君与大家一起将病人护送至EICU后，心电监护仪上显示生命体征平稳，人的意识也很清楚，对答如流，双上肢能活动，双下肢完全不能活动，呈瘫痪状。

“急查一个胸椎、腰椎CT和MRI，腹部彩超、颅脑及肺部CT都要做，按手术前的查血一套抽血化验，等结果出来后急请脑外科、普外科等相关科室会诊，若无特殊情况，马上安排急诊手术。”陆子君检查完病人后对崔智美说道。

“好的，要不要先跟张主任汇报一下？不过，他现在正在开会。”崔智美问道。

“当然要向张主任汇报，只是，现在我在这里，属于首诊医生，我负责初步方案，我们边准备边等张主任开完会，再向他汇报。”陆子君说道。

“好的。”崔智美说完就去采血及落实其他医嘱。

陆子君回到休息室又躺下，双目紧闭，脑海中浮现的不是边祺祺，而是刚刚这个病人父母伤心的画面。不到三十岁的年龄，已经是两个孩子的父亲，毫无疑问，这个病人是一个家庭的顶梁柱。他又想起了自己临床带教老师的一句话：每个病人不单单是一个人，背后都代表着一个家庭，我们做医生的，行医做事一定要对得起这一群人。这个病人的CT、MRI检查结果虽然还没出来，但就刚才徒手检查收集到的资料来看，多半是脊髓断了，若及时手术，也许能让下肢功能恢复一点点，但像正常人一样能生活自理，估计没有希望。还要看他的全身情况，若是有危及生命的损伤，对于脊柱骨折和脊髓损伤的手术又要延后，手术时间越晚，恢复的机会越小。想到这里，他都有点讨厌张博主任的那张脸了，每次都是他宣布病人脊柱手术延期，虽然不是他的错。其实大家都没有错，都只是在按原则办事，非要说个错，错的应该是病本身。

陆子君又想到了前几天开刀的24岁的吴薇，没办法，脊髓完全断裂了，跟今天这个病人的情况比较像。由于吴薇要先保命，所以脊柱手术延期了几天，即便手术做得再完美，她也丧失了神经恢复的机会。陆子君在钻牛角尖，他认为哪怕是有千分之一、万分之一的机会，只要努力去给患者创造了，也是很欣慰的一件事，但没做成，他则耿耿于怀。

“君子，你的咖啡。”崔智美推门进来边说边把咖啡放到桌边。

“谢谢。”陆子君听见咖啡就条件反射式地惊醒，仿佛一个咖啡瘾君子。

陆子君端起咖啡就拼命地嘬了一口，清爽，瞬间来了精神。

“小崔，你给我这杯咖啡的意思是我今天能开这个刀?”陆子君笑着说道。

“应该是的，这下你满意了吧，你说你，犯得着那么较劲吗？到头来吃亏的还是你自己。”崔智美说道。

“不较劲行吗？这一个个病人后面都是一个大家庭，当然要争取一切机会让他们早点康复。”陆子君说道。

“哪怕得罪张主任。可是，有些事是无力回天的，损伤那么重，你以为你是神仙。你每次在张主任说先保命再做脊柱手术时，为什么非要提一句他不爱听的话？难道他不知道脊髓损伤越快做手术越好的道理吗？你明明知道病人的身体条件不允许，还要提，我认为你情商不够。”崔智美说道。

“你以为我不知道吗？可是，除了提这个，我还能说什么？我还能做什么?”陆子君又喝了一口咖啡说道。

“你能默默地做手术，在保命的情况下，给病人创造恢复的机会。”崔智美说道。

“好的，听咱小崔的，默默做手术。”陆子君穿好白大褂，边说边来到办公室，在电脑上查看病人的检查结果。

一切检查结果都如陆子君所料，诊断已经非常明确，综合其他科室的会诊意见，陆子君给这个病人安排了急诊手术。他准备好谈话材料，又要面对病人的父母。

“您好，我是骨科的陆医生，您儿子的检查结果出来了，是胸椎爆裂骨折加重度错位，脊髓可能断裂，目前是瘫痪了。”陆子君说道。

听到“瘫痪”两个字，病人的母亲开始抽泣，哭声越来越大。

“你现在哭有什么用？不要哭了，听医生怎么说!”病人的父亲转头对她大声说道，说完又回过头来，“陆医生，我儿子现在需要做手术吧？手术做完了有没有恢复的希望?”

“我们现在是准备给您儿子安排手术，开刀后才能准确地知道脊髓断裂的情况，若是完全断了，就算手术做完，以后最好的情况也只是能坐轮椅，若是部分断裂，手术后去做做康复治疗，还能看有没有恢复的机会。”陆子君说道。

“陆医生，您一定要救救我的儿子，他还有两个孩子，我们一家人都是打工的，在外面很辛苦。”病人父亲说道。

“手术我一定会尽力的，这个您放心，但能不能恢复，还得看后期的康复治疗，您要有心理准备。”陆子君说道。

“谢谢陆医生，谢谢。”病人父母一同说道。

各项工作都准备好后，陆子君进入手术室，抬头看看走道上的电子屏，时间是20：40，今晚必将是一个不眠之夜。

“主刀医生已经进入房间，麻醉师可以进行麻醉了。”朱文静看见陆子君进入手术间，急忙宣布道。

听着朱文静的声音，陆子君没有接话，只是静静地看着麻醉师顺利将病人麻倒后，大家都在忙后续的准备工作，陆子君才开口搭话。他一直遵守着自己给自己定的规矩，就是当病人处于清醒状态时，不随便聊天。

“文静，今天晚上怎么又是你?”陆子君看了朱文静一眼，边坐下边说道。

“怎么？厌倦我这张脸了？你直说吧，想谁跟你搭配，我把她叫过来换一换。”朱文静说道。

“没有没有，你这张脸百看不厌，我怎么会厌倦，你可是我们这里的金牌洗手护士，有你在，就是手术质量的保障，谁来都不换。”陆子君说道。

“那你还嫌弃我?”朱文静说道。

“不是嫌弃你，是关心你，每次我加班时你也加班，怕你累着了。”陆子君说道。

“谁叫咱们干了这一行，没得选没得挑，病人至上，谁生病还能选时间?这就跟打仗一样，由不得我们。”朱文静说道。

“还是文静的头脑清晰，继续保持，咱们今天继续干。”陆子君说完出去洗手，准备手术。

手术进行得很顺利，不过出手术室时已经是凌晨2点多了，可能是咖啡的作用，陆子君仍然没有困意，在门口又遇到朱文静。

“陆医生，咱们去吃夜宵。”朱文静说道。

“你真是好精神呀，也不看看现在几点了，早点回去睡觉。”陆子君笑着说道。

“现在正好赶夜宵的下半场，走，我带你去吃一家特别好吃的海鲜烧烤。”朱文静说道。

“你不怕长胖吗?”陆子君笑着说道。

“我是吃不胖的，吃再多都不会胖。”朱文静说道。

“你这句话真是招人恨，既然你都这样说了，盛情难却，那走吧。”陆子君说道。

也许真的是因为大家都比较年轻，没日没夜地这样工作、吃喝、熬夜，第二天仍然能正常上班。陆子君在急诊已经待了快两年，非常适应这里的工作节奏，身心都得到强有力的锻炼。当然，他的手术操作也越来越熟练，虽然身体累，但活得踏实，特别是帮助了一个又一个的家庭，让他们在人生遇到大灾难的时刻，不至于处于极端无助的状态之下。只要怀有希望，人生就会有阳光。

四

平时都不见陆子君有修眉毛的习惯，今天一大早起来就开始修剪自己的眉毛，其实他最精神的就数这对眉毛，奈何还是对它们不满意，一直在修呀修的，一副浓眉活脱脱被他整成了淡淡的细眉，很有喜感。为何要修眉毛？因为他今天约了边祺祺在典盛古镇碰面，边祺祺的爸妈已经开始关心他们什么时候订婚的事了。张小雅知道陆子君和边祺祺的实时状况，为他们操碎了心，她又弄出了些奇怪的招数，等着好戏看。

来到典盛古镇，陆子君不知所措，整天忙习惯了，突然让他闲庭阔步一下，反而一时间无所适从。眼前的青春少女们都穿着飘逸的汉服，其中夹杂的一些男士则显得格外刺眼，看这阵势，像是有什么盛典活动之类的。陆子君随着人流往前滑动着，眼神四处晃悠，没有什么吸睛的项目，不过路边的小吃倒是挺诱人的，五光十色，绚烂夺目，让人垂涎三尺。眼前的一切，很容易让人联想到古诗词里的“小桥流水人家”，若是将整条街的人都换成汉服，不知情的人可能真以为哪个大导演在这里拍古装戏。若以戏来论，陆子君的眉毛无疑是这条街最闪亮的点，这是他精益求精的败笔，但他浑然不知，只知道今天的自己很帅，也许迷人的不是他的眉毛，而是他身上的这股自信。

“你看那个人的眉毛!”人群中有声音传来。

陆子君看见旁边的青春少女们中有几个人在谈论自己，还提到自己的眉毛，在心中暗暗窃喜，人民群众的眼睛是雪亮的，他们能发现美!

“君子！君子!”

陆子君听见背后有人叫自己，回头一看，是张小雅、崔智美，还有朱文静。他们几个人一起穿过人流，陆子君和张小雅在旁边的石凳上坐下，崔智美和朱文静则依靠在桥边看风景。

“张小雅，你今天很正点。”陆子君对张小雅说道。

“我每一天都很正点。”张小雅笑着说道。

“不，你今天特别正点，又正点又正常。”陆子君说道。

“潜台词是我平时不正点不正常？你不要乱讲话，我很在乎自己的名声。”张小雅收住笑说道。

“你平时确实有一点不正常，但今天很不错，没有叫我乱七八糟的称呼。”陆子君说道。

“你真自私，夸我就好好夸我，不要因为我夸你了你才舍得夸我。”张小雅说道。

“你正常一点叫我名字怎么就变成夸我了?”陆子君说道。

“小人。”张小雅笑着说道。

“你，又来，正经不过三秒，你这样我非常担心你以后会不会有人要。”陆子君说道。

“我就算没人要也不会便宜你的。”张小雅说道。

“你？我会要你?”陆子君正准备长篇大论地反驳，但被张小雅拦了下来。

“你小点声，不要讲‘你要不要我的事’，今天她们三个都想知道你要不要她们的事，看你选哪一个，对她们有个交代。”张小雅低声说道。

“啊？你说什么？莫名其妙，什么我要她们?”陆子君大声问道。

“小点声，叫你小点声，生怕她们听不见呀。”张小雅凑到陆子君旁边轻声说道。

“你又在搞什么鬼?”陆子君轻声问道。

“崔智美和朱文静分别都知道你喜欢她们的事了。”张小雅小声说道。

“我还是搞不懂你在说什么。”陆子君说道。

“哎，算了，你搞不懂也不需要搞懂，这个事情本来就让人搞不懂，很多人活了一辈子都没搞懂男女之间的爱与不爱。”张小雅说道。

“莫名其妙，刚刚还在夸你正常，烂泥巴扶不上墙，正常撑不过三秒。边祺祺还在那边等我呢，我们今天约会，你们怎么跑来了?”陆子君说道。

“这条街是你们家开的呀，太霸道了吧，你能来我们凭什么不能来?”张小雅说道。

“是，是，你们随便来，这条街就算是我们家开的，你们也可以随便来，欢迎欢迎。”陆子君边说边站起来，转身离开之前，他抬头看了一眼崔智美和朱文静，见这两个人分别在给自己抛媚眼，也没说什么，这真是让人觉得很奇怪，他没来得及多想，向街中心走去。

“你的眉毛很有个性!”张小雅笑着大声说道。

“谢谢!”陆子君边走边说，顺便自信地摸了一下眉毛。

果然如此，街的中心广场上搭建了一个舞台，在举行各类服饰的走秀活动，陆子君四处搜寻边祺祺的身影，最后在后台的一个角落里找到了她，她正在跟其中一个模特交流衣服的穿法。

在边祺祺走到桌边拿水喝的空档，陆子君迎了上去，他想让她知道自己已经如约而至。

“祺祺，我来了。”陆子君说道。

“陆子君，你提前了半小时，我们的走秀还没结束。”边祺祺看了看手表后又看了陆子君一眼，喝完水后说道。

“没关系，我等你。”陆子君笑着说道。

“好吧，你在这坐会儿或是去前面舞台看看走秀，台上的姑娘们都很漂亮。”边祺祺说道。

“我就在这坐吧，在这里也可以看见这些模特。”陆子君说道。

“姑娘们在台下是很日常且随意的，那种走起来带风的感觉，那种自信，只有在台上才能欣赏到，台下大部分时候是放松的，垮掉的。”边祺祺说道。

“我……不是很会欣赏，我就不看她们了吧。”陆子君支吾着说道。

“你不喜欢看美女呀?”边祺祺问道。

“不喜欢，不，喜欢，但不是那种喜欢。”陆子君语无伦次地说道。

“这么挣扎，好吧，随你自己啦，我去那边忙了。”边祺祺说道。

“好的。”陆子君说道。

“你的眉毛很奇怪。”边祺祺回过头来补充说道。

“是吗？跟以前不一样吧?”陆子君又自信地摸了摸眉毛后问道。

“是的，很搞笑。”边祺祺笑着走开了。

陆子君看着笑起来的边祺祺，内心瞬间乐开了花似的，他已经忘记了她在笑什么，只沉浸在她的笑脸里，像着了魔一样，也许这就是所谓的爱情的样子，但他仍然不承认这只是假象。

“陆医生，你跟她说了没有?”朱文静走过来对陆子君说道。

“文静，在外面，这种公共场合，别叫我陆医生，会引起很多不便的，叫我名字就行了。”陆子君说道。

“好的，陆医生。”朱文静说道。

“又叫。”陆子君说道。

“哦，对不起，陆医生。”朱文静说道。

“还……叫。”陆子君拉长声音说道。

“我……”还没等朱文静说完，陆子君就打断了她的话。

“你刚说什么?‘跟她说了没有’，你指的谁?”陆子君问道。

“边祺祺呀。”朱文静回答道。

“你也知道边祺祺？消息传播得可真快。跟她说什么?”陆子君说道。

“提分手的事呀，你在信里写得那么清楚。”朱文静说道。

“我跟她才谈恋爱没多久，好好的，为何要分手？你能不能说点好的?”陆子君有点生气地说道。

“你们之间是演戏嘛，你说你不想再演下去了，要跟她当面分手，然后开始追求我。”朱文静边说边把手中的信递给陆子君。

“什……么？”陆子君再次拉长声音说道。

陆子君看着手上的信，字写得的确跟自己的笔迹很像。他觉得太不可思议了，一定是谁在恶搞自己。

“文静，你听我说，这封信不是我写的，我没有要追求你的意思，我们是同事，是很纯正的友谊，这中间一定有什么误会。我跟边祺祺虽然是演戏，但是，演着演着就会变成真的，不会分手的。”陆子君说道。

“我不相信。”朱文静说道。

“不相信就对了，我也不相信这封信。”陆子君说道。

“我说我不相信你说的，我相信信上写的，白纸黑字，很真实，我觉得我们很配，本来就应该在一起。”朱文静说道。

“不不不，文静，你冷静一下，你想一想，现在都什么年代了，我要追求你，我会当面跟你讲，或是给你发信息，谁还会写信呀，你说对不对？”陆子君说道。

“不对，你不发信息不当面讲，是觉得写信更浪漫，并且写下来很真实，更有诚意。”朱文静说道。

“有点解释不清了，这样，文静，咱们的事过几天再说，今天我还在约会，不要让边祺祺看见了，容易引起误会。”陆子君说道。

“看见了怕什么，反正你要跟她分手的。”朱文静说道。

“谁要跟她分手了？我们好着呢。你先回去吧，她马上就要过来了，求你了。”陆子君说道。

“我相信你，你好好跟她提分手的事，我等你，因为你值得等待。”朱文静说完又对陆子君抛了个媚眼，然后转身离开。

看见朱文静这个样子，陆子君感觉浑身不自在，真奇怪。他还没来得及多想，只见边祺祺走了过来。

“祺祺，你忙完了？”陆子君赶忙站起来问道。

“还没，应该还有十分钟就结束了。”边祺祺回答道。

“你真的很辛苦，放假的时间你们都要工作。”陆子君说道。

“是的，不过，我很喜欢这份工作，所以，没什么。刚刚在这里跟你聊天的女生是谁呀?”边祺祺问道。

“哦，她是我一个同事，来这里玩，刚巧路过这里。”陆子君回答道。

“怪不得跟你很熟的样子，你们好像在争论什么。”边祺祺说道。

“没有，她给我看一样东西，我就跟她讨论了一下。”陆子君慌忙说道。

“她好像给了你一张纸，上面写的什么?”边祺祺问道。

“没……没什么，就是工作上的事。”陆子君支支吾吾地说道。

“那我去工作了，你坐一会儿。”边祺祺说完又转身离开。

“好的。”陆子君看着边祺祺走远，赶忙把信从口袋里掏出来，撕掉后丢到旁边的垃圾桶里。

“君子，君子!”崔智美大声叫道。

“小崔，你跟她们不是在一起吗？怎么一个人过来了?”陆子君好奇地问道。

“我们三个人分开逛的，我在这里看走秀，之前看你进来了一直没出来，所以就过来看看。”崔智美回答道。

“看我进来了？你跟踪我干什么?”陆子君问道。

“我没有要跟踪你呀，是你自己说的，我当然知道你在这里干什么。”崔智美说道。

“我跟你说过我到这里来约会的？没印象呀，再说了，我没事跟你提这个干啥?”陆子君一头雾水地说道。

“其实我早就感觉到了，你应该是喜欢我的，只是你一直没机会承认，现在承认了，我答应你。”崔智美说道。

“小崔，是不是有什么误会？大家是同事，喜欢在一起共事很正常，但不是那种喜欢。你要答应我什么？先把事情弄清楚后再下结论。”陆子君急忙说道。

“给你看，这里都写得很清楚了，还要怎么弄清楚？你今天跟边祺祺把分手的事说完后，带我去吃海鲜大餐。”崔智美说道。

“又是信？这么巧的事。”陆子君接过信来快速地看了一遍。

“小崔，这封信不是我写的。应该是有人想整我们，你别误会了啊。”陆子君说道。

“这字迹就是你的，这签名也是你的，错不了，怎么会误会？你别不好意思，我懂的。”崔智美说道。

“你懂什么呀，你还没弄清楚就懂了，刚才朱文静也是拿着一封信跟我说这件事，此事必有蹊跷，你先冷静一下。要不，你先回去吧，我怕边祺祺看见了会误会。”陆子君说道。

“怕什么，你反正是要跟她分手的，我在外面等你，还要一起去吃大餐呢。”崔智美说道。

“你先走吧，以后再请你吃大餐，今天不行的。”陆子君边说边推崔智美往外走。

当陆子君送走崔智美后，便看见边祺祺朝自己走过来。看来她已经忙完了。

“祺祺，你可以收工了吧？我们一起去吃饭。”陆子君急忙说道。

“收工了，走吧。”边祺祺很平静地说道。

“你想吃什么？”陆子君问道。

“冰糖葫芦。”边祺祺回答道。

“呵呵，童心，有童心的人心地最善良。”陆子君笑着说道。

“过奖了。刚刚那个跟你推来推去的女生该不会也是你的同事吧？”边祺祺好奇地问道。

“哈哈……哈哈……呵呵，是的。”陆子君笑得噎住了，艰难地说道。

“我们之间在演戏，但我感觉你们之间演的戏要比我们之间演得更精彩。”边祺祺说道。

“你说得好难懂，我们，你们，大家都没演戏。是这样的，我也感到很困惑，她们两个人突然出现，然后都莫名其妙地拿出一封信，上面说什么喜欢不喜欢之类的，我感觉有人在整我。”陆子君说道。

“你之前说信上写的是工作上的事，那是骗我的？”边祺祺问道。

“对不起，我怕你误会，所以说了一个善意……的谎言。”陆子君说道。

“谎言就是谎言，没关系。”边祺祺说道。

“不好意思。”陆子君说道。

“你同时喜欢她们两个人？”边祺祺停了一会后问道。

“没有的事，我跟你正在谈恋爱，我很专一的，不会喜欢其他女生。”陆子君说道。

“没关系的，你喜欢其他女生是很正常的事，毕竟我们之间不是真的存在恋爱关系，你有喜欢其他女生的自由。”边祺祺说道。

“不用，我不需要这种自由，有你一个人就够了。这是之前我在路边的小店里挑的手环，送给你，我给你戴上，很漂亮的。”陆子君脸上堆着笑说道。

“谢谢你，很可爱的手环。”边祺祺笑着说道。

“前面有糖葫芦，我去给你买。”陆子君指着前面，说完就先小跑着过去。

不一会，他就拿着糖葫芦递给边祺祺，又向边祺祺推荐了一家小酒家，他们一起走了进去，坐下来便开始点菜。陆子君一边照顾着边祺祺，一边在脑海里快速地回顾刚刚发生的一切，他在寻找合理的解释。

“我明白了，一定是这样的。”陆子君突然说道。

“明白什么了？”边祺祺问道。

“这一定是张小雅搞的鬼，我今天第一个遇见的是她，然后崔智美跟朱文静也在，张小雅最先提到我喜欢她们俩这种事，然后就出现朱文静和崔智美两个人一前一后跟我对质的画面，这是张小雅导的戏，她是幕后黑手，太坏了。”陆子君说道。

“小雅也在这里？我给她打电话，让她过来一起吃。”边祺祺边说边准备打电话。

“别打，我们先把事情捋一捋，然后再给她们打电话。既然她想玩我们，我们就让故事进行反转。”陆子君笑着说道。

“你们这样斗来斗去累不累？”边祺祺说道。

“累，算了，不跟她们斗了，免得破坏我们约会的气氛，我们继续点菜吧。”陆子君笑着说道。

“你们之间的关系好复杂。”边祺祺说道。

“没有没有，祺祺，你别误会了，我们几个只是同事关系而已。”陆子君极力解释道。

“好吧，既然是同事，她们也在这里，就叫她们来一起吃吧。”边祺祺说完，拨通了张小雅的电话。

不一会，张小雅、崔智美、朱文静三个人就来到陆子君眼前，依次坐下，此时的陆子君，眼睛完全不知道该往哪里放，在场的几个人中就他一个人坐立不安。本来没什么事，他的表现却让边祺祺觉得他们之间确实有点什么事。

大家坐好后，边祺祺与张小雅一直聊天，沉浸在两个人的世界里。崔智美与朱文静偶尔聊几句，然后就各自玩自己的手机，只剩下陆子君一个人左看看右看看，也不知道该跟谁讲话，无从下口。看手机也不合适，于是非常期待点的菜赶紧送上来，借此打破这个让他感到无比尴尬的局面。他知道，在这个场合，跟张小雅对质是非常不明智的，会让边祺祺觉得自己是个爱计较的人，但若不当面说，边祺祺对自己的印象一定会不好起来，从而减少了他们之间"假戏真做"的机会，所以他内心一直在挣扎。

"张小雅，你过来一下，我们一起去催催那个菜，然后看看是不是需要换一两个菜。"陆子君对张小雅边使眼色边说道。

"这件小事，你自己去不就好了，没看见我跟祺祺在谈事情吗？"张小雅说道。

"我们商量好，服务员就办得更快，我希望你能跟我一起去。"陆子君又说道。

"好吧。"张小雅看见陆子君又在拼命地使眼色，只好边站起来边说道。

陆子君把张小雅拉到楼下，准备开始火力全开地质问。

"你不要大声说话，边祺祺在楼上听得见的，她的耳朵非常敏锐。"张小雅先开口道。

"崔智美和朱文静拿的信是不是你干的？"陆子君小声说道。

"不是。"张小雅回答道。

"那还有谁能干这个事？信中时间地点人物都非常准确，边祺祺在这里搞活动的事，我们这个圈里的人，就你全知道，不是你还能有谁？"陆子君说道。

"现在资讯这么发达，有谁能干？电脑。"张小雅笑着说道。

"强词夺理，我就知道是你干的，电脑是听人指挥的。"陆子君说道。

"我这是在帮你，你明白吗？"张小雅说道。

"不明白，你这明明是在害我，边祺祺对我的好感还没建立起来就快被你摧毁了。"陆子君说道。

“你头脑虽然转得快，但在这件事上转得还不够快，你再多转几圈想想。”张小雅说道。

“我已经转得飞起来了，想不到对我好在哪里。”陆子君说道。

“哎，你想想，她们两个人这么一‘闹’，边祺祺就有压力了，就凭她们两个人的颜值，应该会对祺祺造成不小的压力。知道你是个抢手货，还有这么多漂亮的女生排队喜欢你，她也会动摇，激发她的好胜心理，增加‘假戏真做’的几率。”张小雅说道。

“经过你这么一说，坏事变好事了？”陆子君说道。

“当然是好事，她们两个人‘闹’得越凶越真，效果就越好。”张小雅说道。

“不要不要，边祺祺喜欢安安静静地，不能做过头了，我不想祺祺受到惊吓。”陆子君说道。

“菜已经上来了，你们两个人却在这聊天，可以吃了。”边祺祺从楼梯道上探头向他们两人说道。

“好的，我们马上上来。”陆子君边说边往楼梯上小跑。

大家坐定后，开始认真地吃饭，聊一些饭菜之类的话题，很平静，没人提感情的事。大家吃完后，服务员把桌子收拾干净，换上了茶水和水果，只听见边祺祺开始聊感情的事。

“小雅，我跟陆子君商量着今年下半年订婚，你觉得怎么样？”边祺祺说道。

“什么？”陆子君很疑惑又很惊喜地小声说道。

“好呀，这是大喜事，我赞成。”张小雅说道。

“希望到时候，你们这些同事们都一起来。”边祺祺说道。

“没问题的，我们一定参加。”朱文静和崔智美齐声说道。

看着眼前一片和谐的景象，陆子君感到非常意外，他心中那块一直悬着的大石头终于放了下来，舒坦。但是很奇怪，朱文静和崔智美并没有不开心，也没有闹，于是他在心里默默地称赞她们两个人非常有风度，识大体，人美又有格局。当然，还有张小雅，此刻，他认为日后世界上若是哪个幸运的男人能娶到她，真是八辈子修来的福分，她一定是一位优秀的贤内助。

身份困扰

一

在陆子君的眼里，边祺祺就是一个完美的存在，符合自己对另一半的所有要求。用“所有”一词虽然显得有点夸张，但却是事实，因为他对另一半的所有要求概括起来就是：漂亮，安静，有内涵。而边祺祺不用削足适履，自然状态下就具备了这些特点，所以她顺理成章地成为陆子君心目中的完美女神。

这天，陆子君照例在休息室的沙发上躺着，偶尔拿手机回一下消息，然后陶醉地闭眼养神，他要把自己有限的精力都用在刀刃上，不想分流。

“这么甜蜜，处于恋爱中的人看起来都很傻。”张小雅凑过来说道。

“你别偷看，隐私。”陆子君急忙把手机收起来说道。

“你们这对鸳鸯，要怎么感谢我才行？”张小雅说道。

“你确实有很大的功劳，你想让我怎么感谢你？”陆子君认真地说道。

“嗯，让我想一想……以后分手时不要怪我就行了。”张小雅说道。

“你奇怪得很，想让我们在一起的是你，现在说分手的也是你，你完全是拿我们开心吧？乌鸦嘴，你说我们为什么要分手？”陆子君说道。

“谁乌鸦嘴了？不要乱讲话，谈恋爱就有分手的可能，谁能保证恋爱就一定会白头到老？你又不是皇帝，你更不是上帝，很多事不是以你的意志为转移的。”张小雅说道。

“道理都到你那里去了，话虽然是这样说，但我们才谈得好好的，你就不能祝福一下我们吗？尽说一些不好的。”陆子君说道。

“对不起，甜言蜜语你听祺祺说就可以了，我这里没有，我这里只有大实话。”张小雅说道。

“你是不是有什么内部消息?”陆子君问道。

“没什么内部消息，我只是觉得恋爱容易，但是结婚，真正生活在一起，涉及的事情会有很多，每个人的观念和习惯都不同，会有冲突和矛盾发生，保持乐观固然很好，但若结果不理想，千万别想不开。”张小雅说道。

“你怕我跳楼啊?”陆子君笑着说道。

“我怎么会怕你跳楼，你隔三差五地就在为这样的病人开刀，跳楼的后果有多惨，有多可怜，你又不是不知道，就算是我推你去跳楼，恐怕你都不愿意。”张小雅说道。

“那倒是，不过，若是我想不开，我会拉你一起的，这个你放心。”陆子君说道。

“合着你的意思是快乐的生活没有我的份，去死时要拉我去垫背？你真是恶毒呀你，你……小人。”张小雅说完转身走了出去。

“你就是羡慕嫉妒恨。”陆子君低声嘀咕完接着躺下，甜蜜地拿起手机，他感觉边祺祺也爱上了自己。

陆子君越聊越开心，因为边祺祺答应今天晚上忙完以后一起去吃夜宵，她跟自己一样忙，这个城市的快节奏生活跟他们俩的工作节奏很合拍，晚上约会也很浪漫。想着想着，陆子君睡着了。

“君子，君子，快起来，我们去看病人啦!”崔智美推开门大声喊道。

“收到!”陆子君一溜烟儿爬起来回答道。

他们两个人小跑着去把送来的病人接到急诊室，快速诊断以后送至EICU，等待着检查结果及各项化验报告，这个病人需要急诊手术。

下手术后，虽然身体一如既往地疲惫，但喝了几口咖啡之后，瞬间又来了精神，再加上现在要去见边祺祺，陆子君的脸上不自觉地露出了傻白甜式的笑容。边祺祺订的地方果然不一般，“桃花醉”，陆子君从来没有来过这家店，也不知道还有这么有诗意的店。

顺着服务员的指引，陆子君来到边祺祺身边坐下。边祺祺见陆子君坐下后看了看手表，没说什么，然后接着看菜单，陆子君看了看边祺祺，见她没看自己，然后呆坐着，偶尔看一下她，哇，赏心悦目，静静地坐着就很舒服。

“陆子君，你迟到了半个小时。”边祺祺说道。

“对不起，实在是不好意思，手术有点复杂，多花了一点时间，所以……”陆子君回答道。

“我点了一个‘岸上香’，一个‘凤求凰’，一个‘莫须有’，一个‘风中烟雨’，还有一杯‘谁人醉’，你看看菜单。”边祺祺说完将菜单递给陆子君。

“好的，我看看。”陆子君接过菜单说道。

陆子君珍惜这眼前的每一分每一秒，跟边祺祺待在一起，感觉身体的每一个细胞都很舒服，仿佛在洗泡泡浴一样。

“我加一个‘回眸笑’，一个‘天对地’，一个‘相思瘦’，一个‘落地生花’，和一杯‘粗人谷’。”陆子君说道。

“吃得完吗？喝的是分开喝，吃的可以一起吃。”边祺祺说道。

“应该吃得完，这些菜看起来分量不大，我刚好饿了，没问题的。”陆子君笑着说道。

“那就好。”边祺祺说道。

“祺祺，我们聊点什么呢？”陆子君问道。

“可以聊点敏感的话题。”边祺祺说道。

“中东局势动荡不安，暴力冲突不断，加上各国从中斡旋，导致局势更加复杂，上周欧盟成员国开会讨论中东局势后做出的决议，对中东局势无疑是雪上加霜，当地缘政治权利与宗教交织在一起时，这个局面就显得非常复杂，这个让联合国头疼的结一时半会儿是解不开的，难。”陆子君头头是道地分析道。

“这个话题太敏感了，小心身边有国际间谍。”边祺祺一本正经地说道。

“换个不敏感的话题？我想想……最新研究发现，骨髓间充质干细胞对1X10^{-7}mol/L浓度下的淫羊藿苷比较敏感，它能显著促进干细胞的成骨分化。”陆子君说道。

边祺祺笑了笑，又收住了笑，她没说什么。

“美国……”陆子君还没说完就被边祺祺打断了。

“你喜欢我吗？”边祺祺问道。

“嗯？这个话题……太敏感……喜欢。”陆子君有点惊讶地说道。

“你喜欢我什么?”边祺祺继续问道。

“喜欢你的一切，你这个人，若要我准确地说哪一点，很难，因为喜欢一个人是整体的感觉。”陆子君说道。

“我的很多方面你都不了解，你却说喜欢我的一切。”边祺祺笑着说道。

“我愿意花时间去慢慢了解。”陆子君说道。

“等你了解了你就不会那么喜欢我了，我有很多缺点。”边祺祺说道。

“不会的，喜欢一个人不光是喜欢她的优点，也包括缺点，人无完人。”陆子君说道。

听到这里，边祺祺没有接话。看着桌上的菜越来越多，不一会儿就上齐了，他们便开始边喝边吃。

“吃这个‘莫须有’，味道很怪但回味无穷。”边祺祺边说边吃。

“好的，我尝尝。”陆子君津津有味地吃起来。

“你喜欢我哪一点？举个例子。”边祺祺说道。

“飘逸，我喜欢你身上的那股淡淡的仙气。”陆子君想了想后说道。

“仙气？那不就成了小仙女，我改，以后穿粗布麻衣，就没有仙气了。”边祺祺说道。

“你的意思是我喜欢你什么你就改掉什么，也就是说你想让我不喜欢你，对吧?”陆子君问道。

“对，因为我不值得你喜欢，我自己都不确定将来要不要组建家庭。我不喜欢小孩，人生很多事情我都还没弄明白，所以，我怕耽误你，你的确非常优秀，我不忍心害了你。”边祺祺说道。

“爱情这个事，没有什么耽误不耽误，对不对得起之类的。退一千步讲，就算耽误，也是我自愿的，我愿意。”陆子君说道。

“为什么是退一千步？别人都是退一万步。”边祺祺笑着说道。

“人生苦短，退一万步太耽误时间。”陆子君一本正经地说道。

听着这个回答，边祺祺竟然又笑起来，陆子君看着边祺祺的笑点如此之低，感觉非常羡慕。心想，这本应该就是生活该有的样子，大家都多笑一笑该多好，那么严肃干什么？地球现在每天仍有战争发生，关系那么紧张，就是因为大家太严肃了，需要多笑一笑，少计较一点，多宽心一点。

“你真的一点都不喜欢我吗?”陆子君问道。

“谈不上喜欢，只是不讨厌你。”边祺祺说道。

“我们马上就要订婚了，若是你不喜欢我，而只有我喜欢你，那何必要订婚呢？俗话说得好，强扭的瓜不甜，这样不是很为难你吗?”陆子君说道。

“是的，这是我苦恼的事。就算不是你，还有其他的人要跟我订婚，变的是人，不变的是订婚和结婚。”边祺祺说道。

“你的家庭好强势，我觉得你很可怜。”陆子君说道。

“是的，没办法，我决定不了自己的出身，我们都是被动地来到这个世界，没有人问过我们愿不愿意。”边祺祺说道。

“我们都是成年人了，有决定自己以后生活的自由。”陆子君说道。

“是啊，可惜我不是。”边祺祺说道。

“你们家是有很多矿产吗?”陆子君问道。

“你是想说我家很有钱吧，对，他们做生意赚了很多钱，但他们的观念还是很传统、守旧。”边祺祺说道。

“我觉得吧，人生有很多困惑是很正常的事情，大部分人活了一辈子都不一定弄清楚了。因为我们都是凡人，所以需要按部就班地生活。你父母的安排也没错，我们可以先完成人生该完成的，然后再去做自己喜欢的事。”陆子君说道。

“你是说我们先结婚，然后等我爸妈老了管不了我了再离婚，然后去过自己想要的生活?”边祺祺说道。

“不是不是，我们结婚后就不要离婚，不离婚你也能过自己想要的生活，我不会限制你的。”陆子君说道。

“若是我们订婚，他们会对你进行全面调查。”边祺祺说道。

“这么严格，有点可怕。”陆子君说道。

“是的，还有一些他们自己的标准。”边祺祺说道。

“可以理解，都是为了你好，我愿意配合调查。”陆子君说道。

“好吧，我希望他们不会伤害到你。”边祺祺说道。

“不至于吧？我跟他们接触了几次，感觉他们很平易近人，很好沟通的，都是很讲理的人。”陆子君说道。

“人是有很多面的，你只看到他们的一面罢了。”边祺祺说道。

“我相信他们，没关系的。”陆子君说道。

两个人一时半会儿没话聊了，都默默地吃着东西，喝着小酒。这酒苦中带甜，不上头，越喝越精神，越喝越清醒。陆子君感觉状态越来越好，也越来越有自信。

“还有什么敏感的话题？说出来，我都能替你解答。”陆子君说道。

“你工资是多少？”边祺祺笑着问道。

“额……”陆子君一下子觉得有点尴尬，想了想还是不知道该怎么回答比较稳妥，如实说的话则连自己都觉得有点少，虚报多一点则不好意思。

“跟你开玩笑的，这算一个敏感的话题。”边祺祺笑着说道。

“是的，you stumped me（你难倒我了）。”陆子君尴尬地说道。

“换一个话题，不是那么敏感的。你工作开心吗？你热爱你的工作吗？”边祺祺问道。

“这个话题好，不是那么难回答……我喜欢我的工作，我也热爱我的工作，虽然以前考上医学院是懵懵懂懂的，但随着学习的深入，实操经验越来越多，我就开始把医学当作自己的事业。这是一种依靠，可以说，我将自己的生命融入这份职业之中了。”陆子君认真地回答道。

“这么伟大，那就是说你工作比较开心咯？”边祺祺问道。

“不能说开心或是不开心吧，其实工作算是比较压抑的，毕竟每天面对的是病人。从身体的角度来讲，他们都是一群弱者，需要人的帮助，特别是需要医生和护士的帮助。对他们而言，生病不是什么开心的事，我们医务工作者面对他们的不开心自然也没有理由开心，所以，以专业的态度和精神面貌来面对每天的病人，忘记自己的存在，这样才能做好工作。当医生的，学会调节自己的心情是一件非常重要的事，要不然，身体会吃不消的。”陆子君说道。

“所以说，你们比较伟大。”边祺祺说道。

“是的，这份职业的特殊性决定了它的伟大，要有奉献精神才行。”陆子君说道。

“你以后想当院长吗？”边祺祺问道。

“不想，我只想安安分分地做一个医生，脚踏实地的。”陆子君说道。

“俗话说，不想当将军的士兵不是好演员。”边祺祺笑着说道。

“我的确不是好演员，只想好好地当个厨子。”陆子君也笑着说道。

两个人又叫了两瓶酒，很显然，这是越喝越兴奋的节奏。服务员把酒拿过来的同时，也递过来一束花，她准备将它插在桌上的瓶子里。说时迟，那时快，陆子君一把夺过那束花，对服务员说了一句“谢谢”，然后顺势站出来，在边祺祺的旁边单膝跪了下来。

“边祺祺女士，嫁给我好吗？”陆子君红着脸问道。

“你这是干什么，求婚吗？”边祺祺安静地坐着，一点也不慌张地反问道。

“是呀，求婚。”陆子君回答道。

“可你手上拿的不是戒指，而是别人服务员赶我们走的花，我们影响别人下班了。”边祺祺笑着说道。

“这是我人生中的大事，让她们等会没关系。”陆子君仍然跪着，说道。

“你先起来，不要冲动，我们以后再说。”边祺祺说道。

“你答应我，你不答应我，我就不起来。”陆子君说道。

“好吧……你……”边祺祺还没说完就被陆子君打断了。

“谢谢你，边祺祺女士。”陆子君边说边站起来准备坐下，开心得像个孩子一样。

“你误会了，我还没说完呢，我的原话是‘好吧，你就一直跪着吧’。”边祺祺笑着说道。

“那我接着跪吧。”陆子君边说边起身准备跪下。

“你还是坐下吧，我还有一个敏感的话题，坐着聊比较方便。”边祺祺说道。

陆子君见边祺祺一直稳重地坐在那里，表情没有起一丝波澜，内心觉得她是一个值得尊重的人，所以没有厚着脸皮继续无理取闹，而是回到了自己的座位上。

“什么话题？”陆子君问道。

“有句古话想请教你，看看该如何理解，‘天之道，利而不害；圣人之道，为而不争，故与时争之者昌，与人争之者凶’。”边祺祺边说边用旁边的笔和纸将这些句子写下来，递给陆子君。

陆子君看着手上的这些字，真漂亮。他沉迷于它们之中，用眼光抚摸了它们好几遍，完全忘了边祺祺的问话。

“陆子君?”边祺祺见他一直没开口，叫道。

“什么事?”陆子君抬头看了看边祺祺。

“这句话什么意思，你不懂吧？算了，我们回家吧。”边祺祺说道。

“哦，我一直在体会其中的意思，大概明白。”陆子君说道。

“那你讲呀，一直在发呆。”边祺祺说道。

“哦，我想问一下，这句话是出自哪里?”陆子君问道。

“这是我参观一个寺庙时，在墙壁上看见的。”边祺祺回答道。

“嗯……这句话说的意思应该是，对于大自然的规律和自然资源，要学会利用而不要造成破坏，要想成为圣贤之人，就要懂得有所为并且不要与他人做无谓的争论或争抢，所以，懂得努力去与这个时代相争的道理则会繁荣昌盛，只知道与他人斗争则会身陷危险。”陆子君说道。

“听起来有点道理，我一直弄不懂这个‘利’字到底是什么意思，你解释为‘利用’，合理，给你点个赞。”边祺祺笑着说道。

“嘿嘿，谢谢。”陆子君笑着说，心里乐开了花儿。

“为什么说‘与时争之者昌’？人怎么与时代相争?”边祺祺问道。

“也许他想表达‘时势造英雄’的道理吧。”陆子君回答道。

“你这样解释貌似有点道理。”边祺祺说道。

“还有什么敏感的问题吗?”陆子君自信地问道。

“暂时没有了，服务员们已经排排站，等着我们下班呢，我们走吧。”边祺祺压低声音说道。

“好吧，服务员！买单!”陆子君大声叫道。

“先生，你们已经买过单了。”服务员走过来说道。

“是吗?”陆子君疑惑地问道。

“是的，先生。”服务员回答道。

“我们走吧。”边祺祺对陆子君说道。

陆子君会过意来，明白了应该是边祺祺付的钱，感觉非常尴尬，又不好意思再讨论付钱的事，于是跟着边祺祺走出了这家店。边祺祺家的司机一直在店外等着，他们一起上了车，边祺祺说要送陆子君回家，陆子君很开心。他无法抗拒边祺祺的任何好意，仿佛被爱情冲昏了头脑，失去了应有的理智。

二

“陆医生，给你的材料，从人事处拿回来的。”张小雅走进休息室，对坐在沙发上的陆子君说道。

“什么材料?”陆子君保持着原样，只是动了动嘴，问道。

“你自己看。”张小雅把材料丢到陆子君身上。

“从你叫我‘陆医生’这三个字中，我就听出了不是什么好事。”陆子君拿着材料边坐起来边说道。

“我去给你拿咖啡。”张小雅说着走了出去。

果然不是什么好事，自己的副主任医师申请材料又被退了回来，这暗示着今年自己的材料又没被送出去给院外专家评审。陆子君内心感到非常失落，交了那么多年的材料，一直没有成功，是自己不够优秀吗?显然不是，可能是大家都比较优秀，优中选优，自己就剩下来了。把材料丢在一边，陆子君又躺了下来，内心五味杂陈。

“陆医生，你的咖啡。”张小雅走进来说道。

“放桌上吧，谢谢。”陆子君闭着眼，一动也没动地说道。

“好的。”张小雅说完，将咖啡轻轻放在桌上，转身走到门口，准备推门出去时，听见陆子君又说话了。

“你咋不问问我怎么回事?”陆子君闭着眼，一动也不动地小声说道。

“你不说，我就不问。”张小雅停住脚步，转过身说道。

“你平时不是最喜欢看热闹，看笑话吗?”陆子君说道。

“是的，但我也分场合。”张小雅说道。

“这么优雅?”陆子君坐起来说道。

“是的，这是由个人气质所决定的。”张小雅边说边走过来坐下。

“你说我交了那么多年的副高材料，为什么就是申请不上?”陆子君问道。

“天将降大任于你这斯，必先苦你心志，熬你体肤，掏空你的身体，最后才能修成正佛。”张小雅一本正经地说道。

“你的意思是让我‘放下执念，立地成佛’?”陆子君问道。

“是的，不要弄得自己不开心，本来身体压力就大，再为这升职称的事而造成巨大的心理压力，你整个人会吃不消的。”张小雅说道。

“可是，不去升职称，会显得我非常不上进，我还年轻，不上进，不奋斗，这样会堕落下去，我不想这样。”陆子君站起来，拿起咖啡喝了两口后说道。

“既然你还年轻，又不愿意放下执念，那就明年再交材料咯。”张小雅说道。

“问题是，我明年再交还是会被比下来。你帮我分析分析原因，有没有破解的方法?”陆子君说道。

“你一个大名鼎鼎的骨科医生，问我一个无名护士关于升职称的方法?”张小雅笑着问道。

“旁观者清嘛，况且你满口的佛啊意念啊，连红尘都能看破的人，也许也能看破这个局。”陆子君说道。

“既然你都这么夸我了，把我推向神坛，那我就胡说八道一下，说得不准，不许怪我。”张小雅说道。

“胡说吧，不怪你。”陆子君说道。

“把你的材料给我看看。”张小雅拿起旁边的材料开始认真地翻看着。

陆子君见状，感觉非常搞笑，随便说说而已，没想到张小雅竟然像做功课一样在认真地看自己的材料。不知怎的，他的心情瞬间好了很多，于是坐下来继续喝咖啡，咖啡的苦能够抚慰心头的痛。对于陆子君而言，咖啡的功能实在是太强大了，当你的生活苦的时候，能在它的味道中品出甘甜，当你的身体疲惫的时候，能在它的身上找到兴奋感，当你感到迷茫的时候，能在它的熏陶中看清方向，它能给你提供足够的安全感和精神依靠。

“你发表的SCI文章是不是太少了，才两篇?”张小雅问道。

“文件要求上写的是至少一篇，关于这一条我是达标的。”陆子君说道。

“但据我所知，我们医院哪个医生不是人手五到十篇SCI?怪不得你比不过别人。”张小雅说道。

"你说得有点道理。"陆子君说道。

"还有，你的课题也很少，只有一个项目，研究经费只有60万，这也太少了，怪不得你出的成果不多。"张小雅说道。

"这一点我也是达标的呀。"陆子君说道。

"达标有啥用？优中选优，你要超过其他人才行。"张小雅说道。

"我每天的临床工作这么忙，时间完全被占了，哪还有什么时间去申请课题和做实验研究？"陆子君说道。

"既然你想升副高，那就得想办法去做，你跟领导提要求，换个轻松的岗位，然后花时间去做课题。"张小雅说道。

"跟领导提要求？哈哈，这不是找死吗？"陆子君说道。

"找死也要搏一把呀，要不然你是走不出这个死循环的，会一直困在这个圈里，困兽犹斗，时间长了就会偃旗息鼓。"张小雅说道。

"去跟领导谈谈？"陆子君自问道。

"去跟领导谈谈。"张小雅附和道。

陆子君站起来，在休息室来回地踱步，一会儿低头一会儿抬头，俯仰之间吞吐着天地之气，思考着张小雅提到的"死循环"。张小雅则一直坐在那里翻看材料，俨然一副参谋的样子。

"你是'黑户'？"张小雅突然问道。

"什么是'黑户'？"陆子君反问道。

"就是临时工。"张小雅说道。

"我当然不是临时工，跟医院签了合同，怎么能叫临时工？我是有身份的人，不是'黑户'。"陆子君说道。

"你只是个有身份证的人而已，你觉得'黑户'不好听，那就叫你'黑客'，是不是瞬间有了很威风的感觉？哎，怪不得你竞争不过别人。"张小雅说道。

"为什么？就因为我不是编制内人员？"陆子君问道。

"应该是的，同等条件下，当然是编制内人员具有优势，这才是问题的关键。"张小雅笑着说道。

"这么多年来，我也一直在参加转编制考试，但好难。"陆子君说道。

“你要反思一下，是不是方法不对?”张小雅说道。

“方法？认真复习，从容答题，还有什么别的方法?”陆子君问道。

“活动活动。”张小雅意味深长地说道。

“你让我去给领导送礼？我不会这样做的。”陆子君说道。

“为什么?”张小雅惊奇地问道。

“因为我觉得没必要，这么多年以来，我踏踏实实地为医院工作，在临床中做了多少事，这是可以查得到的。并且，我一起医疗事故都没有发生过，实实在在地为病人解除病痛，说实话，我每次都情不自禁地夸自己是个好医生。”陆子君说道。

“我知道你是一个好医生，病人也知道你是一个好医生，可是你不去领导那里活动活动，领导每天那么忙，他哪有时间来关注你？又怎么能知道你是一个好医生？叫你活动，又不是叫你去行贿，瞧你一本正经的样子。作为一个社会人，要懂人情世故。”张小雅说道。

“我只想安静地做一个纯粹的医生，花时间去拉关系，这与我的行事风格不相符，我坚决不去，打死也不去，就算是这一辈子不升副高，我也不会去。”陆子君说道。

“别把话说得这么绝好不好？给自己一点退路，到时候不要打自己的脸。”张小雅说道。

“你放心，这是我做人的底线，我会坚守的。”陆子君说道。

“固执，你就等着接受现实的捶打吧。”张小雅说完起身走出了休息室。

陆子君又在沙发上躺下，回味着张小雅的话，开始有点动摇，怀疑自己是不是过分老实了。这么多年以来，自己只知道埋头苦干，没有好好地仰望一下前方的路，也许是应该停下来，调整一下思路，找到方向，然后再继续向前。当年毕业时，是华贤人主任把自己留下来的，自己从脊柱外科来到急诊科也是华主任的指示。以后年龄越来越大，像这样熬夜工作下去，自己的身体肯定会垮，所以还得想办法回到脊柱外科才好。至于升副高的事，该找哪个领导谈谈呢？完全没有路子，先跟华主任提一下，看他有什么高见。对，去见华主任。

第二天一大早，陆子君就提着两盒上好的白茶来到熟悉又陌生的脊柱外科病房，在主任办公室外等着华贤人。

“小陆？你怎么过来了？”华贤人见陆子君后问道。

“华主任早，我过来看看您，好久都没回我们脊柱外科了，想向您汇报一下工作。”陆子君面带笑容地说道。

“哎哟，难得，你去急诊科这么多年，今天是头一次来跟我汇报工作，我还以为你已经忘了脊柱外科，进来吧。”华贤人打开门边走进去边对陆子君说道。

“华主任见笑了，我一直想早点过来跟您汇报，只是时间一直没对上，所以来晚了，脊柱外科让我感到踏实，我想早点回这里上班。”陆子君说完便把茶叶放在一旁的椅子上。

“小陆，你这是干什么？还带东西过来，坐吧。”华贤人坐下后说道。

“这是一点心意。”陆子君说道。

“听说你在急诊科干得不错，怎么突然想回来？”华贤人问道。

“当年是您让我去急诊的，为了不给您丢脸，所以一直努力地工作，在急诊工作非常锻炼人，我的手术技术有了很大的提高。但时间长了，我感觉身体有点吃不消，再加上以后年龄会越来越大，不可能干一辈子急诊，所以还是想回脊柱外科，把工作做得更专业。”陆子君回答道。

“这样想也有一定的道理，不过，你回来，急诊就空出一个位子需要填上，你觉得科里谁去接替你的位子比较合适？”华贤人说道。

“这个，还需要您来决定，我没有全局意识，看不准应该谁去。”陆子君回答道。

“没关系，你说一说，我不会怪你的。”华贤人说道。

“我觉得科里的年轻人可以轮流去，每个人待一年或是两年，这样也能锻炼人。”陆子君说道。

“科里现在也是人手紧缺，你看，出去进修的进修，下乡的下乡，支援的支援，我今年正在下计划，准备明年再招几个人进来，到时候应该会好一点。你想回科里的事，等明年人员充足时再商量。还有，让年轻人去急诊，我是担心他们不能胜任那个位子，代替不了你，急诊创伤的那些问题，你基本上都能搞定，换作是他们，没办法，这一点，你想过没有？”华贤人说道。

“这的确是个问题……华主任，您看这样行不行，派他们过去后，有搞不定的手术，就跟我打电话，我随叫随到。我带他们一段时间，慢慢就能上手了。”陆子君说道。

“这也是个方法，只是，你每天被叫过去开刀，这边病房的病人怎么管？你应付得过来吗？你也知道，我们急诊是有多忙，你看看有闲的时候吗？这些你都要考虑清楚，不是你想兼顾就能兼顾得好的。”华贤人说道。

“华主任，我觉得办法应该比困难多，应该能找到解决的方案。就我个人而言，出去这么多年，的确需要回来了，我还是想专心把脊柱搞一搞，不能光会处理急诊的病人。”陆子君说道。

“行了，你说的事情我大致了解了，先去上班吧，我跟科里的其他几个副主任商量一下，有什么消息了再通知你。”华贤人说道。

“谢谢，非常感谢华主任。另外，副高的材料我每年都在交，但很难通过，您看有没有什么办法？”陆子君说道。

“对哟，你的职称怎么一直没升上去？问题出在哪里？”华贤人说道。

“我也不太清楚，每一个条件我都符合，但每次都过不了送审这一关。”陆子君说道。

“职称升不上去比较麻烦，会影响以后的上升空间，你的临床能力非常强，若败在职称上就很可惜。”华贤人说道。

“华主任，会不会是因为我不是在编职工的关系？”陆子君问道。

“对哟，你是签合同进来的，这可能会有一些影响，同等条件下，当然是优先满足正式职工，合同工，指不准哪一天就离开医院了。”华贤人说道。

“华主任，您是了解我的，我在我们医院待得很开心，很满意，从来没有要离开的念头。”陆子君说道。

“我不是指你，我是说合同工，难免会让用人单位产生这样的想法，我了解你，但不代表医院所有的领导都了解你，特别是管人事的那群人。”华贤人说道。

“您的意思是我需要去人事处领导那里述职表态一下？”陆子君问道。

“也没有规定需要你这么做，再说了，领导哪有时间来听你表什么态，医院几千个职工，多一个不多，少一个不少，这事太小了，大家都在按程序办事。”华贤人说道。

“那可怎么办?”陆子君问道。

“找机会吧，升职称对你来说的确是件大事，后面有时间我们再好好合计合计，早交班要开始了，你也先去忙吧。”华贤人说完，起身边整理白大褂边往外走。

陆子君跟着华贤人走了出来，心情沉重地去往急诊科，一时半会还是没转过弯来，也许这就是自己所不熟悉的“人情世故”领域，它跟自己每天在做的工作完全不一样，属于两套系统。临床工作需要积累经验，从而提高手术操作的质量，当然，关系网同样需要经验积累，这样才能让事情办得更顺畅。渐渐地，陆子君感觉自己的事清晰起来，他想到了“大丈夫能屈能伸”“在现实面前，该低头时还得低头”之类的鸡汤，但在内心深处还是说服不了自己，他对“拉关系”非常抵触。

“哈哈，嘿嘿。”崔智美看见陆子君迎面走过来，发出了奇怪的声音。

“小崔，什么事这么开心?”陆子君边问边往里面走。

“我们优秀的陆医生竟然也会有迟到的一天，哈哈，终于打破了自己创造的神话。”崔智美笑着说道。

“不要提我优秀，我非常不优秀，你说我优秀那是在挤兑我。”陆子君说道。

“低调，真是低调，这显得你更优秀了。”崔智美笑着说道。

陆子君没接话，恶狠狠地给了崔智美一个眼神，然后径直走向急诊留观病房。崔智美秒懂这个眼神的威力，转身去忙自己的了，她在想，陆子君需要一杯咖啡来回归正常。

三

夜，越黑就显得越亮，陆子君就显得越有精神，走在路上，陆子君心情愉悦，透心地爽，因为边祺祺在店里等着他。

这家店有一个奇怪的店名，叫“吾哈米”，在一个小巷的尽头，显眼的“吾哈米”三个闪亮的LED七彩字将这门面装点得很有特色。通过门店的风格，让人不难知道，这是一家日式料理店。陆子君推门进去，顺着直觉找到了边祺祺，在她对面坐下。

“这些是我刚点的，你再加一些想吃的，菜单给你。”边祺祺边递菜单边说道。

“好的。”陆子君拘束地回答道。

与边祺祺已经交往了一段时间，虽然不是非常熟悉对方，但大致也了解了她的为人，只是一直很小心谨慎。他对她，就像对待一件晶莹剔透的美玉，一直小心地捧在手心，生怕掉在地上摔碎。

“上班到这个点，确实很辛苦，很同情你的职业。”边祺祺说道。

“这是一个特殊的职业，但我们其实是一群普通的人。”陆子君说道。

“在我们外人看来，你们很神圣。”边祺祺说道。

“是的，有些病人把我们看成神，觉得我们有神一样的能力，能够起死回生，甚至吹口仙气就能将病治好。”陆子君说道。

“这要求有点过分了，哪有什么神，你们虽然能治病，但应该没有超能力吧。”边祺祺笑着说道。

“谁说不是呢，我们当然没有超能力，跟其他职业一样，我们只是借助专业知识来解决问题罢了。有些病能解决，有些病是无法解决的。当病人的要求与医学现实不相符时，就容易引发误会，甚至冲突。”陆子君说道。

“那你们加紧搞研究，拥有超能力，这样就能解决所有问题了。”边祺祺笑着说道。

“是的，好好研究。在没研究成功之前，我觉得可以请你去我们医院兼职。”陆子君一本正经地说道。

“我能干什么?”边祺祺疑惑地问道。

“专门负责吹仙气，这样就能把疑难杂症治好了。”陆子君面不改色地说道。

“我有这能力?”边祺祺笑着问道。

“有啊，因为你是非常飘逸、自带仙气的小仙女。”陆子君说道。

“呵呵，呵呵。”边祺祺尴尬地笑了两声。

两个人默默地吃着菜，陆子君偶尔抬头看看边祺祺，再环视一下四周，感觉有点无聊，但看着边祺祺一直认真地小口小口吃着东西，他也不想打扰她。长时间不说话，这样会减分，陆子君觉得自己要主动搭话，虽然他很享受这种安静。

“你们这个月有没有时装秀？”陆子君问道。

“月底有，这一阵子都在筹备这个事。”边祺祺回答道。

“几号？若是时间对得上，我想去看看。”陆子君说道。

“28号。”边祺祺说道。

“我记一下。”陆子君边说边在手机上设置时间提醒。

“陆子君，给你看一个报告。”边祺祺将自己的手机递给陆子君，说道。

“什么报告？”陆子君接过手机看了起来。

这是一份陆子君身份的调查报告，包括家庭、职业、爱好等，还有结论及建议！陆子君觉得不可思议，只能说边祺祺的家庭背景不一般，有自己的家庭规划，要不是非常中意边祺祺本人，陆子君可能就大发脾气了。

“原来这件事是真的。”陆子君小声说道。

“是的，我说过，在这个家庭中，我是非常被动的，很多事情由不得我做主。”边祺祺说道。

“难道说，若是我无法成为医院的编制员工，我们就没办法结婚？”陆子君说道。

听着陆子君的发问，边祺祺没有接话，平静地喝着杯中的茶。

“建议我想办法转成编制人员，难道他们担心我的工作不稳定？”陆子君又说道。

边祺祺仍然没有接话，依然很安静。

“你爸妈他们也太……”陆子君的声音开始变得有点大，但没说完就被边祺祺打断了。

“不要骂人，他们就在后面坐着。”边祺祺小声地说道。

“不不，你误会了，我没有要骂人，我……他……他们在后面？”陆子君低下头小声地问道。

“是的，不远处，你11点钟的方向，别看他们。”边祺祺说道。

陆子君一时不知道该说点什么好，很不自在，但他开始保持着面部的微笑。

“他们来干什么？我们约会需要监视吗？”陆子君面带微笑地问道。

“他们想跟你谈谈。”边祺祺说道。

“那我把他们叫过来一起坐？”陆子君问道。

“可以。”边祺祺说道。

“等一会，他们想跟我谈什么？是这个编制的事吗？”陆子君问道。

“这应该是其中之一吧，他们的想法我也不能理解，但我不想跟他们吵架，所以他们爱怎么做就怎么做，我无所谓。只是，我感觉对不起你，让你受折腾。其实……”边祺祺话还没说完，但她没继续往下说。

“其实什么？”陆子君追问道。

边祺祺不知道该不该往下说，她正在犹豫，所以没有立马回答陆子君的追问。陆子君紧张地看着边祺祺，偶尔将眼神移开，但很快又放回到她的身上，他在期待着她说出点话。

“其实我打算去米兰学设计，可能要离开几年，在他们身边生活太压抑，我想出去透透气。”边祺祺说道。

真是怕什么来什么，前一秒期待，下一秒后悔前面的期待，不说出来更好。

“那我们结婚的事怎么办？”陆子君着急地问道。

“我想出国留学的事，他们还不知道，打算过段时间再跟他们说。他们希望一切进展顺利，然后结婚。”边祺祺说道。

“关键是，你对我们结婚这件事怎么看？”陆子君问道。

“我不知道。”边祺祺说道。

听到这个回答，陆子君觉得有些失落，但他不想强求她，希望她能快乐，也希望自己能跟她在一起，结不结婚，感觉也没那么重要。看得出，陆子君是真心爱边祺祺这个人。

“祺祺，你应该知道，我也希望你能够知道，我是爱你的。不管以后我们能不能结婚，我都爱你。”陆子君深情地望着边祺祺说道。

“我很感动，谢谢你。”边祺祺说道。

“那我过去叫他们了。”陆子君说道。

“嗯。”边祺祺应声道。

陆子君站起来，没有径直走向边祺祺爸妈那桌，而是绕了一圈，显得自己是不经意发现他们的存在。

“叔叔，阿姨，你们也在这里？好巧，我跟祺祺在那边。”陆子君很假地笑着说道。

“我们知道你们在那边，你坐下来吧，我们聊聊。”边祺祺的妈妈说道。

“祺祺还在那边，要不我去把她叫过来一起坐？”陆子君说道。

“不用，我们跟你单独聊聊。”边祺祺的爸爸说道。

“好的。”陆子君往边祺祺那边看了一眼，见她安静地坐着喝茶，于是边说边在他们的对面坐下。

“小陆，这件事我们做得比较冒昧，通过各种关系，对你的情况进行了调查，然后还出了一份报告，你应该看见了吧？”边祺祺的爸爸说道。

“看见了。”陆子君回答道。

“总体来说，我们是非常满意你的，你的确是非常优秀，人品也很好，职业也很高尚。要说缺点，就是工作经常加班，顾家的时间非常少。”边祺祺的爸爸说道。

“是的，这个职业特点就是这样，注定不是一份轻松的活。”陆子君说道。

“若是你跟祺祺结婚后，工作忙，没时间照顾她，你们容易产生矛盾，你有没有想过？”边祺祺的妈妈问道。

“这事我跟祺祺也沟通过，我跟她工作都比较忙，我们两个人都比较独立，相互理解吧，这样矛盾就会少一些，每一个家庭都会出现矛盾，我想我们有能力处理好这些矛盾。”陆子君回答道。

“那就好，希望你们多了解一下，以后相处融洽。”边祺祺妈妈说道。

“我们一定会的，阿姨，您放心。”陆子君说道。

“你工作十几年了，怎么还是合同工？没有转成正式编制吗？”边祺祺的妈妈问道。

“在我们医院，合同工与有编制的差别不大，都是一样在做事，所以我也没太上心。”陆子君说道。

“你还是要争取一下转成正式编制，这样工作才有保障。”边祺祺的妈妈说道。

“若是阿姨觉得编制比较重要，那我争取一下。”陆子君说道。

“我们家族都是做生意的，做生意有一定的风险，所以稳定对我们来说非常重要。长期以来，族上有个规矩，就是要后代继承家业，若是有人改行，那就得有份稳定的工作，家族委员会的人会打分决定是否通过，通过不了就得回来做本行。”边祺祺的妈妈说道。

“我应该不属于您家族的人吧？也要受这个规定的约束？”陆子君问道。

“你跟祺祺结婚的话，祺祺没有继承家业，那就得由你来代替，所以，你要么改行来继承我们家业，要么获得稳定的工作。”边祺祺的妈妈说道。

“其实我目前的工作非常稳定。”陆子君说道。

“稳定我们要看标准，一般正式职工才算达标。”边祺祺的妈妈说道。

听到这里，陆子君感到非常不能理解，现在都什么年代了，竟然还有这样的家族观念，就算再有钱，他也不会去改行做生意。但是，再去考编制，好麻烦，关键是很难考上，陆子君内心变得有点焦躁。

“若是我转不了编制，那就不能跟边祺祺结婚吗？”陆子君问道。

“恐怕是这样。”边祺祺的妈妈回答道。

“阿姨，现在提倡自由恋爱，婚姻的事，应该由恋爱的双方主导，若是我和祺祺都同意，这样也不行吗？”陆子君问道。

“在任何时代，自由都是相对的。当然，你们两个人谈恋爱，主要是由你们两个人做主，但是，我们是她的父母、监护人，我们也有权利来决定她的一些事。”边祺祺的妈妈说道。

“阿姨说得对，我是爱祺祺的，为了她，我愿意按您说的办。”陆子君说道。

“那就好。”边祺祺的妈妈说道。

“叔叔，阿姨，还有其他的事需要交代吗？”陆子君问道。

“暂时没有了，希望你们进展顺利，我与孩子她妈两个人都很喜欢你。”边祺祺的爸爸说道。

“谢谢，我会努力的。叔叔，阿姨，要是没什么事，我就先过去跟祺祺聊一聊。”陆子君说道。

“好，我们吃得差不多了，你们聊，我们先走了。”边祺祺的爸爸边说边站起来。

“好的，叔叔阿姨，再见。”陆子君也起身说道。

“再见。”边祺祺的爸爸说完，扶着他老婆起身离开。

陆子君目送他们走到边祺祺旁边说了几句，然后走了出去，他才上前回到边祺祺对面坐下。

“你们没有打起来吗？”边祺祺问道。

“打起来？开玩笑吧，怎么会打起来，君子动口不动手。”陆子君回答道。

“那你们谈得怎么样？”边祺祺继续问道。

“还行，比想象中的要好，很和谐，毕竟是未来的岳父岳母。”陆子君回答道。

“你没骂他们吗？”边祺祺又问道。

“你爱开玩笑，我哪敢骂他们，在他们面前，我大气都不敢喘一下。”陆子君回答道。

“所以是只能在心里骂一下而已。”边祺祺说道。

“不敢不敢，在心里也没骂。”陆子君说道。

“他们提那么无理的要求，你竟然不骂他们？”边祺祺说道。

“可怜天下父母心，当父母的为子女着想，不管怎么说，这份心是能理解的。”陆子君说道。

“我们点酒来喝吧。”边祺祺说完叫服务员过来。

陆子君看着边祺祺很开心的样子，有点摸不着头脑，不知道她怎么就突然心情愉悦。

“因为我刚才的表现很好，没有骂你爸妈，所以，你很开心？”陆子君疑惑地问道。

“不是呀，我是觉得有人也对他们很在乎的事而表现得无所谓，这件事让我高兴。”边祺祺说道。

“我没有无所谓啊，我很在乎他们说的。”陆子君说道。

“是吗？你很在乎的话，就应该骂他们无理取闹，可你没有，说明你不在乎。”边祺祺说道。

“这样理解？很奇怪的逻辑，你真的很叛逆，你的意思是要直接反驳他们的观念才叫正常？”陆子君说道。

“当然，对于无理的要求，要学会反抗。”边祺祺说道。

“那你怎么一直表现得非常佛系？无欲无求的状态。”陆子君问道。

“我是反抗过了。”边祺祺说道。

“你骂过他们？”陆子君问道。

“当然，在心里。”边祺祺笑着说道。

“哈哈，这也算？”陆子君大笑。

“当然，反抗有多种形式，关键不是形式，而是核心，反抗。”边祺祺说道。

“你说得有点道理，来，我敬你。”陆子君笑着说道。

两个人坐着喝了好一会儿酒，陆子君仍然没有说出内心的真实想法，他其实非常生气，非常不开心，也感到了非常大的压力，因为考编制对他来说比开刀要难太多。但由于一份爱，提醒着他需要暂时的伪装，边祺祺看得出这份伪装，这份伪装，说明他真的愿意为了她去做一些本来不愿意做的事，为了她做出一些本来可以不做的改变。可这份爱，并没有让边祺祺感到开心，她反而觉得更加对不起陆子君。因为在她的计划里，暂时没有陆子君的参与，她原以为他会愤怒，结果没有，由于可怜陆子君，所以邀他喝酒。

“若你编制没拿到怎么办？”边祺祺问道。

“不会的，我一定要拿到编制。”陆子君回答道，这酒有点上头，他感到晕晕的。

“我说万一。”边祺祺追问道。

“你爸妈还给了我一个选项。”陆子君说道。

“什么？”边祺祺问道。

“他们说，可以改行，去跟他们做生意，这样就不用考编制了。”陆子君说道。

“你会选这一个吗？”边祺祺问道。

“不会，这么多年的职业经历，我已经习惯了，不想放弃这份职业。”陆子君说道。

“支持你，人都要有梦想并坚持下去才对，来，为了你的执著，干杯!”边祺祺笑着说道。

“干，为了有信念的人。”陆子君说道。

两个人又默默地喝着酒，都想着各自的顾虑，实在是开心不起来。于是借酒消愁，欲寻找遥远的慰藉，可惜那份慰藉越飘越远，越想抓越抓不住。

“你就不能放弃我吗?”边祺祺突然问道。

“为什么?”陆子君反问道。

“因为我不想要流氓，我的目的不单纯，我不想结婚。我跟你在一起只是为了应付我爸妈而已。”边祺祺说道。

“我知道。”陆子君说道。

“你既然知道，那就别想结婚的事，我们做朋友不是更好吗?”边祺祺说道。

“不好，因为我爱你，所以我想一直跟你在一起。”陆子君说道。

“什么是爱?”边祺祺问道。

“爱……爱是一种感觉，捉摸不定，没有定义。”陆子君说道。

“我也不懂爱，所以我想先去远方寻找答案，我也想弄清楚人生的意义。我们的目标不一样，所以，若是我们结婚，会成为彼此的负担。等我们都变成更好更成熟的自己后，若你未娶而我未嫁，那时我们再结婚也可以。”边祺祺说道。

“好宏大的人生课题，你的人生境界在我之上，叫你小仙女没错，你的确是仙，而我却是一个彻底的俗人。像我这样，没有摆脱七情六欲是成不了仙的。在你面前，我感到羞愧。”陆子君说完举起酒杯默默地喝了下去，他有点想哭。

“你说我们为什么要活着?或者说我们活着是为了什么?”边祺祺问道。

“我觉得，这不是一个问题，活着是一种本能，与生俱来的，是我们改变不了的现实。”陆子君回答道。

“这个本能有什么作用?”边祺祺继续问道。

“我们每一个人都在用自己的一生尝试着回答这个问题，答案百花齐放，百家争鸣，没有标准答案。但这个结果似乎不是那么重要，重要的是这个回答问题的过程，一生探寻的过程。”陆子君回答道。

“这是一种‘入世’的代表观念，倡导积极参与社会生活。”边祺祺说道。

“人就应该跟着自己的感觉去生活，不是吗?”陆子君说道。

“对于大多数人来说是如此，但对于少数人来说不是这样，甚至相反。或许我就是那少数人中的一员。感觉我活得太清醒，所以会产生一些痛苦，要是糊涂一点，我可能会更开心一点。”边祺祺说道。

“是的。可是，我觉得很多事越要想清楚反而会越来越模糊，会陷入钻牛角尖的境地，容易画地为牢。”陆子君说道。

“你说的不全对，高智商的人不会一直被困住，他们能自救，所以他们不会迷失方向。”边祺祺说道。

“你属于这类高智商的人吗?”陆子君问道。

“也许是的。”边祺祺笑着说道。

“这么不自信?”陆子君笑着问道。

“去掉‘也许’，是的。”边祺祺回答道。

“这么自信?”陆子君笑着又问道。

“是的。”边祺祺回答道。

“你相信命运吗?”陆子君问道。

“不相信，你呢，信吗?”边祺祺回答道。

“看情况。”陆子君说道。

“看什么情况?”边祺祺问道。

“看心情，心情好就不相信，心情不好就相信。”陆子君笑着说道。

“这么随意。”边祺祺说道。

“是的，比如现在因为得不到你的爱而心情不好，我就相信命运，相信命运注定了我能得到你的爱，只是老天为了考验我对你的爱，所以故意为难我，我要拿出诚意来感天动地，从而赢得你的爱。这样一想，心情就会变好，心情一好就不相信命运，不相信你不爱我，不相信我们之间会有攻克不了的困难，我觉得通过自己的努力，一定能得到你的爱，一定能娶到你。”陆子君说道。

“你的话听起来有点自相矛盾，这种矛盾像狗追自己的尾巴，不停地转圈，被自己困住了。”边祺祺笑着说道。

“总结得很有道理，其实我就是生活中的一条狗，为了很多事，一直不停地转圈。来，我敬你，为了你的睿智，一语道破天机。”陆子君说道。

……

就这样，一来二去的，他们两个人喝到很晚，聊了很多不着边际的话。一个想把对方处成朋友，而另外一个想把对方处成老婆。若是两个人的想法不能处于同一个频道，很难出现干柴烈火的氛围。爱情，终究是需要双方心灵的契合。

四

一大早，陆子君就守在急诊科更衣室的门口，好一会，张小雅才哼着小曲慢悠悠地走过来，精神焕发。陆子君见张小雅一脸开心，心情沉了几分。

“张小雅，一大早你在嘚瑟什么?”陆子君迎上去，压制住情绪后说道。

“莫名其妙，我上个班有什么好嘚瑟的。”张小雅回答道。

“你才莫名其妙。跟我过来，我咨询你一点事。”陆子君拉着张小雅往休息室走，边走边说道。

“注意形象，别拉拉扯扯的。”张小雅边甩开陆子君边说道。

“对，形象很重要。请吧。”陆子君松开手，说道。

“等一下，我要先去换上工作服。本来开开心心地上班，被你这么一说，心情完全没了，真是没礼貌。”张小雅说道。

“行，你先去换，我在休息室等你。”陆子君强颜欢笑地说道。

陆子君一屁股甩在沙发上，双上肢顺势往沙发的两边一搭，大口地出了一下气，感觉还是憋得慌，此时又没有咖啡，真是让人气上加气。他双目紧闭，只盼着张小雅进来，对她狂轰滥炸一番才算解气。也许张小雅觉察出陆子君有些不对劲，所以迟迟没有进来，过了好一会，她才推门进来。

“我没有编制的事，是不是你告诉边祺祺爸妈的?”陆子君一见张小雅进来就站起来大声问道。

“你一大早精力这么旺盛，能不能小点声。”张小雅平静地说道。

“我不能，你回答，是不是你？”陆子君大声说道。

“我给你拿了咖啡，先喝一口。”张小雅依然很平静地说道，顺便把咖啡递了过来。

陆子君看着眼前的咖啡，心软了下来，声音也软了下来。

“你不要讨好我，我很生气，你知不知道？”陆子君边坐下边说道。

“我之前不知道，现在知道，你很生气，但，不知道你在生谁的气。”张小雅说道。

“生你的气，看不出来吗？”陆子君说道。

“你说是我告诉祺祺爸妈你工作的事？谣言，鉴定完毕。”张小雅说道。

“不是你说的？那她爸妈怎么会知道？我们医院就你最熟悉我的情况，并且你跟她们家的关系摆在那。”陆子君说道。

“你好歹是个博士，逻辑推理的方式都是这么简单粗暴吗？”张小雅问道。

“不是你，还有谁？”陆子君逐渐没了底气，小声说道。

张小雅没有接话，把桌上的东西整理了一下，然后朝门口走去。

“陆大帅哥，我们去交班吧，张主任快到了，有什么事忙完再说，成年人遇事要冷静，哎。”张小雅说完径直走了出去。

“我……”陆子君一时语塞，迟疑了一下，把桌上的咖啡端起来狠狠地喝了一口，跟着走了出去。

在交班、查房的过程中，陆子君一直在想张小雅的话，通过刚才的对话，他觉得不应该是她说的，若真是她，她会承认的。但不是她，还有谁？不知道是谁，自己准备好的脾气朝哪里发泄？真是让人憋得难受。

满腔怒火的陆子君又开了一整天的刀，从手术室出来时已经是晚上10点了，朱文静看出了他的不对劲，主动约他去吃夜宵，他们一起从手术室出来，见张小雅在门口。

“张小雅，你在这里干什么？”陆子君问道。

“等你呀，你们……约会吗？没打扰到你们吧？”张小雅问道。

“当然打扰了，我们正准备去约会的。”朱文静笑着说道。

“我正好还有事要问你，一起走吧。”陆子君说道。

“去哪？”张小雅问道。

“有一家店味道很不错，‘宵遥自在’，你去吃过没有?”朱文静问道。

“没有，逍遥自在？这么随意的名字。”张小雅说道。

“他那个‘宵遥自在’跟你说的‘逍遥自在’不是同一个，他的‘宵’是‘夜宵’的‘宵’。”朱文静解释道。

“现在都很流行这样取名字，真是有辱我大中华的文脉，让年青一代看到的都是错别字，并且毫不遮掩地那样做，严重影响他们的文化观和审美观。”张小雅说道。

“没这么严重吧，别说得非要这些商家跪地忏悔才算对中华文明有个交代。”陆子君说道。

“当然有这么严重，他们这样做不叫创新，让小朋友们走在大街上，一眼望去，跟做题目似的，叫‘寻找错别字’，很累的。”张小雅说道。

“看不出来，你还是一个有历史责任心的中华儿女。”陆子君说道。

“哼，D眼看人低。”张小雅说道。

“什么叫‘D眼’?”朱文静问道。

“不要理她，她这才叫低俗。”陆子君说道。

“文静，‘D’就是‘dog’。”张小雅对着朱文静解释道。

“哈哈哈哈。”朱文静展现出职业般的笑声。

他们三人来到这家店，门口的“宵遥自在”果然看起来非常刺眼，特别是在张小雅之前解读了一番之后。

“我去找店老板理论，让他把这个错别字改过来。”张小雅撸起袖子边说边往店里冲，一副要打架的样子。

“行了你，我们先聊聊重要的事，聊完再去找老板。文静，你先去找个座位点菜。”陆子君一把拉住张小雅，说道。

“有什么事不能等我解决完老板再说吗?”张小雅问道。

“不能，我的事比较重要。”陆子君说道。

“能不能找个位子坐着说?”张小雅问道。

“里面人多，太吵，就在这里说。”陆子君说道。

张小雅安静下来，也没接话，他们看着朱文静走进店里后，陆子君才开口说话。

“你帮我分析一下，边祺祺的爸妈是怎么知道我没编制的事的?”陆子君问道。

“在医院的人事处一查不就知道了，这很难吗?”张小雅回答道。

“真不是你说的?”陆子君继续问道。

“若是我说的，我早就承认了。你现在要做的不是找出他们怎么知道的，而是想办法解决这个问题。”张小雅说道。

“怎么解决？你不知道吗？考编制是一件多么困难的事。”陆子君说道。

“再难也要上啊，做什么事不难，你开刀不难吗？还不是通过努力后做得很好。”张小雅说道。

“这哪能跟开刀比，完全不是一回事。”陆子君说道。

“就是一回事，只要你努力去做，怎么不能成功？梦想就是动力，你那么喜欢边祺祺，为了她，你付出点东西又算得了什么。”张小雅说道。

“那倒是。”陆子君说道。

“她家底殷实，又是做生意的，自然人脉比较广，打听你那点破事，还不是易如反掌。我真想不通，你为何连这一点都想不通，还为这个事大发脾气。”张小雅说道。

“我……”陆子君一时语塞。

“你现在应该集中火力攻克两个问题，一个是打通晋升副高的梗阻，另一个是积极备战编制考试，这两件事能相辅相成，并且相互影响，你要找到关键点。”张小雅说道。

“是的。”陆子君说道。

“还有什么疑问吗?”张小雅问道。

“没有。”陆子君若有所思地回答道。

“那我们进去吃东西吧，肚子饿了。”张小雅说道。

陆子君心里非常清楚，编制问题解决了，副高问题也能解决，反过来，副高问题解决了，编制问题也就希望很大。编制是需要等时间去参加考试，而副高就是领导们一句话的事，可是，让领导认可，哪有那么容易？按照张小雅以前的提示，他的确可以去领导那里自荐一番，试试总好过坐以待毙。

俗话说得好：“三个女人一台戏。”其实两个女人也能，特别是还有一个观众在场的情况下。陆子君坐在那里一声不响地吃着东西，偶尔端起杯中的啤酒喝上一口，听着张小雅和朱文静讲着各类八卦故事，应付着给出职业的笑脸，偷偷想着自己的心事。

“今天在留观病房还发生了一件特别搞笑的事……”张小雅还没说完就自己先笑起来，笑得有点夸张。

“什么事？你好好讲，别笑点那么低。”朱文静笑着说道。

“陆子君，你傻乎乎的，可别跟这个人一样，要学聪明一点。”张小雅笑着说道。

“怎么突然说我？跟我有什么关系？你好好讲你的故事。”陆子君给了张小雅一个白眼后说道。

“不是我的故事，是我们留观室的故事。”张小雅对陆子君翻个白眼作为反击。

“快说快说，我耳朵已经竖起来了。”朱文静说道。

“有一个20岁的小伙子骑电动车撞到路边的护栏上，把腿给摔骨折了，打着石膏跷着腿躺在床上，第一个女朋友在旁边洗水果忙前忙后地照顾他。过了一会，第二个女朋友也过来了，于是他们三个人之间开始唇枪舌剑。在这场乱仗之中，小伙子接到第三个女朋友的电话，边应付身边的两个女朋友，边在电话里对付着第三个女朋友，场面一度失控，幸好保安大叔让他们不要吵小点声，他们才收敛一点，那个场面太搞笑了。”张小雅笑着说道。

“你怎么知道这三个都是他的女朋友而不是女性朋友？”陆子君问道。

张小雅跟朱文静同时看了陆子君一眼，都没说什么，然后朱文静转头好奇地问张小雅。

“她们有没有打起来？”朱文静问道。

“当然打了，还相互扯头发，两个女生都是长头发。”张小雅说道。

“她们长得怎么样？漂不漂亮？”朱文静问道。

“呵呵。”陆子君假笑了两声，她们两个人装作没听见。

“漂亮，都很时尚，其中一个打扮得有点非主流，很可爱的样子。”张小雅说道。

“那最后谁打赢了？”朱文静问道。

“哈哈。”陆子君又笑了两声，仍然没有得到关注。

“可爱的非主流稍占上风，但场面很快被保安大叔平息了，然后两个人就坐下来小声地吵架，哈哈。”张小雅笑着说道。

“怎么没被赶出去？”朱文静笑着问道。

“保安大叔说再闹就都赶出去，结果她们就坐下来从武斗改为文斗。”张小雅说道。

“这个小伙子真有福气，同时交三个女朋友，真是个情场高手。”朱文静说道。

“还福气，晦气才差不多，做坏事迟早会得到报应的，提醒你们这些男的呀，多行不义必自毙。”张小雅看着陆子君说道。

“你看我干什么？我又没干坏事。”陆子君看了张小雅一眼后说道。

“你没干，我就提醒你而已。”张小雅笑着说道。

“你应该提醒你们这些女生，交男朋友要擦亮眼睛，要做到宁缺毋滥，不能为了赶时髦而交朋友，现在很多小年轻太浮躁。”陆子君说道。

“哎，年纪大了，我是做到了宁缺毋滥，这不，被剩了下来，被这些小女生叫阿姨，她们都不叫姐姐，真是让人生气。”张小雅说道。

“谁说不是呢，现在年轻人要管教管教，不懂礼貌。”朱文静说道。

“你们说的毕竟是少数，大部分年轻人还是很有教养的。”陆子君说道。

“来，为了有教养的年轻一代，干杯！”张小雅说完一饮而尽。

陆子君和朱文静也喝完了杯中酒，朱文静拿起啤酒给大家满上，陆子君闷着已经喝了很多酒，借着酒劲，他开始吐露自己心中的不快。

“你们说说看，我怎么样才能搞定医院的领导？”陆子君问完又将一杯酒压进肚子里。

“上次已经跟你说过啦，直接去跟领导谈啊。”张小雅回答道。

“跟哪个领导？医院那么多领导。”陆子君问道。

“当然是管人事的领导。”朱文静说道。

“人事处处长？”陆子君又问道。

“当然不够，处长哪有那么大的权力，跟管人事的副院长谈。”张小雅说道。

“副院长那么多，怎么知道谁是管人事的?”陆子君又往嘴里倒了一杯酒。

“你真是白面书生，两耳不闻窗外事，一心只开脊柱刀。”张小雅说道。

“怀副院长，他是管人事的。”朱文静说道。

“怀副院长，我有点印象，见过他几次面，感觉他很严肃，不是那么平易近人。”陆子君说道。

“你管他那么多干什么，直接去找他，试试，总比为了这事天天自己折磨自己强。”张小雅说道。

听着她们两个人的话，陆子君又开始默默地喝起酒来，而她们很快转而又聊起八卦。八卦是人与人之间的润滑剂，能增进彼此的感情。她们聊得很开心，完全忽略了一旁不停灌自己酒的陆子君。

接下来的日子，幡然醒悟的陆子君像着了魔似的，利用手上各种资源游刃有余地追踪着怀副院长的行动轨迹，想要找个好机会跟他见上一面。通过这件事，他才知道，副院长跟自己一样忙，唯一的区别是，自己忙的地点大部分是固定不变的，而副院长则一直在变换。这一天，陆子君在医院花园的小路上偶遇怀副院长，真是天时加地利，他要创造出人和。经过这么多天的反复练习和酝酿，陆子君已经憋了一肚子的话想跟怀副院长倾诉，箭在弦上，千钧一发，万事俱备，东风在吹。

“怀院长，您好，我是骨科的陆子君，我……”激动的陆子君话还没说完，就被怀仁忠打断了。

“我认识你。”怀仁忠说道。

“您认识我?”陆子君疑惑地问道。

“不要叫我院长，我是副院长，你叫我院长，是把我职位提高了一层，这叫口头行贿，千万使不得。”怀仁忠说道。

“对不起，怀院长。”陆子君急忙说道。

“还在行贿?”怀仁忠说道。

“明白了，怀副院长。”陆子君说道。

“我现在去办公室，刚好有空，去坐坐。”怀仁忠说道。

“好的。”陆子君高兴地回答道。

就这样，陆子君一路小跑着跟怀仁忠来到了他的办公室。怀仁忠示意他在对面的沙发上坐下，他自己坐在办公桌的后面。看见沙发，陆子君就想躺，幸好此刻保持着清醒，于是安安静静地坐下。

“我……”陆子君刚要介绍此行的目的，就被怀仁忠接过话去。

“我知道你想说什么，你们年轻人的处境我能理解，平时工作认认真真、勤勤恳恳，脚踏实地又深受广大患者的认可，是我们医院的中坚力量，确实为医院的发展有不少贡献。工作这么多年了，要晋升职称，但是一起竞争的人太多而名额又有限，前有险境，后有追兵。本以为跟自己差不多的那些人都晋升完了，总算该轮到自己了，却又被那些后起之秀赶上，他们更优秀，做课题、写文章、留学的经历等都非常丰富，比来比去，没办法，就掉队了。”怀仁忠说完，喝了一口茶。

“您……”陆子君的话再次被怀仁忠打断。

“我这个当领导的，负责人事、晋升等，面对你们这一群优秀的员工，总是想尽办法，想做到公平、公正，并且公开。这么多人，一碗水不端平，就难以服众，所以我一直以来，只能按规章制度办事。你们晋升职称，参考选评条件，优中选优，我也很同情并理解你的现状和处境，但是我不能一手遮天，更不能瞒天过海。同时，我也在向医院学术委员会建议，将临床岗位与科研岗位的职称评审分开，让临床能力强的人更专心地去做临床工作，而科研能力强的人更用心地去做科学研究。现在是混着在评审，所以，像你这样有丰富临床经验的人在晋升方面，没有了优势，反而成了劣势，这是我一直在思考的问题。相信在不久的将来，我们要解决这个问题。”怀仁忠说道。

“他……”陆子君刚要接话，又被打断。

“他们每一个想要晋升职称的人都第一时间想到我，特别是没晋升成功的，都说自己有多优秀，没评上是多么的可惜。在我看来，他们，包括你，都的确非常非常优秀，但你们都应该知道，名额有限。我个人当然巴不得你们都评上，因为我也爱惜人才，知道你们的能力都很强，是我们医院的顶梁柱，都深受广大患者的喜爱与认可，维持着我们医院这个品牌的高度。我深深地知道，这个医院的发展，都是你们这群勤劳踏实的人一点一滴用汗水干出来的，你们的存在，是医院可持续发展的重要保障。有你们在，我们所有领导工作起来也很安心。对于你的事，我会放在心上，你不仅代表你个人，而且代表着一个有影响力的群体，我必然会为你们代言。小陆，你还有什么事吗?”

“没有了，怀副院长。”陆子君小声说道。

陆子君小心翼翼地站起来，虽然心里有很多话，一句都没说出来，但感觉像被掏空了一样，人飘飘的。他双手插进口袋，那张卡被他反复挤捏着，始终没有勇气拿出来，并且感到非常羞愧。哎，看看时间，他加快脚步，手术应该要开始了。

天赐良机

一

陆子君像往常一样，窝在休息室的沙发上闭目养神，自从上次见了怀仁忠一面之后，整个人都显得很消沉，整天垂头丧气的，俨然一只丧家犬的模样。这些日子以来，他也不敢去见边褀褀，颓废、落寞、孤寂，负能量爆棚，唯一能“见光”的行为是开始复习编制考试的内容，在文字中寻找心灵的慰藉。

“陆医生，你今天很闲呀，到现在还没进手术室。”崔智美推门进来，看见陆子君后说道。

见陆子君没搭话，崔智美小步跑过来，面带笑容。

“不会是猝死了吧？让我来做人工呼吸。”崔智美低声说道。

当崔智美的嘴巴快要凑到陆子君的嘴边时，陆子君睁大眼睛，一把将她推开，急忙坐了起来。

“你来真的啊。”陆子君笑着说道。

“当然，难道你忘了，上个星期医院脑病科一位医生值完夜班，第二天猝死在科室，发现得晚了。若是及时做心肺复苏，可能还有生还的希望，才41岁。你们都是医院的栋梁之材，若是猝死，必然是医院的损失，我们这些绿叶一定要保护好你们这些红花。”崔智美说道。

“不说一点好的，指望着我猝死，什么心思。”陆子君说道。

“人家是担心你，关爱你，很直白的，就这点心思。”崔智美说道。

“好了，谢谢你的好意。不过，一看你就不够专业，这样很丢脸。”陆子君笑着说道。

“我怎么丢脸了？为了你的生命安全，亲你了不算丢脸。”崔智美说道。

“我不是指亲我，丢脸是指你的操作不专业。谁一上来就做人工呼吸的？学的复苏知识都忘啦？至少要先摸一摸颈动脉，看看脉搏情况，再看一看呼吸情况和意识，然后再决定是否做心肺复苏。”陆子君说道。

“一看见是你，所有的知识都被吓跑了。”崔智美笑着说道。

陆子君正准备说点什么，看见张小雅推门进来，于是收住了嘴，顺势又躺了下去。

“哟，陆大才子现在还没去开刀？”张小雅边说边去柜子里拿材料。

“小雅姐问你呢，快说。”崔智美见陆子君又没接话，于是对着陆子君说道。

“怎么？是猝死了吗？让开，我来做人工呼吸！”张小雅边小步跑过来边说道。

还没等张小雅凑近，陆子君就坐了起来，若是被张小雅亲了可不得了，边祺祺那边没法交代。

“你们怎么都是一个套路？都想我猝死，就不能让我安安静静地睡会，瞎折腾。”陆子君有气没力地说道。

“最近医生猝死病例高发，所以我们不得不防，像你这样的人才，若是猝死，实乃医院的重大损失。”张小雅说道。

“就我这样的，还算人才，真是让人贻笑大方。”陆子君自嘲道。

“你当然是人才呀，我们医院谁人不识陆子君？你是我们医院的‘三把刀’之首，陆一刀，可牛气啦。”崔智美说道。

“呵呵，这又能怎么样。”陆子君说道。

“你最近一直这么丧，大家只是想帮帮你而已，本来工作就辛苦，没有强大的心理承受能力，怎么能持续地发展下去？”张小雅说道。

“是呀，我们大家是关心你。”崔智美说道。

“谢谢你们了，可是，我的问题，你们又帮不上忙。”陆子君说完又躺了下去。

“不就是个考编制的事情吗？我们一起帮你想办法。”崔智美说道。

"你们能有什么办法?"陆子君说道。

"有一个可以让你躺赢的办法。"崔智美说道。

"一听就知道不现实，在这个花花世界里，就没有躺赢的道理，除非有一个超级有钱的老爸，实不相瞒，我没有。"陆子君说道。

"你可以有。"崔智美说道。

"呵呵，你在认真地搞笑吧?"陆子君假笑着说道。

"美美的意思是给你找一个有钱的老爸，这你还听不出来。"张小雅赶紧接话道。

"这个老爸不一定要跟你老妈有关系，也可以是指岳父。"崔智美说道。

"边祺祺的爸爸的确很有钱，但这个事跟他没关系，这是原则问题。"陆子君说道。

"不是说有钱就能搞定所有的事，还要能帮上忙才行。"崔智美说道。

"你的意思是让他换一个岳父?"张小雅说道。

"是的，可以考虑一下跟院长的女儿结婚，这样院长没有理由不帮你一把。"崔智美说道。

"有点道理，能跟院长家攀上亲戚，那以后的路就平坦多了。可我记得我们院长家是个儿子呀？这样太为难我们陆公子了吧?"张小雅笑着说道。

"哈哈，就算你想，别人也不一定同意呀。正院长没女儿，可以找其他院长，医院那么多副院长。"崔智美说道。

陆子君感觉这两个人的话越来越离谱，索性睡自己的觉，完全不搭理她们。她们两个人越聊越投入，为陆子君操碎了心。

"副院长能不能帮上忙？我感觉有一些副院长一点存在感都没有，可有可无的。"张小雅说道。

"是的，副院长中也有排名，当然是选有影响力的。"崔智美说道。

"怀副院长是影响力很大的一个。"张小雅说道。

"你是说怀仁忠副院长？他刚好有个女儿!"崔智美激动地说道。

在半睡半醒之间听到"怀仁忠"三个字，陆子君浑身打了个哆嗦，赶忙翻了个身，脸朝沙发背睡着。

"这么巧，那就选他了。"张小雅说道。

“怀副院长的确是一个很合适的人选，他干劲十足，医院的很多大事都有他的身影。”崔智美说道。

“那我们就这样决定了，选他女儿。”张小雅说道。

“可以。”崔智美说道。

“不过，没见过怀副院长的女儿，不知道长得漂不漂亮，太丑的话也不行，这样会显得陆子君很势利。”张小雅说道。

“应该不会很丑，不过你看怀副院长那一副壮汉的样子，也不排除她很高大、壮硕。”崔智美说完便捂着嘴笑。

“若真是这样，那就有点委屈陆大才子了。”张小雅笑着说道。

“是的，这就是代价。”崔智美说道。

“还有一个问题，你有没有想过？”张小雅问道。

“什么问题？”崔智美反问道。

“边祺祺怎么办？陆子君那么爱她。”张小雅说道。

“这个，只能忍痛割爱了，为了自己的前途，总得要有一点牺牲。”崔智美说道。

“貌似有点道理，不过，这件事没那么简单，还是要好好考虑考虑。”张小雅说道。

“嗯，考虑考虑。”崔智美附和着说道。

她们两个人见陆子君一点反应也没有，很有默契地站起来往外走，此时陆子君坐了起来。

“我这辈子非边祺祺不娶，我不会接受别的女人。”陆子君说道。

“那就好，你能这样想，我替祺祺感到高兴。”张小雅说道。

“我们刚是在考验你的真心，好好努力，加油。”崔智美强颜欢笑地说道。

“不过，困难总是留给自己的，路好不好走只有自己知道，别过得那么辛苦。”张小雅说道。

“谢谢你们的好意，你们忙去吧，我会处理好这件事的，放心。”陆子君笑着说道。

“OK。”崔智美笑着答道。

陆子君每天深夜下班后，果断放弃了一切活动，直奔家里，挑灯夜战，一心扑在备考上。有目标的日子总是过得飞快，再过几天就是考试的日子，他胸有成竹。

边祺祺已经很久没有约陆子君出去晃悠，陆子君也不想分心，因而一直没有联系边祺祺，他们之间仿佛风筝断了线，彼此之间的距离越来越远。边祺祺仅仅变成了陆子君一个努力的目标，而陆子君一直只是边祺祺人生的一个过客，虽有痕迹但是轻描淡写。

这天，边祺祺主动给陆子君发了一条信息，她约他一起去老街走走。

收到信息的陆子君非常开心，跳得老高，像个孩子一样。

没日没夜地备考，陆子君见镜子中的自己双眼泛黑，特批自己当晚早睡，睡之前用借来的面膜敷了一下面部，第二天早上起来时在双眼周围涂了厚厚的美白乳液，这才让自己看起来精神许多。这一次，他没有修眉毛，而是把突出鼻孔之外的鼻毛修剪整齐，穿着边祺祺送给他并要求他穿的汉服，就出门了。

这条老街真的很老，很多路段都已失修，或是说还没建好，或是说还没维护，总之，给人很破败的感觉。

陆子君跟边祺祺汇合后，两个人沿着老街一直走，什么话都没说，默默的。陆子君见边祺祺穿着飘逸的汉服，心想这简直就是仙女下凡，内心扑通扑通地乱跳，沉迷在意境之中，所以忘了说话。边祺祺则看上去像是有心事，时而抬头看天时而望向人群，仿佛一直在思考着什么。

走着走着，他们眼前出现了一座寺庙，寺庙正门的前面杂草丛生，旁边还堆着建筑材料，一个破旧的三轮电动车停在杂草之中，虽然乱，但看上去很和谐，寺庙入口处，两个老头在聊着天。陆子君用手机扫码付钱后，跟着边祺祺走进了寺庙里。

陆子君的思绪逐渐回到了现实之中，他越来越觉得边祺祺与众不同，是一个有思想、有品味、有内涵的女人，并且喜欢寺庙，她应该是一个很有故事的人。

“祺祺，你很喜欢寺庙?”陆子君问道。

“是的，我觉得寺庙是很安静的地方。”边祺祺回答道。

“原来你喜欢安静。”陆子君说道。

“不是环境上的安静，而是指内心的安静，心灵上的。”边祺祺说道。

“寺庙有这种使人内心获得安静的力量。”陆子君说道。

“你也体会到了？”边祺祺笑着问道。

“一点点，我是顺着你的意思理解到的。”陆子君惊慌失措地回答道。

“很多佛语都说得很好，有助于人们获得内心的平静，佛对我国文化有重要的影响，特别是民间。清朝以前，老百姓信仰佛教的还很多，从目前各地保留下来的寺庙数量就可以看出来，它们都有很长的历史。在古代人眼里，寺庙可以保一方人平安。”边祺祺说道。

“《西游记》里最大能力的拥有者就是如来佛祖。”陆子君笑着说道。

“是的，皈依佛门能够净化心灵。”边祺祺说道。

听到这里，陆子君内心一惊，边祺祺不会要出家修行吧？他内心开始焦躁起来。

“禅定能给予我们面对未知状态的力量，修行能够使我们达到一种心安喜乐的状态。这是一种佛学上的智慧，需要足够的参禅悟道才能达到。当然，也可以顿悟。”边祺祺说道。

“祺祺，你的人生境界比我要高，相比之下，我就是一个十足的俗人，惭愧惭愧。”陆子君说道。

“人生境界没有高低之分，都是人生的体悟，俗雅也从来都不分家。”边祺祺说道。

“你说得有道理。”陆子君说道。

他们两个人围着这个寺庙已经走了好几圈，寺庙不大，只有稀稀疏疏的几个人在参观，有一个中年妇女在禅鼎边一边烧香一边哭，引得陆子君多看了她几眼。陆子君仿佛化身为佛祖特使，看尽了世间百态，芸芸众生，他的内心有种说不出的慈悲之情涌上来。

“你会信仰佛教吗？”陆子君问道。

“我的修行还不够。不过，心中有佛就是佛门弟子。”边祺祺说道。

“能问你一个比较俗的问题吗？”陆子君说道。

“什么问题？”边祺祺转过头看着陆子君说道。

“我们什么时候结婚？”陆子君问道。

听到这个问题，边祺祺没有立刻回答，她默默地往前走，过了好一会儿才开口说话。

“这个事情我也不知道，陆子君，我觉得你不要太有执念，一切随缘，缘到自然到，缘散也莫强求。”边祺祺说道。

“我感觉你已经要羽化登仙了，我们之间的距离越来越远。”陆子君不安地说道。

“我相信我们之间是有缘分的，你可以问问佛祖，向佛祖祈祷一下，这么好的机会。”边祺祺说道。

“对，我请教一下佛祖。”陆子君说完，去拿供奉佛祖的供品，虔诚地放在佛祖的脚下，双手合十，诚心祈祷。

从寺庙里出来，边祺祺仿佛换了一个人似的，蹦蹦跳跳地参观着街边的一切，时而让陆子君给她拍照，时而让他买小吃，他们是整条街最靓丽的移动风景线。面对此时的边祺祺，想着刚刚在寺庙里的她，陆子君越来越困惑，感觉她让自己捉摸不透，他开始怀疑自己是不是真的喜欢她，或许自己只是迷恋她那美若天仙的外表罢了。不是说自己不尊敬佛祖，但是的确不像她那样对佛祖和佛学感兴趣，他觉得自己就是一个彻彻底底的俗人而已。

陆子君告诉边祺祺，自己过几天就要参加编制考试，边祺祺原本有话想说，但犹豫了，只是说让他安心考试。

回到家的陆子君呆呆地坐在办公桌旁很久很久，变得有点迷茫，但一想到边祺祺那可爱的样子就又坚定了起来。

“人无完人。”

陆子君说完就去洗澡了。

二

“陆医生，急诊留观的一个老爷子点名要见你，说是之前你给他开的刀。”崔智美在医院走道上抓住陆子君的胳膊后说道。

“他怎么了，来急诊?”陆子君问道。

“说是腰动不了了，一动就痛。”崔智美说道。

“行，住在几床？我查完房就去看看。”陆子君说道。

“加2床。”崔智美回答道。

“好的。”

陆子君说完就快走两步，去查看自己的病人，他想早点弄完后去看急诊的那个老爷子。去急诊室之前，他在电脑上查看了老爷子的病例资料，华宝国，男，79岁。很熟悉的一个名字。

来到走廊上的加2床旁，看见老爷子双目紧闭，脸色不是很好，陆子君上前去拍了拍他的肩膀。

“华爹爹，您怎么了？”陆子君问道。

“你是陆医生？”老爷子睁开眼睛，看了一眼陆子君后就一直盯着他，问道。

“是啊，您怎么了？”陆子君回答道。

“我7月份做完腰椎手术，在家里躺了两个月后就开始出现腰痛的症状，一个星期之前开始无法下地，之前还能偶尔下地活动，现在完全不行了，一动就疼。”华宝国慢声慢语地说道。

“您侧过去，我看看到底是腰哪里疼。”陆子君边说边帮助华宝国侧身。

陆子君在华宝国的腰背上轻轻地叩击了几下，确定大概是腰1椎体的位置，然后拿起他的磁共振胶片，仔细地看了一遍，确认华宝国这一次是腰1椎体的爆裂骨折，这真是一个不好的信息。

“陆医生，你说我7月份之前，没做手术时是一个活生生的好人，现在每天只能躺着，我真是找罪受呀。”华宝国有气无力地诉说道。

听着华宝国这番话，陆子君一时不知道该如何回答。

“陆医生，你来啦？”一个老太太的声音从背后传来。

陆子君回头一看，是华宝国的老婆，7月份华宝国做手术时，一直是她在照顾他，因为她也姓陆，所以印象深刻。

“陆婆婆，还是您一个人照顾华爹爹，前前后后的，很辛苦。”陆子君说道。

“没办法，唯一的女儿每天都要上班，跟你们一样，非常忙，有心无力。现在的年轻人也不容易，能理解。”陆婆婆说道。

“请一个人帮忙搭把手，这样您也轻松一点吧。”陆子君说道。

“习惯了，我现在还能动，别人照顾，他不习惯。”陆婆婆说道。

“是的，这么多年的相处。”陆子君说道。

“陆医生，他这到底是怎么回事？上次做完手术后就一直躺着，后来腰就越来越疼，完全不能下地活动。”陆婆婆问道。

“腰椎骨折了。”陆子君回答道。

“每天都在床上躺着，又没有摔倒过，怎么会骨折呢？”陆婆婆问道。

“您是说华爹爹手术后一直躺在床上？”陆子君奇怪地问道。

“是啊，我按照你们的要求做的呀，你们说手术后躺三个月。”华宝国突然插话道。

“那应该是您听错了，我们腰椎手术术后一般躺3天左右就可以下地活动，年纪大的病人也不要躺着超过1周，卧床时间太长不是好事，非常容易引起或加重骨质疏松。”陆子君说道。

“出院时，是你们医生交代的呀。本来要躺三个月的，谁知道躺了两个月就出现问题了。”华宝国说道。

听到这里，陆子君反思问题可能就出在这里，术后卧床时间太长，活动量减少，导致骨质疏松加重，可能轻微的受力就引发了骨折。华宝国之前是因为腰椎管狭窄症而做的内固定手术，固定的椎体没事，没固定的椎体发生了骨折，并且还是爆裂骨折，真是很难想象。一般爆裂骨折都是有高处坠落伤的病人才会出现的，很奇怪。

“华爹爹，上次出院时的出院小结您看过了吗？一般我们在出院小结上写明了出院之后的注意事项，其中就包括平躺三天左右，而不是三个月，您可以找出来再看一看。另外，这次的骨折是骨质疏松导致的，我来给您想办法治疗，做一个小手术就能好，您不要太着急。”陆子君说道。

“我这个样子还能承受得起手术吗？”华宝国问道。

“没问题的，华爹爹，微创手术，局部麻醉，往您骨折的椎体内注入一点骨水泥就行了。”陆子君回答道。

“是不是呀？我现在已经没有信心了。”华宝国有气无力地说道。

“您放心，我会帮您把问题解决的。”陆子君说道。

华宝国闭着眼睛，嘴角没有要动一下的意思。

“那就谢谢你了啊，陆医生。”陆婆婆见华宝国没接话，她急忙说道。

“不客气，应该的。”陆子君说完，转身离开了。

来到医生办公室，陆子君将华宝国的检查资料调出来，把几张典型的片子用手机拍照留存，他需要向主任汇报此事。华宝国的问题如果处理不好，非常容易演变成一场矛盾。他在之前的住院病历里查到，出院小结上写的是卧床休息三天而不是三个月。

汇报完后，陆子君又来到休息室喝咖啡。

“陆医生，过来帮个忙，韩医生出去忙了，你帮他接待一下这个新病人，说是领导的家属。”崔智美跑进来说道。

“我是脊椎外科的医生，别的病也不专业呀，我能看什么。”陆子君低声说道。

“管不了那么多了，是个医生就行，总比我去看要强吧，再说了，领导的家属，若让领导发现医生缺岗，我们都会受到牵连，你就当做好事啦。起来，快走。”崔智美边说边拉陆子君。

陆子君极不情愿地站起来，拖着疲惫的身体往外走，又来到急诊室，见到了这位领导的家属。

“小姑娘，你怎么了?”陆子君看着眼前的病人问道。

“小姑娘?你应该叫小姐姐吧?”这位小姐姐说道。

“呵，小姐姐，你哪里不舒服?”陆子君一脸和气地问道。

“我脚崴了，肿得很厉害，大叔。”小姐姐说道。

“让我看看。”陆子君边说边伸手去摸她的脚踝。

“哎哟，你轻一点啊，大叔。”小姐姐说道。

“好的好的，你的外踝可能骨折了，先去拍一个X光片吧。”陆子君说道。

“大叔，你把我弄疼了，推我去拍片吧。”小姐姐说道。

“我马上要上手术台，只是过来看一下你的情况，现在大概的情况明朗了，我的任务也完成了，接下来会有其他医生接待你，再见。”陆子君说完转身离开。

“喂，你这个医生怎么这样，你叫什么名字?我要去投诉你!”小姐姐大声说道。

本来听到她叫自己大叔就已经很不爽了，又加上说要投诉自己，一身正气的陆子君转身走回来，亮出自己的工牌。

“我叫陆子君，就是这三个字，你想去投诉，随时欢迎。不管你是哪个领导的家属，都需要遵守医院的规定，不能扰乱医院的秩序。再见。”陆子君说完再次转身离开。

“陆子君，你别嚣张!”小姐姐大声说道。

当陆子君来到手术室，发现自己的确晚点了，麻醉师、护士都准备好了，一直在等他来开台。他急忙洗手、消毒，开始当天的手术。

工作时候的时间总是过得飞快，一晃已经完成了三台手术，手术间歇，陆子君在休息区沙发上躺着，崔智美走了过来。

“陆医生，不得了了，你早上接诊的那个女孩是怀副院长的女儿。”崔智美压低声音紧张地说道。

“你怎么跑进来了?”陆子君问道。

“我专门进来给你报信的呀。”崔智美说道。

“发个信息给我不就完了，还自己跑进来，多麻烦。”陆子君说道。

“我这一点都不麻烦，现在麻烦的是你，你赶紧想办法看怎么补救，要是怀副院长知道是你得罪了他女儿，你以后还怎么混呀?”崔智美说道。

“你听谁说我得罪她了?”陆子君坐起来问道。

“我听急诊室其他同事说的，她一直在说要投诉你，然后打听你。”崔智美说道。

“就那点事，她那是在无理取闹，不用理她。”陆子君说道。

“就算是无理取闹，你也要顺着她，怀副院长啊。”崔智美说道。

陆子君一时之间没有接话，似乎在想什么。

“没那么严重吧？怀副院长也不是不讲道理的人，我上次跟他碰面，他非常擅长讲道理。不过，有点让人害怕。你说我该怎么办?”陆子君问道。

“你现在才清醒过来，真是的。”崔智美说道。

“本来没事，被你这么一说，让我觉得这好像是个事儿。”陆子君说道。

“我就说你嘛，智商很高，可情商不够。面对领导，巴结都来不及，怎么能去得罪。得罪领导的家属就等同于得罪领导，这你还不懂?”崔智美说道。

“你这样说我突然懂了。你说我该怎么办?”陆子君说道。

“买点水果去关心一下她呗，要有诚意。”崔智美说道。

“我下手术后恐怕她已经睡着了。”陆子君说道。

“你找人帮忙做一台手术，抽空去一趟，我去给你买水果。”崔智美说道。

“找谁呢，大家都在忙，你先去买吧，手术的事我想办法安排。另外，这个小姐姐叫什么名字?”陆子君说道。

“怀姝什么，我一下子也不记得了，等会我去看看，然后把名字和床号发给你。”崔智美说道。

“谢谢你啊，小崔。”陆子君说道。

“没事。”

看着崔智美离开的背影，陆子君第一次感觉她特别美，真是个爱操心的女孩。陆子君回到手术间，紧锣密鼓地开始手中的手术。

好不容易做完了手术，陆子君换下手术衣，穿上白大褂，与崔智美一起来到VIP病房。

在门口整理好情绪，往脸上堆满笑容后，陆子君敲响了病房的门，然后推门进来。

陆子君进来一看，围了一屋子的人，怀副院长也在，陆子君想退出去，可是大家都看见他了，他感觉非常的尴尬。

“爸，那个陆医生来了，就是他。”小姐姐指着陆子君对怀副院长说道。

这时候陆子君感觉非常难堪，真想钻进某个洞里藏起来。

“小陆，你过来。”怀仁忠转过头来对陆子君说道。

“是，怀副院长。”陆子君回答道。

“你们过来看姝琴还带水果，真是有心了。”怀仁忠说道。

“应该的，怀副院长。”陆子君耷拉着脑袋回答道。

“小陆呀，姝琴的骨折，就让你来负责治疗，我刚听她说你是她的首诊医生，她点名要你来管她，所以，我就拜托你啦。”怀仁忠说道。

此时，怀姝琴在一旁偷笑，陆子君微微抬头看了看怀仁忠，又看了看怀姝琴，不知道该如何回答。

"我……"陆子君一时语塞。

"怎么？有什么困难吗？听说你手术做得很漂亮，这个小骨折有困难吗？"怀仁忠问道。

"谢谢怀副院长的信任，我一定努力做好。"陆子君回答道。

"你们先出去忙吧，我跟我女儿单独待一会儿。"怀仁忠转过头对大家说道。

随着大流，陆子君也退了出来，心里纳闷：奇怪得很，这个怀小姐姐怎么没向她爸爸投诉我？她外踝骨折，理应让创伤科的同事们去管床，怎么让我一个搞脊柱的来管？我怎么安排手术？手术时，若是请创伤科的同事来帮忙，出了问题到底是算我的还是算创伤同事的？陆子君满脑子里开始思考接下来将要面对的一系列问题。

第二天查房，华爹爹已经从走道的加床转到房间去了。陆子君刚走进房间，陆婆婆就看见了他，拉着他走到了房间外面。

"陆婆婆，怎么了？"陆子君问道。

"陆医生，情况是这样的，这几天老爷子的精神越来越差，每天吃的东西很少，他不愿意吃东西，我感觉他非常悲观，他总在说以前能走能跑的一个人，手术后就变成这个样子，只能天天躺在床上，他接受不了。"陆婆婆说道。

"陆婆婆，是这样的，他之前的手术非常成功，早就可以下地正常走路和生活了，只是他一直躺着，这是因为躺的时间长了而出现的问题。目前做一个小手术把骨折处理好，手术后再躺两天华爹爹就可以下地活动，这一次不能再躺了。"陆子君说道。

"若是这样，那就太好了。老爷子自己弄成现在这样，跟他的性格有很大的关系，我翻看出院小结，上面写的是卧床三天就可以戴腰带下地活动，可是他一直说医生跟他说的是躺三个月，非常固执，一辈子了，都听不进去别人的话。他以前是单位办公室主任，算是一个小领导，要强了半辈子，退休之后仍然很要强，很固执。"陆婆婆说道。

"我进去跟老爷子好好聊聊。"陆子君说道。

"那就太好了。"陆婆婆感激地握紧陆子君的手，说道。

陆子君推门进来，看见华爹爹双目紧闭，面色苍白，他来到他的跟前坐了下来。

“华爹爹，您好呀。”陆子君说道。

“是陆医生啊。”华爹爹慢慢地睁开眼睛，慢声慢语地说道。

“是我，华爹爹，您这一次就是有个骨折，所以您一动就疼，做一个小手术就能好。”陆子君说道。

“真的吗?”华爹爹问道。

“当然是真的。”陆子君说道。

“你看我这么大年纪了，还能再受一次手术的折腾吗?”华爹爹问道。

“这一次手术是局部麻醉，您能受得了，不像全身麻醉，手术风险比较低。”陆子君说道。

“那就好，我相信你陆医生。”华爹爹说道。

“这是我应该做的。”陆子君说道。

“我手术后的第一个月里，感觉还是非常好的，第二个月却出现疼痛，这让我对手术产生了很大的疑问，我一直在想，手术到底该不该做，我一直想不通做完手术为什么会变成这样。”华爹爹说道。

“华爹爹，当初您因为腰腿痛影响走路才做的手术，就您的病情而言，手术是提高生活质量的一个有效方法。您后来出现的腰疼不是因为手术，而是因为新的问题——骨折，这才是问题的关键。出现问题了，我帮您把它解决，您还是一样能恢复到往日的健康状态。”陆子君说道。

“我还能像以前那样站起来吗?”华爹爹问道。

“当然能啊，您这一次骨折不算大问题，恢复起来比较快，只是一定要注意，别再一直躺着了，做完手术后第三天就下地活动，这一次我看着你下地活动后再出院。”陆子君说道。

“那就太好了，我以为我以后都无法再站起来了。”华爹爹说道。

“不会的。华爹爹，作为晚辈，其实有些话我还是想讲给您听，虽然从我嘴里说出来不是那么妥当。”陆子君说道。

“没关系的，你说。”华爹爹说道。

“您的年纪也不算很大，保养得好，还有几十年可以活。我们人啊，年纪越大的时候，心态就越要放平和，心胸宽广，少计较一些事情。您想一想，现在的医学那么发达，技术那么先进，很多问题都能解决，所以，您只管放心大胆地去生活，出现问题就交给我们解决，自己不要多想。您说您整天想手术该不该做呀，以前好好的，现在没办法下地呀，为什么又出现骨折了呀，这样会很累很辛苦，并且对问题的解决没有实质性的帮助。您若乐观、积极，心态好，吃得好，睡得好，这样对恢复才有实质意义上的帮助。身体是您的，医生手术做得再成功，若是离开了您的配合，也是失败的。”陆子君说道。

“陆医生，你的这番话说到我心里去了，我知道了问题所在，我一直过不了自己心理上的那一关，所以一直很困苦，现在明白了，我会配合你的。”华爹爹激动地说道。

“应该的，以后您有什么问题要及时地来问我，不要等，有疑问更要问。”陆子君说道。

“好的，谢谢你。”华爹爹说道。

“平常心，您现在躺在床上也别一动不动，除了腰，双手双脚，能动的地方都要定时活动，生命在于运动，一直不动会加重骨质疏松，这是一个恶性循环。”陆子君说道。

“我明白了。”华爹爹说完，下意识地活动了一下四肢。

“我会尽快安排手术，您安心养病。”陆子君说完转身离开。

“谢谢你。”华爹爹说道。

“谢谢你啊陆医生。”陆婆婆说完，跟着陆子君走出房间，目送他走远。

这天手术下得早，陆子君来到VIP病房查看怀姝琴。

“怀姝琴，安排你明天手术，现在我过来跟你谈话签字。”陆子君说道。

“坐吧，陆医生。”怀姝琴说道。

“谢谢。”陆子君回答道。

陆子君说完在旁边的沙发上坐下，将整理好的谈话内容拿出来，准备逐条念给她听。

“你扶我过来坐吧，隔这么远。”怀姝琴说道。

“还是我过来坐吧。”陆子君说道。

“不用，我过来，躺久了，想动一下。”怀姝琴说道。

陆子君将文件夹放在桌上，上前去扶怀姝琴，当她坐稳，陆子君将谈话的内容递给她。

“你自己先看看，不懂的可以问我。”陆子君说道。

“我不想看，也看不懂，没关系，我相信你。不过，一般不是家属签字吗？我看电视剧里都是那样的。”怀姝琴问道。

“额……都可以，家属或本人，你家里人呢？”陆子君问道。

“我爸应该在上班，我妈出差去外地了。我给我爸打电话吧。”怀姝琴说完拿起手机。

“不用了，这只是一个程序，怀副院长那么忙，你签完字再告诉他就行了，不需要他专门过来签字。”陆子君说道。

“也行。”怀姝琴说道。

不一会儿，怀姝琴就把该签的字签完了，陆子君拿回文件夹。

“平常心，不用紧张，只是一个小手术。”陆子君边说边站起来。

“有你在，我放心，另外，我可没投诉你，你别小心眼儿，故意不将我治好。”怀姝琴说道。

“不会的，我是专业的，不管什么样的病人，我都会一视同仁地做好本职工作。”陆子君说道。

“你的潜台词就是说我很刁钻？”怀姝琴问道。

“没有这个意思。”陆子君说道。

此时，陆子君的电话响了，是边祺祺打来的。边祺祺邀请他周末去她家参加她的生日派对，他高兴地答应了。挂掉电话，陆子君又对怀姝琴说了句“不好意思”。

“没事，明天我就交给你啦，辛苦你。”怀姝琴说道。

“好的。”陆子君说完转身往外走。

“陆医生，帮我扶回床边吧。”怀姝琴说道。

陆子君小心翼翼地把她扶过去，安顿好，就离开了VIP病房。

三

本来想着边祺祺约自己参加她的生日派对，陆子君开心得睡不着觉，但刚刚得知的一个消息，却让他怎么也提不起精神。在这次的编制考试中，陆子君又一次名落孙山，他不知道还要不要去参加边祺祺的生日派对。

这天忙完手术，陆子君没有回家，而是窝在休息室的沙发上闭目养神。

“陆教授，周末去祺祺家准备带什么礼物？”张小雅神不知鬼不觉地溜进来，说道。

“哎哟，你吓我一跳，这么晚了还没回去，在这里干啥呢？”陆子君坐起来说道。

“专程过来跟你唠唠嗑的。”张小雅笑着说道。

“看你那张阴险的脸，就知道没什么好事。”陆子君起身去拿咖啡喝。

“你不要拥有一颗阴险的心，然后看谁都觉得阴险。要知道，我是来帮你的。”张小雅说道。

“帮我什么？”陆子君问道。

“搞定边祺祺呀。”张小雅说道。

“哎，就算是神仙，也帮不了我了，更何况你一介草民。”陆子君又躺下了。

“何出此言？”张小雅问道。

“哎，我的编制考试又失败了。”陆子君有气无力地说道。

“这么惨，若是这样，那我真帮不了你。”张小雅说道。

“既然帮不了我，你还不赶快消失？”陆子君说道。

“我可以帮你给她挑礼物呀，这个我在行。”张小雅说道。

“都这样了，还挑什么礼物，我都打算不去了，没脸去。”陆子君说道。

“你如此优秀的人怎么会这般消极，要知道，祺祺可不在乎你有没有编制。”张小雅说道。

“她是不在乎，可她妈在乎呀，我国的国情你又不是不知道，结婚是两个人的事吗？结婚是两个家庭的事！”陆子君有点激动地说道。

“你们可以跳开世俗，过你们向往的生活。”张小雅说道。

“幼稚，真是幼稚，一听就知道是没结过婚的人说出来的话。”陆子君苦笑两声后说道。

“我虽然没结过婚，但我看过很多人结婚，也看过很多电视剧，我对各类婚姻还是有一定的研究，不能嘲笑我。”张小雅说道。

“我没有嘲笑你，我是在嘲讽你，哈哈哈哈哈哈哈……”陆子君边说边笑。

“大哥不要笑二哥，我没结过婚，整得跟你结过一样，笑我就是在笑你自己。”张小雅冷静地说道。

陆子君听完收住了笑声，陷入了深深的思索之中，张小雅则一声不吭地去冲牛奶喝。过了一会儿，她端着牛奶又走了过来。

“边祺祺在生日当天有重要的事情宣布。”张小雅突然说道。

“不会是我跟她结婚的事吧？”陆子君问道。

“有可能。”张小雅说道。

“是真的吗？你听她说的吗？”陆子君追问道。

“她说保密，对我也没提前透露。我觉得任何事都有可能，她是一个天马行空的人。”张小雅说道。

“哎，有时候感觉跟她在一起很累，有时候想到她又觉得很幸福，我现在对她的感觉很矛盾，有时会非常彷徨，怀疑我跟她是不是不适合结婚。可我不跟她结婚，能跟谁结婚呢？”陆子君两眼放空地说道。

“可以跟我结婚呀。”张小雅笑着说道。

“你？我怎么能跟你结婚？我把你当哥们儿。”陆子君说道。

“你把我当哥们，我把你当姐们，这样也能结婚。”张小雅说道。

“你别破坏我对结婚的美好想象，现实一点，帮我分析分析边祺祺怎么搞定吧。”陆子君说道。

“搞定边祺祺，这才是最不实际的事情，她的人生大事不是由她来决定的。”张小雅说道。

“又回到之前的怪圈了，都什么年代了，还在由父母包办婚姻，哎，我很无助。”陆子君说道。

“现在换了说法，不叫父母包办，而是父母把关，这也没错呀，养了这么好的一个女儿，难道连替她把关的权利都没有?”张小雅说道。

“若是她父母仍然不同意，我决定跟她私奔。”陆子君说道。

“呵，陆大才子，你现实一点好不好，现代社会，你谈私奔，到处都是摄像头，你能奔到哪里去?”张小雅说道。

陆子君感觉很沮丧，默默地端起咖啡，只有咖啡的苦才能冲淡一点心头的苦。

“你可以跟祺祺谈一谈，看她到底是怎么想的，私奔也要她同意才行。”张小雅说道。

“周末见面了再跟她聊吧。”陆子君说道。

张小雅走后，陆子君窝在沙发上睡着了。恍惚之间，他好像跟边祺祺两个人来到了一个城堡，里面住着许多小矮人，人虽然小，但着装漂亮。他们两个人手牵着手，来到了城堡的大堂内，只见高处坐着两个人，根据服饰的特点来看，应该是国王与王后，他们说着陆子君听不懂的话，并且还激烈地争吵了起来，旁边的士兵们都慢慢围了过来。陆子君见形势不妙，抓紧边祺祺的手，快速地跑起来，想要逃离这个美丽的城堡。跑着跑着，陆子君和边祺祺就飞了起来，终于逃脱了士兵们的围堵，陆子君看了看身边的边祺祺，然后回头看了看下面的士兵们，开心地笑了起来。

他们越飞越高，越飞越远，来到了云朵之间，风景虽然很美，但边祺祺冷得发抖，陆子君对边祺祺说：我们到地面去吧。边祺祺点头答应，陆子君很奇怪，她一直都没有说话，无论他说什么，她只是点头或摇头。

当他们来到地面时，陆子君发现这里是一片大草原，蓝蓝的天空，绿绿的草地，远处还有牛羊在吃草。陆子君非常开心，跟边祺祺在草地上追逐、嬉闹，他们玩了很久很久，陆子君感觉有些累了，于是牵着边祺祺的手慢慢往前走，走着走着，发现前面是断崖，往下看深不见底，陆子君不由得心里一阵哆嗦。他拉着边祺祺准备往回走，此时，边祺祺一把抱住陆子君，让他感觉幸福来得太突然，也很奇怪。他也紧紧地抱住边祺祺，就这样，两个人抱了很久很久，陆子君幸福得快睡着了。没过一会儿，边祺祺突然将陆子君轻轻推开，陆子君后退了几步，边祺祺又走上前，笑着面对陆子君，陆子君也开心地笑着。

边祺祺伸开双臂准备去抱陆子君，陆子君也展开双臂，突然，边祺祺一把推向陆子君，陆子君“啊”的一声，往后掉下了断崖。“啊”的一声，陆子君重重地摔在地上，惊恐的他看看四周，才松了一口气，原来是一场梦。他慢慢地爬回沙发上，睁着眼睛发呆，回味着刚刚让他感到甜蜜而后怕的梦，又想起了跟边祺祺在一起的点点滴滴，舍不得再次入睡。

转眼到了周五，明天就是边祺祺的生日，陆子君怀着复杂的心情开始了一天的工作。当把所有的病人都查了一遍后，在上手术台之前，陆子君又来到华爹爹的病床旁，他答应要把华爹爹扶起来下地活动，这对华爹爹来说，是非常令人振奋的一件事。

“谢谢你陆医生，耽误你的宝贵时间。”陆婆婆说道。

“没事，不要紧，华爹爹能顺利康复，我很高兴。手术后第三天了，需要下地活动，若不是他身体虚弱，一般的病人术后第二天就开始下地活动了。来，华爹爹，您先把腰带捆好。”陆子君跟陆婆婆说完又转过头来对华爹爹说道。

“谢谢你。”华爹爹慢慢地说了一句。

“很久没下地了，刚开始坐起来时会有点头晕，这是正常现象，您的手术非常成功，所以您只管放心地下地。”陆子君边说边把华爹爹扶着坐了起来。

“谢谢你，陆医生。”华爹爹仍然慢腾腾地说道。

“您头晕不晕?”陆子君问道。

“还好，不晕。”华爹爹说道。

“那就好，我再扶您站起来。”陆子君说完，接着就将华爹爹扶着站起来了。

此时，陆婆婆一脸的笑容，非常开心也非常感激，华爹爹一改往日严肃的面容，他笑了起来。

“真没想到，我还能站起来。”华爹爹激动地说道。

“瞧您说的，您不光能站起来，走几步也是没问题的。”陆子君说道。

在陆子君的搀扶下，华爹爹在房间里来回走了几趟，两位老人家都非常高兴。

“陆医生，我们还有什么需要注意的吗?”陆婆婆问道。

“华爹爹需要加强下肢肌肉的锻炼，您看他的大腿肌肉都萎缩了，肌肉没力，走路就会不稳。另外，陆婆婆，您要随时跟在他身边，千万不能摔跤，华爹爹骨质疏松太严重了，再摔跤又会出现骨折的现象。”陆子君说道。

“好的，我明白了，谢谢你陆医生，真的很感谢。”陆婆婆说道。

“没什么，这是我应该做的。”陆子君说完，把华爹爹扶到床边坐下。

“过两天就可以出院了。”陆子君说道。

“好的。”陆婆婆高兴地答道。

陆子君满意地离开了华爹爹的病房，心里暗暗高兴，又是一台成功的手术。没有人夸他，他总是自己夸自己。

陆子君出了手术室后，径直来到了怀姝琴的病房，准备给她的手术切口换个药，换完就下班。

怀姝琴也一直在等陆子君。

“陆医生，你怎么才来，我都等了很久了。”怀姝琴一见陆子君进来就急忙说道。

“不好意思，我刚下手术，现在就给你换药。”陆子君点头哈腰地说道。

“哎哟，对不起，不知道你那么忙，谢谢。”怀姝琴说道。

“不客气，应该的。”陆子君边说边操作着换药。

“陆医生，我什么时候能够出院？在这里待着很不方便。”怀姝琴说道。

“现在手术切口不红不肿，比较稳定，可以回家修养，只是每隔三天要换一次药，一直换到术后两周。你这是美容缝合，所以不需要拆线。”陆子君耐心地说道。

“那太好了，我跟老怀说一声，尽快安排出院。”怀姝琴激动地说道。

“我跟怀院长请示吧，不能让他误会是我赶你出院。”陆子君急忙说道。

“就是你赶我出院的，我让老怀治一治你。”怀姝琴笑着说道。

“小姐姐，你千万别开玩笑了，你这样说的话我会死得很难看。”陆子君说道。

“我就喜欢看你死的样子。”怀姝琴说完大笑起来。

此时，陆子君不知所措地站在那里，进退两难，尴尬至极。

“算了，放过你吧，按你们的程序来，我听你的安排。”怀姝琴说道。

“谢谢你的支持。没事的话我就先去忙了。”陆子君说道。

“陆医生，问你一个私人问题，不知道你介不介意?”怀姝琴问道。

“什么问题？你说。”陆子君说道。

“你结婚了吗?”怀姝琴问道。

“没有。”陆子君回答道。

“你看我们结婚怎么样?”怀姝琴问道。

“小姐姐，我已经有女朋友了，正在谈结婚的事。”陆子君急忙说道。

“什么时候结婚?”怀姝琴问道。

“还没定具体的日子。”陆子君回答道。

“那你考虑一下我呗，我也不算差吧。”怀姝琴说道。

“你当然不错，人又漂亮又懂事，只是我已经有喜欢的人了。”陆子君说道。

“好吧，若是你没办法和你喜欢的那个人结婚，我当你的替补。”怀姝琴笑着说道。

“不敢不敢，谢谢小姐姐看得起我。没什么事我先去忙了。”陆子君说完转身离开房间。

“拜拜。”怀姝琴笑着说道。

陆子君离开房间后，感叹现在的女孩都如此奔放，敢爱敢恨，这是自己所做不到的，因此打心底羡慕她们。下班后，陆子君挑了一枚钻戒，虽然要用放大镜才能看见钻石，但它意义非凡。

次日，陆子君很早就起床，把自己好好收拾了一番，穿上边祺祺送给他的一套汉服。

这是生日派对，也是“汉服趴”。没想到，大家都来得很早，边祺祺家里很多人，大家三五成群地聊着天，喝着酒、饮料等，享用着美味的自助食品，游泳池旁边还有钢琴演奏，旁边有一个舞台，美轮美奂。

陆子君在寻找熟悉的身影，可搜索来搜索去，仍然没有发现，就连边祺祺也没有出现。陆子君独自一人拿着酒，边走边喝，最后在泳池边的一个角落坐下，静静地看着眼前的人群。

“陆帅，躲在这里干啥?”

张小雅突然从背后跳出来，吓了陆子君一大跳。

“是你呀，古灵精怪。”陆子君站起来说道。

“不是我还有谁，这种场合，边祺祺的场子，你还能认识谁?”张小雅笑着说道。

“还有很多人，这个，这个，那个。”陆子君用手指点着人群说道。

“拉倒吧你，这里都是她妈妈的朋友们，你若认识她们，除非你是妇女之友。”张小雅说道。

“我当然是妇女之友，认识你就是最好的佐证。”陆子君说道。

“来，干杯吧，妇女之友。”张小雅说完举起杯与陆子君碰了碰。

“边祺祺在哪儿？大家都来了，她竟然还没出现。”陆子君问道。

“今天她是公主，公主当然是在城堡里面，等着王子去把她牵出来。”张小雅说道。

“你这么一说，我想起来了，我前几天做梦还梦见我和边祺祺在城堡里。”陆子君说道。

“真是个美梦，现在成真了吧，你看今天的场景。”张小雅说道。

“那个梦很美，但结局不美。算了，说回现实，今天边祺祺要宣布啥？你去探探她的口风。”陆子君说道。

“我一早就探过了，她还是说保密，平时她不这样的，这次对我防范得莫名其妙。”张小雅说道。

“也许她怕你大嘴巴，告诉我了。”陆子君说道。

“我很能坚守秘密的。”张小雅说道。

“对，你很棒，是个优秀的闺蜜。”陆子君说道。

虽然不知道边祺祺要宣布什么，但陆子君感觉非常不安，他的第六感告诉他，这一定是对自己不利的消息。向边祺祺求婚的画面，他在内心反复练习了很多遍，只是在犹豫什么时间才是求婚最佳的时机。他觉得有必要让张小雅知道，这样身边能多一个帮手。

“小雅，跟你说一件事。”陆子君低声说道。

“什么事?”张小雅问道。

“我准备向边祺祺求婚。”陆子君凑到张小雅耳边说道。

“哇哦，这真是迈出了巨大一步，我支持你。”张小雅笑着说道。

“你觉得什么时候做比较合适？”陆子君问道。

“等她宣布完她的重要事情之后，免得抢了她的风头。”张小雅说道。

“有道理。”

“你可以先去跟她见面聊一聊，探一探她的口风。”张小雅说道。

“有道理。”

陆子君说完，向里屋走去，长长的走廊，两边布满了各类山水画。走了好一会儿，他才看见正屋，是一个三层楼的大别墅，的确形似城堡。根据保姆的指引，陆子君来到二楼的房间，他敲门，里面是边祺祺的应答声。

“你来啦，听说你今天有惊喜要带给我，是什么？”边祺祺打开门后问道。

“这个……等一会再告诉你。”陆子君说道。

一定是张小雅泄密的，就这么短短几分钟的时间，足见她们的闺蜜之情名不虚传。

“你今天有什么重要的事情宣布？”陆子君问道。

“这个……我也等一会告诉你，告诉大家。”边祺祺笑着说道。

“呵呵，好吧。”陆子君假笑着说道。

“陆子君，我想问你，张小雅你觉得怎么样？”边祺祺问道。

“还行吧，为何问这个？”陆子君反问道。

“她是我很好的朋友，有什么事情我们都会相互帮助，亲密无间，无话不说。”边祺祺说道。

“这个我知道。”

“我的很多决定，她是支持的，她总鼓励我去做自己喜欢的事。”边祺祺说道。

“有这样的朋友真好。”

“我想把她介绍给你。”边祺祺说道。

“啊？我跟她本来就认识，你忘啦？我和她是同事。”陆子君说道。

陆子君说完之后似乎明白了什么，他沉默不语，边祺祺也很安静。

“为什么？”陆子君半天才缓过神来，吃力地问道。

“我觉得你们两个人更适合在一起。”边祺祺说道。

陆子君再次沉默不语，过了一会儿，门外有敲门的声音，“祺祺，可以出来见亲朋好友们啦。”这应该是她妈妈的声音。

“知道啦，马上就来。”边祺祺回答道。

“你这是要跟我分手吗？”陆子君问道。

“跟你在一起很舒服，很开心……”

“我问你是要分手吗？”陆子君大声喊道。

“陆子君，你别激动。”边祺祺有点害怕地说道。

陆子君被自己的声音吓着了，坐在那里一动不动，过了一会儿，他才开口说话。

“对不起，我刚刚失态了。”

“没关系。”

“我不知道为什么，我曾以为我能感化你，获得你的真心，现在看来，失败了。”陆子君沮丧地说道。

“我的婚姻不由我做主，目前也没有结婚的打算，也许我会一个人一直过下去。”边祺祺说道。

“你一个人过，那我就一直等你。”陆子君说道。

“我不希望你这样，你这样我会过得很不快乐。”边祺祺说道。

“难道你就对我一点感觉都没有吗？”陆子君问道。

“你是一个很好的男朋友，是我对不起你。”边祺祺说道。

“你所谓的重要事情需要宣布，不会就是跟我分手吧？”陆子君问道。

门外再次传来边祺祺妈妈的催促，边祺祺让她们等一会儿，然后屋里又恢复到平静的状态。

“不是，在我们之间，我很为难，我需要另外一片天地，我申请的米兰理工大学研究生入学通知书来了，过几天就要去米兰。”边祺祺说道。

“什么时候回来？”陆子君问道。

“不知道，也许三年也许五年，也许就在那边生活。”边祺祺说道。

“我明白了。”陆子君很沮丧地说道。

他们两个人就这样坐着，千言万语都在喉咙里，却一句话都说不出口。

“我们出去吧，他们都等很久了。”陆子君站起来，伸手去拉边祺祺。

“谢谢你，陆子君，认识你是我人生中宝贵的财富。”边祺祺边站起来边说道。

“我们还是好朋友，对吧？”陆子君问道。

“当然。”

“不管以后怎么样，我都希望你过得开心。”陆子君说道。

“你也一样。”

他们一起走出房间，来到院子里，跟大家见面。热闹喧哗的人群，自由自在的氛围，大家开怀畅饮，把酒言欢，手舞足蹈，眉开眼笑。

边祺祺的爸妈掌控着这场派对的节奏，现场热闹非凡，陆子君站在偏远的角落，一杯接一杯地喝着酒，张小雅则不停地劝说他少喝一点，他说这酒很好喝，苦中带甜，口感丝滑。放在口袋里的戒指，他摸了一次后就再也没去碰它。已经没有必要了。

这天，陆子君喝了很多，也不知道自己是怎么回家的，只记得吐得一塌糊涂。爱情就是这样，你爱我，我爱他，他又中意她，是一种很折腾人的情愫。

四

虽然日子很苦，但还是得继续过。

陆子君拖着疲惫的身体，做着普通的工作，过着平凡的生活，原本有滋有味的日子如今变得枯燥乏味。他的心受伤了。

这天，陆子君忙完一天的手术，下班后回到休息室的沙发上躺着。

“又不回家？”是张小雅的声音。

“你怎么还不回家？”陆子君反问道。

“特地去给你买的咖啡，喝吧。”张小雅边说边把咖啡放在桌上。

“我问你，那天晚上我是怎么回家的？”陆子君说道。

“我把你送回家的呀。”张小雅回答道。

“后来呢？”陆子君继续问道。

“后来我就自己回家了呀。”张小雅说道。

“不对，我看你是第二天早上才走的。”陆子君站起来，端起咖啡喝了一口后说道。

“你知道还问我？”张小雅反问道。

“我是想确定，你有没有趁机那个我。”陆子君说道。

“哪个你？”张小雅问道。

陆子君一时不知道该怎么开口，默默地喝着咖啡，过了一会儿，他又开始发问。

“那天晚上你在哪睡的？”陆子君问道。

“在你床上呀。”张小雅说道。

“嘘，你小一点声音。”陆子君急忙提醒她道。

张小雅翻了个白眼，冲了杯茶自己喝起来。

“我们之间没有发生什么吧？你一大早就溜走了，我当时也来不及问你。”陆子君说道。

“该发生的都发生了。”张小雅笑着说道。

“真是糊涂，我这以后怎么见人。”陆子君又在沙发上躺下。

“你嫌弃我还是不想负责任？”张小雅问道。

“我没有这个意思，我们这样没有感情，在一起也不会幸福。”陆子君说道。

张小雅没说什么，她转身准备离开。

“你去干什么？”陆子君问道。

“我回家呀，难道待在这里让你糗我？”张小雅说道。

“我们……”陆子君很尴尬地想说完，又没有说出口。

“跟你开玩笑的，那晚我们什么都没发生，看把你紧张的。没事，我先回去了，明天还要早起上班呢。你也早点回去休息。”张小雅说完推门而出。

“好的。”

一件事没捋清楚，另外一件又出现，这是非常伤脑筋的事，幸好是个乌龙。这样想想，陆子君竟有点高兴起来，他猛喝两口咖啡，就去更衣室收拾东西，满意地回家去了。

其实，陆子君是一个非常容易满足的人，他懂得知足常乐的道理，只是感情这个事，跟酒一样，容易上头，让他短暂失去理智，他一直为自己在边祺祺生日当天与她大声说话的事感到后悔，觉得自己不应该不理智。爱她，就不能把她攥在手心，而是要让她自由自在地飞翔，只要她开心，自己牺牲一点又何妨？对于爱，占有是低层次的表现，支持和欣赏才能展现出一定的境界。

这天，陆子君突然接到怀副院长的电话，说让他去副院长办公室一趟，他没有多想，以为是关于怀姝琴病情的事，自信地跑向行政楼。

“怀副院长，您找我有事？”陆子君敲门进来后，先开口问道。

“对，小陆，你坐。”怀仁忠边说边示意他在对面坐下。

陆子君小心翼翼地在沙发上坐下。

“我那宝贝女儿姝琴，被你照顾得很好，恢复得很快，你做得非常好。”怀仁忠边说边喝着茶。

“这是我应该做的。”陆子君回答道。

“她对你印象很不错，问我说你能不能一直把她照顾下去。”怀仁忠笑着说道。

“没问题的，怀副院长，有什么需求您或是她尽管说，我会全力以赴的，一直到她完全康复。”陆子君说道。

“你跟我刚开始一样，可能没领会到她说这话的意思。”怀仁忠笑着说道。

“不是这样，还有什么……”陆子君有点疑惑地问道。

“哈哈，她的意思是你们两个人相扶相持过一辈子。”怀仁忠笑着说道。

“怀副院长，我怕我高攀不起，令千金的爱好和习惯我一点都不了解，我怕我配不上她，不能给她带来幸福。”陆子君激动地说道。

“有谁是见一面就都了解的？不了解可以慢慢了解嘛，可以先谈恋爱，谈得来就在一起，谈不来就分开，这是人之常情。”怀仁忠笑着说道。

“我……”陆子君一时语塞。

“你不用急着给出答案，回去考虑考虑，同意不同意，你自己跟姝琴回个话，我就不在你们年轻人中间掺和了。”怀仁忠笑着说道。

“好的，怀副院长。”陆子君边说边站起来。

“我知道你们骨科医生忙，就不耽误你的时间了，去忙吧。”怀仁忠笑着说道。

“好的，怀副院长。”

回科室的路上，陆子君一直在思考，同一个地点，感觉这次见面的怀仁忠跟上次的完全不一样，上次感觉严肃，这次感觉平易近人。这件事非常麻烦，处理得好，可能今后工作上顺风顺水，若是处理得不好，工作可能会荆棘满地。能领会到这层意思，对于陆子君来说，已经是天大的进步。

与边祺祺分手后，陆子君更加专注于自己的工作，在手术室时，路过脊柱外科的手术间，看着同事们在做手术，他有点羡慕，所以偶尔也跑进去看看在做什么手术。最近，他们脊柱外科正在大力开展微创的椎间孔镜治疗各种类型的腰椎间盘突出症，大部分情况下，手术结束，患者症状立马减轻，这一点深深地触动了陆子君的心，专业的敏感性让他觉得，这是一个非常值得学习和推广的技术，他决定要学习椎间孔镜技术。

他买了好几本介绍椎间孔镜技术的书，一有空就看书，另外，他还虚心地向脊柱外科的同事们请教手术技术要点，像着了魔一样。

情场失意，职场得意，说的就是此种状态下的陆子君。由于他有非常丰富的开放手术经验，对整个脊柱的解剖结构都异常熟悉，所以很快他就了解了椎间孔镜手术的精髓，只是由于自己的开放手术病人较多，平时没机会开展此类微创手术。

有事情忙的日子总是过得飞快，转眼间，怀姝琴的手术已经结束三个月了，又到了复查的时候。陆子君选在周末放假的时间陪着她来检查，陆子君没穿白大褂，因为他觉得这样自己会更放得开一些。

“子君，我今后会不会像现在这样，走路一瘸一拐的？”怀姝琴问道。

“不会的，恢复好了就能跟正常人一样走路。”陆子君回答道。

“谢谢你，每次来复查都是你亲自陪同，并且忙前忙后的。”怀姝琴说道。

“这算不了什么，举手之劳。”陆子君笑着说道。

“你每天那么忙，休息时都做些什么？”怀姝琴问道。

“在家里睡大觉，偶尔也出去逛逛。”陆子君回答道。

“那不是很无聊？”怀姝琴说道。

“对呀，的确很无聊。我们这个职业的特点也是这样，按部就班、严谨、严肃，当然，可能我本身也很无聊，无聊的我加上无聊的职业，就无聊得更彻底了。”陆子君自嘲道。

“你可千万别这样想，医生是很神圣的一个职业，很高尚，帮助人恢复健康，是了不起的事情，一点都不无聊。”怀姝琴说道。

“围城效应罢了，医生跟社会上的各行各业一样，只是一个工种而已。不过，干每一行都得先有兴趣，要不然，很难一直坚持下去，不坚持下去就很难做得出色且做出成绩。”陆子君说道。

“有道理，兴趣是最好的老师，也是这个道理。”怀姝琴笑着说道。

“对。”

陆子君边说边起身，准备往取片区走，因为拍完照后坐在这里已经有一个小时了。

“你的片子应该出来了，我去取了看看，你就坐在这里等我。”陆子君说道。

“好的。”

不一会儿，陆子君拿着片子走了过来。

“怎么样？”怀姝琴急忙问道。

“骨折愈合得非常好，已经看不见骨折线了。”陆子君回答道。

“那真是太好了，接下来我该怎么办？”怀姝琴问道。

“可以丢掉拐杖，慢慢自己走路了。”陆子君说道。

“啊，这么快呀，我觉得太快了。”怀姝琴说道。

“不快，你的骨折已经愈合了，不用担心，只要不再崴脚、摔倒，就没问题。现在正常走路也是加快恢复的一种方式。”陆子君说道。

“那就听你的吧，我相信你。”怀姝琴高兴地说道。

“嗯，我牵着你，你现在丢掉拐杖，慢慢往前走。”陆子君边说边去牵她的手。

在陆子君的帮助下，怀姝琴慢慢地走着，走得比较顺利，越走越远。就在两个人很开心的时候，怀姝琴突然脚一滑，眼看着就要摔倒了，说时迟，那时快，陆子君迅速上前一大步，一把将她的腰搂住，转了半圈，她顺势倒在了他的怀里。他们俩凝固在了这一瞬间，看着陆子君那张帅气的脸，怀姝琴瞬间沦陷了，这是心动的感觉。缓过神来的陆子君慢慢把她扶起来，站稳。

“你没事吧？脚疼不疼?”陆子君问道。

“没事，不疼。”怀姝琴笑着说道。

“让我检查一下你的脚。”陆子君说道。

陆子君说完蹲下来，仔细地按压之前的手术部位，确认未伤到之后，才松了一口气，若是这次又弄骨折了，陆子君的罪过就太大了。

“陆医生，你太负责了，有你在身边，很有安全感。”怀姝琴说道。

“这是我的本职工作。”陆子君说道。

“晚上我请你吃饭，感谢你这段时间里对我的照顾。”怀姝琴说道。

“这个……不用客气，我也没做什么，都是本职工作。”陆子君说道。

“你别推脱了，两个选择，第一，吃饭叫老怀来作陪，第二，我们两个人去吃。”怀姝琴说道。

“还是别麻烦怀副院长了，我请你吃吧。”陆子君说道。

“哈哈，可以，不过，我来找地方，我带你去一个特别的店吃。”怀姝琴笑着说道。

陆子君把怀姝琴送上车，然后回家了，他实在是太困了，需要睡觉。

怀姝琴发信息，打电话，陆子君那边一点动静都没有，她以为他会爽约，可是车子已经开到他家小区里了，怀姝琴想尝试着下车走上去，被司机拦住了，司机说他上去叫门。过了一会儿，陆子君的电话打了过来。

“不好意思，睡着了。”陆子君在电话里说道。

“没关系，我让司机来你家门口接你，他现在在你家门口，你可以出来了。”怀姝琴笑着说道。

“不好意思，不好意思。”陆子君急忙说道。

挂完电话，他麻溜地穿上衣服和裤子，在镜子面前用手抓了抓头发，看着还行，于是出门了。

怀姝琴把他带到了“桃花醉”，一个他很熟悉的地方。他们下车后，司机就先走了。

“你以前来过这家店吗?”怀姝琴边走边问道。

“没有。”陆子君不想破坏她的好意，看着店名好一会儿后说道。

“他们家的菜很有特色，我带你看看。”怀姝琴笑着说道。

“好的。”陆子君不动声色地说道。

让陆子君感到非常尴尬的是，怀姝琴订的位置正好是当时他与边祺祺约会时坐的那桌。

看着手上的这份菜单，陆子君有种想哭的冲动，不由得想起了当时跟边祺祺吃饭的一幕幕，画面不断地在脑海里浮现着，还有自己预备求婚的场景。

“这几个特色菜一样来一份，他们家的酒也很有特色，‘谁人醉’，我们一起喝一点吧。陆医生，我现在应该可以喝点酒吧？”怀姝琴说道。

“可以。”陆子君关上菜单后说道。

“你怎么了？跟我出来吃饭很不乐意？”怀姝琴问道。

“不是，我可能是睡的时间太久了，脑袋反应迟钝，不好意思，你别多想。”陆子君急忙说道。

“那就好。听说在这里吃饭的人都能够获得一段美丽的姻缘。”怀姝琴说道。

“是吗？这么神奇？”陆子君问道。

“是啊，都说很灵的。”怀姝琴说道。

“有点意思。”陆子君喝了一口茶后说道。

“你平时都是这么严肃吗？下班后可以轻松一点。”怀姝琴说道。

“没有啦，我也是分情况，通常下班后比较随意。”陆子君说道。

怀姝琴虽然看出了陆子君情绪不对，但也没再往下深究，她尽力表现得很欢快，努力营造开心的氛围。陆子君坐在一旁想着边祺祺，完全是一副灵魂出窍似的模样。

“你考虑得怎么样了？”怀姝琴突然问道。

“什么事？”陆子君反问道。

“做我男朋友。”怀姝琴边吃边说道。

听到这个问题，陆子君一时间不知该如何回答，他只是默默地吃着菜，喝着酒。此时在他脑海中出现的是怀仁忠副院长，若拒绝她，结果显而易见。思前想后，他苦闷地喝下了一杯酒。

“若是为难，我不勉强，你可以不用回答，我知道答案了。”怀姝琴说道。

“没有为难，我只是觉得自己配不上你，能做你的男朋友是我陆子君莫大的荣幸。”陆子君强颜欢笑地说道。

“能做你女朋友也是我的荣幸。”怀姝琴说道。

“来，干杯。”陆子君举杯说道。

“干杯应该说点什么吧?”怀姝琴问道。

“为了男女朋友，干杯。”陆子君笑着说道。

“干杯。”怀姝琴笑着说道。

陆子君内心的苦也许只有杯中的酒懂，他非常想纵情地喝下去，上次的醉酒经历给他提了个醒，再加上对面是怀仁忠的女儿，不能够误事。最终，还是理智占了上风，他告诉怀姝琴不能多喝，她也很听他的医嘱。

俗话说得好，治愈一段分手的痛，最好的方式是展开一段新的恋情。以前有多么美好，现在就有多么伤痛。占有是对恋情最大的伤害，不占有则是对自己最痛的打击。收起昔日的美好与伤痛，整理好支离破碎的心情，高举生活的大旗，朝着人生的目标，陆子君再一次出发。

收获爱情

一

陆子君跟怀姝琴在一起的消息不胫而走，迅速在医院里散播开来，大部分人都是祝福，而少部分人则是酸溜溜的，张小雅、崔智美、朱文静等，都是这少部分人中的一分子。

这天，下班后，她们拦住了陆子君，上演了一场“放学别走，咱们聊聊”的桥段。

照例来到了烧烤店，选了一个安静的包房，陆子君就像一个做了坏事的小学生似的，低着头玩手机，沉默不语，她们三个人则轮流用眼睛盯着他，仿佛是要他主动交代问题。

“吃东西吧，我感觉你们都饿了。”陆子君看大家都不说话，于是主动说道。

“吃什么吃？把话说清楚了再吃，说不清楚，吃也别想吃。”朱文静说道。

“是的，太过分了。”崔智美说道。

“我怎么了？不就是谈个恋爱吗？你们至于这样来审判我吗？”陆子君往嘴里塞了一串肉，边嚼边说道。

“谈恋爱没错，但你转变得也太快了吧？才跟边祺祺分手，转身就找怀姝琴，你嘴里的真爱呢，你嘴里的非她不娶呢？”张小雅说道。

陆子君沉默不语，又偷偷地往嘴里塞了块肉，端起酒猛灌自己一杯。

“大家不是都说，开展一段新恋情是对上一段恋情最好的治愈。我的伤痛谁了解?”陆子君说道。

“没看见你痛，只看见你很开心。”朱文静说道。

“我发现你们很奇怪，要我找一个怀姝琴这样的女朋友的人是你们，我找了责怪我的人也是你们，你们关注 的点到底在哪里?”陆子君说道。

“我们关注 的是真感情，你转变得太快，会让我们误以为你对边祺祺不是真爱，让我们失望。”崔智美说道。

“奇怪的是你们，俗话不是说，男人的嘴，骗人的鬼吗?”陆子君边吃边说道。

这个时候，大家才开始吃起东西来。

“本以为你不俗，结果证明你更俗。”崔智美说道。

“对，我很俗，来，为了俗气干杯。”陆子君举起酒杯，没人愿意跟他碰杯，他自己一饮而尽。

陆子君最近只要是在酒桌上，都是自己灌自己，今天灌着灌着，突然清醒了，他又想起了边祺祺生日那天醉酒的事，所以戛然而止。

“我感觉喝得差不多了，换点饮料来喝。服务员，来点可乐!”陆子君叫道。

“怎么了?是怕你女朋友知道你在外面跟我们喝酒后生气吗?”张小雅灌自己一杯酒后说道。

“不是，我胃有点受不了。”陆子君牵强地说道。

“不能喝就算了吧，看着你们这样折磨自己，我们也难受。”崔智美说道。

“什么叫‘你们’?除了我在折磨自己，那个‘们’是指谁?”陆子君毫不知趣地说道。

“张小雅。”朱文静说道。

“张小雅?她为什么折磨自己?跟我一样失恋了?”陆子君笑着说道。

此时，张小雅没说话，又默默地灌了一杯。陆子君看了看朱文静，又看了看张小雅，觉得此事必有蹊跷。

“真的失恋啦?你什么时候谈的恋爱?藏这么深，完全不够意思，这么多年的好哥们。不过不怕，失恋就失恋，没什么大不了的，天不会塌下来，明天的太阳还是照常升起!来，换什么可乐，直接啤酒走起!”陆子君说完，举起酒杯一饮而尽。

张小雅也跟着喝了一杯，可能是喝太急了，呛得咳起来。

“小雅姐，你慢一点。”崔智美边拍张小雅边说道。

“我没事，咳……咳……”张小雅仍然在咳。

“你慢一点，别呛死了。”陆子君没心没肺地说完，又干了一杯。

“你看不出来吗？张小雅喜欢你！”朱文静朝陆子君喊道。

“这个我知道啊，你们都喜欢我。”陆子君笑着说道。

此时，张小雅哭了起来。

“你知道个啥，她是爱着你！”崔智美说道。

“爱我？爱我你别哭呀，你哭什么？”陆子君收住笑后说道。

“不好意思，失态了，没忍住就哭了，边祺祺和陆子君之间那么美好的爱情，说没就没了，我是哭这个，哭伟大的爱情。”张小雅收住哭声后说道。

“你们两个人听听，之前在瞎说什么，不要看热闹不嫌事大。”陆子君用他那锋利的眼神扫了朱文静和崔智美一眼后说道，说完自己哈哈大笑起来。

“陆子君，她们两个人说的是真的，我喜欢你。”张小雅说完，灌了一杯啤酒下肚。

陆子君听完傻住了，他看了看张小雅，还红着双眼，不像是在开玩笑，虽然她最不正经，整天开各种不着边际的玩笑。他又看了看其他两个人，都默默地在吃着东西，场面很安静。

好一会儿，大家都没说话。此时，张小雅起身准备离开，被一旁的崔智美拉住了。

“什么时候的事？”陆子君平静地问道。

崔智美把张小雅按在座位上之后，她给朱文静使了一个眼色，于是两个人离开了房间，让两个当事人自己谈谈。

“我问你什么时候的事？”陆子君又问道。

“那晚你喝得不省人事的时候。”张小雅说道。

“边祺祺生日那天？”陆子君又问道。

“是的。”

“为什么？”陆子君问道。

张小雅沉默不语。

“为什么？为什么是我跟边祺祺分手时喜欢上我？”陆子君追问道。

“我承认自己一直都对你有好感，那天晚上看见你对喜欢的人能这样直白，勇敢地爱，勇敢地面对她的不爱，对我有很大的触动。我当时觉得我应该跟你一样勇敢，那晚我跟你说了我爱你，你也说了你爱我，我很开心，结果第二天你却说什么都不记得了。”张小雅说道。

“我真的什么都不记得了……那晚你我之间除了说‘爱你爱我’之外，还做了什么事吗？”陆子君问道。

“你抱着我睡了一晚上。”张小雅沉默了好一会儿后说道。

“除了抱你，还有没有别的？”陆子君紧张地问道。

“我也不知道，抱着抱着我也睡着了。”张小雅说道。

“我可能以为你是边祺祺，因为我不是一个三心二意的人，我不可能同时喜欢几个人。”陆子君解释道。

“我想也可能是这样，但是，我真的是喜欢你。”张小雅说道。

“你为什么不早点说？为什么偏偏在我有女朋友了的时候才说？”陆子君说道。

“我也想说啊，一直没机会。这些重要吗？我不在乎，我只知道，我喜欢你这件事现在有必要让你知道。”张小雅说道。

“让我知道，然后你就没有压力了，现在压力全在我这里，你这样做很自私你知道吗？”陆子君说道。

“在爱情里，谁不自私？爱的本质就是自私。”张小雅说道。

“谬论，真是谬论。”陆子君说道。

两个人又沉默了起来，酒也不喝了，陆子君的理智占了上风，他知道这样纠缠不清对两个人都没好处，他的选择很清楚，先来后到，一次只能爱一个。张小雅玩弄着桌上的筷子，无聊的她又端起酒杯喝了一半，看得出，她确实喝不下去了。

“我现在不能抛下怀姝琴，你和我两个人是要好一辈子的，所以只能做朋友，我不想失去你这个朋友。”陆子君说道。

“若是没有怀姝琴的出现，你会不会选择我？”张小雅问道。

“若没有她，我也希望我们是一辈子的朋友。”陆子君说道。

“我明白了，没关系，我会自己调节好心态的。”张小雅说道。

“那就好，我送你回家吧。”陆子君站起来说话。

“不用，我自己回去就行了。”张小雅试着站起来，但没有成功。

陆子君赶忙过来扶她，然后他们俩一起走了出来，朱文静和崔智美在店门口一直等着他们。她们看见陆子君和张小雅手挽着手出来，高兴地跳起来，一起上前说道“恭喜恭喜”。

“你们两个人就是喜欢起哄。”陆子君说道。

“我们替你们开心呀。”崔智美说道。

“我们四个人是一辈子的好朋友，我好朋友喝多了，搭把手都不行吗?”陆子君说道。

“我宁愿你们不是朋友。”崔智美说道。

“对呀，当情人更合适。”朱文静说道。

“不要乱说，爱情是不能勉强的，我们大家要相互支持，不能窝里斗。”陆子君说道。

四个人一起坐上车，陆子君挨个送回家，最后他才自己回家，今天晚上理智使他头脑清醒，他认为自己做得很对。只留得张小雅一人哭泣了一整晚，爱情里，伤得最深的永远都是那个付出了真感情的。

第二天，陆子君照例起得很早，来到科室，开始一天紧凑的工作。在手术室里，碰到了华贤人主任，他让陆子君下手术后去他办公室，有事情要跟他谈谈。陆子君很不习惯现在的华主任，脸上堆满笑容，与过去形成了鲜明的对比。

下手术后已经是晚上十点，陆子君整理了一下仪容后，急忙往脊柱外科病房赶，以华主任的性格，说出去的话都要兑现，他一定还在办公室等着自己。

来到主任办公室门口，陆子君轻轻地敲了两下门，听见里面传来一声“请进”后，他推门进去。

“小陆，辛苦了，忙到现在，快坐吧。”华贤人赶忙站起来，示意陆子君在对面坐下。

“好的，华主任，不用这么客气。”陆子君边坐边说道。

“小陆，你觉得你目前工作怎么样？满不满意？”华贤人问道。

“还好，每天手术都排得很满，辛苦的确有一点，但年轻人不辛苦也不行。”陆子君说道。

“你真是有很高的眼界，我很看好你。”华贤人说道。

“谢谢华主任的肯定，我一定会更加努力，不给我们脊柱外科丢脸。”陆子君说道。

“好样的……怀院长比较关心你的发展，他让我征求一下你的意见，看看你有什么想法。”华贤人笑着说道。

“华主任，其实我也没什么特别的想法，就是想回我们脊柱外科工作，在急诊科待的时间也比较长了，见到的都是脊柱骨折，病种比较单一。我想回脊柱外科，学习更多的脊柱疾病的诊断和治疗方法，特别是椎间孔镜技术治疗腰椎间盘突出症，我在手术室里看他们做了几台，很感兴趣。”陆子君说道。

“椎间孔镜的确是一个非常神奇的发明，颠覆了传统的手术方式，目前全球都在疯传这项技术，短期内临床疗效显著，但长期效果如何，还是需要随访观察。”华贤人说道。

“是的，我也关注到国内外关于这项技术的发展动态，很感兴趣。”陆子君说道。

“目前科里的人员比较多，你也知道，你现在回科室，总得派一个出去顶急诊。派出去的人就需要你带一带，你需要更辛苦一点，不光是要把脊柱外科的病人管好，处理好，并且还要随叫随到地支持急诊那边。我们科里商量了准备派肖信去急诊接替你的工作，他有手术搞不定的，你需要随叫随到。”华贤人说道。

“好的，谢谢华主任。”陆子君开心地说道。

“这是你自己努力的结果，继续加油，希望你稳扎稳打，做出自己的特色。”华贤人说道。

“好的，我明白了。”陆子君说道。

“你明天跟肖信交接一下工作，然后就来科室报到。”华贤人说道。

“好的。”陆子君说道。

“行了，你早点回去休息吧，工作要认真，身体也要照顾好。”华贤人说道。

“好的。”

陆子君开心地回家去了，这是自分手之后，遇到的最开心的事，他仿佛看见了人生希望的曙光。

次日，陆子君正式归队脊柱外科，虽然工作能力很强，但职称仍然是主治医师，所以还没办法完全独立处理所有病人，只能暂时跟着华贤人。他的心情很不错，下班后主动约怀姝琴一起出去庆祝。

“恭喜恭喜，离你的梦想又近了一步。”怀姝琴举杯说道。

“谢谢，我们一起努力，干杯。”陆子君说完一饮而尽。

灯红酒绿，纸醉金迷的环境，符合一个现代化大都市的夜间模式，开放、包容、进取、活力，只要你有能力，就能过得更好。虽然陆子君是第一次来酒吧，但对这环境、氛围，一点都不反感，觉得这种场合就是堕落的标志的观念也冲淡了很多。看来自己还是太保守，还有就是自己太辛苦，每天工作到那么晚，下班只想回家睡觉，错过了那么多美好的风景。回想起跟华贤人的对话，虚伪地说自己不辛苦，那也是变通的表现，在职场，必须学会隐藏，在自己还没成功之前，职业面具必须戴好。

“姝琴，你经常来这里吗?”陆子君边吃边问道。

“也不算经常吧，想来就来。”怀姝琴回答道。

“我是第一次来。”陆子君笑着说道。

“为什么？你对酒吧有成见?”怀姝琴问道。

“说不上来，只是没有形成习惯吧，总感觉那是西方社会的生活方式，我内心还是比较保守。”陆子君说着说着便不自觉笑了起来。

“没想到你是这么传统的男人。”怀姝琴笑着说道。

“是啊，我也没想到，出来之后才发现。”陆子君大笑着说道。

“你会不会觉得我是一个坏女孩?”怀姝琴问道。

“为什么?”陆子君收住笑后问道。

“来酒吧的次数比你多很多。”怀姝琴说道。

“不会不会，我虽然自己出来玩的次数不多，但我还是很开放的，求同存异，只是生活方式的不同而已，不能用自己的标准来评价他人的生活方式。”

陆子君严肃地说道。

“真开明，来，为了你宽广的胸怀，包容的态度，干杯!”怀姝琴举起酒杯与陆子君碰杯后一饮而尽。

“干。”

虽然嘴上说不介意，陆子君的心里还是在犯嘀咕，在他的内心深处还是想娶一个传统、保守的女人为妻。怀姝琴是一个好女孩，但结婚是要过日子的，若是两个人都不能顾家，以后小孩的培养怎么办？自从答应怀姝琴之后，陆子君就非常明白，这件事是没有回头路的，只能硬着头皮向前走。好处显而易见，有怀副院长支持，自身事业的发展一定会顺利很多，缺点就是很多家庭方面的事需要忍气吞声。对怀姝琴，谈不上爱，自从边祺祺离开之后，陆子君已经没有爱了。

“嗨，姝琴，你今天怎么来这么早!”一个女生说道。

“我刚来，你们怎么也来这么早?”怀姝琴站起来跟她们勾搭着说道。

“没事做，就过来了。”另外一个女生说道。

“哟，还有一个帅哥，姝琴，介绍介绍。”这个女生说道。

“你们不要有什么想法，这是我男朋友，注意一下形象。”怀姝琴说道。

“是你男朋友，那更要介绍介绍。”另外一个女生说道。

“我男朋友陆子君，这两个人是我的闺蜜，这个是黄菁文，这个是童青青。”怀姝琴说道。

“两位美女好，很高兴认识你们。”陆子君站起来说道。

“帅哥好，帅哥好。”黄菁文和童青青一起说道。

怀姝琴招呼她们两个人一起坐下，又点了一些菜和酒，场面开始热闹起来。今天晚上陆子君也很豪放，一反平时拘谨的样子，很洒脱，跟两个陌生女生天南地北地聊着。

陆子君大声说着，放肆地笑着，大口地喝着，酒越喝越多，但一直在笑，笑着笑着，他竟然哭了出来。

“你怎么了?”怀姝琴急忙问道。

“没什么，我太高兴了，喜极而泣。”陆子君哭出来才发现不合适，没把心情藏好，于是又默默地自罚一杯。

陆子君心里一直放不下边祺祺，总是触景生情。他深刻地体会到，如果改变不了环境，就只能适应它。虽然怀姝琴不是他自己选的，但自己没办法拒绝，她给自己也带来了很多实实在在的好处，这样想想，心里舒服多了，再喝一杯，忘掉过去，一路向前。

二

回到脊柱外科的陆子君，没有之前料想的那么累，华贤人虽然表面上说让他带一带肖信，实际上是看科室里谁有空时就轮流去帮忙，没有把负担加在陆子君一个人身上。

陆子君体会到华贤人的好意，当怀仁忠问到自己的工作情况时，他说华贤人非常照顾自己，工作很顺利。就这样，陆子君按照自己的目标，一步一步地将工作铺展开来。

这天，陆子君准备开展自己的新业务——椎间孔镜治疗腰椎间盘突出症，本来华贤人要上台指导陆子君进行手术操作，但临时接到通知，市里领导组织了一个大会诊，点名要求华贤人参加。华贤人安排科室副主任韩学光上台指导陆子君做手术，韩学光副主任椎间孔镜手术做得很不错，按道理说，他比华贤人更适合来指导陆子君，因为华贤人不做椎间孔镜手术。

一切准备好后，怀着激动的心情，陆子君来到手术间，把病人安置好，画好操作标记线，皮肤消毒铺无菌单后，开始打麻醉药，这个微创手术是在局部麻醉下进行，整个手术过程中，病人都是清醒的。

陆子君用穿刺针进行定位操作，真是幸运，竟然一步到位！他立马进行下一步操作，此时，韩学光进来了，他看了看C型臂X光机显示屏上的穿刺结果，不满意地摇着头。他示意陆子君到他旁边来，陆子君乖巧地走了过去。

“这个进针点偏内了，等会会影响手术操作。”韩学光小声说道。

“韩主任，我想尝试一种新方法，用环锯磨掉上关节突腹侧的一部分，这样就能完全暴露突出的椎间盘。”陆子君也小声解释道。

“新方法？没经过论证怎么能随便用？赶紧拔出来，重新穿刺定位。”韩学光严厉地说道。

“韩主任，我现在的定位非常漂亮……”陆子君还没解释完就被韩学光打断了。

“叫你拔出来就拔出来。”韩学光仍然严厉地说道。

陆子君没办法，极不情愿地去把定位好的针拔出来，重新穿刺，他不知道该怎么做，因为他学习的就是刚开始的定位方法。韩学光见他在手术台上摸索了好一会儿，仍然没有往下进行操作，于是，他出手术间洗手消毒去了。不一会儿，韩学光进来，穿上手术衣，接过陆子君手上的工具，开始进行操作，一直到手术完成，都没有给陆子君机会动手，陆子君则在一旁认真地看、学习，但他心里非常不满意，内心积压了很大的怒火。

手术虽然完成了，但不是陆子君操作的，他心里非常不爽，一直很郁闷。

过了好几天，华贤人才把陆子君叫到办公室，想了解一下他开展椎间孔镜手术的情况。

“小陆，上次椎间孔镜手术做得怎么样?”华贤人问道。

“您想听真话还是假话?”陆子君笑着说道。

“臭小子，当然是真话。”华贤人说道。

“呵呵，那就好。”陆子君仍然笑着说道。

“还笑，你把我设定成一个小人了吧?”华贤人说道。

“不敢不敢，华主任，我才是真小人，小人之心度您真君子之腹。”陆子君笑着说道。

“行了行了，不要再瞎扯了，说正题。”华贤人说道。

“那天手术我没有做成，一开始就被韩主任接过手去做，完全没有给我机会。”陆子君说道。

“我听韩主任说你不会做，他看见你在手术台上犹豫不决，耽误时间，这才接过手去做的。”华贤人说道。

“我的进针点比常规手术的偏内，在建工作通道的时候需要下压套筒，磨除上关节突腹侧的一部分骨质，这样才能顺利到达靶点位置，从而取出突出的椎间盘。韩主任接过手后，我观察他做的方式跟我的完全不同，他是凭着上关节突进入而建立工作通道，优点是……我觉得这个方法没什么优点，缺点就很明显了，对于掉到椎管内的椎间盘，他用这个入路是取不出的或是说取不干净的，病人短期内症状可能会缓解一些，但非常容易复发。”陆子君说道。

“小陆，你接触椎间孔镜的时间没多久，没想到了解得这么深入，这是你值得肯定的地方。”华贤人说道。

“谢谢华主任的夸奖。”陆子君说道。

“但是，毕竟你没有亲自做过这个手术，所以还是要多跟韩主任学学。毕竟椎间孔镜这个技术最早是由韩主任带回科室，最先在科室开展的，你要尊重他。”华贤人说道。

“华主任，我明白这个道理，在手术过程中，我非常尊重他，他把我建好的通道拔出来重新做，我也没说什么，然后我就一直学习他的做法。虽然我内心非常不认同他的做法，但我还是表现出了最大的克制，我没有跟他发生冲突，因为我明白，在手术台上只有一个主刀，下级医生要无条件地服从上级医生的意见和安排。”陆子君说道。

“你明白这个道理就好，我们医生就跟战场上打仗是一个道理，士兵要坚决服从将军的命令，哪怕是错误的决定都必须无条件地执行，因为战争的结果是由将军负责。”华贤人说道。

“我明白。”陆子君说道。

“你有没有总结一下，这个手术的经验有什么？”华贤人问道。

“我觉得韩主任不想让我做这个手术。”陆子君说道。

“这就是你的经验？”华贤人问道。

“是的，若不是他阻拦，我一定把这个手术拿下。”陆子君生气地说道。

“小陆，你可能还太年轻，有些事还是需要沉淀。你看你，出了问题总从别人身上找原因，你为什么不找自己的原因？凡事多想想是不是自己的问题。”华贤人说道。

听到这里，陆子君沉默了，他突然醒悟，觉得华贤人说得非常有道理。为什么不从自己身上找原因？想到这里，他感到非常惭愧，觉得自己太冲动。

“华主任，我觉得这个手术没有顺利完成，主要是我的问题。”陆子君说道。

“怎么？现在想明白了？说来听听。”华贤人笑着问道。

“在手术前，我没有很好地跟韩主任沟通，没有把我的手术方案详细地介绍给他听，没有跟他好好讨论一下，若是这样做了，可能就不会发生手术台上的那一幕。当然，也有可能手术前跟他讨论了，他也不同意我的做法，但这样我至少会在手术前准备预案。”陆子君说道。

“对呀，你能想到这一点，也说明这个手术没有白做，不要再纠结这个手术没做成而觉得遗憾，更不要怪韩主任不给你机会。”华贤人说道。

“我明白了。”陆子君低声说道。

“还有，你不要去评论韩主任的手术，他接手你的手术，做的结果他来负责，不管好与不好，你都不要评论。就目前而言，他的椎间孔镜手术经验一定是比你强，当然，也有可能，你的理论知识超过他，但手术这个东西，你也知道，是讲究实战，我们不能光会纸上谈兵。”华贤人说道。

“嗯。”陆子君默默点头道。

“原本我是要去手术间看着你做，当然，我也叫了韩主任，可惜临时通知有任务没办法在现场。也许我在场，可能对你更有帮助。韩主任这个人，我们都了解，也是经历了很多才有现在的成绩，你也需要慢慢磨炼。不排除，他不想让你开展这个微创技术，若是你们都会做这个手术，他的优势就减弱了很多。但，我们不能以小人之心度君子之腹，我们做好自己的本职工作就行了。”华贤人说道。

“嗯。”陆子君说道。

“你除了把手术技术学好之外，还要懂得做人的道理。我国，从古至今，人情的社会，人际关系是非常重要的，处理得好，事半功倍，若是处理不好，则会事倍功半。希望你能记住这一点，我国从来都不缺人才，千万不要把自己当成人才，要知道，我们科室，少了哪一个人，都能照样运转，不要把你自己太当一回事儿。”华贤人说道。

陆子君边听边不停地点头表示认同。

“关于椎间孔镜手术，你还是要跟韩主任多学习学习，做人要低调，明白吗？”华贤人说道。

“明白了，华主任。”陆子君回答道。

陆子君嘴上虽然承认是自己的问题，心里仍然坚持认为就是韩主任不给自己机会做椎间孔镜手术，他需要面对有韩主任挡自己路的事实。华贤人说得对，要考虑到科室的具体情况，尊重科室的发展现状，尊重韩学光。他晚上回家后，一直在温习整个手术过程，对比着书籍上的手术方式，越来越坚信自己的做法没错，暗暗下决心一定要再找一个合适的病人，创造好条件，再继续做，一定要把这项技术开展下去。

这个周末，怀姝琴的爸妈约了陆子君的爸妈见面，聊一聊他们的婚姻大事。平时，陆子君也没时间与怀姝琴见面，他自认为对她的了解不够多，所以很珍惜跟她见面的时间，想更多地去了解对方。

他们约在一家酒店里，位置是怀仁忠订的，陆子君看着这个酒店的名字很熟悉，但一时想不起来，等走到酒店门口才发现，这是当初第一次跟边祺祺见面的酒店，真是好巧不巧。陆子君在想，难道怀姝琴真的是来弥补边祺祺对自己的遗憾的吗？想到边祺祺，陆子君的心里不免得又有一些难受。

陆子君到包间时，他们都到齐了。

“怀副院长，刚刚处理完病房的事，来晚了，实在是不好意思。”陆子君点头哈腰地说道。

“没关系，小陆，快坐。”怀仁忠说道。

陆子君靠近怀姝琴坐下，他爸妈坐在他的一边，怀仁忠夫妇坐在怀姝琴的那一边，两边的家长面对面地坐着，有谈判的味道。

“来，大家都到齐了，我们一起举杯，为了两个年轻人的美好未来，干杯!”怀仁忠站起来，举杯说道。

“干杯!”

大家都站起来把杯中的饮料喝完之后，坐下来开始吃东西，刚开始时闲聊一些家长里短，吃得差不多了，四位家长开始聊他们结婚的事。

“陆子君爸妈，你们觉得孩子们的婚事安排在什么时候比较好？”怀仁忠问道。

“明年五一是个好日子，你们看怎么样？”陆子君的妈妈说道。

“五一怎么样，孩子她妈？”怀仁忠转头问怀姝琴的妈妈。

“五一好，放假时间，可以接亲戚朋友们来华山市玩几天，姝琴的姥爷姥姥们已经很久没来这边玩了，每次都是我们过去老家看他们。”怀姝琴的妈妈说道。

“那就这么决定了，他们的婚礼就安排在明年五一。”怀仁忠再次举杯，邀大家干杯。

“这接下来的几个月里，我们两家人有很多事情要忙。”陆子君的爸爸说道。

“老头子真不会说话，什么两家人，我们是一家人了。”陆子君的妈妈说道。

“对对，一家人，我们要为孩子们的事好好准备准备。”陆子君的爸爸说道。

“那是应该的。我们家姝琴今后就要麻烦你们多多包容，她从小被我们宠坏了，没有吃过苦。”怀仁忠说道。

“姝琴爸妈太见外了，姝琴嫁过来就是我们的女儿，我们会像对自己的亲生女儿一样疼她宠她的，他们这代人都没吃过苦，我们也不希望他们吃苦。”陆子君的妈妈说道。

“那是，他们可都是幸福的一代。”怀姝琴妈妈说道。

“孩子她妈，这就是你的无知了，现在的孩子哪个不吃苦，不要用我们那个年代吃苦的标准来评价现在的他们，时代不一样，吃苦的内容也不一样。”怀仁忠说道。

“怀大哥说得很对，现在的孩子也非常苦，子君每天从早到晚的做手术，我们也很心疼。”陆子君的爸爸说道。

“对，陆子君非常优秀，也非常努力，当然，的确很辛苦。年轻人就是要吃苦，不在外面吃苦，怎么支撑起整个家。男人要比女人更懂得吃苦、奋斗的道理。”怀仁忠说道。

“怀副院长说得对，我一定会加倍努力，让怀姝琴过上幸福的生活，一定不让她吃苦。”陆子君说道。

“小陆，以后不在医院就不要叫我副院长，要么叫怀伯伯，要么改口叫爸爸。我相信你有这个能力，继续努力就行了，我会全力支持你。”怀仁忠说道。

“好的，爸爸，谢谢爸爸。”陆子君做出一副屈尊卑微的样子说道。

“来，小陆，我们来干一杯，姝琴以后就交给你了，你们好好过日子。”怀仁忠说完，举杯站起来，一饮而尽。

“爸爸，您放心，我们会好好的。”陆子君站起来，回答完话之后也一饮而尽。

“对，爸爸，我们会好好过的。”怀姝琴也站起来，举杯一饮而尽。

“好好好，只要你们两个人好好的，我们当长辈的就放心了。”怀仁忠笑着说道。

“是的，是的。”陆子君的爸妈附和着说道。

于是大家再次举杯，为了两个年轻人的未来干杯，陆子君与怀姝琴相视而笑后，甜蜜地喝完杯中饮料。今天的聚餐，怀姝琴完全是一副淑女的样子，甜蜜地坐在那里，只负责微笑、举杯、点头，陆子君的爸妈对她的第一印象非常好，也很满意这个准儿媳妇。

“陆子君爸妈，目前他们的婚房就不再买新的了，新房需要花很多钱，再加上新装修的房子也需要敞风放置一年，我们家的房子比较大，去哪都方便，他们结婚就先暂时住在我家吧。”怀姝琴的妈妈说道。

“这个，我觉得还是他们年轻人自己住比较好，现在租房也很方便，不过，还是要看他们年轻人怎么决定。”陆子君的爸爸说道。

“是啊，住房的问题尊重他们年轻人的意见。”怀仁忠笑着说道。

“我随姝琴的意见，看她怎么安排都可以。”陆子君笑着说道。

“姝琴，你的意见呢？”怀姝琴的妈妈笑着问道。

“我跟子君先一起找找房子，若是能租到满意的房子，我们就当成婚房，若是没找到合适的，我们就暂时先住我爸妈家，怎么样？”怀姝琴说道。

“这样安排可以。”怀姝琴的妈妈笑着说道。

“可以。”陆子君的爸妈也点头说好。

“尊重姝琴的决定。”陆子君笑着说道。

“好，这个事，就按姝琴说的办，年轻人有自己的想法是好事，我们不要过多的干涉。”怀仁忠说道。

“是的，尊重他们年轻人的意见。”陆子君爸爸说道。

难得这个好机会，两家人一起讨论了很多关于结婚的细节，不过，结婚这件事儿，越讨论，矛盾越多，因为潜在的对立面全部被调动起来，会破坏原本懵懂的美好。

不过，再难，陆子君也要含泪往前走，因为从一开始他就知道，这是一条没有回头路可走的路，从怀仁忠身上获得的隐形福利，会让陆子君上瘾，有时他像是着了魔似的，非常享受来自怀仁忠笼罩下的关照。

对于陆子君的事业，怀姝琴的出现应该是一项巨大的福利，但对于将要组建的家庭，却是一个巨大的问号，容不得他多想。

三

让陆子君没想到的是，婚前准备工作比自己的工作更累，他真的处于虚脱状态，有很强烈的疲于奔命的感觉。

这天，他与怀姝琴再次来到中介那儿，约好看几个房子。

“今天的这几个房子，你一定会喜欢，都是特别好的户型。”怀姝琴说道。

“三室二厅的太大了，我觉得两室一厅的就很好了。”陆子君说道。

“我还是喜欢大一点的，若是来客人了还有住的地方。”怀姝琴说道。

“但大的一个月房租要近一万块钱，我们还是要攒一点钱以后买房子。”陆子君说道。

“你要买房子，我们现在就凑钱买，不用等攒钱了才买。”怀姝琴说道。

“你有那么多钱吗？我现在手上攒的钱离首付款还差100万。”陆子君说道。

“你已经攒了这么多钱？真是会过日子，我娶到你真是捡了个宝。”怀姝琴惊喜地说道。

“搞反了吧，我娶你，你是嫁给我。”陆子君说道。

“你娶我，我娶你，都一样。关键是你怎么攒了这么多钱，你们当医生的待遇这么好？”怀姝琴问道。

“哎，让你见笑了，医生能发财，母猪就能上树。你默认的是买三室两厅的房子首付款，我实际是攒的一室一厅房子的钱。”陆子君说道。

“那是多少？100万？你这么多年才攒了100万？这可真是有点少，这点钱在华山市还真只能买一室一厅的小房子。”怀姝琴说道。

“我工作的头几年没什么钱，后来每年才攒十万，这100万是我这么多年的血汗钱。”陆子君说道。

“你攒钱就是为了买房子吗？”怀姝琴问道。

“是的，不买房子怎么娶媳妇？”陆子君笑着说道。

“你就这点追求呀，娶媳妇那么重要吗？”怀姝琴笑着说道。

“重要，在我们的传统文化里，娶妻生子，是孝道的体现。”陆子君说道。

“你娶我就是为了传宗接代？”怀姝琴问道。

“当然不是，我是讲我们的文化。我们是因为爱才在一起的，我是爱你的。”陆子君求生欲很强地说道。

“这才差不多，要不然，我可不同意，把我当成生孩子的工具是对我最大的羞辱。”怀姝琴说道。

“你想多了，我们两个人都不是工具人，我们是本着平等的原则而生活在一起的。”陆子君说道。

“那就好，我也不喜欢被逼着做一些事。”怀姝琴说道。

“当然，我会尊重你的意见，生活中的一些事，就顺其自然。”陆子君说道。

“前面就是我们要看的第一个房子，在8楼，采光通风等都很好，我给中介打个电话问问他到哪了。”怀姝琴说完便拨通了电话。

不一会儿，中介骑着电动车过来了，他把陆子君和怀姝琴带上楼去，进入房间后，非常热情地给他们介绍房子的特点。怀姝琴很认真地听他讲解，时不时跟他互动交流，陆子君则一直跟着看，一句话也没说。

“子君，你觉得怎么样？”怀姝琴转过头来问道。

“非常不错。”陆子君笑着说道。

“那我们还要不要去看另外几个？”怀姝琴问道。

“这个房子比较大，多少钱？”陆子君问道。

“房东开的价是一万二一个月，若是你们诚心想租，这个价钱还可以谈，特别是你们想长期租住的话，可以优惠。”中介小哥说道。

“能便宜多少？”怀姝琴问道。

“大概能谈到一万一。”中介小哥说道。

陆子君把怀姝琴拉到阳台上，支开中介小哥，他想跟她私下沟通一下。

“什么意见?”怀姝琴问道。

“这个价钱，每个月压力有点大，钱就攒得不多。”陆子君说道。

“我来出这个钱怎么样?”怀姝琴问道。

“当然不行，怎么能让你出钱。你一个月工资多少?”陆子君说道。

“两万。”怀姝琴回答道。

“两万，拿一半供房子，生活开支要几千块钱，你也攒不到钱，这样的话，我们的生活质量就会很低，我不想让你跟我过苦日子。房租肯定是我出，你挣的钱你自己花，不动用你的钱。”陆子君说道。

“那现在怎么办?”怀姝琴问道。

“能不能租个两室一厅的?”陆子君问道。

“不能，太小了，并且这样，我会在姐妹们面前抬不起头。”怀姝琴说道。

陆子君沉默了一会儿，然后拉着她走起来，他又看了一圈这个房子。

“这个房子还可以，若是三室两厅的，那就跟房东谈一下价钱。”陆子君说道。

“不看其他的了?”怀姝琴问道。

“我觉得不用看了，这个还行，我们之前也看了那么多房子，大同小异。”陆子君说道。

“行吧，听你的，我们就定这个，小哥，你帮我约房东谈谈吧，价钱不能超过一万一，要不然我们负担不起。”怀姝琴跟陆子君说完，转头对中介小哥说道。

“好的，我尽力跟房东做工作。”中介小哥说道。

虽然陆子君的心里在滴血，但从长远来看，这就是付出，所以，他满足了怀姝琴的要求，希望以后她能慢慢理解他。

房子的事经过几个月的磨合，终于定了下来，陆子君赶着搬家，然后和怀姝琴一起布置着房子。每天晚上，陆子君一个人住在这么大的房子里，内心拔凉拔凉的，说到底，他还是很心疼钱。但一想到自己的事业发展，他心头还是有很强烈的暖流涌上来。

经过华贤人的指点，陆子君明白了“做人”的道理，在一个科室里，若是领导要对每个员工进行有效的管理，最好的方法就是让每一个员工懂得“要做事先做人”的道理，这样领导就能安心地当好领导。

在科室里，陆子君开始注意和韩学光搞好关系，因为华贤人说自己过几年退休之后，有可能是韩学光接替科主任的位置，跟他搞好关系，有利于业务的开展。陆子君非常感谢华贤人对自己的关爱，所以在他手下很卖力地工作，由于工作能力非常强，华贤人几乎把所有的手术都交给陆子君主刀做。不过，有些复杂的颈椎病手术，华贤人还是要上台指导。如果说陆子君在急诊科待的那么多年是打基础，那现如今回到脊柱外科就是专科化的提高，以他的悟性和动手能力，照这个势头，未来势必成为这个行业的明日之星。

离结婚的日子越来越近，陆子君的爸爸妈妈提出要过来跟他一起住，操办一些婚前准备。遵循怀仁忠的低调、大方、小众、朴实的婚礼举办指导思想，陆子君的爸妈尽量照顾到方方面面，事无巨细。举办婚礼的场地，是怀仁忠亲自确定的，就是边祺祺跟陆子君第一次见面的地方，虽然戳中痛处，但他还是强颜欢笑、拍手称好。陆子君结婚，他的朋友们最期待的不是婚礼当天，而是婚礼前一天的单身派对，单身生活最后的狂欢。

这天，陆子君的爸妈把家里收拾完毕后，便去明天婚礼的酒店忙现场的布置，而陆子君则跟朋友们来到了酒吧。这是陆子君的高中同学杨国庆组的局，他邀请了陆子君高中、大学以及工作单位的一些朋友，名单是得到陆子君确认过的。

“子君，这是我问了几个人的意见，大家都说要在你结婚之前带你来一次酒吧，他们都说你一次酒吧都没来过，太老土，要让你洋气洋气。”杨国庆说道。

“可能你们的信息很久没有更新了，我早就洋气过了，怀姝琴带我去的。”陆子君笑着说道。

“她可是够洋气的，亲自带你去，就不怕你在酒吧里认识几个美女？”杨国庆笑着说道。

“怕，她当然怕，但我更怕她认识几个帅哥。”陆子君说道。

“那你要好好加油，在这方面可不能输给她。”杨国庆说道。

“我怎么可能输给她，像我这样帅出一定的高度，帅出一定的境界的人，美女都是往我身上贴的。”陆子君说道。

“那就好，今晚就看你的了，我帮你数着，看能不能创造奇迹。”杨国庆说道。

陆子君与杨国庆来得最早，包了几个桌子，上了一些酒菜、零食，开始嗨起来。不一会儿，其他几个朋友都过来了，场子开始燥起来。

“你怎么把她也叫过来了?”陆子君低声对杨国庆说道。

“我没邀请她，只通知了崔智美。但不知道崔智美有没……”杨国庆还没说完，陆子君已经站起来迎了上去。

“智美，小雅，你们两个怎么迟到了，就等你们来开席。”陆子君满脸笑容地说道。

“让你们等一下怎么了？臭男人就要有臭男人的样子。”崔智美说道。

“国庆，看来你今天要把智美姐陪好了，要不然，你这个臭男人就会臭出整个华山圈。”陆子君仍然笑着说道。

“你们今天多喝几杯，一直喝到我满意为止。”崔智美说道。

“好的，今天都听智美姐的，来，两个姐姐坐上座，你们挪一挪。”杨国庆笑着说道。

该来的和不该来的都已经来了，大家三三两两的已经开始碰杯了。崔智美、张小雅、朱文静、古巴伦、贺天成、张浩明、蒋明珠、宋慧倩、陆子君，杨国庆点了一圈，确认都到了，于是正式开场。

“来，我提议，我们一起举杯，为陆子君即将成为非单身人士而遗憾，为他以后不能再出来放荡自由而悲哀，为……”杨国庆还没说完就被陆子君打断了。

“还为个球，再为你是不是要为我默哀了？直接干杯就完了。”陆子君说道。

“对，为他即将逝去的单身贵族生活干杯!”杨国庆笑着说道。

“最佳损友是你，干!”陆子君无奈地说道。

“干!”大家附和着说道。

当大家都几杯酒下肚之后，话题就慢慢放开了，能聊的不能聊的都开始说起来，真的很贴合告别单身的主题。

“不知道明天女主角会不会邀请一桌前男友来参加你们的婚礼?”古巴伦笑着说道。

“有可能，子君，你要好好想想应对方案。”贺天成说道。

“你们不要乱说，她哪有那么多前男友。”陆子君喝了一杯酒后说道。

“现在流行这样整一下新郎，让你有危机感，从而珍惜她。”杨国庆说道。

“那我们也不能示弱呀。”张浩明说道。

“当然，我们可以以暴制暴，搞一桌前女友。”古巴伦笑着说道。

“哪去找那么多前女友，子君的情史太单薄了，凑一桌太难。”贺天成说道。

“要不把你的前女友都叫过来?”张浩明说道。

“他的前女友若是都叫过来，只怕坐不下，至少要整三桌吧?”古巴伦大笑着说道。

“伦子，你太夸张了，哪会有那么多，应该是包场才够坐。”张浩明说完放肆地笑起来，古巴伦跟着一起笑。

“不是在说子君吗？怎么一下子变成说我了？你们正经一点行不行?”贺天成说道。

“你们够了，说点靠谱的办法。”杨国庆说道。

“还说什么靠谱的，这个话题本来就不靠谱，哪会有前男友前女友的安排，结婚又不是来搞笑的，喝酒喝酒。”陆子君举杯说道。

“有这个安排，谁的前任多，谁就更有面儿。”宋慧倩说道。

“对对，倩倩姐说得没错，有这个讲究。”蒋明珠说道。

“那依照两位姐姐的意见，应该怎么办?”杨国庆看热闹不嫌事大地问道。

“至少凑一桌，你看我们在座的已经有五个，再找三个人就够了，为子君撑面儿。”宋慧倩说道。

“现场那么多美女，找三个就够了，我们今天的任务就是寻找美女，然后把她们变成子君的前任。”古巴伦亢奋地说道。

“太棒了，以子君的帅气程度，今晚应该能超额完成任务。”杨国庆说道。

“我发现你们一个比一个会找事儿。”陆子君苦笑着说道。

“子君，顺势而为，不带一点勉强。”贺天成说道。

就这样，几个人起哄，划拳决定谁去撩美女，陆子君就在这半推半就之间体会着“顺势而为”的含义，男人们爱疯爱玩的天性就在这舞池里有节制地释放着，一切都只是自我陶醉，自我安慰而已。

崔智美、张小雅、朱文静、蒋明珠、宋慧倩五个人仿佛局外人一样，看着他们几个人的表演，默默地喝着酒，显得庄重矜持。

我方阵营的几个男人出征了，敌方的男人们也开始蠢蠢欲动，一个高挑的男人首先向她们这边走了过来。

“嗨，美女，邀请你跳个舞，不知道有没有这个荣幸？”这个高挑的男人问道。

“给我一个理由。”张小雅说道。

“需要理由吗？就像你如此出众，漂亮又有气质，找谁说理去。”高挑的男人说道。

“这是一个很有说服力的理由。”张小雅笑着边说边站了起来。

就这样，我方几位女士被一个个男士带走，最后只剩下蒋明珠一个人稳坐在原处喝酒，表面上看起来很平静，内心早已按捺不住焦躁，不是说非要跟谁比，但这样自己很没面儿。

杨国庆第一个跑回来，一看，人都差不多不见了。

“人呢？”杨国庆问道。

“你眼睛长膝盖上了吗？我不是人？”蒋明珠反问道。

“我是说其他人呢？我当然知道你在，神仙姐姐。”杨国庆说道。

“都去跟男人跳舞了。”蒋明珠说道。

“完了，前方杀敌，我方阵营却失守。还是你意志坚定，来，我们走一个。”杨国庆说完举杯一饮而尽。

“臭男人。”蒋明珠说完也一饮而尽。

杨国庆就陪着蒋明珠喝酒聊天，不一会儿，陆子君回来了。

“人都跑哪去了？”陆子君问道。

“都被其他男人带走了。”杨国庆回答道。

“这怎么可以，她们都是我的人，怎么能随便被带走，明天还有任务呢，我去把她们找回来。”陆子君说完就往人群里冲，步态有点踉跄。

他第一眼看到的是张小雅，只见她跟一个男人手拉手转圈起舞，当他们旋转停下来之后，陆子君用力地推了这个男人一把，没想到他的力气如此之大，这个男人重重地摔倒在地上。

“你在干什么?”张小雅大声问道，说完，她上前去把这个男人扶起来。

陆子君被张小雅的声音吵醒了，这才反应过来自己的行为不得体。

“喝多了，认错人了，这位大哥，实在是不好意思。”陆子君连忙解释道。

“你喝多了也不能随便推人，要不是看在这位女士的面子上，我就对你不客气了。”这个男人站起来后儒雅地说道。

陆子君又连忙说了几句“对不起”，他转头看了一眼张小雅。

“张小雅，你跟我过来。”陆子君说道。

“什么事？你没看见我在跟这个帅哥跳舞吗?”张小雅说道。

“我有话问你。”陆子君说道。

不明白陆子君在想什么，张小雅跟这个男人解释了几句后，跟着陆子君回到了座位上。

崔智美跟朱文静也回来了。

“什么事，现在能说了吧?”张小雅问道。

“没什么。”陆子君拿起酒杯喝完后回答道。

“没什么你推别人一把，还把我叫回来?”张小雅说道。

“我怕你被别的男人骗了，所以，刚才冲动了。”陆子君说道。

“我被别的男人骗，关你什么事?”张小雅问道。

“本来是不关我的事，但看见你跟别的男人拉拉扯扯的，我觉得别扭。”陆子君说道。

“这就别扭了？我以后还要跟别的男人结婚，生小孩，那不是更别扭？难道你要管我一辈子？你别扭，我就什么都不做了？你以为你是谁呀？上帝吗?”张小雅大声说道。

看见形势不对，杨国庆立马上前来安抚张小雅。

“子君喝多了，他以为你是被那个男人骗过去的。”杨国庆拉着张小雅坐下来后说道。

“这年头，哪个女人不是被男人骗了才在一起过日子的，有人愿意骗我，那是我的福分，世上还有真爱吗？真爱能有多真?”张小雅喝完一杯酒后，说道。

陆子君也许是酒劲上来了，看见张小雅跟别的男人亲近才醋意大发，这段时间以来，在跟怀姝琴相处的过程中，他突然发现张小雅的好，是超越朋友之情的那种好，但这种感觉一直积压在心底。

“对，我刚才恍惚了，以为你是我女朋友，吃醋了，来，为我刚才的失态，自罚一杯!”陆子君站起来说完一饮而尽。

“来来来，再一起喝一个。”杨国庆站起来举杯说道。

大家都感受到了陆子君跟张小雅之间奇怪的气氛，经杨国庆一起哄，几个人又开始喝起来，大家有意地淡化陆子君和张小雅之间的谈话，免得场面更尴尬。

“美女，我请你喝一杯吧?”又是那个高挑的男人，他说道。

“好的。”张小雅说完站起来准备跟他走。

“她不能跟你走！她是我前女友，我们正在喝酒!”陆子君拉住张小雅，说道。

“前女友？也就是说已经分手了，分手了还管这么多?”高挑的男人笑着说道。

“前女友也是女友，我说不行就不行。”陆子君说道。

“我忍你很久了，你松手，要不然我对你不客气了。”高挑的男人生气地说道。

说时迟，那时快，杨国庆一个飞步，重重的一拳打在高挑的男人脸上，把他打得转了几圈然后摔倒在地。大家都被杨国庆的行为惊住了，此时，几个男人围过来，把高挑的男人扶起来，然后开始对陆子君和杨国庆拳打脚踢。

古巴伦、贺天成、张浩明都赶了过来，加入到这场战斗中来，正当大家都打得火热之时，有人喊了一声“警察来啦”，于是大家开始各自跑路，陆子君他们拉着她们几个女人往外跑。

当他们跑了一段路之后，便站在风中喘大气，杨国庆清点了一下人数，不多也不少，生怕慌乱之中抓错了人。见大家都在，只是几个男人的脸上都有青紫，不由得大笑起来。

“毕业那么多年，已经很久没有打架了，像是又回到了学生时代。”杨国庆笑着说道。

“是啊，不过跑不动了，感觉身体没有上学时扎实，跑一会儿就喘。”贺天成说道。

“你们怎么就打起来了？我跟天成，还有浩明已经撩到了三个美女，顺利完成任务，准备带过来给你们把把关，结果听见你们这边在吵，准备来看热闹，谁知你们在打架。”古巴伦说道。

“是啊，三个美女没带出来。你们在打什么？”张浩明问道。

“有人欺负小雅，所以子君跟我就出手了。”杨国庆解释道。

此时大家都找了个地方坐下来，唯独张小雅跟陆子君站着，气氛一下子又变了。

“陆子君，你说清楚，你是喜欢我吗？”张小雅突然问道。

“这个重要吗？我明天就要结婚了，这些是我们能改变的吗？”陆子君说道。

“重要，结没结婚不重要。”张小雅说道。

“对我来说，结婚很重要，我已经不是从前的那个我了。”陆子君说道。

“你不还是陆子君吗？你说你不是你，那陆子君死了吗？”张小雅大声说道。

“是的，从前的我已经死了。”陆子君低声说道。

听着他们两个人的对话，大家都惊呆了，不敢出声，周围显得异常安静，只听见呼呼的风声。他们两个人站在风中，像极了武侠小说里两大高手对决的画面。

“你算什么男人，不敢面对自己的感情，躲避有用吗？找一个自己不喜欢的女人，你不是害别人吗？”张小雅说道。

“你说什么都是对的，但目前的一切都不是我能决定的，是我对不起你，我也对不起边祺祺。”陆子君说道。

张小雅没再说什么，她跟崔智美坐在一起，跟着大家一起发呆。陆子君站得累了，挪动几步，去找杨国庆要烟，他是从来都不抽烟的。杨国庆把火给他点上，于是他开始猛抽起来，虽然是第一次抽，但很上道，有模有样。

就这样，一群人在这空旷的地方喝着西北风，体味着这略带刺骨的冷风，说说各自浑浑噩噩的人生，也算是一种收获。

在杨国庆的打趣解围下，大家三三两两地回家去，因为第二天的婚礼还是要如期举行。

陆子君一大早不是被伴郎团吵醒的，而是自己的闹钟，昨天忘了关闹钟。没办法，醒了就再也不能安稳地睡去，因为脸上的青紫无法面对怀姝琴的质疑。起床之后，他一直在脸上涂粉，希望能遮住一些。

经过昨晚的事，陆子君给杨国庆安排了一个特殊的任务，就是看住张小雅，千万不能让她在婚礼上闹事。

陆子君在彩排现场都不停地四处观望，生怕张小雅突然地出现，此事若一出，就算过得了怀姝琴这一关，也难过怀仁忠那一关，他想想，不由得一阵哆嗦。

婚礼流程像预料的那样进行着，宾客们陆陆续续地都坐下了，调皮的崔智美果然偷偷地带了一个“前女友宾客团”的牌子，放在桌上，拉了三个女生凑了一桌，但张小雅还没到场。

之前是一直担心张小雅的出现，现在陆子君转而开始担心张小雅怎么还没出现。

陆子君看见“前女友宾客团”的牌子，非常焦躁，他跟杨国庆耳语了一番，杨国庆就朝崔智美这边走了过去。经过与崔智美的交涉，杨国庆撤掉了这个牌子，但杨国庆走后，桌上又冒出来一个同样的牌子。陆子君感觉崔智美肯定是被张小雅影响了，并且，第一感告诉他，张小雅今天肯定会搞事情。

婚礼仪式结束后，陆子君和怀姝琴一起去逐桌敬酒，气氛非常祥和。来到这桌，陆子君的眼前突然冒出一个熟悉的面孔，尴尬至极，这不是昨晚打架的那个高挑男人吗？怀姝琴介绍高挑男人给陆子君认识。

“子君，这是我表哥，洪志诚，表哥，这是陆子君。”怀姝琴说道。

“我们好像在哪见过，你好，陆子君是吧？”洪志诚笑着说道。

“是的，表哥。我看你也有点眼熟。”陆子君也笑着说道。

“表哥，你的脸是怎么了？肿得那么厉害。”怀姝琴说道。

“这是昨天不小心摔的，不碍事，你老公脸也肿了。”洪志诚说道。

“他也是昨天摔的。”怀姝琴说道。

陆子君知道洪志诚认出了自己，在怀姝琴面前没有说破，显示出了风度，但他迟早会告诉怀姝琴昨天晚上的事。想到这里，陆子君感觉惨了，他与张小雅之间的事可能会成为他们婚后的一个不安的话题。

“这么巧，我看几个伴郎脸也肿了，他们该不会昨天晚上一起摔的吧？”洪志诚笑着说道。

“是啊，子君，你们怎么脸都肿了？”怀姝琴问道。

“他们昨天在我家喝酒喝到很晚，疯啊闹的，可能都喝醉了，磕磕碰碰的。”陆子君机智地解释道。

“那你们以后要注意点，别喝太多酒，小心把头撞傻了。”洪志诚笑着说道。

“谢谢表哥的提醒，我们以后会注意的。”陆子君回答道。

跟洪志诚喝完礼酒之后，陆子君赶忙脱身，怕他越说越多，让怀姝琴起疑心。

陆子君招呼杨国庆过来后，告诉他昨晚打架的那个人是洪志诚，就坐在那桌，让他盯一下这个人，张小雅没出现，不能让洪志诚捣乱。

在忐忑之中，婚礼仪式竟然顺利地结束了，张小雅的座位上仍然是空的，大家开始吃饭、喝酒、畅谈，陆子君心里总感觉缺点什么，也许是缺一个张小雅，但他不愿意承认。

一直到散场，张小雅都没有出现，陆子君又开始担心起来，他借口上厕所的时间，不停地拨打张小雅的电话，但一直没有接通。心急如焚的他只好给杨国庆打电话，让他帮忙联系张小雅。

陆子君刚走到卫生间门口，就发现怀姝琴站在不远处看着自己，于是故作镇定地走过去。

“你怎么站在这里？上完洗手间了？”陆子君笑着问道。

“我在这里等你，你上厕所上这么久，我担心你。”怀姝琴说道。

“上厕所有什么好担心的，这么大的人了，你还怕我掉到厕所里不成？”陆子君笑着说道。

“是的，看你昨天晚上上个厕所都能把脸摔成这样，我没有理由不担心你上厕所的问题。”怀姝琴说道。

“呵呵……呵呵呵，昨天晚上跟杨国庆他们多喝了几杯，没办法，今天没怎么喝酒，不会了。”陆子君强颜欢笑地说道。

“我表哥说你们昨天在酒吧里为了一个女人打架，你脸上是打架打伤的吧?”怀姝琴问道。

“是的，不过不是为了女人。”陆子君说道。

“你还想骗我？表哥都告诉我了。”怀姝琴说道。

“我没骗你，你表哥昨天撩我的一个朋友，大家看不过去才动手的。”陆子君解释道。

“她是你的前女友？你结婚前还去跟前女友在一起玩?”怀姝琴生气地说道。

“她不是我的前女友，是我的一个同事，我没有前女友，你表哥都给你说了些什么乱七八糟的话。”陆子君着急地说道。

“陆子君，我现在不跟你计较了，你婚前玩得很开，但我希望你婚后收敛一点，不要做对不起我的事。”怀姝琴说道。

“我们是清白的……我也不解释了，我答应你，我会做一个好丈夫。”陆子君说道。

“嗯，我们过去吧，爸妈说还要交代我们几句。”怀姝琴说道。

“好，走吧。”

走着走着，陆子君的电话响了，是张小雅打过来的，陆子君先是惊了一下，转而故作轻松地接通了电话。

“什么事?”张小雅问道。

“你在哪呀?”陆子君笑着问道。

“我在家里呀，一直睡觉，没听见电话声音。”张小雅说道。

“好的，谢谢你的祝福，谢谢，谢谢，有时间了一起吃饭，再见。”陆子君说完急忙挂掉电话。

怀姝琴看了他一眼，他又笑了笑，跟她解释说是一个不能来婚礼现场的老朋友。

“我的伴娘团说你有一桌前女友，你是什么意思?”怀姝琴认真地问道。

“那不是真的，是其中一两个朋友的恶作剧，我哪有什么前女友。”陆子君笑着说道。

“是你哪个朋友这么不识大体，成心给我添堵?”怀姝琴说道。

“一个不熟的朋友，我已经让杨国庆修理他了，他已经知道玩笑开得太过头了，原谅他吧，你那宽广的胸怀，大人不计小人过。”陆子君笑着说道。

“有些事可以不计较，有些事则需要计较，你看你交的什么朋友，我可不想看见你的不靠谱的朋友。”怀姝琴说道。

“明白，我会让不靠谱的朋友消失，你消消气。”陆子君笑着说道。

就这样，陆子君正式步入了婚姻生活，进入到婚姻的围城之内，过起了让围城之外的人所羡慕的生活。

四

在华贤人的鼎力支持下，陆子君开展了自己独立的第一台椎间孔镜手术，时间选在韩学光出差的时候。陆子君一炮而红，一鸣惊人，整个脊柱外科的同事们都惊呆了，不过，以陆子君的悟性和动手能力而论，这是必然的结果。手术结束后，华贤人告诫陆子君不能骄傲，要稳扎稳打，一步一个脚印，同时，也不忘再勉励一下他。华贤人告诉陆子君，韩学光做第一台椎间孔镜手术，花了7个小时，而陆子君只花了一个半小时，真是长江后浪推前浪，一代更比一代强。

陆子君一整天都非常开心，也非常有满足感，他约怀姝琴下班后一起去吃火锅庆祝。可惜她当天加班，陆子君只好改为约杨国庆、崔智美、张小雅、古巴伦和朱文静，大家一起吃火锅。

这家新开的店，高端大气上档次，最主要的是贵，杨国庆特意为陆子君挑的店，既然他的人生如此得意，那就让他放点血。

大家陆陆续续地到了，唯独陆子君还没到，杨国庆等得非常着急，若是他不来，今天放血的可就是自己。

“点菜点菜，我老早就饿了。”古巴伦说道。

“你先喝点果汁，主角还没到，点什么菜。”杨国庆说道。

“喝水能喝饱呀，真是的。”古巴伦喝了一杯果汁后说道。

“我也饿了，中午的菜实在是太难吃了。”朱文静说道。

“是啊，等子君来了直接吃，我们先把菜点好。”崔智美说道。

“服务员！菜单！”张小雅朝外大叫道。

大家都知道是陆子君请客，果然都够大手笔的，招牌菜各来了一份，霸王蟹、冰镇牛肚来了几份，杨国庆看着他们如此阔绰地点菜，赶紧拨通了陆子君的电话。

“最帅的哥哥，你到哪了？”杨国庆说道。

“临时有事，晚一点到，你们先吃。”陆子君说完挂掉电话。

杨国庆心凉了一大半，感觉陆子君不能来的可能性从百分之三十涨到百分之六十。

“你们先少点一点，等主角来了再加。”杨国庆笑着说道。

“咋，你还担心他不来？不过他来不来无所谓，只要是他买单就行。”古巴伦说道。

“他不来怎么买单？”杨国庆说道。

“他不来很简单，就你买单，你是召集人。”崔智美说道。

“我买单你们就少点一点，这菜实在是太贵了。”杨国庆笑着说道。

“少点？赶快加菜，难得国庆请我们吃一次，大家真不用客气。”张小雅笑着说道。

“哈哈哈哈，既然小雅姐发话了，我认，随便点，子君不来，我就请客！”杨国庆豪气地说道。

“还是小雅姐有面儿，能让国庆这么服帖。”朱文静说道。

“不光小雅姐，美美姐，静姐，我一样敬重。”杨国庆笑着说道。

这里的服务质量高，速度快，不一会儿，菜就陆陆续续地上齐了，古巴伦叫了一箱啤酒，大家开始吃喝起来，场面很热闹。

千呼万唤，陆子君出现了，看见整了一桌子菜，感觉倍有面儿。

“加菜加菜，今天不要舍不得吃。”陆子君边说边坐下。

“我们都吃得差不多了，你才来，你说你来干什么？国庆买单不好吗？”古巴伦说道。

“怎么能让他买单，今天我请客。”陆子君说道。

“国庆说没机会请我们吃饭，你要是不来，这顿就他请。”崔智美说道。

“还有这个插曲？早说我就不来了嘛。”陆子君笑着说道。

“子君，你迟到了，赶快自罚三杯再说。”杨国庆说道。

“对对对，我先自罚三杯。”陆子君说完，三杯下肚，打了个响嗝。

“有什么喜事今儿非要请大家吃饭?”古巴伦问道。

“说到正题上了，伦子，今天我主刀开展了自己的第一台椎间孔镜手术，很顺利，很成功，所以，想及时行乐，跟大家分享一下。”陆子君骄傲地说道。

“椎间孔镜是个什么玩意儿？你陆大主任还在乎什么手术？你不是啥手术都会做吗?”古巴伦问道。

“伦子，你太看得起我了，来，为了这个，我们走一个。”陆子君说完，举杯跟古巴伦干了。

“子君，你解释解释，估计美美姐和小雅可能会懂，我是不懂，啥玩意儿的手术?”杨国庆说道。

“我们也只是知道一点，不全懂。”崔智美说道。

陆子君撸起袖子，吃了几口菜后，又喝了一口啤酒，才开口说话。

“椎间孔镜目前在全球范围内都非常流行，是治疗腰椎间盘突出症的一种很有效的微创手术，就跟胃镜、肠镜、腹腔镜等一样，只不过治疗的位置不同罢了。虽然是一个很好的技术，但学习曲线比较长，并不是一下子就能学会的，还需要很高的悟性，能把椎间孔镜手术做好，确实能给病人带来革命性的变化，创伤小，风险小，恢复快，花费少，真是一个利国利民的技术。”陆子君说完又去夹菜吃，看来是真的饿了。

“我看好你，子君，来，恭喜恭喜。”杨国庆举杯说道。

“是的，虽然我听得不太懂，但感觉你很牛，恭喜恭喜。”古巴伦也举起酒杯说道。

“恭喜恭喜。”大家都举起酒杯。

“有人的地方就有江湖，有些话不方便跟同事们说，但可以跟你们分享，虽然小雅、智美、文静也是同事，但更是好朋友，所以也能说。我开展这项技术阻力好大，一开始科室里的一些人不让我做，那段时间我特别心灰意冷，今天能顺利开展这个手术，也是集齐天时、地利、人和才完成的，很累，但非常快乐。”陆子君说完又干了一杯。

“让那些看轻你的人羡慕嫉妒，你今后可以扬眉吐气了吧?”古巴伦说道。

“没想那么多，只是觉得这是一项非常好的技术，可以给病人带来实实在在的效果，所以想用它来解决问题。我们当医生的，只想把病人的病治好，没有扬眉吐气、扬名立万的说法，说实话，只要病人不来扯皮，我们就非常开心了。”陆子君说道。

“你都把一个一个的病人治好了，他们怎么会扯皮呢，瞎想了吧?”古巴伦说道。

“是啊，所以，我还要继续努力，治好每一个病人，来，干杯!”陆子君举杯，大家一起举杯，一饮而尽。

“什么时候去医院找你看看，我的腰也痛，看看要不要做你的那个什么镜。”杨国庆笑着说道。

“你那腰，你每天少跟你媳妇折腾几次，哪还会痛。”古巴伦笑着说道。

“伦子，你把他想得精力太旺盛了吧，你应该说每周。”陆子君说道。

“不开玩笑，子君，真的，坐久了就腰痛。”杨国庆说道。

“行，你哪天有时间去我的门诊，我给你摸摸，现在这个场合，各位女士都在，我也不方便摸你。”陆子君笑着说道。

“没关系，你们随便摸，我们装作没看见。”崔智美笑着说道。

“对，谁稀罕看。”张小雅附和道。

“你们不在乎，我还是很在乎自己的形象的，要保护好自己的隐私。改天去医院找你，来，我敬你。”杨国庆说道。

“干。”陆子君一饮而尽。

“陆大教授，你除了那个什么镜的喜事之外，就没有别的喜事分享了?”张小雅边吃边说道。

“回小雅姐的话，那个叫椎间孔镜，今天请客就是这一个喜事。”陆子君回答道。

“我们分开的事不算喜事吗?”张小雅说道。

“哇，这么劲爆的新闻。”古巴伦虽然故意把声音压得很低，但大家都听得非常清楚。

此时，大家都看着陆子君那张尴尬的脸，一副似笑非笑、欲哭无泪的模样，让周围的空气瞬间凝固。

“我们什么时候在一起的，然后什么时候分开的?”陆子君问道。

大家都默不作声，也不敢吃东西，都静静地看着他们俩。

“在一起很多年了，你从急诊科离开到脊柱外科，我们自然而然地分开了，我们不用每天再见面，对你来说，这么大的喜事，也不庆祝一下?”张小雅平静地说道。

“哎，你说清楚就好了，不过，跟你分开算哪门子的喜事呀，跟你待在一起时那么开心，现在待在脊柱外科没了灵魂，天天傻做事。分开，分开，原来是这么回事，他们还以为我们两个人谈过恋爱。”陆子君笑着说道。

“你们谈恋爱很正常呀，郎才女貌的。”崔智美说道。

“是的，小雅姐那么漂亮，你跟她谈恋爱那是你的福气。”杨国庆说道。

“我现在已经结婚了，别乱说，假的传来传去就传成真的了，再传到怀姝琴耳朵里，我就惨了。”陆子君说完，喝了一杯。

“嫂子管这么严?这么怕嫂子，日子还有那么长，艰难。”古巴伦说完喝了一杯。

“回到脊柱外科，每天见不到你了，非常不习惯，工作少了很多乐趣，变得特别无聊。”陆子君说道。

“我找机会调到脊柱外科去，哈哈哈哈哈哈哈……现在才发现我的好，晚了吧?”张小雅笑着说道。

“晚了。”陆子君说完一饮而尽。

“你想跟小雅姐谈恋爱也晚了，她现在有男朋友，也准备结婚的。”朱文静说道。

“啊，这才是劲爆的新闻啊，值得庆祝，大喜事，来，我们一起干杯，为了小雅姐。”杨国庆举杯说道。

“干。”大家一起举杯。

“你男朋友是谁呀，什么时候带出来给我们看看，作为娘家人，我们要帮你把把关。”古巴伦说道。

“对，让我们先看看。”杨国庆说道。

“小雅的男朋友，跟你们有什么关系，把什么关，她自己觉得好就行了。”陆子君说完，自干一杯。

“当局者迷，旁观者清，我们帮忙看看没有坏处嘛，结婚那么大的事。”古巴伦说道。

“你们见过，有时间了再带他来跟你们见面。”张小雅说道。

“我们见过？是我们认识的人？”杨国庆问道。

“算认识吧。”崔智美说道。

“美美，文静，你们都知道，就我们不知道，是谁呀？”陆子君问道。

“洪志诚。”张小雅说道。

“不认识。”杨国庆说道。

“我也不认识。”古巴伦说道。

陆子君听到这个名字有点耳熟，他想起来了，是怀姝琴的表哥，酒吧打架的那个高挑的男人。想到这里，陆子君心里仿佛堵上了一样，他不喜欢洪志诚这个人。

“真是不打不相识，酒吧打架的那个男人，很不错，来，恭喜小雅。”陆子君举杯，还没等张小雅举杯，他就一饮而尽。

“啊？跟我们打架的那个男人？”杨国庆惊讶地问道，问完自己也干了一杯。

“是的，我觉得他很不错，后来我们聊得很开心，所以就在一起了。”张小雅说完，一饮而尽。

杨国庆和古巴伦感觉到陆子君跟张小雅说话的气氛不对，于是起哄喝酒，转移话题，大家在刻意淡化他们之间的对话。

虽然陆子君内心对洪志诚存有偏见，但边喝酒也边释然了，男女之间本来就讲究缘分，只要她自己开心就好，但他感觉洪志诚不是一个靠谱的人，担心张小雅受到伤害。转而又想，在感情里受到伤害又怎样，这也是一种人生的经历，自己已经结婚了，随她去吧。

“陆大才子，你结婚这么久了，就没有一点喜事？”张小雅问道。

“是啊，这么久了没动静，你是不是不行呀？”古巴伦笑着说道。

“别乱说，怎么能随便说一个男人不行，大哥，给点面子行不行？”杨国庆说道。

“你们管得可真够多的，结婚就一定要生小孩？过二人世界不爽吗？”陆子君反驳道。

“肯定是他媳妇不愿意生。”朱文静说道。

“子君太老实，怀姝琴看上去就是一个非常强势的女人，子君真可怜。”崔智美说道。

“别乱讲呀，我很幸福，可怜啥，美美，别挑拨离间。”陆子君说道。

“好，来，为陆大主任的幸福生活干杯！”张小雅提议后，大家一起干杯。

对于张小雅跟洪志诚在一起的事，陆子君内心释然之后，又开心地跟大家喝起来，酒有时是个好东西，能让大家打开心扉无拘无束地聊天。

有一帮朋友真好，平时勤奋地工作，遇到开心与不开心的事都可以跟大家分享，找一群人吃饭聊天，是减少心理疾病产生的重要方法。陆子君很知足，平时舍不得花钱，但请朋友们吃饭，从来都不吝啬，也许正因为如此，大家都能聚在他身边。

爱情对时间这个东西应该是又爱又恨，好似茶与水的关系，好茶通过水来展现美味。但水越冲茶味就越淡，水越来越多的时候，茶就不再那么美味，水让茶味美，也让茶味淡。时间让爱情增色，也让爱情褪色。像大多数人一样，陆子君的爱情慢慢开始褪色了。

由于陆子君经常加班到深夜，而怀姝琴下班之后也闲不住，没有陆子君的陪伴，她就跟她的玩伴们在一起，所以婚后没有甜蜜多久，两个人就如同婚前一样，各过各的了，虽然晚上在同一张床上睡觉，但仿佛两个存在不同时差的人，过得跟陌生人似的。

时间越久，陆子君感觉越不对劲。这天晚上，陆子君决定找怀姝琴谈一谈。

陆子君到家时已经是十一点半，他洗完澡换上睡衣便坐在沙发上看电视，边看边等怀姝琴回家，他没有打电话或发信息告诉她自己在等她。

看着看着，陆子君竟然睡着了，可能是沙发太舒服了，当他突然醒来的时候，一看手机，已经是凌晨两点，想再次入睡，却怎么样也睡不着。正起身准备去上厕所时，门开了，怀姝琴小心翼翼地推门进来，陆子君赶忙躺下闭眼。

怀姝琴以为他睡着了，轻轻地走过来把电视关掉，然后回房间拿了一条毯子给他盖上，她转身离开的时候，陆子君坐了起来。

“你回来啦?”陆子君说道。

“对，把你吵醒了。”怀姝琴说道。

“没有，我一直在等你，没有睡得很沉。”陆子君说道。

“睡得沉不沉都能自己控制？你真是高手。”怀姝琴向他竖起了大拇指。

“是的，我可能有特异功能，还会隔山打牛。”陆子君说道。

“真的？表演给我看看。”怀姝琴笑着说道。

“现在没牛，改天找个牛再表演。”陆子君说道。

“你可以吹一个牛出来打。”怀姝琴大笑着说道。

“不吹牛了，你坐着，我们聊聊，好久都没有聊过了。”陆子君说道。

“我先去洗澡，身上都是味道，等我一下。”怀姝琴说完就去洗澡了。

陆子君顺手又把电视打开，接着看老电影。过了好一会儿，怀姝琴穿着睡衣走了出来，在陆子君旁边坐下。

“今天怎么突然想聊天?”怀姝琴问道。

“我们好久没碰面了，每次我回来时你都没回，你回来时又碰上我值班，虽然住在一起，感觉聚少离多，没有一点家的样子。前几天，在单位碰见怀副院长，他问我们过得怎么样，我说还好，但我想了想，不能总是报喜不报忧，不能骗他。所以，我就想找你说说话。”陆子君说道。

“你是怪我总出去玩了?”怀姝琴问道。

“也不是，出去玩是你的自由，我觉得我们是不是应该要个小孩，这样会更有家的感觉。”陆子君说道。

“我还没玩够，自己都还是个孩子，若是生个孩子，谁照顾谁都是一个问题。”怀姝琴说道。

“我爸妈可以过来照顾呀。”陆子君说道。

“我不是不喜欢你爸妈，他们在家里，我会感到非常不自由，可能会产生很多矛盾，你不想看到这样的结果吧?”怀姝琴说道。

“我们现在不要小孩，什么时候要？以后我的工作肯定会越来越忙，到时候没有精力折腾孩子的事，不是更让人着急？”陆子君说道。

“老怀跟你说了什么吗？他催你生孩子，还是你爸妈在催？”怀姝琴问道。

“他们都没有催，是我自己想的，我们这么好的家庭，总得有一个规划，为了将来的更幸福更美满着想。”陆子君说道。

“照你的意思，生个小孩就幸福了？等你生了你才会意识到上当了，生小孩会很累很辛苦。”怀姝琴说道。

“你还没生过，别听别人说的，哪会累，就算辛苦也是甜蜜的负担。”陆子君说道。

“我现在正处于事业的上升期，每天应酬也很多，生孩子的话会影响工作，这样吧，等过段时间我升职之后，就计划生孩子，好不好？”怀姝琴说道。

“你工作别那么拼命，要注意身体，赚那么多钱干吗？够生活就足够了。”陆子君说道。

“你觉得我们现在的生活就很好了吗？没钱怎么谈生活？我不工作，你的钱也不够养我呀？结婚后我才发现，钱根本不够用，以前都是找老怀拿钱，现在也不好意思再找老怀要钱。”怀姝琴说道。

“是的，结婚后我们自己养活自己，我的工资你以后随便花，我们不存钱了，没关系。”陆子君说道。

“你辛辛苦苦挣的钱，我也不好意思乱花，你还是存着吧，我用钱自己心里有数。”怀姝琴说道。

存钱、生小孩、买房这些事情，陆子君越来越感觉跟怀姝琴之间无法达成一致，每次提到这些问题就感觉心累。也许怀姝琴也会觉得心累，这就是人们常说的三观不合，表面上看起来幸福美满，实际上日子过得相当凄惨。这种情况，又有谁能了解，又能跟谁提起？正所谓家丑不可外扬，对于家庭，他感到有些悲观，也许这就是选择她的代价。

情感危机

一

陆子君每天忙得倒也很安心，无牵无挂，一心扑在工作上，如今这么好的工作环境，他更是抓住机会，扶摇直上。这一次编制考试总算通过了，又加上副主任医师的材料交上去之后也顺利过关，真是双喜临门，工作这么多年以来，到现在他才感到真正的快乐。

当一个人处于上升期时，身边总需要一个或一些人来簇拥以形成向心力，从而加快这种冲劲儿以达到更高的高度。杨国庆、古巴伦就是陆子君身边的这类人，他们是发自内心为陆子君感到开心。这天，杨国庆和古巴伦照旧为陆子君安排了庆祝宴。

这次选了一个安静的酒店包房，杨国庆和古巴伦把酒水饮料从车上搬到包房，顺便在商店买了很多零食，两个人来早了，边吃边喝边等其他人的到来。

没想到，张小雅和洪志诚是第二批到达的，杨国庆和古巴伦看见他们两个人一起出现，感觉非常尴尬，于是想找借口离开，却被张小雅拦了下来。

“你们两个人别走，我给你们好好介绍一下，这是洪志诚，志诚，这个是杨国庆，这个是古巴伦。”张小雅介绍道。

“你好你好。”杨国庆和古巴伦都假笑着与洪志诚打招呼。

“这个我认识，拳头很重，当年在酒吧打了我一拳的人。”洪志诚指着杨国庆说道。

听到这里，杨国庆假笑了两声，古巴伦却多假笑了一声。

“你我也认识，是跟在他后面出拳的人。”洪志诚指着古巴伦说道。

“志诚，那件事都过去很久了，不要这么小气，他们都是我的好朋友，以后也是你的好朋友。”张小雅说道。

“他们是你的好朋友，仅此而已，当我的朋友门槛很高，很显然，他们都不达标。”洪志诚说完走到沙发中间的位置以很夸张的姿势坐下。

杨国庆看着洪志诚那高挑的样子就很讨厌，自己的拳头又蠢蠢欲动，古巴伦发现了杨国庆的欲望，及时地拉住了他。

“看来你们聊得非常愉快，我下去买点喝的。”张小雅看不下去了，借口离开这里。

杨国庆跟古巴伦为了缓解尴尬的局面，在旁边的椅子上坐下，两个人用手机打起网络对战游戏，在虚拟的世界里大肆厮杀。洪志诚嫌他们两个的声音太吵，于是站起来在包房里来回走动，不一会儿，只见他拨通电话，通话后就走出了包房。

大家陆陆续续地来到房间，还是那些人，崔智美，朱文静，这次贺天成、张浩明、蒋明珠、宋慧倩都悉数到场，大家都把手头的事情安排好而腾出时间来，给足了陆子君的面子。

人多了之后，杨国庆他们与洪志诚之间的尴尬就冲淡了很多，俗话说得好，只要你自己不觉得尴尬，尴尬的就是别人。杨国庆、古巴伦以及贺天成几个人就开始闹场子，有他们在，就不怕冷场。

“陆子君，我表妹怎么没来?”洪志诚突然问道。

“回表哥的话，姝琴她有应酬，没时间过来。”陆子君回答道。

“她不在，你可要自觉，不要做什么对不起我表妹的事。”洪志诚说道。

“崔智美、朱文静、蒋明珠、宋慧倩，几位姐姐，有人说你们勾引陆子君。”古巴伦说道。

“伦子，你不要乱说话，在这么庄重的场合上。”崔智美说道。

“我没乱说话，刚这位男士说的。”古巴伦指了一下洪志诚说道。

“巴伦，注意素质。”陆子君给他边使眼色边说道。

“嗯！不好意思，我的素质掉地上了，我捡起来，不好意思。”古巴伦笑着说道。

为了缓和尴尬的气氛，大家开始岔开话题。

“来，我们吃菜吧。”宋慧倩说道。

“吃之前，我们先举杯，今天是双喜临门，子君事业上的两大喜事，一是编制，二是副主任医师，都已搞定，在伟大的事业道路上又进了一大步，来，我们恭喜子君！”杨国庆站起来举杯说道。

“恭喜恭喜。”大家都站起来附和道。

“今天谢谢各位，特别给我面子，编制和副主任医师的事儿，都不算什么，只是召集大家聚一聚的由头罢了，人生苦短，及时行乐。”陆子君再次站起来举杯说道。

“干杯干杯。”大家又站起来附和道。

“子君，再举杯的时候能不能不站起来了，我们这一群新时代的青年才俊，要大胆地去掉一些繁文缛节。”贺天成笑着说道。

“同意，来，青年才俊，我们两个人走一个。”陆子君坐着朝贺天成举杯说道。

“来，陆大教授。”贺天成一饮而尽。

陆子君喝完站起来走到对面的洪志诚旁边，他想向大家介绍洪志诚，缓解历史遗留下来的尴尬。

“对了，我跟大家介绍一下，这是怀姝琴的表哥，也是我的表哥，洪志诚总经理，这才是真正的青年才俊，年轻有为，是几家上市公司的老板。之前在酒吧的时候，跟我们大家之间有一个小小的误会，希望志诚表哥不计前嫌，大人有大量，来，我们一起敬洪总一杯。”陆子君笑着说道。

“那都是过去的事了，不过，我们也是不打不相识，因为那次机会才认识了小雅，你们都是红娘，我也敬你们，谢谢你们。”洪志诚举杯说道。

“你和我们小雅姐什么时候结婚？”蒋明珠问道。

“这个，要看小雅的意思，我都尊重她的意见。”洪志诚说道。

“那你求婚了没有？”朱文静问道。

“这个……还没有。”洪志诚吞吞吐吐地说道。

“你们太心急了吧？是愁我嫁不出去吗？”张小雅说道。

“我们在跟青年才俊聊天，小雅姐别介入。”蒋明珠笑着说道。

“是啊，我们要看洪总对小雅姐是不是真爱。”朱文静说道。

“真爱，当然是真爱，绝对是真爱。”洪志诚连忙解释道。

“真爱不是嘴上说说的，实际行动，求婚，结婚。”朱文静说道。

“文静，不要把青年才俊弄得像个傻子，嘴下留情。”张小雅说道。

“洪总真是高手，让小雅姐这般维护你。”蒋明珠说道。

“好了，别为难青年才俊了，我们继续喝酒。”古巴伦说完举起酒杯。

刚开始时，大家都比较拘束，毕竟来了一个洪志诚。当几杯酒下肚之后，大家开始放浪形骸，大碗喝酒、大块吃肉的江湖场面立马展现，就算是她们几个女士也没有表现出任何的拘谨。

张小雅和洪志诚之间有一些亲昵的动作，陆子君无意中看到，内心酸爽一阵一阵的。在感情上，他越来越发现自己喜欢张小雅，或是说习惯于张小雅的存在。以前工作在一起时，不觉得那是爱，分开以后才体会到这一点。可惜，错过了就错过了，人生是一场单程旅行，只能往前走，看着对方甜蜜开心，自己没理由再去打扰她，也没有资格去打扰她。好在陆子君还有风度，虽然内心非常不爽，但这种情绪被酒冲刷得淡了很多，没有表现出来，也就天下太平了。

聚餐散场之后，他们约着去唱歌，只有陆子君借口回家了，他怕去KTV接着喝酒之后自己因失态而造成情感波动，伤及张小雅。

回到家，陆子君一头倒在沙发上就呼呼大睡起来。也不知过了多久，他感觉脸痛，睁开眼睛才看清楚是怀姝琴在使劲地抽他的左右脸，于是站起来并后退了几步。

“你在干什么？”陆子君突然惊醒后问道。

“我在打你，很显然。”怀姝琴平静了一下后说道。

“你为什么要打我？”陆子君疑惑地问道。

“我从一进门就听你在叫一个女生的名字，你说你该不该打？”怀姝琴说道。

听到这里，陆子君没说什么，他看了看表，已经凌晨两点半。

“你每天都是这个点回来，我觉得长期这样下去不行。”陆子君说道。

“别岔开话题，你老实交代，刚刚是不是张小雅送你回来的，你们在家里发生了点什么?”怀姝琴问道。

“你怎么突然又提张小雅?没人送我回来,我自己回来的。”陆子君说道。

“是你一直在叫张小雅,不是我提!我就知道你们之间的关系没断!”怀姝琴生气地说道。

“我怎么会叫她的名字?做梦的事我也没办法,应该是叫她还钱,我跟她之间就是哥们儿关系,没有男女之间的感情,清清白白。”陆子君说道。

“清清白白?真是鬼扯!一个男人做梦叫一个女人的名字,那就是思念的表现!”怀姝琴说道。

“你不要乱说,你也知道,现在张小雅是你表哥的女朋友,我们不要破坏他人的生活。”陆子君说道。

“你怕破坏了你旧情人的生活?那你有没有顾及她一直在破坏我们的生活?”怀姝琴激动地说道。

“她怎么会破坏我们的生活,她过她的,我们过我们的,完全不相干啦!”陆子君说道。

“你是不是一直心里放不下她?”怀姝琴问道。

“没有。”陆子君回答道。

“那就是说以前有,现在已经放下了?”怀姝琴问道。

“你这是什么逻辑,根本就没有她。”陆子君说道。

“没有她,那你一直叫她的名字?你为什么没有叫我的名字?”怀姝琴说道。

“姝琴,我们不要无理取闹了行不行?现在已经很晚了,明天还要上班。”陆子君坐下来说道。

“谁无理取闹了?明明是你的不对,你现在怪我无理取闹?”怀姝琴说道。

“行,是我错了,没有怪你。”陆子君说道。

“你终于承认你们之间的关系了。”怀姝琴说道。

“我们之间就是同事关系,没有你想象的那种男女关系。”陆子君解释道。

“这种同事之间的关系也太亲密了,梦里叫对方的名字。”怀姝琴说道。

“你有完没完?为什么老揪住名字不放?”陆子君说道。

“一个男人做梦叫一个女人的名字,很能说明问题。”怀姝琴说道。

“可是我和她之间真的什么都没有，你要我怎么做才能放过我？”陆子君问道。

“我要你去跟你所有的同事宣布，说你不喜欢张小雅。”怀姝琴说道。

“你这不是此地无银三百两吗？”陆子君说道。

“你心里没鬼，怕什么？”怀姝琴说道。

“我去跟每个人说，我不喜欢张小雅，别人会以为我有病。”陆子君说道。

“你不说，那就说明你是喜欢她的。”怀姝琴说道。

“好了好了，我去说可以了吧？”陆子君说道。

这个时候，怀姝琴走进卧室去拿衣服，她要去洗澡了。陆子君长长地舒了一口气后，又躺在沙发上，他想睡觉，可不敢睡着。过了好一会儿，怀姝琴洗完澡走了过来。

“你去洗澡呀，身上臭烘烘的。”怀姝琴说道。

“姝琴，我想跟你说，你能不能每天晚上不要出去应酬了？”陆子君说道。

“我不应酬怎么工作？我的工作就是应酬，不工作，天天待在家里？”怀姝琴边敷面膜边说道。

“那你换一份工作，我觉得女孩子还是要顾家。”陆子君说道。

“家里就你和我，我们两个人各自顾好自己就是顾好了这个家。”怀姝琴说道。

“家里迟早会有小孩，我们要做长远的打算。”陆子君说道。

“又提小孩，我们不是说好了吗？现在都处于事业上升期，暂时不要小孩。”怀姝琴说道。

“我们两个人都一心奔事业，什么时候才能花时间造个小孩？”陆子君问道。

“等我们都稳定之后。”怀姝琴说道。

“怎么样才算稳定？一年，三年，五年？”陆子君说道。

“我说过了，等我当上总经理之后。”怀姝琴说道。

“照你现在这个趋势，总经理还没当上，身体先垮了。”陆子君说道。

“你就不能说点好听的话吗？你是希望我身体垮呀还是咋的？”怀姝琴说道。

"我当然是希望你身体健健康康，只是，长期应酬、熬夜，非常伤身体，只有你和我的身体健康，才能让我们的宝宝更健康。"陆子君说道。

"说来说去，你还是想生小孩。"怀姝琴说道。

"你不想吗？"陆子君问道。

"暂时不想。"怀姝琴说道。

"哪个女人不想要小孩？"陆子君说道。

"我就不想要。"怀姝琴说道。

"你真是太另类了。"陆子君说道。

陆子君说完就往怀姝琴的身上靠，她没拒绝，他就开始抚摸她并亲她的脸，此时，她推开了他。

"你身上酒味太重，赶快去洗澡吧。"怀姝琴说道。

"先亲亲。"陆子君说道。

"亲什么亲，洗澡去。"怀姝琴说道。

没办法，陆子君只好起身准备去洗澡。

"你是不是想要小孩，而我不同意，于是开始想念你的老相好，所以做梦就喊她的名字？"怀姝琴又说道。

"你怎么又来？能不能不提张小雅？整个事情都跟她没有半毛钱的关系。"陆子君转过头来说道。

"没有关系你还一直叫她的名字？"怀姝琴问道。

"你能不能放过这一茬？"陆子君说道。

"就知道你理亏，你先去洗澡吧。"怀姝琴说道。

陆子君迅速地来到浴室洗澡，三下五除二就洗完，然后来到床边，怀姝琴已经躺下。陆子君钻进被子里从后面一把抱住怀姝琴，她转过身来，两个人开始做不可描述的事情，每次进行到一半，怀姝琴都会提醒他做安全措施，这是他最反感的事。

可这次陆子君去翻安全用品时，发现盒子已经空了，怀姝琴不相信，觉得是他故意的。于是这场欲望之火没有完全燃烧起来，而是逐渐熄灭，陆子君很沮丧地闭眼，暗自感叹在婚后生活中所受的委屈只有他自己能懂。当他确定她已经睡着之后，他才放心地睡着，他被自己说梦话的事吓到了。

二

这天，陆子君在病房交完班后抓紧时间来到门诊，随着他影响力的提升，门诊的病人也越来越多，每次都是拖到中午一点以后才能把病人看完，吃饭和上厕所的时间都没有，水是不敢多喝，但憋尿的能力在进一步提升。

接诊的病人越来越多，就会发现很多奇奇怪怪的情况，经过陆子君的诊断或鉴别，治疗思路就变得清晰起来，越来越接近大师的感觉。前来就诊的病人中有一小部分是做手术后过来复查的，大部分效果非常好，但也有一些复发或出现状况的病人。

陆子君眼前接诊的这位病人就是腰椎间盘突出症，几个月前做了微创手术，现在复发了。他叫黄飞龙，是个长途货车司机，椎间盘突出非常严重，当时采用椎间孔镜治疗后效果非常好，术后症状立马完全消失，当时非常感谢陆子君，硬要塞一个红包给他，实在是推来推去比较不体面，陆子君将此红包交给护士长，由她把红包里的钱充进了该病人的住院费中。所以，对于黄飞龙，陆子君印象很深。

“陆主任，我的腰和腿又开始痛了，你说现在该怎么办?”黄飞龙问道。

“你过去诊断床上躺下，我检查看看。”陆子君边说边站起来。

黄飞龙艰难地在诊断床上躺下，表情非常痛苦。陆子君在他的腰上按压了几下，又辅助他做了几个抬腿动作，之后就回到了座位上，拿起他的腰椎磁共振胶片放在观片灯上，仔细观察着。黄飞龙在他家属的搀扶下也回到座位上，表情依旧痛苦。

“黄飞龙，你今天做的磁共振跟你几个月前的磁共振相比，突出更大更严重了。”陆子君说道。

“这是怎么回事？是不是手术做坏了?”黄飞龙的媳妇急忙问道。

“几个月前手术做完，症状立马消失了，并且取出了非常大的椎间盘组织，若是手术做坏了，那当时就会有表现。”陆子君平静地说道。

“那是怎么回事呢?”黄飞龙的媳妇接着问道。

“我先了解一下你出院之后的情况。你出院之后有没有老老实实地卧床休息，坚持一周?”陆子君问道。

“当时，他感觉像好了一样，所以就正常活动，没怎么卧床休息。”黄飞龙的媳妇说道。

“活动都没有影响，在床上躺不住。”黄飞龙补充道。

“然后在接下来的几个月里，你都是在上班还是在家休息?”陆子君问道。

“出院三天后他们老板就叫他去上班了，一直上到一个星期之前，腰腿又开始疼痛才没去上班。”黄飞龙的媳妇说道。

“你是货车司机吧？我记得。”陆子君说道。

“是的，都是长途，一开就是十几个小时。”黄飞龙说道。

“照这样看来，你出院以后没有得到充分的休息，难怪这么早就复发了，并且比之前更严重。你要知道，你的身体就跟你开的货车一样，用的时间越长就越容易坏，车了坏了你就算把它修好了，但仍然不爱惜，超负荷地运转，它还是容易出问题。”陆子君稍激动地说道。

“人不能不上班呀，不上班哪来的钱，没钱怎么过日子?”黄飞龙说道。

“但身体是革命的本钱，磨刀不误砍柴工，还是要遵医嘱，休养好了再上班。”陆子君说道。

“那现在怎么办?”黄飞龙的媳妇问道。

“你们首先要弄清楚问题出在哪，然后才能总结经验，再谈治疗。治病不是医生一个人的事，而是需要病人配合，不配合，再牛气的医生都治不好你的病。”陆子君说道。

“需要我们怎么配合?”黄飞龙的媳妇问道。

“我们在你的出院小结上写的出院医嘱，你配合做好就行了，但你没有做到，这是导致复发的根本原因。”陆子君说道。

“你还是没说现在怎么办。”黄飞龙的媳妇不耐烦地说道。

看见这样不配合的病人和家属，陆子君内心非常反感和生气，要知道身体是你自己的，医生不是神，医生只是帮助你康复的帮手而已，仅此而已，疾病完全康复并稳定是需要病人的保养和护理的。就疾病康复而言，术后康复与手术同样重要。虽然陆子君内心非常生气，但是表面上还是表现出了极大的克制，不能毫无风度。他沉默了半分钟，才开口说话。

“就目前的情况来看，你需要住院进行手术治疗，现在手术仍然有两个选择，一是椎间孔镜手术，二是传统开放手术。看你们是什么意见，可以先到外面考虑一下或是回家商量一下。”陆子君说道。

“这还怎么商量，他都已经痛成这样了，当然是需要治疗。你说的做手术，又要我们出钱，我们两个人都是打工的，哪有那么多钱？手术做了没几个月又做，肯定是手术没做好的原因。”黄飞龙的媳妇激动地说道。

“这位妹妹，你要讲道理，手术做得非常顺利非常好，术后不注意保养而复发，不是手术没做好，你要搞清楚状况。”陆子君有点控制不住自己的情绪，提高声调说道。

“几个月前做的手术，现在比之前更痛了这是事实，你说现在又要做手术，难道你们医生就没有一点责任吗？”黄飞龙的媳妇大声说道。

“你不要在这里大声说话，这里是看病的地方而不是争吵的地方，治疗方案我已经说得非常清楚了，你们先出去商量一下再来给我回话，是否要住院治疗。我要看下一个病人了。”陆子君说完，示意护士将他们引导出去。

“我老公现在这个样子，跟你的手术有直接的关系，你要负点责任。”黄飞龙的媳妇边扶他起来往外走边说道。

你觉得我手术有问题，可以去走司法程序，去做医疗鉴定！陆子君心里这样想，但忍住了，没说什么，只是默默地开始接诊下一位病人。

黄飞龙的媳妇在诊室外仍然不罢休，说一些不堪入耳的话，像广播一样，播给外面排队看病的病人听。过了几分钟，陆子君坐不住了，起身来到诊室外。

“黄飞龙的媳妇，你若是想让你老公赶快好起来，就最好是闭嘴，不要扰乱我看病，我看完这些病人再帮你想办法解决问题。你这样闹是解决不了你老公的问题的，明白吗？”陆子君大声说道。

此刻，黄飞龙拉了一下他的媳妇。

“听陆主任的，不要再说了。”黄飞龙对他媳妇说道。

终于，黄飞龙的媳妇关上了她那闹腾的嘴，诊室内外瞬间恢复了平静，陆子君接着去看一个又一个的病人。

在门诊坐诊时遇到一个这样闹腾的病人或家属，医生看病的心情就毁了很多，看病是需要安静地分析和判断，最后做出决定的。在喧闹的环境中完成这些思辨的过程，确实是一种挑战，好在陆子君门诊经验逐渐丰富，他已经适应了这种节奏。

当看完所有挂号的病人之后，陆子君去了一趟洗手间，回到诊室后，把黄飞龙和他媳妇叫了进来。

“你们商量好了吗？住不住院？”陆子君问道。

“我老公现在这个样子，多多少少跟他几个月前做的手术有关系，你作为主刀医生，应该负点责任。”黄飞龙的媳妇说道。

“你看，你们两个人都是年轻人，道理应该很好懂。我可以负责任地告诉你们，你目前的情况，就是你术后没保养好，没有得到充分的休息而造成的！这是几个月前做手术时都嘱咐过的，术后不配合保养，等于手术白做！希望你们能明白这一点。”陆子君大声说道。

黄飞龙和他媳妇一句话都没说，陆子君缓了一口气，然后又开始说。

“目前黄飞龙的情况，椎间盘突出非常严重，必须得再做手术治疗，要不然无法缓解目前的症状，由于你还年轻，我个人建议还是做椎间孔镜手术，开放手术对你腰椎结构的破坏比较大。但是，我希望你们都要明白这个道理，就是术后就算是一点不舒服都没有了，也需要卧床休息一周，一周后可戴腰带下地活动，但是要休息一个半月左右，三个月以内不要久坐久站和弯腰负重，手术后三个月来我这里复查，若是稳定就可以恢复正常生活。”陆子君说道。

“这次我一定配合你说的要求，反复发作实在是太难受了。”黄飞龙说道。

“身体吃亏了才知道医生为什么要啰嗦地交代那么多注意事项。”陆子君说道。

“做微创，手术费又要花几万，我们上哪去弄那么多钱，上个月的工资老板还拖着没发。”黄飞龙的媳妇说道。

“是啊，陆主任，现在我手上也没有那么多钱。”黄飞龙说道。

陆子君没有回答，起身到旁边的桌子上拿起水杯并打开，喝了一口，然后回到座位上。

“我只能说尽力帮你一把，这样，这次的手术费我先帮你垫上，其他费用你们还是要想办法凑齐，我垫的钱，等你们什么时候有钱了再还给我，这样行不行？”陆子君说道。

“可以可以，谢谢陆主任。”黄飞龙的媳妇高兴地说道。

就这样，黄飞龙办理入院手续后就住到脊柱外科病房，做完术前检查后，再次安排椎间孔镜手术。

黄飞龙的这次手术有点难度，因为手术部位术后会发生组织粘连，影响手术视野。这也算翻修手术，进针点不能走上次手术的老路，陆子君于是将进针点向内移动，避开原来的进针路线，获得了很好的效果。这次手术也非常顺利，成功取出了巨大的突出椎间盘，黄飞龙的症状又得到充分的缓解。回到病房后，黄飞龙的媳妇对陆子君又是一顿感谢，把陆子君吹捧得让他感到很难为情。陆子君又苦口婆心地交代了一遍术后注意事项，再三叮嘱他一定要配合休息，然后才转身离开。

刚到办公室坐下，陆子君的电话就响了，一听是房东阿姨。

“喂，苏阿姨，您好，有什么事吗？”陆子君问道。

“陆先生，不好意思啊，确实有事。”苏阿姨说道。

“什么事？您说。”陆子君说道。

“你租的房子，我这个月要卖出去，所以不能再租给你了。”苏阿姨说道。

“怎么突然说要卖？那我们签的合同还没到期呀。”陆子君说道。

“我知道，所以我会按合同的约定赔偿你。”苏阿姨说道。

“那我这边……我的东西很多，还要再找房子，什么时候搬？”陆子君问道。

“越快越好。”苏阿姨说道。

陆子君觉得很无奈，挂掉电话后他一直在想怎么跟怀姝琴说这个事，两个月前刚刚搬过一次家，当时就吵了一架，这一次又搬家，陆子君有点不敢面对怀姝琴。犹豫了很久，他还是给她发了一个信息，提到搬家的事，可怀姝琴一直没回信息。

晚上回到家，陆子君洗完澡就坐在沙发上看电视，依旧放着香港的老电影。没等他睡着，怀姝琴开门进来了。

“今天咋回来这么早？”陆子君站起来问道。

怀姝琴看着陆子君，然后翻了一个白眼，没说什么，径直走向卧室。

“你这个人怎么这样，别人跟你用语言交流，你就用眼神，别人跟你用眼神交流，你就用语言，总反着来，都这么大的人了，咋还那么叛逆呢?”陆子君打趣地说道。

听见陆子君在外面嘀咕，怀姝琴闪到客厅，又用眼神恶狠狠地看了他一眼，然后又闪回卧室忙自己的。

没办法，陆子君只好坐下来接着看电视。怀姝琴则去洗澡换上睡衣，然后躺在卧室的床上敷面膜。这有可能是暴风雨来临前的平静，陆子君感觉有点怕怕的，不停地喝着热茶。

又坐了好一会儿，怀姝琴那里仍然没动静，陆子君把电视关掉，然后来到卧室，只见怀姝琴正躺在床上玩手机。

“你看见我下午给你发的信息了吧?”陆子君小心地问道。

“没有，有什么事吗?”怀姝琴反问道。

“啊，你没看到?你现在打开看看。”陆子君奇怪地问道。

“我下午删废信息时不小心把你的删掉了，有什么事现在说吧。”怀姝琴边玩手机边说道。

“这么不小心……”陆子君结结巴巴地说道。

“很奇怪吗?你有什么事打电话说不是更直接吗?为何发信息，什么事?”怀姝琴放下手机问道。

“也没什么大不了的事，就是房东问我们想不想租一个更大一点的房子……”陆子君说道。

“现在这个挺好呀，不需要。”怀姝琴说道。

“可能是她想要大房子，所以她把这个房子卖掉了，让我们搬家。”陆子君终于说出来了。

“我发现你总喜欢拐弯抹角地说话，你说你活得累不累?直接说我们又要搬家不就完了吗?”怀姝琴提高声音说道。

“我不好意思说，前几个月才搬的家。”陆子君小声说道。

“你有啥不好意思的，这种居无定所的感觉也很不错呀，权当是跟着你一起浪迹天涯，虽然一直没浪出过华山市。”怀姝琴说道。

“你跟着我受委屈了，我真的很愧疚。”陆子君说道。

“千万别愧疚，你那么优秀，还怕以后买不起房子？再攒几年就够了，到时候我们在十一环边上买一个大house，照样过得有滋有味。”怀姝琴说道。

“你真的是这样想的吗？我也是这样想的，我觉得你越来越善解人意了。”陆子君开心地说道。

“我应该是越来越傻了才对吧！”怀姝琴收住假笑，然后说道。

“怎么会呢，你冰雪聪明。”陆子君笑着说道。

“谁过日子不想安定？我们结婚后，婚房都是临时的，临时的婚房也换了，现在又换，你觉得有家的感觉吗？我感觉我们像是游击队，在打游击战，过着颠沛流离的生活。”怀姝琴气愤地说道。

“我们过两年就可以买房了，现在临时过渡，虽然换了几次房子，但住的条件都不差。”陆子君说道。

“是不差，但我就想要自己的房子，属于我自己的，明白吗？”怀姝琴说道。

“这个很重要吗？”陆子君问道。

“当然很重要，活着的基础就是拥有一些自己的东西。”怀姝琴说道。

“在这个世界上，有什么是真正属于自己的？一切都是虚的，生不带来，死不带去的，看淡一点不好吗？活得精彩一点不就够了吗？”陆子君说道。

“你倒是说得洒脱，你想要那样活并不代表我也想要那样。”怀姝琴说道。

“搬家的事都由我一个人来搞定，你只管住就行了，反正你在家待的时间又不多。”陆子君说道。

“我待的时间不多不代表我对家没有要求！”怀姝琴说道。

“你有什么要求你说，我照办。”陆子君说道。

“安定。”怀姝琴说道。

“这个好办，我去医院带几颗安定丸回来给你就行了。”陆子君笑着说道。

“你还笑，我要的是什么安定你不懂吗？你还跟我玩文字游戏！”怀姝琴边说边敲打陆子君。

陆子君躲开，然后往客厅跑，怀姝琴就一直追着他打，就这样跑着跑着，陆子君把旁边的酒柜带了一下，“哐当”“哐当”“哐当”……柜子翻倒在地，酒瓶、器具之类的碎了一地。幸好他们两个人都跑开了。

“你没事吧?”陆子君拉住怀姝琴问道。

“吓我一跳，我还好，你没事吧?”怀姝琴问道。

“我当然没事，跟我斗，你问问柜子有没有事。”陆子君笑着说道。

“不用问了，柜子已经趴在地上认输了。”怀姝琴笑着说道。

“幸好这些东西都不是我们的，一点都不心疼。”陆子君说道。

“是的，不过房东会让你赔很多钱，你心不疼，但你的钱会疼。”怀姝琴说道。

陆子君和怀姝琴一起蹲在地上收拾这些碎片，代替了刚才的争吵，也算是一个圆满的结局。

三

搬家是一件非常折腾的事情，不是找一个搬家公司就能解决妥当的，还是需要耗费很多时间。再加上，找一个合适的房子也是一件非常折腾的事情，所以，陆子君这几天简直就是操碎了心，怀姝琴已经说了不想管这些，让陆子君内心焦躁。由于工作非常繁忙，他没时间去看房子，只好委托杨国庆去看，杨国庆把实地图发给陆子君，陆子君转发给怀姝琴，她一直都不满意。可怜的杨国庆就一直寻找着，陆子君的内心对他就一直愧疚着。

晚上回家，陆子君跟怀姝琴为这件事又争吵了几句。两个人相互不理不睬，一个人玩着手机，一个人看着电视，依旧是香港老电影。

怀姝琴听见陆子君在客厅看电视笑得很夸张，于是从卧室走了出来。

“你能不能控制一下自己的情绪?没看见我们在冷战吗?”怀姝琴说道。

“冷战?没人宣布这个事呀。”陆子君反问道。

“我现在宣布，冷战开始。”怀姝琴说完走回卧室。

“行吧，这个家是你在当家，你说什么就是什么。”陆子君说完接着看电视。

过了一会儿，陆子君的电话响了，是怀姝琴的妈妈打过来的。

“妈，什么事呀?”陆子君问道。

“没什么特别的事，就是很长时间没打电话了，想问问你们现在怎么样。”怀姝琴的妈妈说道。

“现在很好，我们两个人工作都比较忙，回来之后还可以说说话，挺好的。”陆子君说道。

“你们在做要小孩的准备吗?”怀姝琴的妈妈问道。

“妈，这个事有点难说，一个巴掌拍不响呀。”陆子君说道。

“是你这个巴掌拍不响还是姝琴?”怀姝琴的妈妈问道。

“妈，我拍得很响。”陆子君回答道。

“你使用一点手段呀，女孩除了需要哄，还需要骗，善意的骗也有助于事情的解决，等她怀上了，就由不得她了。”怀姝琴的妈妈说道。

“妈，她太谨慎了，不好骗，每次还要检查安全用品，太难了，还是需要您做做她的思想工作。”陆子君小声说道。

“行，这个事，我这几天抽个时间找她好好谈谈，现在我跟你爸妈他们都还活动利索，可以帮忙带孩子，再过几年，体力就跟不上了，请保姆照顾也不放心呀。”怀姝琴的妈妈说道。

“是的妈，我也是这样认为的。”陆子君说道。

“对了，子君，听说你们又在找房子，是不是?”怀姝琴的妈妈问道。

“是的，妈。”陆子君回答道。

“你们这样搬家很折腾，还是需要一个稳定的房子，你们打算什么时候买房子?”怀姝琴的妈妈问道。

“再过两三年吧。”陆子君回答道。

“房价一直在涨，你们还是早一点买比较好，早点买，我给你们凑一点，加上你们自己的钱，应该够。抓紧时间去看看合适的房子，买房、交房、装修都还要花时间，你是一家之主，要有点规划。”怀姝琴的妈妈说道。

“知道了，妈，就按您说的办，我有空了就去看房子。”陆子君说道。

“那就好。另外，我建议你们现在搬到我这来住，一方面可以节省房租的钱，留着买新房子用，另外一方面，我可以照顾姝琴，顺便给她做思想工作，你们抓紧时间要个孩子，你觉得怎么样?”怀姝琴的妈妈说道。

“妈，您说得很有道理，我同意您说的。只是，不知道姝琴什么意见，我问问她的想法。”陆子君笑着说道。

“可以，你们商量商量。那就这样，不打扰你们休息了，拜拜。”怀姝琴的妈妈说道。

“妈，拜拜。”陆子君说道。

陆子君挂掉电话后，朝卧室的方向看了一眼，里面没动静，他长舒一口气后站了起来，走进卧室，只见怀姝琴还在看手机。

“你妈刚刚打电话过来了。”陆子君说道。

怀姝琴看了他一眼后接着玩手机。

“我在跟你说话呢，你能不能尊重一下我？”陆子君说道。

“她说什么了？”怀姝琴问道。

“她说给我们凑钱买房子。”陆子君说道。

“那好呀，去买吧。”怀姝琴说道。

“另外，她说让我们搬过去跟她一起住。”陆子君说道。

“现在搬过去，那不是历史的退步，两个人生活多自由，回去她会管这管那。我估计你会跟她隔三差五地吵架。”怀姝琴说道。

“为什么？我怎么会跟她吵架？”陆子君疑惑地问道。

“不为什么，你觉得两代人之间的吵架需要理由吗？婆媳之间会莫名其妙地吵，妈妈跟女婿之间也会毫无理由地吵。”怀姝琴说道。

“你咋突然之间懂这么多？”陆子君好奇地问道。

“我们公司一个副总天天跟我们讲他的家庭不和谐故事。”怀姝琴说道。

“每个家庭都不一样，你们副总的故事不一定发生在我们身上。”陆子君说道。

“总之，要搬你搬，我是不想回去住。”怀姝琴说道。

“你以前不是就想在你家住，怎么变化这么大？”陆子君问道。

“你也知道是以前，现在我们结婚了，什么都变了。”怀姝琴说道。

“好吧，你自己跟你妈说明情况吧，我继续找房子。”陆子君说完掀开被子钻了进去。

两个人又开始做不可描述的事情，也许是怀姝琴没有心情，敷衍着他，过了好一会儿，两个人才平静下来。陆子君翻来覆去还是难以入睡，怀姝琴则又拿出手机一直玩着。

陆子君体会到，他跟怀姝琴之间有太深的隔阂，两个人是强行安排在一起，很多想法都不同，根本没有浓浓的爱意，这就是人们常说的三观不合。

杨国庆真是一个给力的朋友，辛苦奔波了几天，终于选了一个让怀姝琴满意的房子，陆子君选了一个周末，在几个朋友的帮助下，把搬家的事搞定了。看见大家都很辛苦，陆子君亲自下厨，在新租的房子里做菜招呼大家。怀姝琴照旧有应酬，没有办法参加他们的聚餐。

“子君，我来帮你吧。”古巴伦走进厨房说道。

“不用，我能搞定，你去客厅陪他们玩，没你在，场子热不起来。”陆子君边炒菜边说道。

“杨国庆把场子快热糊了，我去显得多余。”古巴伦说道。

“呵，他竟然敢威胁到你的地位。那行，你帮忙把那菜洗干净，再把萝卜切成薄片。”陆子君说道。

“好。”古巴伦说完动起手来。

杨国庆在客厅跟宋慧倩、朱文静边打牌边聊天，开心得不得了。此时，门铃响了，杨国庆去开门，是崔智美和张小雅。

“你们来得正是时候，过一会儿可以开饭了。”杨国庆笑着说道。

“我们也想早点来帮忙，中途有事情给耽搁了。”崔智美说道。

“没关系，能来就是帮忙了，她们两个人虽然搬家时全程参与，但只是在旁边喊加油罢了。”杨国庆笑着说道。

“国庆，你又在小雅姐面前说我们坏话？”朱文静朝他们说道。

“没有，在夸你勤快呢。”杨国庆说道。

杨国庆说完自己闪在一边，让张小雅和崔智美先走进来，他们几个人围坐在一起。

“小雅姐过来了。”古巴伦从厨房跑出来说道。

“是啊，来晚了，不好意思。”张小雅说道。

“不晚不晚，刚好吃饭。”古巴伦连忙说道。

“你和谁在做菜？”张小雅问道。

“子君，他亲自下厨，就是为了招待小雅姐。”古巴伦笑着说道。

“乱说，我算什么，是招待你们几个辛苦搬家的人。”张小雅笑着说道。

“我们是点缀，你和子君走到哪里都是自带光环，让人一看就是主角。”古巴伦笑着说道。

“就你嘴巴甜，等会多喝点。”张小雅说道。

“小雅姐，你男朋友咋没来?”古巴伦问道。

“我跟他没关系了。”张小雅说道。

“咋了？你们吵架了?”古巴伦问道。

“伦子，赶快把洗的菜递过来!”陆子君朝古巴伦大声说道。

“好的，马上。”古巴伦说完把手中的菜送回厨房。

“别乱说话，别人的隐私，不要问那么多。”陆子君小声说道。

“大家都不是外人，关心一下嘛。”古巴伦说道。

“行了，你还是好好帮忙比较好，帮我把那几根莴苣削皮切块。”陆子君说道。

“OK。”古巴伦回答道。

大家坐在客厅边吃瓜子边聊天，杨国庆心里痒痒的，他也想知道张小雅怎么了，把古巴伦问的话又问了一遍。

“小雅姐，你和男朋友吵架了?”杨国庆问道。

“没有吵架，是在冷战，谈不下去了。”张小雅说道。

“为什么事呢？你们之前好好的。”宋慧倩说道。

“是啊，发生什么矛盾了?”朱文静说道。

“上次吃饭，你们提到求婚的事，我后来问到他，他模模糊糊的态度，让我非常不爽。”张小雅说道。

“他是不是没有结婚的打算?”宋慧倩问道。

“我搞不懂，所以，给彼此时间来考虑一下，要不要继续下去。”张小雅说道。

“他那么有钱，肯定是个花花公子，怎么可能想结婚?”朱文静说道。

“文静，你别这么早下定论，有钱不一定会变得很花心，结婚是多方面的，还是要双方努力。”杨国庆说道。

“对，现在还没有定论，给彼此一个机会。”崔智美说道。

“不聊我的事了，说说你们的开心事，你们都过得比我好。”张小雅说道。

“没有，小雅姐，家家有本难念的经，只有陆子君过得很好。”宋慧倩说道。

“对，你们说说陆子君怎么过得好。”张小雅笑着说道。

“有老岳父的帮助，事业平步青云，家有贤妻，至今过着二人世界，生活多美好。”宋慧倩说道。

“你看到的是表象吧，也许子君天天躲在被窝里哭泣呢。”杨国庆笑着说道。

“杨国庆，你们又在背后说我什么坏话?”陆子君端着菜边走出来边说道。

“我们都在夸你呢。”崔智美说道。

“谢谢你们，国庆，帮忙把桌子收拾一下，准备开饭。”陆子君说道。

“好的。”杨国庆跳起来说道。

不得不说，陆子君这双手不仅能做得一手漂亮的手术，而且还能做出一桌好菜，还没尝味道，但色香已俱全，大家都边夸边动起筷子。古巴伦则给每个人把酒满上，这种场合，无酒不欢。

看得出，张小雅想把自己灌醉，一直在举杯邀酒，崔智美在旁边拉都拉不住。

“你们的干劲太大了，我家的这几瓶上等红酒已经被你们喝完了，酒就喝到这里，尽兴就行，咱们吃饭吧。”陆子君说道。

“吃什么饭，既然要喝酒就要喝好为止，怎么能说没酒呢，我出去买!”张小雅说完就站了起来，准备往外走。

“小雅姐，你坐下，要买也是我出去买。”杨国庆急忙说道。

“你要去买就赶快去，别扫兴，回来我给你钱。”张小雅说道。

“行行行，你坐下吧。”杨国庆说完开门走了出去。

陆子君傻傻地看着眼前的他们，也不知道该不该劝阻，就任由他们去了，默默地站起来给每个人盛了一碗饭放在他们面前。

古巴伦在大家没酒喝的空档里，开始讲故事给大家听，逗得大家哈哈大笑。不一会儿，杨国庆就提着两袋酒回来了，宋慧倩和陆子君迎上去接过酒。

看见酒来了，张小雅就拿了一瓶，先给自己满上，然后又开始一个一个地邀酒碰杯。陆子君感觉不对，若这样继续下去，她肯定会喝醉，自己是非常不方便照顾她的，于是不断地劝她不要再喝了。

“你还记不记得？你结婚的时候，我们两个人没有好好地喝几杯呢，来，今天补上。”张小雅说完自己先一饮而尽。

陆子君本来是劝阻的，结果被套进去陪着她喝了几杯。

于是他去指使杨国庆阻止张小雅，谁知，她又把杨国庆灌了几杯，接着古巴伦上场，他也灰头土脸地败下阵来，不得不说，张小雅还是有两把刷子。她想要醉，就没人能阻止，她想要不醉，也同样没人能灌倒她。今天，她应该是想借酒消愁，看着陆子君这个自己想爱但不能再爱的人，更想喝酒了。

大家都喝多了，崔智美扶着张小雅在一个房间躺下，宋慧倩和朱文静则去另外一个房间休息，杨国庆、古巴伦和陆子君则在客厅的地上、沙发上躺下。他们几个男人不停地感叹，要是女人喝酒疯起来，就真没他们什么事了。

也不知道过了多久，突然有人敲门，大家都睡得死死的，只有杨国庆惊醒了，他爬起来去开门。是怀姝琴，一旁扶着她的是一个陌生男士。

“你怎么现在才开门，这个地方真难找，早知道就不租这里了。”怀姝琴说完又低下头去。

杨国庆看怀姝琴喝成这样，就没说什么，加上她旁边这个男人在场，他更不想说话。

“姝琴就交给你了。”这个男士说完就将她往杨国庆手上送。

杨国庆接过手来扶住怀姝琴踉跄着往里走，那位男士则转身离开，中途还回头看了一眼，被杨国庆发现了。

“你这么晚了还没睡？在干吗？”怀姝琴头也没抬地问道。

“我是杨国庆，陆子君在地上睡呢！”杨国庆回答道。

“你是杨国庆？你跑我家来干什么？”怀姝琴一把把他推开问道。

“今天你们搬家，我过来帮忙的，还有古巴伦他们。”杨国庆说道。

“陆子君人呢？”怀姝琴恍恍惚惚地看了一圈房子后问道。

“他在地上……刚刚还在地上的，怎么转眼就不见了？是不是去上厕所了？”杨国庆说道。

“厕所在哪?”怀姝琴听到厕所，就想上厕所了，急忙问道。

“你坐，我去厕所给你找子君。”杨国庆回答道。

“谁找他呀，我要上厕所。”怀姝琴说道。

“带你去。”杨国庆说完扶着怀姝琴往厕所走。

怀姝琴一进厕所就开始吐，弄得厕所到处都是她的呕吐物，好大的酒气，杨国庆被熏着了，他捏起鼻子。过了好一会儿，怀姝琴眼睛睁得大大的出来，似乎清醒了很多。

“陆子君在哪?”怀姝琴问道。

“你坐一会儿，我去帮你找他。”杨国庆说道。

“不用，我自己去找。”怀姝琴说道。

怀姝琴踉跄着一个房间一个房间地看，第一个房间看见两个女人睡着，又来到第二个房间，三个女人睡……不，杨国庆仔细一看，陆子君夹在张小雅和崔智美之间睡着了!

“这里没有，再往那边找找。”杨国庆急忙把怀姝琴往外拉。

“等一下!这个房间睡了三个人，要检查一下床会不会坏……”怀姝琴挣脱杨国庆边说边往里走。

完了完了，这下误会大了。杨国庆看着陆子君感叹，然后走过去，用脚踢陆子君屁股。

“原来陆子君睡在这里，你看他左拥右抱的，多享受。”怀姝琴笑着说道。

杨国庆很惊奇，踢陆子君的屁股他都没醒，更惊奇的是，怀姝琴竟然没生气，反而安静地走出了房间。他赶忙跑到床头，使劲拍陆子君的脸，终于把他拍醒了。

“你疯啦?打我干什么?”陆子君生气地说道。

“你怎么跑这里来睡了?怀姝琴回来了。”杨国庆低声说道。

听到这里，陆子君立马清醒，他看了看两边，张小雅，崔智美，完了完了，赶忙爬起来往外走。出房间后，只看见怀姝琴坐在椅子上闭目养神。

“你什么时候回来的?”陆子君问道。

“不好意思，我回来错了，不应该回来打扰你们的。”怀姝琴说完，站起来往外走。

陆子君赶忙上前去拉住怀姝琴。

“不是这个意思，我是关心你什么时候回来，我睡着了不知道，没有别的意思。”陆子君说道。

“你们睡在一起是什么意思?”怀姝琴问道。

“没有什么意思，我刚走错房间了。”陆子君说道。

“好巧，刚好走到张小雅睡的房间。”怀姝琴说道。

“房间里不止有张小雅，还有崔智美。”陆子君说道。

“你还有脸说，搂两个!”怀姝琴大声说道。

此时，古巴伦醒了，宋慧倩和朱文静也醒了，不一会儿，崔智美也走了出来。

“不好意思，把大家都吵醒了。”怀姝琴说道。

“嫂子，是我们打扰你们了，没什么事，我们就先回去了。”古巴伦说完就伙同其他人往门口走。

最后只留下崔智美和杨国庆在客厅傻傻地站着，陆子君跟怀姝琴在对峙，张小雅在房间呼呼大睡。

陆子君在杨国庆耳边说了几句，杨国庆跟崔智美一起进房间再次呼唤张小雅，终于把她叫醒了，张小雅被他们两个人架着走了出来，接着往门口走。

“你们不用把她送走，就在这里睡吧，反正这里有多的房间，你们都是子君的朋友，我没有那么小气。”怀姝琴说道。

“那智美就陪小雅在另外一个房间睡吧，明天再走。”陆子君说道。

杨国庆和崔智美把张小雅扶进房间后，杨国庆出来并关上房门，他走到陆子君旁边。

“那我呢?”杨国庆问道。

“你？你自己说呢，不会分析当前形势吗?”陆子君小声说道。

“那我睡沙发。”杨国庆说道。

“你睡走廊。”陆子君说道。

“好，我拿个被子去走廊。”杨国庆说道。

“拿个鬼，你当然是回家。”陆子君说道。

杨国庆跟怀姝琴打了个招呼后，灰溜溜地走了，怀姝琴没有回应他，仍然低着头。现在就剩下陆子君跟怀姝琴对峙，怀姝琴坐着，陆子君站着，怀姝琴没发话，陆子君也不敢随便动，正所谓敌不动我不动，静观其变。

过了十几分钟，陆子君实在是太困，坚持不住了，于是主动上前，蹲下来轻轻地推怀姝琴，抬头一看，我的天，睡着了。陆子君轻轻地把她抱起来放到房间的床上，然后自己也脱衣睡下。这真是惊险的一晚，感叹完他便安静地睡去。

四

随着积累的椎间孔镜手术病例越来越多，陆子君的手术体会也越来越丰富，他将这些体会整理成论文投向了杂志社，期待着自己的成果变成文字展现在世人的面前。同时，陆子君在各类骨科会议上分享自己的椎间孔镜运用体会，由于他独特的手术风格，吸引了很多骨科同行的目光，大家都踊跃地与他讨论，会上、会下都有同行与他讨论手术技术及技巧。再加上医院适当的宣传，一时间，陆子君成了椎间孔镜技术的“代言人”，整个华山市的病人都慕名前来咨询、就诊、治疗。

这天，陆子君又安排了五台椎间孔镜手术，敖巧巧是慕名前来跟陆子君学习椎间孔镜技术的进修医生，她非常认真，也非常勤奋，陆子君特别喜欢她，她有什么问题，他都会耐心地解答。教学相长，在带教的过程中，陆子君也收获很多。

“陆老师，我觉得您可以把椎间孔镜技术的应用体会整理成一本书出版，让更多的同行获益，推广这项利国利民的技术。”敖巧巧说道。

“我写了几篇关于椎间孔镜的文章正在投稿，要编写书一定需要学生的帮忙，但我的研究生们的实习时间比较紧张，要转科，还要做实验，就算我有这个想法，暂时也实施不了。”陆子君边做手术边说道。

“陆老师，我可以帮您整理资料。”敖巧巧说道。

“好呀，这太好了，我们合作写。”陆子君高兴地说道。

“嗯，将这项技术发扬光大。”敖巧巧说道。

“哈哈，低调，做好事，再吹牛。”陆子君笑着说道。

“对，高调做事，低调做人。”敖巧巧说道。

敖巧巧的一句话，陆子君听到心里去了，他觉得写一本关于椎间孔镜的书，非常有意义，于是他开始认真策划这件事。

关于出书的事，陆子君足足思考了一个星期，写书不能为了写而写，而是要有实实在在的“点”，这个“点”非常重要，没有亮点的书，它的存在价值就会大打折扣。

想清楚一些细节后，陆子君开始紧锣密鼓地筹备这件事，时间定在今天下班后，地点位于医院门口的咖啡店，人物是敖巧巧、钟山文，还有自己，事件是召开编书的第一次会议。

陆子君选了一个靠角落的桌子坐下，不一会儿，点的咖啡送了过来，大家喝着咖啡开始会议。

“巧巧，这是我的学生钟山文，一直在实验室做实验。山文，这是敖巧巧医生，目前跟着我一起做手术。”陆子君介绍道。

两位得力的助手在陆子君的介绍下，相互认识了，以便于接下来的合作。

“陆老师，我把您做的手术方法，与国内外发表的论文所提到的方法比较，发现您的方法有自己的特点，可以提炼出来作为一个亮点。”敖巧巧说道。

“什么方法，你说说看？”陆子君问道。

“进针点的确定。”敖巧巧回答道。

“跟国内外发表的文章中描述的方法有什么不同？”陆子君问道。

“您的进针点的体表定位跟其他学者的不同，您的进针点距脊柱后正中线约8厘米，深度约11厘米，我觉得可以命名为8-11进针法或是陆氏进针法。”敖巧巧说道。

“你观察得比较仔细，山文，我们讨论的内容，你做好记录。”陆子君说道。

“用您的进针方法很容易到达靶点位置，为后续步骤节约了时间，单凭这一点就值得在临床中推广。”敖巧巧说道。

“你说得对，这是我摸索出来的宝贵经验，没想到你才来两个月就看穿了，果然是用心之人。命名都是有讲究的，也很重要，8-11进针法的名字没有什么特别，更主要的问题是这个8厘米和11厘米只是一个相对的距离，不是每一个病人都是这个数字，我们需要找一个相对稳定的描述，这样才更有说服力。”陆子君说道。

“那就采用陆氏进针法的命名?”钟山文说道。

“是啊，要不然就用陆氏进针法的名字，这样也算是独一无二的。”敖巧巧说道。

“再想一想还有没有更合理的名字，我们的技术特点里有没有更具代表性的东西……陆氏进针法虽说可以，但它是最后的选项，因为一上来就用自己的姓氏显得太随意太高调，我们再想一想。来，先喝咖啡。”陆子君说完端起咖啡喝了一口，然后站起来走到门口去晃悠。

敖巧巧和钟山文则在讨论手术中的一些事，由于钟山文几乎没接触过这个手术，所以他一直在问敖巧巧这个手术是什么，怎么做。陆子君在门口来回踱步，他喜欢行走着思考一些重要问题。过了好一会儿，只见陆子君面带笑容地走了进来。

“怎么样，陆老师，您想到什么点子了吗?”敖巧巧问道。

“60度进针法，怎么样?”陆子君笑着说道。

“60度进针法？以我们进针的角度来命名，很好，我们手术中大部分都是这个角度。”敖巧巧说道。

“我们下次手术时留意一下，是不是这个固定的角度。”陆子君说道。

“好的，我观察过，大致是这个角度。以固定的角度来命名，简洁、明了，同时具有辨识度。”敖巧巧说道。

“那我们就暂定名称为60度进针法，巧巧，你把大致的章节内容及布局设计一下，我们三个人做一个详细的分工，这样能快速推进这件事。另外，书的名字，你们有没有好的建议?”陆子君说道。

“椎间孔镜技术?”钟山文说道。

“这个名字有人写过了，我们要有点特色才行。”陆子君说道。

“陆氏椎间孔镜技术?”敖巧巧说道。

“太高调，陆氏是要别人封我们，最好不要自封。”陆子君说道。

“若是要低调的话，就叫椎间孔镜笔记，怎么样?”敖巧巧说道。

“笔记，的确低调，有位作家写了一本书叫《山居笔记》，只要书的内容厚实，笔记一词也能体现出低调的繁华。”陆子君说道。

“是的，我觉得‘椎间孔镜笔记’这个名字比较合适，符合陆老师低调的风格。”钟山文说道。

“那书名就暂定《椎间孔镜笔记》。”陆子君说道。

“好。”钟山文和敖巧巧一起说道。

就这样，陆子君把出书的事情一步一步推进，一个好的想法，实施它是对它最大的尊重。当他们三个人明确分工后，《椎间孔镜笔记》一书的编著工作就正式启动，这件事让陆子君这一阵子都兴奋不已。

这天下班后，陆子君简单吃了点东西后就赶回家编写书的章节，像是着了魔似的奋笔疾书，面对自己做的大量病例而文思泉涌，写着写着便又到了深夜。他站起来活动活动筋骨，长长地舒了一口气，然后就在客厅来回踱步，试着理清编书的思路。突然，门开了，怀姝琴回来了，从门缝中陆子君看见一个快速离开的身影。

“今天又有人送你回来?”陆子君问道。

“是啊，他顺路。”怀姝琴回答道。

“他就是上次你喝醉了送你回来的那个人吗?”陆子君问道。

“你问这么多干什么?”怀姝琴有点不耐烦地说道。

“我关心一下你而已。”陆子君说道。

“关心我？你是在监视我吧?”怀姝琴说道。

感觉怀姝琴的情绪不对，陆子君没再接话，而是走进书房，接着编写自己的书。

过了好一会儿，只见怀姝琴穿着睡衣走进书房，她在旁边的椅子上坐下。

“你到这里来干啥？平时你根本就不进书房的。”陆子君放下手中的笔，说道。

怀姝琴犹豫了一下，没有回答。

看见怀姝琴这个样子，陆子君感觉不对劲，她可能是有事情。

“你怎么了?”陆子君问道。

“我怀孕了。”怀姝琴低声说道。

陆子君听了以后，苦笑了两声，感觉有点奇怪。

“你说什么？怀孕了？”陆子君问道。

怀姝琴没说话，只是点了点头。

“我们每次都有保护措施，怎么会怀孕呢?”陆子君问道。

“我也很奇怪。”怀姝琴说道。

“那怎么办?”陆子君问道。

“我现在就是来问你该怎么办，我不知道该怎么办。”怀姝琴说道。

“怀了就把他生下来，这是上天赐予我们的礼物。”陆子君说道。

“可是，我还没准备好当一个妈妈，并且我的事业正在上升期，不允许我生小孩。”怀姝琴说道。

“还有什么比生小孩更伟大的事吗？事业真有那么重要吗?”陆子君问道。

怀姝琴沉默不语，她慢慢地站起来，转身往卧室走去。陆子君见她离开，内心五味杂陈，不知道是该高兴还是忧愁。他总觉得不对劲，仔细想了一下，发现自己已经快一个月没有跟她做男女之事了，怎么就怀上了呢？杨国庆上次说的那个送她回来的男人，跟今天送他回来的男人有点像，高高的，但很圆润，他担心他们之间有点什么。

这个时候，陆子君轻轻地走进卫生间，把门反锁后拨通了怀姝琴妈妈的电话。

“妈，这么晚打扰您了。”陆子君说道。

“有什么事吗?”怀姝琴的妈妈问道。

“姝琴怀孕了。”陆子君说道。

“她怀了？那太好了呀，我明天就搬过来跟你们一起住，我来照顾她。”怀姝琴的妈妈激动地说道。

“妈，我看她有点不对劲，她本来就没打算现在要小孩，这个意外来得太突然了。”陆子君说道。

“她是一直不想要，但是既然怀上了，那就行了呀，必须生下来。”怀姝琴的妈妈说道。

“妈，您可能还没明白我的意思，我是想说，我跟她已经一个多月没那个了，之前那个都是有保护措施的……”陆子君说着说着没敢继续往下说了。

“你是什么意思？子君，你是说孩子不是你的吗？”怀姝琴的妈妈问道。

“妈，我不是很确定……”陆子君说着说着又断了。

“你一个大男人有什么就直说，跟我说怕什么。”怀姝琴的妈妈着急地说道。

“妈，姝琴大部分晚上都在外面应酬喝酒，有个男人经常送她回来，我没多问那个男人是谁……”陆子君话没说完就被敲门声打断了，怀姝琴在门外放肆地敲门。

“陆子君！你开门！”怀姝琴大声喊道。

此情此景，此时此地，陆子君匆忙挂掉电话，然后把门打开。

“陆子君，你给我把话说清楚，谁跟别的男人有关系？”怀姝琴很生气地问道。

“我说……别的人。”陆子君边说边往外走。

“你给我站住，你刚给谁打电话？”怀姝琴大声问道，一把拉住陆子君。

“没给谁，一个朋友。”陆子君说道。

“你为什么说我坏话？”怀姝琴问道。

“我没说你坏话，我在说别人。”陆子君回答道。

“你说的话我都听见了，我就问你是什么意思？你怀疑我在外面偷人？”怀姝琴问道。

“我也没有那个意思……”陆子君回答道。

“你是不是男人？自己说的话也不敢承认？”怀姝琴问道。

“我怎么不是男人，你要我现场证明给你看吗？”陆子君说道。

“可以，你证明给我看。”怀姝琴声音变小了很多地说道。

听见她这样说，陆子君面无表情地开始脱裤子，脱完裤子后开始脱内裤。

“你够了，我在跟你说正经事，你却在这搞些乱七八糟的。”怀姝琴说完，退到客厅坐下。

陆子君把裤子穿好，也来到客厅的沙发上坐下。

“送我回家的那个男人是我们公司的副总，徐钱，我们是搭档，他也就送我几次而已，你不要添油加醋地说我，再说，我和他是战友关系，不是你想的那样。”怀姝琴坐了好一会儿，才开口说道。

“我相信你，平时你也没说过，是我自己多想了。”陆子君说道。

“我不打算要这个孩子。”怀姝琴说道。

“好不容易怀上了，为什么不要？它从几亿个对手之中脱颖而出，又越过了那么坚韧的薄膜屏障阻碍，才顺利到达目的地，你忍心在最后一关为难它？”陆子君说道。

“但，我现在不能生小孩，要不然，前面那么多日日夜夜的努力，都会变成白费。”怀姝琴说道。

“你现在把他打掉，以后会后悔的。”陆子君说道。

“不打掉，我更后悔。”怀姝琴说道。

陆子君感觉自己跟她完全说不通，他也不想再白费力气，起身去洗澡睡觉。躺下之后，他仍然无法安静入睡，还是觉得怀姝琴肚子里的孩子不是他的，内心感到非常矛盾和难过，不知道到底是该留下小孩还是跟她一样放弃小孩。怀姝琴也是翻来覆去睡不着，疑惑了很久，她不知道自己肚子里的孩子是怎么回事。

没过几天，怀姝琴的妈妈把日常生活用品都搬过来了，她开始照顾他们两个人的生活。她的出现，完全打乱了陆子君和怀姝琴的生活方式，准确地说是怀姝琴的生活方式。她规定怀姝琴每天下班后必须回家，有应酬时不能再喝酒，晚上回家的时间必须是十点之前。可以想象，怀姝琴面对这个妈，内心更加烦躁。

这天，陆子君准点下班，吃完怀姝琴的妈妈做的饭菜，就去书房工作了。怀姝琴的妈妈在客厅边看电视边等她回来，一看时间，快九点了，于是拨通了她的电话。电话一接通，她妈妈对她就是一通教育，怀姝琴很不耐烦地说已经在回来的路上了，她妈妈才挂掉电话。

怀姝琴开门一进来，她妈妈就闻到一股酒味。

“不是说了不要喝酒，你又喝？你要知道你是一个要当妈妈的人！”怀姝琴的妈妈说道。

“我只是喝了一杯而已，你每天这样烦我，让我很为难，我不知道你搬过来干什么。”怀姝琴边说边去冰箱拿喝的。

“我搬过来照顾你和你肚子里的孩子，顺便照顾子君。”怀姝琴的妈妈说道。

“我是不需要你照顾的，我看你还是照顾好子君就行了。”怀姝琴喝完一口饮料后说道。

“你看你，说的是些什么话，你怎么永远像一个长不大的孩子，都怪我和你爸以前管你管得太少了，太放纵你了。”怀姝琴的妈妈说道。

“你现在后悔有什么用，当初你们干什么去了？你们还不是一口一个忙自己的事业，现在轮到我忙我的事业的时候，你们又跳出来说不行，凭什么？”怀姝琴说道。

“你们现在条件好了，那么拼命干什么？”怀姝琴妈妈说道。

“你觉得条件好了，那是你孤陋寡闻，没见过世面，不知道什么叫条件好，别人那么有钱还不是一样在努力，并且别人比你更努力。”怀姝琴说道。

“工作努力是没错，但你一个女孩子家的，现在又怀孕了，还是要兼顾身体。”怀姝琴的妈妈说道。

“你不要总提怀孕怀孕，我告诉你，这个孩子我没打算要，过段时间我就去医院把它拿掉。”怀姝琴说道。

“什么？你敢！”怀姝琴的妈妈生气地说道。

“它在我身上，我自己做决定。”怀姝琴说道。

这个时候，陆子君走了出来，连忙把怀姝琴的妈妈扶着坐了下来。

“妈，您不要激动，一会儿血压又升上来会伤身体，有什么事慢慢说。”陆子君说道。

“子君，你是孩子他爸，你同意拿掉吗？”怀姝琴的妈妈问道。

“我不同意。”陆子君说道。

“你不同意，那你自己去生。”怀姝琴说完走进了卧室。

“你这孩子说的是什么话，你不要乱来。”怀姝琴的妈妈生气地说道。

陆子君在客厅安慰着怀姝琴的妈妈，怀姝琴则靠在床头玩手机，这场激烈的家庭纷争暂停了几分钟，因怀姝琴走出卧室而再次开始。

“若是你们坚持要这个孩子，那我们离婚吧。”怀姝琴平静地说道。

“什么？离婚？怀姝琴，你疯了吗？陆子君这么好一个人，你要跟他离婚？”怀姝琴的妈妈生气地说道。

“妈，您别生气，姝琴只是在说气话，您不要放在心上。”陆子君安慰地说道。

“我没说气话，我是说真的。我觉得我们之间的生活理念有太多不同，无法达成共识，你要的我给不了，我要的你也没有，这样生活在一起，只会更加讨厌彼此。”怀姝琴说道。

“怀姝琴，你离开陆子君之后，会后悔一辈子的，他这么好的一个人，你能跟他结婚那是天大的福分。”怀姝琴的妈妈说道。

“妈，我知道他是一个好人，但是不适合我，我没有这个福气。”怀姝琴说道。

“你再冷静一下，先洗澡睡觉吧。”陆子君说道。

“我已经很冷静了，我可以把这个小孩生下来，但前提是我们必须得离婚。”怀姝琴说道。

“小孩必须生下来，婚是不允许离的！”怀姝琴的妈妈说道。

怀姝琴没等她妈妈说完就转身走开，陆子君仍然在一个劲地安慰着她的妈妈。

其实，陆子君觉得怀姝琴说的话很有道理，他们之间确实是有很多生活理念不同，正所谓强扭的瓜不甜，若是要分开，这也是个人的命。但他清醒地知道，在这个家庭里，很多事情都不是自己说了算，生小孩，离婚，都由不得自己。既然自己没有决定权，那就随它去吧。

支援安城

一

这段时间上班，陆子君都魂不守舍，恍恍惚惚，家庭的安稳与否的确会影响到一个人的工作状态。华贤人看出陆子君有问题，查完房后，他把陆子君叫到了办公室。

“小陆，坐吧，你最近在忙什么？”华贤人问道。

“华主任，我最近在编写关于椎间孔镜的书，想把自己的手术经验总结出来。”陆子君回答道。

“这是好事呀，年轻人就应该忙一点，不过，忙归忙，不能影响上班，我看你上班心不在焉的，像是有心事。”华贤人说道。

“华主任，也没什么大事，都是一些家庭的琐事。”陆子君说道。

“家庭里的事，可大可小，要处理好才行……怎么了？两口子吵架了？”华贤人说道。

“是的，最近一直在吵，两个人矛盾越来越多。”陆子君说道。

“既然走到了一起，就要学会一个忍字，退一步海阔天空，不要计较。”华贤人说道。

“华主任，我其实很顺从她的意思，只是在一些大是大非的问题上，我和她出现了分歧，调和不了。”陆子君说道。

“什么事？”华贤人问道。

“生孩子的事。”陆子君说道。

“一个家，有小孩才算完整，的确需要生一个，你们也结婚好几年了。”华贤人说道。

“我也是这样想的，但她一直不肯要，我也没办法，最近就是为这个事闹矛盾。”陆子君说道。

“小陆，在事业上你头脑很灵活，思路很清晰，处理得非常好，但家庭的事也需要花心思去解决。你的家庭比较特殊，她爸是怀副院长，处理不好也会影响到事业。你要跟她多沟通交流，我们这个职业的特点就是忙，无法把家庭兼顾好，所以必须要有一个善解人意的女人，要不然日子真没办法过。”华贤人说道。

“您说得很有道理，我和她目前就处于没办法过的状态。”陆子君说道。

“那怎么办?”华贤人问道。

“我也不知道该怎么办，所以很困惑。”陆子君说道。

“怀副院长知不知道你们的事?”华贤人问道。

“不知道。”陆子君说道。

“你主动去找怀副院长谈谈，也许他那里会有答案，毕竟是他的女儿，他应该非常了解她。”华贤人说道。

“华主任，谢谢您为我操心，我找时间去见一下怀副院长。”陆子君说道。

“嗯，上班时间还是要专心工作，不要什么事都写在脸上，一下子就暴露了自己的内心，要学会适当地隐藏。”华贤人说道。

“明白了，谢谢华主任。”陆子君说道。

“行了，好好工作，你先去忙吧。”华贤人说道。

“嗯。”

陆子君说完站起来离开了主任办公室，把病房的事情处理完后就迅速赶往手术室，开启一天繁忙的手术。

对于华贤人的话，陆子君做手术的时候一直在反复品味，觉得他说得很有道理，他的确需要跟怀副院长聊一聊，听听他的想法。若他不让怀姝琴离婚，那么怀姝琴也没办法把这件事做成，于是在手术的间歇，陆子君跟怀副院长约了一个时间见面。

这次，怀仁忠选在医院外面的茶庄与陆子君谈话，在副院长办公室谈私事显得不合时宜。陆子君准时来到这家茶庄，“闲仙贤”这个店名，让他心头莫名一酸，这股仙气使他又想到了边祺祺，为了掩盖自己内心的伤痛，他快速冲进店里。

没想到，怀仁忠来得更早，原来他一直在这里跟朋友喝茶聊天，当陆子君敲门走进来之后，怀仁忠的朋友起身告辞。怀仁忠将朋友送至店门口后转身回到房间，他示意陆子君坐下。

“爸，您也坐，我给您倒茶。”陆子君边拿起茶壶边说道。

“好。这家茶庄不错，我们现在泡的是刚到店的一批上好的白茶，古典清香，来，我们一起喝。”怀仁忠笑着说道。

“好的，爸。”陆子君举杯后喝了一口。

“确实很清香，这道茶应该有它独特的制作工艺，清香过后，嘴里不留茶味，让人忍不住想喝下一口。”陆子君又说道。

“小陆，你茶品得不错。这人生如茶，也需要细细品，遇事不要急躁，特别是家里的事。”怀仁忠说道。

“明白，爸。”陆子君说道。

“姝琴从小就很任性，是我把她惯坏了，她妈妈对她很严厉，但由于我的溺爱，导致她根本不怕她妈妈。小时候，为了姝琴培养的事情，我跟她妈妈闹了不少矛盾，现在她长大成人了，却还像个小孩子。”怀仁忠边喝茶边说道。

“姝琴虽然很自我，但她也有很多优点，人不可能是完美的。”陆子君说道。

“你能这样理解她，是她的福气。希望她也能理解你。”怀仁忠说道。

“对于一些事，我和她之间确实有些看法不同，希望能慢慢磨合。”陆子君说道。

“嗯。我听说她怀孕了，但不想要，你和姝琴她妈妈都说要，为这个事发生了矛盾。”怀仁忠说道。

“是的，爸。我现在也很困惑，不知道该怎么办。”陆子君说道。

“我是希望她生下来，一个女人还是要以家庭为重，事业发展得再好，比不上培养一个孩子有意义。”怀仁忠说道。

“爸，您说得很有道理……只是，姝琴的脾气您也知道，她决定的事很难改变。”陆子君说道。

“这件事她必须得改变。”怀仁忠说道。

“她已经明确跟我说了，要孩子就要跟我离婚。”陆子君说道。

“我跟她妈妈的意见是一致的，孩子是要的，婚是不能离的。”怀仁忠说道。

两个人就这样一直聊着一厢情愿的事，殊不知，怀姝琴的决定是他们无法改变的，她有她执著的理由。人就是这样，发展路线可能有千万条，而你最终只能沿着一条路走下去，后悔时，已然是另外一个结局。

自从陆子君与怀姝琴闹矛盾之后，怀姝琴便搬到她爸妈家去住，表明了要跟陆子君离婚。陆子君下班后经常一个人工作到深夜，感情上的失意，没有动摇他朝着目标前进的步伐。他不断地写稿、改稿，对于绘图精雕细琢，追求着完美。

这天，华贤人通知陆子君，他报名排队等了很久的支援偏远山区医疗发展的名额批下来了，安城县人民医院那边需要一个经验丰富的脊柱外科医生，陆子君感到非常开心。过了一会儿，他又低沉了下来，这个事会不会让他和怀姝琴的距离越来越远？他忍不住还是把这个信息发给了怀姝琴，可是她一直没有回信息，也许她根本就不在意陆子君到哪去，也反映出离婚的决定是思考后产生的而非一时的冲动。

陆子君决定暂时离开，并亲自去怀姝琴家告诉她，顺便告诉她爸妈，怀姝琴对此不闻不问，表现得很淡漠。有的人却表现得很激动，情绪很失落，这个人就是跟随陆子君学习的敖巧巧。这天晚上，陆子君特地设宴款待敖巧巧，陪同的当然缺不了杨国庆他们一众好友。

大家都很守时，六点人都到齐了，陆子君作开场词，欢送晚宴正式开始。大家都陆陆续续地朝陆子君敬酒，祝福他在异地继续发光发热，造福一方病友。

“陆老师，你去安城了，我可怎么办？”敖巧巧举杯说道。

“你在科室继续跟随华主任他们学习，每个老师都有他的一技之长，来，祝你学有所成。”陆子君说完一饮而尽。

“可我还是想跟着您学习。”敖巧巧说道。

“陆教授，学生想继续跟你学，你把她带到安城去嘛。”杨国庆起哄说道。

“是啊，只有你这么优秀的人才能吸引学生。”古巴伦笑着说道。

“不要听他们开玩笑，安城县在偏远的山区，很艰苦，你一个女孩子不合适。”陆子君说道。

“不是有您在吗？您能适应我就行。”敖巧巧说道。

“对呀，两个人一起去也有个照应。”贺天成笑着说道。

“你们别乱安排，我去是为了完成任务，不是去度假。再说了，你的进修单位是我们医院，还是要讲规矩。”陆子君说道。

“好吧，陆老师，祝您一路顺风。”敖巧巧举杯说道。

“来，巧巧，继续努力。”陆子君说完一饮而尽。

“来来来，我们哥几个一起敬子君，祝你一路顺风，大展宏图！”杨国庆举杯说道。

“来，干杯！”大家附和着说道。

陆子君看出了敖巧巧的心思，她还想继续跟着自己深入学习椎间孔镜。她的确是一个很上进的医生，肯学，肯努力，在自己的带教下，对于椎间孔镜技术已经入门了，假以时日，应该能很好地运用这门技术来治疗她自己的病人。但，他肯定是无法带她去安城，他们之间唯一的纽带应该是编写《椎间孔镜笔记》这本书。

吃完饭，陆子君把敖巧巧和钟山文叫到咖啡厅，他还有安排。

“山文，你去把咖啡端过来。”陆子君坐下后说道。

“我也去端吧。”敖巧巧说道。

“不用，你坐吧，山文一个人去就行了。”陆子君说道。

“好的。”钟山文说完转身离开。

“巧巧，椎间孔镜手术，你自己独立开展应该是没问题了，刚开始做的时候慢一点，主要是把局部麻醉打好，这样在操作的时候就会顺利很多。”陆子君说道。

“我明白，陆老师。”敖巧巧说道。

“《椎间孔镜笔记》这本书，我们要继续推进，我去安城后，保持沟通，有什么困难随时跟我联系。”陆子君说道。

“好的。”敖巧巧说道。

“山文不懂椎间孔镜手术操作，你有其他什么需要可以随时找他，他对医院各个部门比较熟悉，做实验建立了很多关系。”陆子君说道。

“好的。”敖巧巧说道。

此时，钟山文端着咖啡走了过来，将咖啡放在桌上，大家边喝边聊。聊着聊着，敖巧巧竟然哭了起来，这就很尴尬了。

“什么情况？”陆子君笑着问道。

“想起这几个月以来，您对我的关爱和照顾，很感动，现在要分开了，很不舍。”敖巧巧边擦眼泪边说道。

“要相信，分开是为了以后更好的相聚，不要搞得太伤感，快别哭了。”陆子君强笑着说道，看着敖巧巧哭，他心里也有点难受，这几个月接触下来，多少有点战友似的感情。

“嗯，希望能早日把书编完，让我们的经验变成成果。”敖巧巧强笑着说道。

“没问题的，我们一起努力。”钟山文说道。

陆子君岔开话题，聊了一些职场上的八卦调节气氛，喝完咖啡之后，大家各自回家去了。第二天是星期五，陆子君做完最后一天的手术，下周一就要出发去安城了，他也有点舍不得离开。

星期五一大早，陆子君就来到科室，参加完交班，查完房之后与敖巧巧来到手术室，开始一天的工作。

敖巧巧觉得时间过得很快，一会儿一台手术就做完了，她与陆子君的配合越来越默契，这是手术顺畅的原因之一。在两台手术之间的间歇，敖巧巧整理了一些问题想请教陆子君。

“陆老师，在临床工作中，怎么样确定这个病人适合做开放手术还是椎间孔镜手术？”敖巧巧问道。

“理论上来说，凡是椎间盘突出、脱出、漂移的病人，都能用椎间孔镜来解决问题，而椎管狭窄严重的则可选择做开放手术。”陆子君说道。

“那若是病人下肢症状不典型，与腰椎间盘突出压迫神经的节段不一致，该怎么办？”敖巧巧又问道。

“是这样的，病人有症状，另外还要有循证医学上的证据证明压迫的存在，比如腰椎CT、磁共振。若是节段不一致或不是典型的节段对应关系，不要紧，这种情况也常见，还是可以做椎间孔镜手术。若是你不放心，可以先做一个神经根封闭，确定责任节段后再行手术。”陆子君说道。

“明白了，谢谢陆老师，我去看下一个病人有没有准备好。”敖巧巧说完起身走向手术间。

“好，去吧。”陆子君说道。

坐在窗台边，看着远处的一切，想着自己即将离开这里一段时间，至少一年吧，感觉自己会想念这里的一切。也许去安城后会很不适应，也许条件不一样会影响工作的开展，熟悉使一个人习惯，习惯使一个人有安全感，安全感使一个人舒适，陆子君感觉自己离开后会怀念这份舒适。

过了几分钟，他起身去手术间，继续今天的工作，出手术室时已经是晚上十点。敖巧巧又跟他告别了一次，看着她眼睛里又在泛泪，他又用别的话题岔开，然后迅速抽离现场，他怕自己在学生面前流泪。

回到家里，陆子君坐在沙发上，仍然打开电视，放着老电影，在熟悉的故事情节里思考着自己的人生。

此时电话响了，是怀姝琴的妈妈打过来的，她关心了一下他的情况，让他明天中午去她家里吃饭。过了一会儿，他妈妈打电话过来，让他去安城多带点衣服，注意防寒保暖。他妈妈还不知道怀姝琴在跟他闹离婚的事，但知道了怀孕的事，由于怀姝琴的妈妈在照顾她，所以他妈妈也没提自己过来照顾他们的话。

总算安静了下来，他又开始看电影，这种感觉很舒服。自从博士毕业走上工作岗位，这一路走来，自己一直没有停下过脚步，总是节奏紧凑地推进着人生的进度。收获的确很多，事业，家庭，爱情……爱情？现在不知道爱情是什么了，也许自己曾经遇见过爱情，但目前没有拥有它。提到拥有，又让他产生了更进一步的思考，在这个世界上能有什么东西是自己真正拥有的？以发展的眼光来看，一切所谓的拥有都是短暂的，相对的，思考的能力是自己唯一相对持久一点的拥有，可这份拥有也仅存于生命的时长里。

看着电影，躺在沙发上，他迷迷糊糊，却始终没有睡着。他离开华山，最放不下的还是怀姝琴，虽然跟怀姝琴之间没有那么浓烈的爱情，但毕竟是夫妻一场，亲情胜过爱情，更何况她肚子里有孩子，他感觉自己有责任去关爱她。

次日，陆子君来到岳父母家里，怀姝琴也在，一家人在一起其乐融融，怀姝琴的妈妈做得一手好菜，陆子君一直赞不绝口。

“行了，你不要一直拍马屁。”怀姝琴说道。

“姝琴，怎么说话的？”怀仁忠严肃地说道。

“我说的都是实话。”陆子君小声地说道。

“好了，你们坐到旁边去聊聊，我来收拾。”怀姝琴的妈妈说道。

“我帮您收拾。”陆子君急忙说道。

“不用，你们去喝茶、聊天。”怀姝琴的妈妈说道。

怀姝琴站起来，慢慢地走到自己房间去了，六个月的肚子已经很明显，应该是一个大胖小子。陆子君则跟怀仁忠到茶座边坐下，怀仁忠亲自烧茶，清香扑鼻，闻上去就是好茶。

“小陆，去安城了好好干，家里的事就交给我们，你不用担心，我们会照顾好姝琴和她肚子里的孩子。”怀仁忠说道。

“好的，爸，我会圆满完成任务，不给您丢脸。”陆子君说道。

“未来是你们年轻人的，我过几年就退休了，不是给不给我丢脸的事，做得好不好是关系到我们医院的脸面，也是你们自己的脸面。”怀仁忠说道。

“爸，您说得对。”陆子君说道。

“你干得好，过几年升主任医师就更有资本，争取成为年轻的主任医师，接着向更优秀的层次迈进。”怀仁忠说道。

“明白，爸。”陆子君说道。

“你的职业规划是什么？以后想不想走行政路线？”怀仁忠问道。

“爸，我就想当一个纯粹的医生，看好每一个病人，做做科学研究，不想走行政的路。”陆子君说道。

“也好，行政层比较复杂，需要处理好方方面面的人际关系，还要看机会，这个不是你的强项。本本分分地做个医生，只要手上有技术，也算安稳。”怀仁忠说道。

“是的，我没有别的追求，能把医生这个职业做好就很满意了。”陆子君说道。

“工作做好的同时，也要把家庭顾好，你和姝琴闹矛盾的事，要积极面对，多花点心思，女人都是需要哄的。”怀仁忠说道。

“我试过，可是姝琴她态度坚决，我怕频繁地说反而让她更反感。”陆子君说道。

“也对，那刚好借此机会，你们分开后冷静冷静，但也不能断了联系，偶尔还是要关心一下她。”怀仁忠说道。

“我知道了，爸。”陆子君说道。

怀姝琴的妈妈忙完，走过来给他们倒上茶放在他们面前的桌上后，又去忙自己的了。怀仁忠与陆子君又聊了好一会儿，直到怀仁忠需要休息了才结束。

从怀姝琴家走出来，陆子君长长地舒了一口气，然后径直回家去了，他需要收拾行李，买一些生活用品，调整一下心态，准备投入到安城的工作之中。

安城，他希望这是一座能让自己内心获得安定的城市，也是希望之城。

二

安城虽然在大山里面，但还是有很浓厚的城市气息，坐在班车上，陆子君看着沿途的风景，心情不错，他仿佛回到了学生时代要去上学的情景，内心充满了期待。

到达安城县人民医院后，陆子君在院方接待人员的陪同下来到了宿舍，将行李放在房间的角落里，跟对方客气了几句后，就开始铺床，坐车时间太长，他实在是太困了。

铺好床躺下之后，他感到无比放松，真舒服，这个约15平方米的房间虽然不大，但设备很齐全，洗衣机、冰箱、卫生间，还有做菜的展台，上方还有油烟机。窗户外面是人来人往的街道，好在这是三楼，街道的灰尘不会直接吹进房间，但不知道晚上会不会太吵。此刻躺下之后，虽然很困，但无法安然入睡。院方人员说下周一进医院开始工作，这一周自由活动，休息，适应一下生活环境。

次日，陆子君还是像往常一样，一大早就起床，洗漱完毕之后在房间里舒展舒展筋骨，然后出门去吃早餐。他沿街行走，寻找着感兴趣的早餐店。此刻街道上的人不多，走了好一会儿，才发现一个感觉比较“正规”的店面，他进店点了一碗牛肉面，安城人真实在，碗里牛肉多得超乎你的想象，吃起来真香。此刻，旁边挤过来两个小姐姐，店里位置有限，这两位是拼桌的。两个小姐姐边吃边聊天，陆子君被动进入听众席。

“你这几天可以舒服一下了，不用上班。”对面的小姐姐说道。

“呵，你以为陪人是件舒服的事？对方舒服，你怎么可能舒服？”这边的小姐姐说道。

“就带他到处玩玩，还不舒服？”对面的小姐姐说道。

“若对方是个爷，使唤你干这干那，你会舒服吗？可能比上班还累，还不如上班。”这边的小姐姐说道。

“不会吧，听说来的是一个年轻的教授，应该很友好。”对面的小姐姐说道。

“谁知道呢，等会去见了才知道。”这边的小姐姐说道。

“你可以带他去农庄玩玩，他们大城市的人喜欢农村生活。”对面的小姐姐说道。

“好远，坐车很累。”这边的小姐姐说道。

“那就去空灵寺转转，我们这里的历史文化遗产。”对面的小姐姐说道。

“寺庙有什么好看的。”这边的小姐姐说道。

“这也不去，那也不去，那怎么打发时间？在房间躺几天算了。”对面的小姐姐说道。

“哈哈，好办法，就这样。”这边的小姐姐笑着说道。

陆子君看了一眼旁边的小姐姐，正好她也在看自己，两个人的眼神尴尬地移开，陆子君继续埋头吃面，两位小姐姐嘀咕着上班赶时间则起身离开。

当她们走出去之后，陆子君看见旁边的长凳上有个红色的小包，应该是那个小姐姐的，他拿起包赶忙去追她们。当他跑出来时，已经不见她们的影子，这可怎么办？想了想，他又回到店里，发现原来的座位已经被其他人坐了，店里没有空座位，只好在店门口站着，他觉得她们应该会找回来的。

果然，过了好一会儿，那位小姐姐跑了过来，直接忽略掉店门口的陆子君，冲进店里问老板有没有看见她的包包，她一脸失望地走出来，才看见陆子君手上的包。

“先生，你手上拿的应该是我的包吧？看你一表人才，怎么能做坏事呢？快还给我。”这位小姐姐说道。

“我……”陆子君还没说完就被打断了。

“我什么我，以后要好好做人。”这位小姐姐边说边夺过陆子君手上的包包，然后转身跑着离开。

看着她离去的背影，陆子君苦笑了两声便作罢，然后悠闲地沿街散步。这个小姐姐长得眉清目秀，身材匀称，天真烂漫，虽然有点作，但没有那么令人生厌。回想着她的样子，陆子君不自觉地笑了笑。过了一会儿，手机响了，是一个陌生的号码，他接通了电话。

“您好，请问是陆子君主任吗？”一个女人的声音说道。

“对，你是谁？”陆子君问道。

“我是安城县人民医院的骨科护士，负责接待您，您还在睡觉吗？我敲了好一会儿门，都没人应。”这个女人说道。

“我在外面吃早饭，还没回。”陆子君说道。

“您慢慢吃，我在门口等您。”这个女人说道。

“行。”陆子君说完挂掉电话。

这个女人的声音有点熟悉，奇怪。陆子君又走了一圈后返回住所，只见一个女人在他门口蹲着玩手机。

“小姐，你好。”陆子君走近后说道。

“你…好，怎么是你。”这个小姐姐说道。

这个小姐姐边说边站起来，可是一个踉跄，摔向了前方，被陆子君一把抱住了，她蹲在地上时间太久把腿都蹲麻了。

“真是尴尬，怎么是你。”陆子君说道。

这个小姐姐赶忙推开陆子君，然后自己站稳，这就是之前吃早餐时丢包包的小姐姐。她看着陆子君，非常尴尬地红着脸，一时间不知道该说点什么。

“我叫陆子君，你叫什么名字？”陆子君自我介绍道。

“罗佳佳。”这个小姐姐回答道。

“你父母真会偷懒，取名字想到一个‘佳’字，然后重复一次，佳佳。”陆子君笑着说道。

“让您见笑了，不过，你父母也很偷懒，看见别人谦谦君子就非常羡慕，于是取个君子，但又怕别人笑话，于是把两个字换个位子，叫‘子君’。”罗佳佳不甘示弱地回击道。

“哈哈，你这个解释很不错，我反馈给我爸妈听，让他们惭愧惭愧。”陆子君说道。

“我不会跟我爸妈说的，评价他们取名字，这叫不孝。”罗佳佳说道。

“哎哟，这么小就尊孝道，让人肃然起敬。”陆子君说道。

“我已经不小了，今年20岁。”罗佳佳说道。

“哇，这么大了，看不出来。”陆子君反讽式地说道。

“陆主任，我今天带您四处转转，熟悉一下我们安城。”罗佳佳说道。

“算了吧，城市都差不多，我在家里躺着休息就好了。”陆子君说道。

罗佳佳听见他这样说，心里有些生气，感觉他是故意的。

“你是有意这样说的吧？这么大一个主任，何必跟我一个小护士计较，我之前说的那些话是闹着玩的，你要认真你就输了。”罗佳佳说道。

“好吧，开玩笑的，我也不是一个爱计较的人，说了半天，进来坐坐吧。”陆子君边说边开门。

“不了，我就在外面等你。”罗佳佳说道。

“那我们去哪玩？”陆子君转过头来问道。

“去安城边的农家乐，你要带几件衣服，去玩两三天。”罗佳佳说道。

“行吧，我去收拾收拾。”陆子君说完进入房间去整理东西。

罗佳佳在房间外一直等着，过了好一会儿陆子君才出来，背着一个大包。

“你可真够磨叽的，收拾这么久，还带这么大一个包，你不会是把带过来的衣服都装在包里吧？”罗佳佳笑着说道。

“我们出发吧。”陆子君笑着说道。

就这样，他们开着租来的车来到“飞驰山庄”，先在山庄房间放好行李，然后出去野餐，这里很清净，客人不多，也许是由于不是周末的原因。

陆子君感觉非常无聊，平时忙碌惯了，突然闲下来，非常不适应，手上烤着肉串儿，但漫不经心，很无趣。罗佳佳仿佛看出了他的心思，只好主动找话题聊。

“陆主任，你这么年轻就是主任，会不会压力很大?”罗佳佳说道。

“我还不是主任，只是一个小小的副主任医师而已。没什么压力，做好自己的分内工作就行了，日子过得很平淡。”陆子君回答道。

“副主任医师已经很了不起了，我们科室只有一个主任医师，两个副主任医师，他们平时都是一副高高在上的感觉，你们大城市的大医院的大副主任医师，比我们科室的副主任医师含金量要高太多吧，你来了可以秒杀他们。”罗佳佳说道。

“呵呵，没有的事，每个人都有每个人的长处和短处，不能像你说的那样比。”陆子君假笑两声后说道。

“大医院就是大医院，要不然你怎么来我们医院指导工作。”罗佳佳说道。

“我是来学习的，怎么能说指导工作。”陆子君说道。

“你太谦虚了，再谦虚下去就会显得很虚伪。”罗佳佳说道。

“你这样说就有点牵强附会，我很真诚、实在，的确是抱着相互学习的心态过来的，我们医院平台高，这一点我承认，但平台高不代表个人能力强，在平台不高的地方做出成绩，那才叫能力强，你懂吗，年轻人?”陆子君笑着说道。

“你说的似乎有点道理。”罗佳佳说道。

他们将烤好的东西放在一旁的桌子上，拿出可乐，开始边吃边喝。旁边也有人在烤东西，周围的人慢慢多了起来，人多的场合，陆子君内心的无聊感就减少了很多，他逐渐放开了话题，跟罗佳佳天南地北地聊天。

当两个人熟悉起来之后，也没有了先前的拘束，吃完东西，来到采摘园摘草莓，罗佳佳顾不上陆子君是教授的身份，对他呼来唤去指挥他做事。

时间飞快，到了傍晚时分，山庄里搭的舞台已经开始活跃，眼前的广告牌——“野玫瑰音乐节”，很闪亮。旁边的烧烤摊开始忙碌，啤酒，音乐，年轻人，像是从地里钻出来似的，一瞬间全部都冒了出来，这是一个盛大的狂欢派对。

陆子君和罗佳佳挑了一个偏远的位置坐下，点了一桌的烧烤，两个人开始喝啤酒。

“这是你们医院为我安排的欢迎仪式?”陆子君笑着问道。

“不要想多了，医院才没那么多钱花在你身上，这是我个人欢迎你的仪式。”罗佳佳边吃边说道。

“那就是说你比较有钱。”陆子君说道。

“对，我很有钱。怎么样，想不想我包养你?”罗佳佳说道。

“你一个小屁孩，懂什么包养？看见没有，我已经结婚了。”陆子君边说边举起手指。

“结婚了我也能包养你呀，我出钱，你为我服务就行了。”罗佳佳说道。

“你这是什么逻辑？做人还是要有道德底线。我也很有钱，拒绝你的包养。”陆子君笑着说道。

“你真是幸运，今天在台上表演的就是野玫瑰乐队，他们每个月都要来这里，所以这个就是以他们的乐队名命名的音乐节。”罗佳佳说道。

“歌唱得不错，很棒，年轻人有热情，坚持下去。”陆子君举杯说道。

“干杯!”罗佳佳举杯说道。

野玫瑰乐队一连唱了三首歌，把场子燥了起来，主唱开始讲话。

“今天很开心，有一位远道而来的朋友，对他表示热烈的欢迎!”主唱说道。

下面的群众一片欢呼，虽然他们也不知道在说谁。

“他就是来自超级大都市——华山市的陆子君先生!”主唱又说道。

接着又是一片欢呼。

陆子君听见自己的名字，一下子有点儿不知所措，把刚放进嘴里的烤串一下子抽了出来，用纸巾擦了一下双手，然后又用双手拍了拍自己的衣服。

“你赶快上去呀，大家都等着你。”罗佳佳说道。

“我也是这样想的，这不是在准备吗?”陆子君笑着说道。

“果然是大城市来的，处变不惊啦。”罗佳佳说道。

“这有什么，大家都这么高的兴致，不能扫兴。”陆子君边说边站起来，然后往舞台那边走去。

陆子君直接跳上了舞台，来到主唱旁边。

“陆先生，您喜欢谁的歌?”主唱问道。

“野玫瑰乐队!”陆子君大声说道。

“哈哈，陆先生的情商高得离谱，我很喜欢，我们野玫瑰乐队谢谢您的支持!”主唱说道。

“不客气，谢谢你们给大家提供这么好听的音乐。”陆子君说道。

“陆先生，除了我们乐队，还有哪个音乐人的歌您比较喜欢?”主唱问道。

“嗯……beyond!”陆子君回答道。

“beyond! forever beyond！那我们合唱一首beyond的经典歌曲《海阔天空》，送给大家!”主唱说道。

台下又是一片欢呼。

陆子君在台上竟然比主唱还要卖力，完全把主唱的风头盖过了，并且唱得还不错，唱完，主唱开始请他下去。

“陆先生真是卧虎藏龙，没来玩音乐可惜了，不过，您还是别来，您玩音乐的话，我主唱的位子就不保啦。”主唱说道。

“你过奖了，我献丑了，谢谢大家!”陆子君边说边往台下走。

大家都再次给予热烈的欢呼和掌声，陆子君回到座位上，端起酒杯一饮而尽。

“辛苦了我这口老嗓子。”陆子君笑着说道。

“陆大主任，你真是深藏不露啊，优秀，优秀!”罗佳佳说道。

野玫瑰乐队又开始唱歌，大家随着音乐喝酒，欢呼声一片。身在其中，陆子君倒不知道自己是来干什么的，表现得像一个孩子。

过了好一会儿，一个中年大叔走了过来，他拍了拍陆子君的肩膀。

“喂，陆先生，你好，我是这家山庄的老板，今天照顾不周，还请多多包涵。”大叔说道。

“老板?你好，山庄很不错，谢谢。”陆子君回头说道。

“佳佳，好好招待陆先生，我先忙去了。”大叔说完转身离开。

“你忙你的，老爸。”罗佳佳说道。

“老爸?还是老板?”陆子君疑惑地问道。

“老爸。”罗佳佳回答道。

“你老爸是这家山庄的老板？怪不得你想包养我，真是有钱。”陆子君笑着说道。

“有钱有什么用，你还不是不愿意。”罗佳佳说完大笑起来。

“我是已婚人士，若没结婚倒是可以考虑一下。”陆子君笑着说道。

“那我等你离婚吧。”罗佳佳说道。

“别乱说啊，哪能随便离婚，结婚可不是儿戏。你如此优秀还缺男朋友吗?”陆子君问道。

“缺，当然缺，缺优秀的男朋友。”罗佳佳笑着说道。

“做人不要太挑，能凑合着过日子就行了，你若是太挑，挑到最后就会单下来，变成所谓的‘大龄剩女’。”陆子君说道。

“无所谓，但我必须找一个我喜欢的人，不将就！绝不将就!”罗佳佳喝了一杯后说道。

“有志气，我敬你!”陆子君说完也干了。

一旁的篝火也烧起来了，一部分人开始围着篝火跳舞，陆子君和罗佳佳也起身融入舞池里，这里虽然没有灯红酒绿、纸醉金迷的梦幻色彩，但是唱跳氛围加上这清澈透亮的星空，也别有一番浪漫。

跳了一会儿，陆子君气喘吁吁的，感觉很费劲，他跟罗佳佳说要回去休息，于是，他们一起朝着房间的方向走去。

就这样，陆子君在山庄待了三天，每天都有节目安排，罗佳佳真的很用心，准确地说是她老爸很用心，为了达到女儿的要求，真可谓是想尽了办法。

从山庄回到宿舍，陆子君感觉很累，但很开心，好久都没有这么放松过了。下周一就要去医院报到，想到这，陆子君一下子就回到了现实，知道自己是有任务在身的。这周末是医院安排的欢迎晚餐，医院领导和骨科负责人等人都要参加，相比山庄的活动，这样的饭局就古板太多，也无趣太多。

三

医院为陆子君安排的欢迎晚宴如期而至，地点不是豪华大酒店，而是一家其貌不扬的餐厅，陆子君走进去看看，没看出什么特色，心想，也许是我的级别太低，所以待遇如此，哎，将就将就。

罗佳佳已经在包间里面忙碌，其他人都还没有现身。

“佳佳，这家店不会又是你家开的吧?”陆子君问道。

“当然不是，是我二叔的店。”罗佳佳回答道。

“哈哈，还是跟你相关，是不是医院的活动都绕不开你们家?”陆子君笑着说道。

“当然不是，我们家也就做点小生意，不要乱说话，医院怎么会跟我们家扯在一起。”罗佳佳边摆餐具边说道。

“那接待我的事怎么都是你负责？欢迎晚宴都是在你叔叔的餐馆。”陆子君问道。

“巧合而已，你怎么那么会联想，累不累呀？该吃吃，该喝喝，想那么多干啥?”罗佳佳说道。

“有道理，吃吃喝喝就行了。”陆子君说完在一旁的沙发上坐下，拿出手机开始看新闻。

不一会儿，医院领导和骨科主任们都过来了，这阵势一点都不输港片里带头大哥出场的派头。陆子君在罗佳佳的介绍下一一跟各位握手打招呼，然后大家围着饭桌依次坐下。

在这个饭桌上，张宏良副院长是最大的领导，然后就是郭冠华院长助理，常阮经人事处处长，明德江骨科主任，冯世庆骨科副主任以及蔡铭悦骨科医师。这种场合，陆子君的假笑脸一直挂着，非常的专业，赢得了各位领导和骨科同行的喜欢。

“陆主任，今天我代表黄弘景院长和医院各个部门的负责人，欢迎你的到来，希望你能带领我们医院的骨科发展壮大，为我们安城老百姓谋福利。来，我敬你。”张宏良举杯说道。

“谢谢张院长，我一定尽心尽力。”陆子君笑着说完，一饮而尽。

“来，陆主任，我是院长助理郭冠华，欢迎您的到来！”郭冠华举杯说道。

“谢谢郭院助，干！”陆子君说完一饮而尽。

“我是人事处处长常阮经，欢迎陆主任来我们医院指导工作，以后有什么问题可以随时联系我！”常阮经举杯说道。

“谢谢常处长，干！”陆子君说完又一饮而尽。

“我是骨科主任明德江，欢迎陆主任前来指导工作，希望为我们骨科注入新活力！”明德江举杯说道。

“我们一起努力，来，干！”陆子君说完再次一饮而尽。

“我是骨科副主任冯世庆，欢迎陆主任，来，干！”冯世庆说完一饮而尽。

“干！”陆子君一饮而尽。

“我是骨科……”蔡铭悦刚站起来还没说完就被冯世庆打断了。

“小蔡，你就不能让陆主任先吃口菜再喝吗？先吃菜陆主任。”冯世庆说道。

“不要紧，来，年轻人，骨科的未来都是年轻人的，我敬你！”陆子君说完一饮而尽。

“谢谢陆主任，我是蔡铭悦。”蔡铭悦说完一饮而尽。

“来来来，大家吃菜，陆主任，这是我们安城的特色菜粉藕煨红蹄，尝一下。”冯世庆边说边给陆子君碗里填了一个红猪蹄。

“特色要尝一尝，谢谢冯主任！”陆子君笑着说完便开始吃起来。

这一圈酒喝下来，陆子君的头有点晕晕的，也许是喝得太猛，也许是这酒的度数太高，不过口感还不错，有丝滑的感觉。虽然有点晕，但把陆子君的兴奋劲儿激发出来了，还没吃几口菜，他就开始回敬各位的酒，一来二去，大家的酒越喝越多，也越来越嗨。陆子君开始与张宏良和明德江称兄道弟，搂着脖子喝着酒。最后是蔡铭悦和罗佳佳一起将陆子君扶回宿舍，但陆子君不知道具体情况，他倒头就睡，这是他最放纵的喝酒经历之一。

经过一周的接触，陆子君大概了解了安城人的交流习惯，这里除了比华山冷很多之外，其他方面都比较适应，不得不说，他适应环境的能力还是很强的，很迅速地就融入新的集体之中。

这天，陆子君正式来到他们医院的骨科，参加他们的大交班，明德江向各位医生、护士介绍陆子君，就这样，陆子君开始了安城县人民医院骨科的工作。

一天下来，陆子君对他们的骨科有了大概的了解，晚上回到宿舍里，开始整理《椎间孔镜笔记》的内容。他突然意识到，他们骨科没有引进椎间孔镜！他们科室创伤的病人较多，但不知道做脊椎开放手术的病人多不多，至少今天没有。

陆子君在科室的角色就是骨科主任，与明德江的地位一样，俗话说得好，一山不容二虎，但现在就有两个并列的科主任。陆子君是一个很认真的人，既然让他当科主任，他就开始为整个科室操心，编写书籍之余，他开始撰写科室发展规划书，写了又删，删了又写。

他每天按时上班下班，做手术，大部分时间都是在听，说的话很少，除非是礼貌性地回应别人的问话。就这样，一个月过去了，陆子君跟明德江主任提议，他现在需要召开全体骨科医生大会，有重要事情想跟大家交流。明德江通知每个医生，选定了时间，会议就这样如期而至。

“各位同事，今天召集大家一起开会，只有一个主题，就是陆主任对科室的发展提出了规划，他想跟大家分享、交流，我们直接入正题，有请陆主任发表意见。”明德江说道。

蔡铭悦带头鼓掌，结果只有稀稀拉拉的几片掌声附和。

“谢谢，今天耽误大家一点时间，想跟大家探讨一下我们科室的发展，目的只有一个，就是想方设法地促进科室发展壮大，摸索出一条适合科室发展的道路。”陆子君说完喝了一口咖啡，他翻开自己的笔记本，开始顺着稿件内容开展论述。

“目前我们科室做得最多的手术是四肢骨折及脊柱骨折，关节镜手术做得也还不错，对于颈腰椎退变类的疾病，采取手术治疗的比较少。随着人们生活水平的提高，慢性疾病越来越多，对于这类骨科疾病，我们需要提高治疗手段，我觉得未来这是我们科室发展的突破口。大家有什么看法，可以说一说。”陆子君说道。

大家都默不作声。

陆子君看了一圈，大家都没有要发言的意思，他于是接着往下讲。

“众所周知，创伤方向在当前骨科已经发展得非常成熟，大家都会做，也都能做，热门发展的应该是脊柱外科和运动医学科。目前我们骨科还是混合型发展，没有将专业细化，所以，我建议进行专业分科，不知道大家有没有什么意见和建议？”陆子君说完又看了一圈大家。

大家还是默不作声。

“当然，分科的基础是有充足的病人量，我个人认为找到发展方向后，能吸引更多的病人，也能更好地为病人提供治疗。每个亚专业有自己的医生团队，只专注于本专业的诊治技术和能力的提高，这样，医生团队进步和提高了，最终是病人获益。我们骨科就能做到没有我们看不了治不了的骨科疾病，这样病人也没必要离开安城而去大城市看病，我们就可以把病人留下来了，这也是落实国家相关政策的表现，上级部门要求我们分级诊疗，不要什么病都挤到大城市的大医院，我们要让医疗资源下沉。”陆子君说完，喝了一口咖啡。

“陆主任，你说的细分专业的建议的确很好，但会出现一个问题，就是导致一部分医生很忙而一部分医生很闲。”明德江平静地说道。

“明主任说得特别好，分专业的确会出现这个问题，但我们有办法解决它。在发展的过程中一定会出现很多问题，但问题不能成为阻碍发展的理由，我们要积极面对并解决它。”陆子君说道。

“陆主任，事情做得多的专业奖金高，没事做的专业奖金低，奖金低的医生更不想做事，怎么解决？”明德江问道。

“明主任提得非常好，但我们不能因噎废食，希望我们在座的各位同事都要有大局意识，要知道，整个骨科发展好了，我们每个医生的前途才能更好。我建议奖金的分配由科室整体调配，会兼顾平衡各个亚专业的奖金。”陆子君说道。

“陆主任，这样会影响大家做事的积极性，平均主义会导致大家都不想做事。”明德江说道。

“明主任，奖金由科室整体调配不等于平均分配，这个细节我们可以继续商量，寻找一个妥当的处理方案。我的想法就是，让每个医生在自己感兴趣的专业上得到长足的发展，让兴趣成为最好的老师。”陆子君说道。

“若是大家都对创伤感兴趣，都想去创伤专业，那怎么办?”冯世庆说道。

“冯主任，这是一个好问题。我也认真地想过这个问题，我觉得可以解决，目前我们骨科有50张病床，分几个亚科室不是很现实，但我们可以分几个亚专业的治疗小组，比如创伤1组，创伤2组，创伤3组，对创伤感兴趣的人多，那就多分几个创伤组，尽量满足大家的兴趣。我的初步设想是这样的，分创伤组、关节镜组、脊柱外科组这三大方向，其中创伤组根据人员的多少，我们再分1、2、3、4组，大家看怎么样?明主任，您看怎么样?”陆子君问道。

大家都没有说话，只是静静地等着明德江发言。明德江没有立马接话，而是沉默了片刻，喝了一口水后才开口。

“陆主任的设想非常好，我觉得这样有利于我们骨科的发展，当然，最终能为病人提供更好的服务。因为专业细化之后，我们医生的能力就能得到大幅度的提高，进而让病人的疾病得到更好的治疗。这是非常好的设想，我觉得我们大家都应该全力配合陆主任展开工作。”明德江说完又喝了一口水。

“谢谢明主任的支持，创伤就由明主任牵头组织成员，关节镜由冯主任负责，脊柱外科由我负责，明主任，您看这样安排怎么样?”陆子君问道。

“可以，我没有意见，一切听陆主任的安排。”明德江笑着说道。

“冯主任呢，有没有什么问题?”陆子君问道。

“我也是听陆主任的安排，没有意见。”冯世庆笑着说道。

“那大家有没有什么好的建议和意见，都可以说一说，我们集思广益，希望我们科室发展越来越好。”陆子君说道。

其他人仍然沉默不语，陆子君感觉压力很大，也感觉氛围不对，这么多年轻人不可能没有想法，只是大家有想法没说，应该是不敢说，这是问题的关键所在。陆子君在想，事情应该没有自己设想的如此顺利，但他想把这个设想坚持下去。

“明主任，这样，我们今天大家都在场，做一个初步的调查和统计，看看大家的意愿如何，方便我们分治疗组。”陆子君说道。

“好啊。”明德江说道。

“蔡铭悦，你给大家每个人发一个小纸条，大家写上自己的名字和所选专业，三个专业，创伤、关节镜和脊柱外科，填完我们收起来看看。”陆子君说道。

“好的，陆主任。”蔡铭悦说完站起来去分发纸条。

过了好一会儿，在蔡铭悦的协助下，统计结果出来了，创伤组8人，关节镜组0人，脊柱外科组0人。对于这个结果，陆子君脸上出现了一个大大的尴尬，他默默地把脊柱外科的“0”改成“1”。刚刚在这么多人面前宣布让冯世庆负责关节镜，结果他没填关节镜，这不是明摆着给他难堪吗？陆子君按捺住内心的煎熬，想了想，现在这个场合不适合怼冯世庆，他不填关节镜应该有他的理由，需要私下里沟通。

“结果已经在我手上，我们会尽最大的限度满足大家，有些细节还需要进一步商量后决定，关于最终分组的事，我会同明主任和冯主任一起商量，有结果了及时通知大家，今天的会就到这里，明主任还有什么需要说的吗？”陆子君说道。

“没有，陆主任。”明德江笑着说道。

“好，散会。”陆子君说完长舒了一口气。

大家都起身离开，陆子君把明德江和冯世庆留了下来。

“冯主任，您也填创伤是个什么讲究？”陆子君开门见山地问道。

“陆主任，你说每个人的意愿，我的意愿的确是创伤，我虽然也做关节镜，但还是喜欢创伤。”冯世庆笑着说道。

“冯主任，您这样填就没办法分组了。”陆子君说道。

“陆主任，你不能怪冯主任，你可能不知道，关节镜在我们这里，一年做不了10台手术，若是让老冯只做关节镜，他喝西北风去吗？”明德江说道。

“奖金的事，可以调配。另外，据我在门诊的观察，肩关节、膝关节、踝关节的病人不少啊，这些病人适合手术治疗的也不少，保守治疗无效，完全能用手术解决问题，为何不去做？”陆子君问道。

“陆主任，关节镜我们做得少，所以很多不会做，膝关节镜还行，但肩关节和踝关节，我们都不会做。”冯世庆说道。

“这是个问题，有两个办法解决，一是派人出去进修关节镜，二是我向我们医院申请，派关节镜的专家过来支援。”陆子君说道。

“这两个解决方案都不是短期内能实现的，所以现在关于分组的事情，要怎么处理，大家都想到创伤组。”明德江说道。

“这样吧，冯主任带一组创伤，同时兼关节镜组，明主任带一组创伤，剩下脊柱外科组由我来负责，怎么样？”陆子君说道。

“可以，不过，没人愿意搞关节和脊柱外科怎么办？”明德江问道。

“谁跟着冯主任就偏重关节，往关节镜方向培养，年轻人就是科室的未来，培养很重要。俗话说得好，授人以鱼不如授人以渔。脊柱外科我只需要一个医生跟着我就够了。”陆子君说道。

“陆主任有没有合适的人选？”明德江问道。

“我看蔡铭悦还不错，我就要他。”陆子君说道。

“他很喜欢创伤，让他搞脊柱外科，不知道他愿不愿意。”明德江笑着说道。

“应该没问题，我去做他的工作。”陆子君说道。

“脊柱骨折的病人，我们处理得比较多，但椎间盘突出、椎管狭窄、椎体滑脱的病人我们手术治疗的比较少，相关设备和器械也比较少，陆主任，你看怎么安排？”明德江说道。

“我正想跟两位主任谈这个事，既然要开展脊柱外科，我们需要完善相关工具。我把我自己的一套脊柱手术工具带过来了，应付常规手术是没有问题的，后期再买相关工具，毕竟我有离开的一天。希望以后我人离开科室了，但技术能留下来。”陆子君说道。

“那是，你们支援我们骨科的发展就是希望能把你们先进的技术留下来。”明德江说道。

“嗯。另外，脊柱微创是未来骨科发展的一个趋势，所以，我想让脊柱微创技术在我们科室生根发芽。当前非常火热的椎间孔镜技术和UBE技术是解决脊柱退变类疾病的利器，我想先把椎间孔镜技术引进来，之后再引进UBE技术。”陆子君说道。

“这个规划听着就让人热血沸腾，椎间孔镜我很早之前就听过，但一直没机会引进来，这次医院购买设备计划中，我提交了椎间孔镜的申请。”明德江说道。

“那太好了，有这些设备，骨科的大步发展就指日可待。”陆子君兴奋地说道。

“谢谢陆主任对我们科室的发展规划建议，我们一定会尽力配合你的工作，祝愿我们发展顺利。”明德江笑着说道。

“陆主任，晚上一起吃饭，现在已经六点多了。”冯世庆说道。

“今天晚上还要早点回去加班，有一篇文章等着修改，改日吃饭。”陆子君笑着说道。

“那好，我们一起下班吧。”明德江说道。

他们三个人一起走出了会议室，在回家的路上，陆子君一直在思考明德江和冯世庆的为人，他们两个人对自己发展规划的态度不明朗，表面上说支持，实质上模糊不清，甚至有点反对的意思。若是在科室里得不到这两个主任的支持，要想开展新业务，可以想象得到，将是非常困难。他需要更进一步地了解整个科室的结构和运行模式，要不然无法真正完成下派的支援任务。

四

在完成对整个骨科的考察任务之后，陆子君做好笔记，开始认真分析科室的运行机制，寻找解决问题的方法。发展就需要突破，而要想突破，就必须找到突破口。

这段时间以来，科室的运作还是像以前一样，唯一的变化是陆子君与蔡铭悦组成了脊柱外科治疗组，他们陆陆续续地做了一些手术。陆子君每周都有固定的专家门诊时间，上门诊，收病人，做手术，其他工作都由蔡铭悦来完成，这个年轻人很辛苦也很有前途，陆子君很看好他。

这天，下手术后，陆子君让蔡铭悦找了一个吃饭的地方，约着罗佳佳，由于一直在忙，很久都没有一起吃饭了。

“陆主任，你咋没把赵美婷带来？”罗佳佳一见面就问道。

“为何要带她？”陆子君反问道。

“你们两个人在科室打得火热，所以顺理成章咯。”罗佳佳说道。

“你别乱说啊，我跟你也打得火热。”陆子君说道。

“所以你叫我来了呀。”罗佳佳笑着说道。

“我跟科室所有护士都打得火热，是不是要把她们都请过来？”陆子君说道。

“可以，不过要找一个大一点的位子，这家店坐不下那么多人。”罗佳佳笑着说道。

“佳佳，你不要调戏陆主任，他只不过是人好，很平易近人，跟所有人都相处得很好。”蔡铭悦插嘴说道。

“小蔡，你懂什么，男女之间的那种微妙关系，你缺少一双发现它的眼睛，你要谈一场轰轰烈烈的恋爱才会懂。”罗佳佳说道。

“我谈过恋爱好不好，佳佳，不要总说我不懂爱。”蔡铭悦说道。

“佳佳，你跟铭悦差不多大，你们可以试一下。”陆子君说道。

“试什么？”罗佳佳问道。

“试着谈恋爱呀。”陆子君说道。

“你可拉倒吧，不要乱点鸳鸯谱，我跟他不来电，他像一个小弟弟，怎么可能谈恋爱。”罗佳佳说道。

他们三个人边聊边喝着酒，这个酒是安城的特色酒，安疆牌，成了陆子君的最爱，是每次在外面吃饭时必喝的酒。他问了其他人，他们都从这酒中尝不到涩味，但陆子君说有涩味，涩中透着淡淡的甜，并且非常丝滑，他说是初恋的味道。本来蔡铭悦是不喜欢喝酒的人，在陆子君的熏陶之下，每次都要喝一点安疆酒。

“铭悦，你跟我做了一些脊柱的手术，感觉怎么样？”陆子君喝了一口酒后问道。

“陆主任，我有点跟不上您手术的节奏，感觉您是大师级的人物，手术操作娴熟，行云流水般的，我开始对脊柱外科感兴趣了。”蔡铭悦说道。

“哈哈，大师可真不敢当，只能说我手术做得比较多，很熟练。话说回来，手术就是一个熟能生巧的过程，当然，还需要一定的悟性。”陆子君笑着说道。

“明白，我一定跟着您好好学。”蔡铭悦说道。

“铭悦，脊柱的手术风险相对较大，成长为一名合格的脊柱外科医生需要一个过程，不可能一蹴而就。所以，你要先学，不必急着下定论，若是真想坚定脊柱外科方向，那还有很长的路要走。”陆子君说道。

“明白。”蔡铭悦说道。

“陆主任，你的生活真够单调，除了做手术，就不能来点别的?”罗佳佳说道。

“编书，写论文。”陆子君边吃边说道。

“除了跟医学有关的事，明白吗？活成一个人的样子。”罗佳佳说道。

“佳佳，你怎么这样说话？陆主任现在活得不像人吗?”蔡铭悦说道。

“我是指一个普通人，有七情六欲，有血有肉的那种。”罗佳佳说道。

“你不要解释了，我感觉你越解释越模糊，你直接说亲民的生活方式不就完了，还活成一个人的样子，听着多别扭。”陆子君说道。

“对，就是这个意思，不要每天活得跟神仙一样，高高在上的，让人讨厌，过得接地气一点。”罗佳佳说道。

“我也想啊，羡慕你们啊，这不是没办法吗？时间紧任务重。”陆子君喝了一口酒后说道。

“你是欲望太多，编书，写论文，不要这些欲望不就轻松了。”罗佳佳说道。

“说得有道理，来，让编书、论文都见鬼去吧!”陆子君说完一饮而尽。

“干杯!”罗佳佳也一饮而尽。

“陆主任，空灵寺你应该去拜一拜，我们安城人都很相信这座寺庙。”罗佳佳说道。

“你不是说寺庙没什么好看的吗?”陆子君问道。

“什么时候说的?”罗佳佳反问道。

“我们第一次见面时你说的。”陆子君笑着说道。

“我跟赵美婷坐着吃早餐你在一旁默不作声的那一次？你记性真是好哇，看来不能得罪你，你一定是一个非常记仇的人。”罗佳佳说道。

“对，我很记仇，所以不要对我使坏。”陆子君说道。

“我可不敢对你使坏，明德江对你使坏而已。”罗佳佳说道。

“佳佳不要乱说话，酒喝多了吧?”蔡铭悦说道。

“是啊，注意管住自己的嘴，酒可以乱喝但话不能乱说。”陆子君说道。

“你这几个月以来，办的很多事情都顺利吗？”罗佳佳问道。

“一般的事情还好，有些关键性的问题总是办不下来……但这不是明德江的问题吧？或是说不一定跟他有关吧？很多事情需要领导来审批，领导不给政策，就算是明德江也没办法。”陆子君边喝边说道。

“你太天真了，说明你还没看透咱们骨科的深层构造。”罗佳佳说道。

“呵，你们骨科还有深层构造？你讲出来听听？”陆子君问道。

“罗佳佳，我觉得你喝多了，你再这样乱说下去，肯定会对陆主任造成误导，不利于科室团结。”蔡铭悦说道。

“这里又没有外人，小蔡你怕什么？陆主任也不是外人，跟他讲又不会怎么样，真是的。”罗佳佳又喝了一口酒后说道。

“是啊，我又不是外人，讲一讲，满足一下我的八卦之心。”陆子君笑着说道。

“不讲了，免得被小蔡抓住我的尾巴，去明德江那里邀功请赏。”罗佳佳喝了一口酒后说道。

“别呀，小蔡，你别多事，让佳佳说，童言无忌。佳佳你说，不要紧。”陆子君有点兴奋地说道。

“行，来，咱们先干一杯！”罗佳佳兴奋地说道。

“好，来，铭悦，一起！”陆子君高兴地说道。

“干！”蔡铭悦举杯说道。

当罗佳佳喝完杯中的酒之后，正欲说话之时，竟然趴在桌子上睡了起来。任凭陆子君怎么叫她都没醒，真是扫兴。

“铭悦，你说吧，明德江这个人怎么样？”陆子君坐回自己的座位，喝了一口酒后说道。

“陆主任，明主任还行，我对科室了解得不多，因为我刚来科室还不到一年。”蔡铭悦回答道。

“铭悦，你还是在防着我呀，我对你们又没有威胁，要知道，我是来帮助你们的，并且是不计回报地付出，完全不会影响到你们，有很多事情我了解之后，才能对症下药，从而切切实实地帮上忙。”陆子君说道。

“陆主任，我知道您是真心希望科室发展好，但有时候，每个人站的角度不一样，看问题的结果就会不同，有时甚至相反。所以，我也没办法来评价明主任到底是好还是不好。”蔡铭悦说道。

“你说得有道理，在这个社会里，很多事情并不是非黑即白，我能理解，来，喝酒。”陆子君说完一饮而尽。

“不过，我还是希望您能给我们科室带来改变，我会尽我所能地帮助您。”蔡铭悦说完也一饮而尽。

陆子君也不想再多问什么，累，心累，本来这些都是自己不该操的心，何必强求，不能完成任务就算了，又不是自己不想做好。这样想想反而内心轻松了很多，他和蔡铭悦一起把罗佳佳扶着坐上车，送她回家之后，两个人才各自回家。

躺在床上，陆子君翻来覆去又想了很多，想到怀姝琴，又想到边祺祺，感觉自己过得非常失败，一个连自己的日子都过不好的人却整天为别人科室的发展操碎了心，他感到特别沮丧。明德江表面上说全力支持自己的工作，实际上对于很多事都一拖再拖，打报告买椎间孔镜的事，几个月过去了，仍然一点消息都没有。自体血回输装置也是，到现在还是没有进医院。术中神经监测系统也是杳无音讯。也许明德江对这些事也爱莫能助，但若是他都不能推动这些事情的进展，自己又有多大的能耐呢？他转而又想，也许自己有能力，毕竟自己是旁观者，属于外来力量，或许院领导能给自己面子，进这些设备是为了医院的发展，这些设备也不贵，他决定要去见见院长。

思前想后，陆子君觉得医院在进新设备程序方面会非常烦琐，自己推动这件吃力不讨好的事也许会引起一些人的反感，这样一想，他开始犹豫到底要不要见院长。混混日子不好吗？就当是来安城度假，不要多管闲事，把日子混完之后，回华山后好好工作，好好生活，就行了。这样想过之后，陆子君才安稳地睡去。

第二天上专家门诊，陆子君显得非常憔悴，可能是昨晚没睡好的缘故。经过几个月的历练，他能够听懂安城老百姓的一些方言，但科室专门为他配备的“翻译”罗佳佳却一直没有离开，每次门诊都按时到岗跟着陆子君。这天的病人稍微多一些，看到十二点半才下门诊，陆子君准备走，罗佳佳拉住了他，似乎有事情要跟他讲。

“什么情况?”陆子君问道。

“你先坐下来，我再跟你说。”罗佳佳说道。

陆子君又退回诊室的座位上坐下，喝了一口水。

“等一下，我发现我忘了一件事，马上回来。”陆子君站起来往外走。

“什么事，这么猴急?”罗佳佳问道。

“确实是猴急的事情，解决生理问题。”陆子君回头说道。

等陆子君从厕所回来，见罗佳佳坐在诊室医生的座位上，他便在对面坐下。

“说吧，什么事?”陆子君问道。

“我昨天喝多了有没有说什么不该说的话？做什么不该做的事?”罗佳佳问道。

“有啊，不该说的都说了，做倒是没做什么不该做的事。”陆子君一脸认真地说道。

“完了，我后悔了，你不要认真，我那都是胡说的。”罗佳佳说道。

“我没认真啊，我知道你是胡说的，喝酒嘛，吹吹牛很正常。你也没说什么特别的，就是说了一下关于明主任的很多事情而已，我没当真。”陆子君忍住笑说道。

“那我死定了，肯定把不该说的都说出来了。”罗佳佳后悔地说道。

“算了，我不在意这些，你不要紧张。有很多事情我们两个人知道就行了，不需要外传。”陆子君说道。

“那就好，我们吃饭去吧，我请你。”罗佳佳说道。

“无事献殷勤。”陆子君笑着说道。

“你不要小人之心好不好？真是的。”罗佳佳说道。

“好，走吧。”

他们来到医院对面的饭馆，点了几个菜，埋头就吃，下午还有两台手术。

“陆主任，你们这个双休要去风团镇各个村义诊，能不能带上我?”罗佳佳问道。

“我能决定谁去谁不去吗?”陆子君反问道。

“当然，你是主任，怎么不行？我给你继续当翻译。”罗佳佳说道。

“科室不是安排赵美婷去吗?”陆子君说道。

“多一个人又不会怎么样，你说你同不同意?”罗佳佳说道。

“同意，你的安城方言说得那么好，应该比赵美婷更地道，你比她更适合。”陆子君看了她一眼之后用夸张的表情说道。

“算你有眼光，那就这么说定了。”罗佳佳高兴地说道。

“呵，快吃吧，下午我还有手术。”陆子君边说边吃。

下手术后，陆子君自己出钱，让赵美婷在医院帮他买了很多骨科常用药，他要带着这些药去义诊，免费送给乡亲们吃。虽然医院组织的团队里也带了一些药，但他认为没有自己挑选的药针对性强。自掏腰包的事已经不是第一次了，促使他这样做的直接原因就是他在门诊经常会碰到一些病人由于病情严重需要手术治疗但没钱住院仅仅来门诊开点药回去吃，看着他们一跛一跛地走出诊室，陆子君内心有说不出的悲悯之情。

这天一大早，罗佳佳就来敲陆子君的门，把他叫起来去吃早餐，好巧，刚准备出门时，赵美婷也上来了。

“佳佳，你好早呀，你怎么在陆主任家……”赵美婷说道。

“美婷，别误会啊，佳佳是刚来的。”陆子君急忙解释道。

“误会什么？你看到的就是你看到的样子。”罗佳佳说道。

“我明白了。”赵美婷说道。

“美婷，你明白什么了？别乱说，别乱想，佳佳就是喜欢闹。”陆子君说道。

“开玩笑的啦，看把你认真的。婷婷，你也很早呀，我们一起去吃早餐吧。”罗佳佳说道。

“你们还没吃呀，我在来的路上已经吃过了。”赵美婷说道。

“那行，你在这里等我们。”罗佳佳说道。

“等什么呀，一个人在这里多无聊，一起去吧。”陆子君说道。

“好，我可以去看着你们吃。”赵美婷说道。

“哈哈，这多不好，你可以再吃一点，等会路会有点远，早餐可比干粮好吃。”陆子君笑着说道。

“那倒是。”赵美婷说道。

他们三个人吃完回来后，与陆子君一起收拾好东西，就去医院与其他人会合，坐着大巴一起向风团镇行进。山路弯弯，大巴车开得比较慢，到达风团镇时刚好是午饭时间，大家都饿坏了。

负责接待他们的是风团镇卫生院的领导和医护人员，他们把做好的盒饭分发给大家吃，吃完就紧锣密鼓地布置义诊展台，风团镇的老百姓们都排队在卫生院门口等待看病了。陆子君往外望了一眼，看着风团镇的老百姓排队的样子，他内心肃然起敬，跟华山的老百姓素质一样高。

看着一张张朴实的面孔，和那一双双信任的眼睛，陆子君突然觉得非常感恩，感谢国家对自己的栽培，让自己有能力来帮助他们，帮助需要帮助的这些病友们。

风团镇老百姓的方言更淳朴，罗佳佳在一旁认真地“翻译”，陆子君则认真地听，然后对病人进行体格检查，从而做出初步诊断，详细询问病史之后，他让赵美婷取出相应的药物，然后自己一笔一画地把用法用量工工整整地写在药盒上面，口头叮嘱一遍之后，将药物递至病人的手中。当病人站起来鞠躬表示感谢之时，陆子君也连忙起身回鞠躬，他清楚地感到没有什么场合比此刻更能让自己懂得生命的真实，此刻更加确定了自己存在的意义。为医者，助人也。

风团镇的老百姓确实很热情，陆子君看过的每一个病人，都从自家提了一些东西送过来，有鸡蛋，有腊肉，有玉米，还有番茄和花生。陆子君的旁边堆满了病人们的心意，夕阳西下，余光洒在这些心意上面显得闪闪发光。

张宏良副院长下午赶过来看望大家，当天晚上跟大家一起吃饭之后返回安城。陆子君觉得这是一个好机会，他想跟张宏良好好谈谈。

“陆主任，你可得得劲地吃，风团老百姓的心意，别浪费了。”罗佳佳笑着说道。

“老百姓的确很热情，不过这些东西不是给我一个人的，是对我们这个团队的认可，你做翻译也很辛苦，婷婷发药也是技术活，我们几个，缺了谁都办不成事情。”陆子君说道。

“就好比一个小汽车，陆主任是发动机，我们是座椅和方向盘之类的。”赵美婷插话道。

“这个比喻很贴切，陆主任是发动机，发动机，赶快启动!”罗佳佳大笑着说道。

“我们要把这些东西留一点带回去，都弄了吃太夸张了吧，这不是明摆着浪费。”陆子君说道。

“你放心，没全部弄完，就光这土鸡蛋也会留一大半，还有玉米。”赵美婷说道。

“带酒了吗?”罗佳佳问道。

“没有，要不要去镇上买一点?”赵美婷说道。

“不要买了，这么严肃的场合喝什么酒，吃点东西看看风景就够了。你看这山间的夜景，多有诗意。”陆子君说道。

“你们大城市来的就是不一样，像这样的山间夜景，如此荒凉，你却看出美好，果然是围城效应，你羡慕我，我羡慕你。”罗佳佳说道。

“你也懂围城?没看出来。”陆子君笑着说道。

“你不要瞧不起人，跟你们大城市相比，虽然我是乡下人，物质上确实贫乏一点，但不代表我们精神上贫穷。”罗佳佳说道。

“你别乱想，我没有瞧不起你的资本，不是说大城市就代表一切都是好的，都是先进的，我们都是大自然的一部分，没有高低贵贱之分，一定要有自信。有一位哲学家曾说过，存在即合理，合理就要自信，你自信了，谁也没资格瞧不起你。”陆子君说道。

“陆主任，你真是会讲道理，你媳妇肯定会非常烦你吧?”赵美婷说道。

“婷婷，此话怎讲?”陆子君疑惑地问道。

“一般女人都不喜欢讲道理的男人，哈哈。”赵美婷大笑着说道。

“是啊，你们夫妻关系不和谐吧?”罗佳佳补刀说道。

“你们不要乱说话，我跟我媳妇关系好得很。”陆子君说道。

“心虚，嘴硬，关系肯定不好。”罗佳佳大笑着说道。

陆子君很无奈，他耸耸肩后走开了，留得她们两个的笑声在空中回荡。幸好，开饭的声音冲淡了她们尴尬的笑声，大家齐心协力地把饭桌、椅子在这个空旷的场子里铺展开来，临时架起的灯让整个院子显得很温馨。张宏良来到饭桌前坐下，于是大家都依次坐下，听完领导的开场白后，大家都迫不及待地吃起来，忙了大半天，确实都饿了。

饭后，陆子君主动上前和张宏良搭话，于是他们两个人移步至院子外面，边走边聊。

“张副院长，我闲不住，来到我们安城人民医院还是想好好地做点事，但几个月下来，进展不大。”陆子君说道。

“你们来支援我们医院，作为院领导，我们是非常希望你们能做些事，帮助我们医院的发展，这一点我们的目标是一致的。”张宏良说道。

“那是，但办事有点难度。”陆子君说道。

“有什么困难？”张宏良问道。

“我的专业是脊柱外科，科室里脊柱外科的医生很少，他们都不愿意出去学，我想手把手教几个医生，但大力开展脊柱外科的手术又需要相关的设备，现在科室很多设备都没有，所以没办法培养他们。”陆子君说道。

“你让明德江打申请，我们可以引进这些设备呀？”张宏良说道。

“我原来也是这样想的，可报告打了几个月，到现在还是没有消息。”陆子君说道。

“你们申请进什么设备？”张宏良问道。

“椎间孔镜，术中神经监测和自体血回输装置，目前这三个是最主要的。”陆子君说道。

“这些都不是什么大型设备吧？”张宏良问道。

“不是，但都属于相对比较先进的设备，有这三样，可以把手术水平提升一个档次。椎间孔镜大概70万，对医院而言，不算是大钱吧，但能解决很多椎间盘类的问题，可以治疗很多病人，就我看门诊的情况而言，十个病人中至少有两三个椎间盘的病人，可以用椎间孔镜解决问题。这个手术是微创，住院费也不会很高，是一项很有前途的技术。”陆子君兴奋地说道。

“你看，我们小地方，见的世面也比较窄，所以确实需要你们大地方的支援，这么好的设备都没人提起过。老明那个人太保守了，接触新东西少，也不愿意出去学习，我了解他。骨科几十年来也就做做创伤的病人，高难度的手术没有开展过。”张宏良感慨地说道。

“明主任有点淡泊名利，确实不像我们有热情。”陆子君笑着说道。

“那可不行，对专业没有足够的热情怎么能把事做好？特别是当负责人，这样会毁了整个科室，阻碍科室的发展，我找个时间要跟老明谈谈。”张宏良激动地说道。

“明主任还比较支持我的工作，很多事情都是他帮忙做的。”陆子君笑着说道。

“做一般的事他没问题，但无法引领一个科室的发展。我回去后跟黄院长商量一下，建议明德江从主任位子上退下来，选一个年轻的当主任。”张宏良说道。

“张副院长，恕我直言，目前科室里找不出合适的人选，其他人当主任可能会让事情变得更难。可以先培养一两个年轻人，等培养起来后再换主任也不迟，年轻人没成长起来，接班恐怕接不稳。”陆子君说道。

“陆主任，你说得有道理。这样，给你一个任务，帮忙在科室培养一两个年轻人，过几年给他们重要职务，像你说的那样，还是要有长线思维，人才的成长不是一朝一夕的。”张宏良说道。

“是的。”陆子君附和着说道。

“陆主任，你说的那三个设备，我会亲自去关心一下，看看到底卡在哪里。别的我也没办法保证，但这个事情，我向你承诺，至少完成其中一个，让你能尽快开展相关业务。你也知道，一家医院，不是一个人说了算，各个部门，有些人的办事作风欠妥。再加上申请材料需要层层审批，设备处、器械科、财务处、院长、书记，每个人都要把关，涉及的人很多，我也不能完全干涉这件事，但我会实实在在地帮你一把，我知道，帮你不是为了帮我，而是帮这家医院，再往大了说是帮安城的老百姓。”张宏良说道。

“张副院长说得很有道理。”陆子君笑着说道。

“那行，今天就聊到这里，以后有事情了随时找我聊，我非常欢迎你来骚扰我。”张宏良笑着说道。

“那就太好了，谢谢张副院长的支持。另外，我想说的是，若是刚说的那三个设备能先办成一个，我选椎间孔镜，它很实用，我现在最需要它。”陆子君腼腆地说道。

“哈哈，没问题，椎间孔镜，我回去后就去追踪。”张宏良笑着说道。

就这样，陆子君满意地把张宏良送上了车，看着小汽车远远地消失后，他又站了好一会儿才转身回去。他们安排好了宿舍，大家将就地睡一晚，明天一大早还要出发，去几个山村里看看需要治疗的老人。

第二天一大早，大家吃了点干粮后就出发了，由于山里的村庄分布得很稀疏，村民的住房之间隔得比较远，都是狭窄的山路，所以大家分成几队，徒步前行。赵美婷与陆子君组成一队，罗佳佳有些羡慕，她向领导申请要加入陆子君的队伍，无奈，领导说人数有限，无法满足她的请求，她只能作罢，乖乖地服从领导安排。

陆子君充分发挥了一个男人应该有的担当，他背着装满食物和药物的背包，两手还提着很多药物，他生怕药物不够，宁愿用不完也不愿看见不够用。赵美婷一路跟在陆子君身后，手上拿着一瓶水，她只用照顾好自己就行了。

“陆主任，我帮您提一袋吧?”赵美婷说道。

“不用，你小心走路就行了，另外，再看看我们是不是走对方向了。名单上的这些人家，我们今天必须跑完。”陆子君说道。

“好的，我就是您的指南针。”赵美婷说道。

“是啊，所以你非常重要，要保存体力。”陆子君说道。

“您也是，保存体力，等会还要去给村民们看病，我们先休息一下吧。”赵美婷擦着头上的汗水说道。

“好，休息一下。”陆子君停下脚步说道。

眼前的大山，让人心旷神怡，到处都是绿色，没有过多地被现代文明打扰。生活在这里的人们应该是幸福的，能够与自然界最贴近地呼吸、运动，这是远离城市喧嚣的最好去处。

休息了几分钟之后，陆子君又催促赵美婷起身赶路，心中有事的时候，他的脚步无法停止。

又走了好一会儿，他们顺利到达第一位村民家里，两个老人在家，子女们外出打工已经很多年未回。婆婆腰部疼痛，爹爹膝盖疼痛，时间比较长了，曾经去镇卫生院看过，但效果不好，所以登记有信息。

陆子君先给婆婆检查，详细地询问了她的病史和疼痛情况之后，用手轻轻叩击疼痛的部位，最后分析判断婆婆可能是骨质疏松导致的腰椎压缩性骨折，虽然没有X光机来检查确认，但他认为八九不离十。他将背包里的宽腰带取出，给婆婆戴在腰上，然后轻轻扶她下地，她感觉舒服一点。陆子君拿出膏药和吃的药给她，仔细叮嘱她怎么吃，并示范怎么用膏药，然后告诉她这个病的原因，持续的时间，需要注意的事项等，也许是周围环境节奏缓慢，陆子君看病的过程也很慢，他感觉很舒坦。

接着给爹爹看病，仔细摸、叩膝盖之后，陆子君分析认为他是膝关节骨性关节炎，给爹爹也发了吃的药和外用的膏药，详细交代注意事项。看完病，陆子君没有立马离开，他又跟爹爹婆婆聊了好一会儿后才起身离开，因为他感觉到，两个老人除了身体上有不舒服之外，内心也需要关爱。

在去往第二家的路上，赵美婷小跑着才勉强跟上陆子君的步伐。

“陆主任，你如此急匆匆我能理解，但你刚刚少啰嗦几句不就够时间了吗?”赵美婷边喘气边说道。

“没办法不啰嗦啊，你看他们多想找个外人说说话。”陆子君说道。

“这您都能看得出来？您不是学医的吗？怎么还会看相算命呢?”赵美婷问道。

“我的职业虽然是个医生，但我也是一个人呀，人与人之间的内心是相通的，除非你是刻意关闭它。”陆子君说道。

“理解不了。”赵美婷说道。

“现在理解不了没关系，以后慢慢会理解的，快到下一家了，加油。”陆子君说道。

“从您身上，我看到了人性的光辉。”赵美婷说道。

“谢谢你的赞美，你也有!”陆子君说道。

“我的很弱，就算有，也是跟您靠得很近的缘故。”赵美婷说道。

“哈哈，你真会说话。”陆子君笑着说道。

就这样，在轻松的聊天中，他们来到第二个村民家，这家老太太髋部骨折了，在里屋躺着，之前去过医院，选择保守治疗，所以回到家里。陆子君仔细询问了老太太的大儿子和儿媳妇，每天怎么护理老太太，然后走到老太太身边，查看了一下背后有没有褥疮，下肢血液循环的状况，髋部骨折处疼痛的情况。然后他拿了几种药给老太太的大儿媳妇，详细交代吃法，叮嘱了一遍护理注意事项。由于老太太听力不好，陆子君从里屋走出来，在她家院子里跟她大儿子和儿媳妇聊了好一会儿，然后转身离开。这个儿媳妇已经60多岁了，对老太太仍然如此孝顺，让陆子君的内心生出一阵触动。

就这样，陆子君跟赵美婷走访了十几家，药物分发得快空了，但背包里却鼓鼓的，装的都是推却不了的乡亲们的“热情”。

一天下来，他们两个人都有点精疲力尽，当他们回到镇卫生院时已经到了日落时分，他们两个人是最后一批返回的，得到了领导的肯定。听到赞扬的话，他们俩高兴得像孩子般又蹦又跳，竟然暂时忘记了身体的疲惫。

此次之行，拓宽了陆子君对安城县老百姓的认识，让他更加明确了身为一名医生应该具备的素质。不管哪个地方的老百姓，都有生活条件上的差异，身为医生，给他们提供最适合他们的治疗，对他们而言，才算是最好的治疗。对这个道理的领悟，让躺在宿舍床上的陆子君非常安稳地进入梦乡。

创建品牌

一

这天，像往常一样，吃完早餐后，陆子君便来到医生办公室等待早交班，当大家都站好位置后，他看见护士堆里有一张熟悉的面孔，在护士背后躲躲闪闪的。陆子君不经意间多看了几眼，这不是张小雅吗？定睛细看，果然就是她，张小雅！

陆子君百思不得其解，不知道她跑过来干什么，关键问题是她跑过来怎么没打个招呼，真是太过分了。大家交班时怎么没有介绍她？她应该是偷偷跑过来的，难道不用上班吗？陆子君内心一连串的疑问。

交完班，大家作鸟兽散，各忙各的去了。陆子君跟在张小雅后面，一把拉住她。

“哎哟喂，你怎么……”张小雅痛苦地说道，边说边转身。

“你怎么回事？跑这里来干吗？”陆子君质问道。

“我来工作呀，你真是很奇怪，赶快松手，注意一下形象。”张小雅说道。

“呵呵，你来工作？在华山待得不爽了，来安城？别鬼扯，老实交代。”陆子君说道。

“公共场合，这是上班时间，陆教授，请注意自己的形象，有什么事情下班再说好吗？”张小雅说完急忙离开此地。

看着她跑开的背影，陆子君偷偷笑了起来，想不明白为什么。他摇了摇头，叫上蔡铭悦，查房安排手术去了，他在等下班，等她一个合理的解释。

今天的手术有点复杂，花了很长时间才做完，下手术后，陆子君打开手机一看，都是张小雅打过来的电话。他没有给她回电话，而是慢悠悠地去洗了个澡换好衣服，走出医院之后才拨通了张小雅的电话。

“都在等着你，什么时候开始变得如此慢腾腾?”张小雅说道。

“都？还有谁？你把哪些人从华山带过来了?”陆子君急忙问道。

“没有人从华山过来，都是科室的姐妹。”张小雅说道。

“这么多人在，我们怎么方便谈事情?”陆子君说道。

“怎么不方便？我们之间又没有什么见不得人的事需要谈，除非你有，若你说有，我就打发她们走，有没有?”张小雅说完之后在电话那边偷笑。

“没有，我马上过来，地址发给我。”陆子君说完急忙挂掉电话。

当陆子君来到餐馆时，发现赵美婷和罗佳佳也在。原来是她们两个。

“你们三个人是什么时候认识的?”陆子君一进包间就问道。

“今天上班认识的呀。”罗佳佳说道。

“才第一次见面就约出来吃饭，是很熟了吗?”陆子君问道。

“你怎么那么多问题？像个男人一样行不行?”张小雅说道。

“就你最不会说话，什么叫像个男人，我是纯爷们儿！还没说你，你以为烫个大波浪卷发我就不认识你了？一大早交班时还躲来躲去，智商真是让人着急。”陆子君对着张小雅说道。

“你不要自带明星光环，我可没躲你，不要把自己太当回事儿。”张小雅说道。

“你跑到安城来干啥?”陆子君坐下来喝了一口茶后问道。

“我来支援她们科室。”张小雅说道。

“你一个急诊科护士，支援骨科？跨界了吧?”陆子君说道。

“我爱好跨界，怎么着?”张小雅说道。

“没怎么着，随口问问。”陆子君无奈地说道。

“不要以为天下就你一个人上进，要低调，要谦虚，要大度。”张小雅说道。

“是的，你教育得很对，我接受。”陆子君又喝了一口茶后说道。

“陆主任，你咋不怼小雅姐了？接着怼呀？还没看过瘾呢!”罗佳佳说道。

“你也是一个看热闹不嫌事大的主，怪不得你们一下子就凑到一块儿去了。”陆子君说道。

“你就直说我们是臭味相投呗，拐弯抹角的。”张小雅说道。

“好了，难得大家见面，你们又那么熟，多喝两杯，他乡遇故知，老乡见老乡，应该分外热情才对。”赵美婷说道。

“是是是，来，我们喝酒。小雅姐，你可要好好尝尝我们的特色酒，安疆酒，现在变成陆主任的最爱了。”罗佳佳说道。

“他的最爱不会是酒，也不会是女人，而是他自己。”张小雅说道。

“小雅姐，你如此了解陆主任，你们是不是在一起过？”罗佳佳问道。

“当然。”张小雅回答道。

“当然？那你们为什么分手？”罗佳佳追问道。

“我们在一起共事过，不是谈恋爱的那种在一起过。”张小雅解释道。

“好可惜。”赵美婷说道。

“是的，很可惜，没办法，有缘无分。”张小雅说道。

“不要听她乱说，她有男朋友，她这是在拿我耍嘴皮子。”陆子君说道。

“你们不觉得陆主任认真的样子很可爱吗？哈哈！”赵美婷笑着说道。

“是的，很可爱，来，小可爱，我敬你一杯。”张小雅边举杯边说道。

“不要乱叫，喝酒就好好喝酒。”陆子君也举杯说道。

几杯酒下去，陆子君慢慢了解到，张小雅也是过来支援安城的，但她待的时间比较短，计划是半年。有个熟人相互照应也好，但为何偏偏是她，陆子君怕怀姝琴知道后误会，所以感觉很别扭。

“陆教授，听说你跟你老婆已经离婚了，是吗？”张小雅突然问道。

“乱说话，谣言，我们好得很，孩子就快出生了。”陆子君大大方方地回应道。

“我已经跟洪志诚分手了。”张小雅说完一饮而尽。

“为什么？你们不是好好的吗？”陆子君问道。

“一言难尽。”张小雅说完又喝了一杯。

“你不要喝这么多酒，吃菜，喝醉了我可管不了你。”陆子君急忙说道。

“谁要你管，我一个成年人，自己管自己。”张小雅说道。

赵美婷和罗佳佳看着眼前的两个人你一言我一语的对话，安安静静地扮演着吃瓜群众，对她们来说，这些貌似都是劲爆新闻。

“到安城来支援，需要领导批准才行，这事有点难，你是怎么通过的?”陆子君问道。

“我实话告诉你，我爸是市卫生部门的，明白吗?”张小雅说完又喝了一杯。

“怪不得，但一直没听你说过，你真是低调。”陆子君说道。

“那是因为你一直不关心我。”张小雅说道。

“私生活，没办法关心，其他的事我还是很关心的，毕竟我们那么多年的同事关系。”陆子君说道。

“对，对，同事关系，来，老同事，干杯!”张小雅说完一饮而尽。

“你不要再喝了。”陆子君虽然嘴上劝她不要喝，却拿起自己的杯子很实诚地往嘴里灌。

又喝了几杯之后，张小雅趴在桌上睡着了，陆子君则面朝天闭目养神。

“陆主任，接下来怎么安排?我们可以走了吗?”罗佳佳小心地问道。

“你们不能走，没看见她趴下了吗?你们送她去酒店。”陆子君说道。

“这不是你的事吗?我们不方便掺和吧……”罗佳佳阴阳怪气地说道。

“你这话是什么意思?你们是女生，方便照顾她。”陆子君严肃地说道。

“我觉得你们是不一般的关系。”赵美婷笑着说道。

“对呀，你们像是情侣。”罗佳佳偷笑着说道。

“佳佳，严肃一点，不要乱说。我告诉你们，我跟她是清白的，只是朋友关系，没有男女关系。”陆子君说道。

“此地无银三百两。”罗佳佳说道。

“欲盖弥彰。”赵美婷说道。

“什么乱七八糟的，你们……哎，算了，你们爱咋想就咋想吧，但绝对不是你们想的那样，更何况，我是已经结婚了的人，明白吗?”陆子君急促地说道。

“明白，我们先走了。”罗佳佳说完，拉着赵美婷就往外走。

“站住，站住，刚刚我都白说了吗?我不方便照顾她，你们帮忙把她送回酒店。”陆子君急忙起身拉住罗佳佳说道。

“你们真没关系?”罗佳佳问道。

“真没关系，只是同事关系。”陆子君说道。

“那行，我们就信你一次，这是你求我们帮忙的，要记住。”罗佳佳说道。

“当然，我记住你们的好。”陆子君说道。

“你确定没离婚?”罗佳佳问道。

“你这孩子，我好好的，孩子都快生了，怎么会离婚?不要乱传，不信谣不传谣。”陆子君说道。

“谁是孩子?我是成年人，不要瞧不起人。”罗佳佳说道。

“行，我说错了，小姐姐，来，帮忙吧。”陆子君说道。

就这样，她们三个人一起将张小雅送回了酒店，她们两个人留下来陪着她，陆子君独自回宿舍去了。

躺下之后，陆子君久久不能入睡，前几天怀姝琴发信息又提离婚的事，他感觉无能为力，以怀姝琴的脾气，婚肯定是要离的，只是时间问题。但他是非常不愿意离婚的，他不想让小孩一生下来就面对一个不完整的家庭。内心的矛盾无法调和，他索性起床来到办公桌前，打开电脑开始看文献资料，用专业知识来转移自己的注意力。

这段时间以来，陆子君在门诊已经积累了很多适合做椎间孔镜手术的病人，他把这些病人都做了登记以方便今后的追踪。这些病人有个共同的特点，就是不愿意接受开放手术，但病情也确实严重到需要手术治疗。怎么解决这个问题?椎间孔镜是一个非常不错的方案，但是上次张宏良副院长答应的事现在仍然没有音讯。陆子君有些苦恼，这天，科室召开病例讨论会，快结束时，陆子君示意，他有话要说。

“明主任，冯主任，各位同事，大家下午好，这段时间以来，我对门诊病人、住院病人以及病人家属做了很多调查工作，摸索出一些规律，所以想跟大家分享。门诊有两大类病人流失了，也许是去上级城市治疗了，也许是回家放弃治疗了，但不管是什么原因，结果只有一个，就是没有来我们科室进行进一步的治疗。这两类病人分别是骨质疏松性的椎体压缩性骨折和严重的腰椎间盘突出症，目前，对于这两类疾病的治疗，国内外都有标准化的治疗方案。前者采取椎体成形术，后者采用开放手术或微创手术。微创手术主要是指脊柱内镜系统，继续细分的话，就是简单地摘除椎间盘的内镜叫椎间孔镜技术，不仅摘椎间盘，而且行椎间融合内固定的就是UBE技术。目前，我们科室这三种手术方式都没有开展，这是比较遗憾的事，椎体成形术、椎间孔镜技术、UBE技术，都是非常好的治疗手段。什么事情都有两面性，没开展这些技术，从某个角度来说不一定是坏事，说明我们还有很大的发展空间。这些技术，不光是能为病人解决疾病的困扰，而且能实现我们医生的人生价值。所以，我建议，未来的三年到五年，以此为方向，培养人才，引进技术，服务病人。对于这件事，不知道大家有什么看法？”陆子君说完喝了一口咖啡。

“陆主任，你说的情况确实存在，像这两类病人基本上都到大城市的医院去做手术了，我们基本上留不住这些病人。原因是多方面的，很多年不开展新技术也是一方面的因素，但，有些事我们也没办法。”明德江说道。

“明主任，您觉得无法开展这些手术最主要的原因是什么？”陆子君问道。

“没有人会做。”明德江回答道。

“明主任，现在这个问题解决了，我会做。那现在我们能开展这些手术了吗？”陆子君问道。

“椎体成形术应该可以，你想开展此工作，我可以联系厂家来提供手术材料，但材料进医院需要一个过程。脊柱内镜手术短期内没办法开展，这些属于中大型设备，需要审批手续，没有设备，就算你会做也没办法开展。”明德江说道。

“对呀明主任，没有设备，我无法开展。现在，这成了问题的关键，有没有解决的办法？”陆子君问道。

“购买椎间孔镜的申请已经交到医院，等着审批。”明德江说道。

“有没有加速审批的办法？”陆子君问道。

“我再去设备科问问，他们一般是等积累一批申请之后，再一起上报。”明德江说道。

“这个里面学问就很大了，这样盲目地等下去，可能会把机会都给错过了。”陆子君说道。

“谁说不是呢，你待一年就走了，若是你长久地在我们科室，那倒是无所谓。”明德江说道。

“上次我碰到张宏良副院长，他说他会帮我们一把，把椎间孔镜的设备追踪一下。”陆子君说道。

“陆主任，张副院长是个好心人，但是我担心他心有余而力不足。”明德江说道。

“为什么?”陆子君问道。

明德江突然站起来，他把面前的材料整理好，然后看了大家一眼。

“今天的讨论就到这里，散会。”明德江说完，示意冯世庆留下来。

等大家都走出会议室之后，这里只剩下陆子君、冯世庆和明德江三个人。

“为什么?”陆子君又问了一遍。

“要知道，设备科、财务科不归张副院长管。”明德江说道。

“但他是副院长，副院长总得有几分面子吧?”陆子君说道。

“别人给你面子你才可能有面子，若是别人不给你面子呢?”明德江说道。

“照你这么说，这件事张副院长不顶用?”陆子君问道。

“有可能。”明德江说道。

“进设备促进科室的建设和发展，科室发展好了，医院就会越来越好，这样利院利病人的事，怎么就那么多阻碍呢?”陆子君不解地说道。

“陆主任，你可能不明白，你是有大学问的人，但不代表我们医院的每个人都是有学问的人，你知道椎间孔镜这个设备非常好，但是不代表医院各个部门的工作人员都知道它好。我们这里的人，大部分都是经验主义者，没见过的，或是跟自己无关的人或事，他们都兴趣不大，不会像你这样有热情。所以，需要去有些部门做工作，就像推销产品一样，要广而告之。”明德江说道。

听到这里，陆子君似乎明白了什么，他喝了一口咖啡，站起来在会议室里来回走动。

“陆主任，椎间孔镜这个事，除了跑设备科、财务科等科室之外，找黄弘景院长也很有用。”冯世庆突然开口说道。

“冯主任说得有道理，直接找黄院长，但他在医院待的时间不长，很少遇见他，每次都是碰见张副院长在医院里忙忙碌碌，所以我一直以为医院的事都是张副院长说了算。”陆子君说道。

“呵呵，张副院长的确喜欢忙，大小事都有他的身影，但当家的人是黄院长，很多事情都需要他签字才有效。”冯世庆说道。

“明主任，您带我去见见黄院长，我来了几个月，还没跟他见过面。”陆子君说道。

“没问题，我找个时间带你去。”明德江说道。

聊到现在，陆子君严肃的表情终于被笑容化解开来，找到了问题的关键，就有希望解决它。虽然明德江到了快退休的年龄，自然而然地看淡了很多东西，冯世庆也按部就班地上班，但陆子君身上那股对于工作的热情感染了他们，使得他们愿意加入到陆子君的战队中来。

二

今天的这台腰椎手术比较复杂，病人的年龄不算大，四十几岁，但临床症状非常严重，已经由于腰腿疼痛伴麻木而影响日常生活。她是科室护士长的一个亲戚，陆子君经过仔细阅片、详细的体格检查，最终确定手术方案，采取开放手术中的微创技术——MIS-TLIF的手术方式对她进行治疗。进入手术室之后，陆子君聚精会神地开始手术，经过两个小时的时间，手术顺利完成，他比较满意地去休息室休息，等待下一台手术的开始。

打开手机一看，有五个未接来电，是怀姝琴的妈妈，陆子君迅速地回拨过去。

“妈，什么事？”陆子君急忙问道。

“姝琴今天早上发作了，现在已经住进医院，待产，医生说胎位不正，随时准备剖腹产。”怀姝琴的妈妈说道。

“好的，让您费心了，我让我爸妈过来照顾她。”陆子君说道。

“你是知道姝琴的脾气，我照顾她就行了，不用你爸妈过来。”怀姝琴的妈妈说道。

“那好吧，辛苦您了。”陆子君说道。

“不是，子君，我给你打电话的目的你不明白吗？你是孩子他爸，孩子要出生了，你得回来看看孩子，明白吗？”怀姝琴的妈妈说道。

“我在这里上班，路上比较远，一去一回要花几天，还要跟医院请假，看领导批不批准……”陆子君还没说完就被打断了。

“工作比家庭重要吗？”怀姝琴的妈妈大声说道。

这是一个很考验人的问题，陆子君一下子被怼得不知道该怎么回答，他停顿了几秒。

“你若是不看重家庭，怎么能让姝琴回心转意？女人是需要关爱的。”怀姝琴的妈妈说道。

“妈，我明白了，我去向领导请假，先不说了，我要上手术了，再见。”陆子君说完挂掉了电话。

经过激烈的思想斗争，陆子君最终决定去找明德江请假，下手术后他一直在科室等明德江。

“陆主任，不好意思，今天院领导开会，一直搞到现在，让你等这么久。”明德江说道。

“没关系，明主任。”陆子君说道。

“是什么神秘的事情非要见面说，发个信息说一下不就完了？”明德江说道。

“明主任，这件事当面说好一点，就是我想请假回华山市一趟，我老婆快生了。”陆子君说道。

“哦，这是大事，没问题。”明德江说道。

“谢谢明主任。”陆子君急忙说道。

“不客气，人之常情，恭喜恭喜呀，是二胎吧？”明德江问道。

“不是，是第一个。”陆子君说道。

“你真是优秀的公民呀，晚婚晚育。”明德江笑着说道。

“哈哈，是的，享受晚婚晚育津贴。”陆子君笑着说道。

“你打算什么时候回去，然后什么时候回来？”明德江问道。

“明天上午出发，一周之后回来。”陆子君回答道。

“好，我跟人事处的常阮经处长报备一下，你手上的病人，我让老冯帮忙管起来，有什么事直接跟你沟通，你放心吧。”明德江说道。

“谢谢明主任。”陆子君说道。

陆子君把蔡铭悦叫过来，一起把所管的病人查了一遍房，跟每个病人做了交代，然后又单独跟蔡铭悦做了交代，最后独自回家去收拾行李。在做这些事情的过程中，陆子君一直在反复自问：“工作重要还是家庭重要？”是啊，像岳母说的那样，家庭很重要，可工作不重要吗？病人不重要吗？病人就是自己存在的意义和价值，自从选择这个特殊的职业之后，人生就跟工作密不可分了，成为生命的一大部分，不重要吗？家庭确实兼顾不上，陆子君越想越失落，感觉要哭出来了。

怎么有人敲门？陆子君收拾好心情之后去开门，是张小雅。

“你怎么来了？”陆子君打开门后问道。

“串串门，我也搬进医院宿舍了。”张小雅笑着说道。

“什么时候搬过来的，也不说一声，我也好去帮忙搬一下。”陆子君说道。

“不用客气，我东西少，有罗佳佳她们就搞定了。我来都来了，怎么不请我进去坐一坐？”张小雅说道。

“我正在……你进都进来了，不需要我请……”陆子君还没说完就被张小雅打断了。

“你这是在收拾东西，要搬家吗？不会吧，我刚搬来你就要搬走？对我有意见还是咋的？”张小雅说道。

“你误会了，我不是要搬家，收拾东西准备回华山一趟。”陆子君说道。

“哦，原来如此，我们一起回去吧。”张小雅说道。

“你回去干啥？我是有事。”陆子君说道。

“我也有事，你什么时候回去？我们一起买车票。”张小雅说道。

“明天早上。”陆子君说道。

“好的，我来买，记得转钱给我。我也回去收拾行李了，明天见。”张小雅说完开心地离开了。

张小雅是个好女孩，虽然有些黏人，但人品不错。当初若是娶她也许比现在幸福，适合在一起过日子，但关键是自己对她没有那种爱情的感觉，会让日子缺少点激情。这真是一种矛盾的心情。

爱情是一个让他头疼的事情，所以他选择逃避，无法入睡的他又起身坐在电脑面前，编写《椎间孔镜笔记》。来到安城之后，属于自己的时间相对较多，编书的进度也就比之前快了很多，看着自己的心血逐渐成形，陆子君感到非常的踏实。

在编写的过程中，他与敖巧巧的交流比较频繁，她还在华山进修，刚好这次回去可以与她面对面讨论一下细节。这样一想，确实应该回去一趟了，他突然发现，时间过得真快，一晃几个月就过去了，但感觉自己在安城没做出什么特别的事来。想到这里，他有些着急，离自己设定的工作目标还是有很大的差距，来安城支援的责任重大，要对得起单位、国家对自己的培养和信任。陆子君更加坚定了推进安城人民医院骨科发展的目标，暗暗下决心，设置不达目标绝不返华山的自我赌注，展现出“壮士断腕”般的风貌。

次日，陆子君与张小雅一起坐上了回华山的火车，漫漫长路，陆子君内心焦躁，张小雅欣喜若狂。

“你帮忙照看一下行李，我先睡一会儿，今天起得太早了。”张小雅说道。

“你以为还是天下无贼那会儿？现在安全得很，除非你包里放了钻石。”陆子君说道。

“包里有，让你费心了。”张小雅说完闭眼，压低帽子。

“你还是别睡了，钻石我罩不住。”陆子君笑着说道。

“你再吵？再吵我就躺在你怀里睡。”张小雅边说边蹭过来。

“好了好了，安静地睡吧。”陆子君推开她后说道。

可能是太辛苦了，张小雅很快入睡，一动也不动。陆子君拿出平板电脑编辑文字，他一刻也闲不住。旁边坐着一个青春活力少女，开心地翻看着她那大得很夸张的相机，她偶尔探头看看陆子君在电脑上的操作，然后又去忙自己的事。

过了好一会儿，张小雅醒过来，她看着陆子君认真工作的样子，忍不住去干扰他。

“你能不能放松一下，不要总活在虚幻的世界里，这样容易迷失。”张小雅说道。

“你睡觉的效率也太高了吧，这么快就醒了。抓紧时间再去睡，不要干扰我。”陆子君说道。

“天天弄这些虚头巴脑的东西，难怪你的生活过得一塌糊涂。”张小雅说道。

“你不要乱说话，我的生活很好，家庭美满，事业蒸蒸日上，朋友很多。”陆子君说道。

“但爱情缺失。”张小雅说道。

“你又乱讲话，我的爱情很甜蜜，你不要乌鸦嘴好不好?”陆子君说道。

“哎，掩耳盗铃，自欺欺人，没办法哟。”张小雅说完起身去卫生间。

“就你多嘴，赶快去找东西堵住你的嘴，顺便带点吃的过来，我有点饿了。”陆子君说道。

“我是去上厕所，你不介意的话，我给你打包一点。”张小雅笑着说道。

“低级趣味，赶快走。”陆子君一脸嫌弃地说道。

陆子君平复了一下心情，接着弄他的文字，此时电话响了，拿出来一看，是怀姝琴的妈妈。

“喂，妈，怎么了?”陆子君急忙问道。

“姝琴生啦，是个姑娘。”怀姝琴的妈妈平静地说道。

“好啊，女儿好。姝琴还好吧?”陆子君问道。

“她还好，你自己打电话关心一下她。”怀姝琴的妈妈说道。

“好的，妈。”陆子君说道。

“我先去忙了，你还有多久到华山?”怀姝琴的妈妈问道。

“大概五个小时吧，妈，辛苦了，再见。”陆子君说道。

挂掉电话，陆子君拨出了怀姝琴的号码，但一直无人接听，于是给她发信息，她也没回。陆子君有些失落，但想到女儿，他立马变得开心起来。他把电脑收起来，准备起身出去活动活动，突然发现地上有一个证件，应该是一个学生证，他捡了起来。

“同学，你的……单身证?”陆子君边说边看了一下证件。

“谢谢，大叔，叫我小姐姐，我不是学生。”这位小姐姐说道。

“这是哪个单位发的证明?”陆子君随口问道。

小姐姐没有回答他，也许是觉得他问的问题很无聊。

此时，又有一个证书掉了下来。陆子君捡起来一看，美女证，他递给她。

“你怎么这么多象征身份的证件?”陆子君又问道。

“大叔，这是买的呀，我这里还有很多，帅哥证、奇葩证、脑残证、神经病证、外星人证，你喜欢哪一个？我送给你。”小姐姐说道。

“谢谢，这些都不适合我。”陆子君尴尬地说道。

“看你比较帅，送你一个帅哥证。”小姐姐说道。

“过奖了，不用，你是卖证书的吗?”陆子君问道。

“当然不是，我是去安城那一带旅游，在路上买的。”小姐姐说道。

“你一个人出来旅游?”陆子君问道。

“对呀。”小姐姐回答道。

“你胆子真大，一个小姑娘到处跑，多危险。”陆子君说道。

“这有什么危险的。”小姐姐笑着说道。

“有同伴一起出来，生活上有个照应，这样还是好一点，再说了，一个人在外面很辛苦，安城一带都是山，若是遇到山体滑坡之类的，还是有点危险。”陆子君说道。

“大叔说得有道理，下次出来叫上小伙伴们。”小姐姐说道。

此时张小雅走了回来，陆子君起身离开，张小雅没有回到座位上，而是跟着陆子君走了出来，他们来到车厢之间的接头处。

“很不错嘛，这一会儿的工夫就跟旁边的小妹妹聊上了。”张小雅笑着说道。

“无聊，我们只是说了几句话而已。”陆子君回答道。

“这个小妹妹长得还行，有没有留电话?”张小雅说道。

“留了，已经确立男女朋友关系了。”陆子君回答道。

他的回答让她一时不知道该怎么往下接，这就是他想要的效果。

“你这次回去真打算跟怀姝琴离婚?”张小雅问道。

“明知故问，这件事不是我说了算，我当然不会离婚，她妈妈刚打电话过来，说生了个女儿，我现在是当父亲的人了，要尽一个父亲的责任。”陆子君说道。

“恭喜恭喜!”张小雅笑着说道。

“谢谢，走，我们去餐厅喝一杯!”陆子君说道。

“车上哪有酒？”张小雅说道。

“喝一杯，不一定是酒，有什么我们就喝什么，高兴！”陆子君说道。

“走，我陪你。”张小雅开心地说道。

来到餐厅，他们找了一个位置坐下，点了两瓶可乐，两包薯片，牛肉干和一袋花生，边吃边喝，陆子君的脸上洋溢着幸福的笑容。突然，陆子君的手机响了，收到一条消息。

张小雅看着陆子君的脸从挤压状态变成松弛状态，笑容飘走了，她急忙凑过去看。

“离婚协议……”张小雅自言自语道。

陆子君不知道该往哪搁置自己的目光，上一秒还处于开心极了的状态，这一秒心已经被冰封，冰火两重天的滋味，让自己实在是轻松不起来。

“恭喜恭喜，恢复自由之身。”张小雅憋了很久才说道。

“被你这个乌鸦嘴说中了，交了你这个朋友，实在是家门不幸。”陆子君说道。

“不是，你自己的问题，怎么怪到我头上来了？”张小雅说道。

陆子君站起来往外走，他想静一静。

张小雅把这些东西打包带回座位上，然后安安静静地坐下来闭目养神。过了好一会儿，陆子君也回来坐下，旁边的小姐姐看了他一眼。

“大叔，看你心情不好，跟这个姐姐吵架了？”小姐姐问道。

“没有，是我自己的问题。”陆子君回答道。

“你自己的问题？你不开心，你女朋友也不安慰你，你看她，只顾自己，分手算了。”小姐姐说道。

“她不是我女朋友，只是朋友，普通朋友。”陆子君说道。

听到刺耳的声音，张小雅睁开眼坐起来。

“小妹妹，你喜欢这个大叔吗？”张小雅问道。

“不关你的事，喜不喜欢是我的事，不告诉你。”小姐姐说道。

“我是他老婆，你觉得不关我的事吗？”张小雅说道。

陆子君听见后坐起来瞪了张小雅一眼，没说什么，然后又窝了下去。

“你这个老婆做得真失败，你老公都不承认。”小姐姐说道。

“我们在吵架，所以他这样说，你一个小姑娘，不要掺和别人家庭的事。”张小雅说道。

“大叔跟你在一起过得不好，等他跟你离婚了，我就跟他在一起。”小姐姐说道。

“呵，呵，现在的年轻人都这么嚣张吗？你能不能学点好的？小三可不是什么好职业。”张小雅说道。

“俗话说得好，不被爱的那个人才是小三，感情破裂了又何必强求。”小姐姐说道。

“你……”张小雅竟然被怼得一时语塞。

“你们两个人能不能消停一点，公共场合，注意你们的形象。”陆子君突然说道。

经陆子君这么一说，她们两个人就各忙各的去了。小姐姐起身离开，应该是去上卫生间。

“陆教授，魅力四射呀，你竟然能吸引小妹妹。”张小雅说道。

“我这种大叔型的，最招小妹妹的喜欢，难道你不懂?”陆子君说道。

“不懂，你这种大叔不是小妹妹们的大众情人，可能少数憨憨的妹妹会喜欢。”张小雅说道。

“无所谓了，我现在焦头烂额，哎，没心情跟你们开玩笑。”陆子君沮丧地说道。

“离婚又不是什么坏事，强扭的瓜不甜，早点分开对大家都有好处。”张小雅说道。

“姐姐，你想通了？那就不要怪我开始追求大叔了。”小姐姐说完坐了下来。

“你还小，啥都不懂，但插嘴怎么插得这么及时，你不要添乱。”张小雅说道。

“在爱情里，不被爱的那个人才是添乱的人。”小姐姐说道。

“你们平时都看的什么毒鸡汤？道理一套一套的，但对过日子没帮助。”张小雅说道。

“小姐姐，我们在说另外的事，你先休息一下。”陆子君说道。

“嗯，听大叔的。”小姐姐说完便把耳机戴上，看起电视剧来。

就这样，这个莫名其妙的小姐姐跟他们聊了些乱七八糟的话，最后小姐姐要到了陆子君的电话，她坚持要追求陆子君，这让他们两个人感到哭笑不得。在闹剧的烘托之下，时间过得很快，到达华山火车站后，杨国庆出现了，他在站外等了很久，接到他们之后，便径直将他们带往医院，张小雅在途中下了车。

想到女儿，陆子君的内心还是非常高兴的，至于怀姝琴，该面对的迟早需要面对，不管结局如何，日子总得过下去。

三

回到自己的医院，陆子君倍感温馨，拿着杨国庆为他准备的花，他火速来到怀姝琴所在的病房。推门进来，只见怀姝琴靠在床上看手机，她妈妈在床尾的温箱旁照看孩子。

“妈，姝琴，你们辛苦了。”陆子君说道。

“你终于回来了，快过来看看你的女儿。”怀姝琴的妈妈站起来说道。

陆子君把花放在怀姝琴旁边的桌子上之后，急忙来到温箱旁边看他的女儿。这个过程中，怀姝琴一直在看她的手机，陆子君看了她几眼，但她都没有回应。

“好漂亮的女儿。”陆子君笑着说道。

“是啊，综合了你们两个人的优点。”怀姝琴的妈妈说道。

“妈，放在温箱里是因为黄疸的原因吗？”陆子君问道。

“对，医生说指标偏高，所以用温箱烤几天。”怀姝琴的妈妈回答道。

“您看这小手小脚的，好可爱。”陆子君说道。

“谁说不是呢。对了，你们有没有想好取什么名字？”怀姝琴的妈妈问道。

“陆乐天，怎么样？希望她天天快乐，生活乐观向上。”陆子君说道。

“乐天，天天快乐，好，有寓意。姝琴，你觉得怎么样？”怀姝琴的妈妈问道。

“你们决定就行。”怀姝琴说道。

“你是当妈妈的人，要参与到孩子的成长中来，取名字是第一步，不要再只顾自己，有了孩子就要多一份责任。”怀姝琴的妈妈说道。

“妈，我已经跟你说过了，我跟陆子君之间早就谈好了，生完小孩就办离婚。”怀姝琴说道。

“姝琴，我和你爸都反对你们离婚，特别是现在有小孩之后。陆子君这么好的一个人，你要是真跟他离婚，你会后悔一辈子的，那个时候，我和你爸是帮不上什么忙的。”怀姝琴的妈妈说道。

“我不需要你们帮忙，人生是我自己的，既然选择了，就不会后悔。”怀姝琴说道。

“你是外面有人了吗？如此执著地要离婚？”陆子君问道。

“我从怀小孩直到生小孩，一直在规律地生活，没有去外面交际了，哪来的人？当初都说好的，我只是在执行我们的承诺而已。我说不生，你说要生，生就毁了我的事业，牺牲我的事业，那就只能离婚。现在孩子已经生了，该轮到我去完成自己的事业了。”怀姝琴说道。

“你完成你的事业，跟结婚有什么冲突？你不离婚一样可以去追求你的事业。”陆子君说道。

“天真，结婚的状态下，你或多或少都会对我产生影响。”怀姝琴说道。

“为了所谓的事业，放弃婚姻，值得吗？”陆子君问道。

“值得。”怀姝琴说道。

“看来不管我怎么说，你都是这个结果，既然你的心意已决，我也不想为难你，听你的安排吧。”陆子君绝望地说道。

“我的安排已经发给你了，纸质的协议书，你看看，没疑问就签个字，然后找时间去民政局把手续办了。”怀姝琴说道。

“行。”陆子君说道。

“你们当我这个妈不存在是不是？说离就离？小乐天怎么办？你们不要图一时爽快而毁了她的一生！”怀姝琴的妈妈激动地说道。

“妈，您别生气，不管姝琴要怎么样，我们都会一直爱着乐天，您放心。”陆子君说道。

“子君，都是姝琴的错，你是个好男人，是她不懂得珍惜，就等着后悔吧！”怀姝琴的妈妈仍然激动地说道。

“妈，您别怪姝琴，也许慢慢就想通了，给我们一点时间。”陆子君说道。

“还是你比较懂事，你们要分开，妈也舍不得你。”怀姝琴的妈妈说道。

“你们既然彼此舍不得，那你们一起去过。”怀姝琴接话说道。

“你这孩子，说的是什么话，我不想再管你们的事了，你们爱怎么样就怎么样吧！”怀姝琴的妈妈说完起身离开了房间。

“姝琴，难道你就不能……”陆子君还没说完就被怀姝琴打断了。

“不能！赶快签字吧，过几天就去民政局办手续。”怀姝琴坚决地说道。

陆子君没说什么，他走过去拿起离婚协议书，签下了自己的名字，然后来到温箱旁边看了看乐天，乐天看着他开心地笑了起来，手舞足蹈。这一幕让陆子君的泪水瞬间破防，他急忙转身离开房间。

在门外，怀姝琴的妈妈就在旁边坐着，她抬头看见陆子君红着眼，急忙站起来。

“子君，是妈对不起你，没有管教好自己的女儿……”怀姝琴妈妈哽咽地说道。

“妈，您没有错，千万别这样说，都是我不好，不会沟通，造成现在的局面。以后乐天有任何需要，我一定第一时间来到她身边，我也会经常过来看她，麻烦妈照顾乐天。”陆子君强忍着泪水一字一句地说道。

“你放心，我再去做做姝琴的工作，你先回去休息吧。”怀姝琴的妈妈说道。

“谢谢妈，私下跟您讲，姝琴离婚一是为了事业，二是有其他的重要原因，这个原因我现在不能说，我也能理解她。您也别太为难她了，时间能够化解一切，等她哪一天想通了，我还是愿意跟她在一起，我等她。”陆子君说道。

“为什么不能讲？你跟妈讲，我去说理，天大的事也不能拆散一个家庭。”怀姝琴的妈妈说道。

“妈，给姝琴一个成长的机会吧，我们不能逼她，只要她平安快乐，我就安心，毕竟我和她夫妻一场。”陆子君说道。

“哎，子君，我相信你，边走边看吧。”怀姝琴的妈妈说道。

“嗯，妈，有什么事打电话，我先回去了。”陆子君说完转身快速离开。

怀姝琴的妈妈看着陆子君远去的背影，不由得又是一阵叹息，怪自己的女儿不懂得珍惜。她擦干眼泪，推门进入病房，因为听见小乐天在哭闹。

陆子君回到家里，点了一份外卖，洗完澡后正吃着东西，杨国庆打电话过来，约他出去吃夜宵。他回绝了杨国庆，约在明天晚上一起吃饭，现在需要好好休息一下。吃完饭，陆子君倒头便睡，等醒过来时，已经是第二天中午的时候了。

陆子君来到楼下便利店，吃了一份盒饭，然后赶往医院，他约了华贤人见面，地点是他的办公室。

“华主任，这是给您带的礼物，一点心意。”陆子君推门进来后笑着说道。

“哎哟，小陆，你太客气了，破费了，快坐。”华贤人急忙说道。

“不是很值钱，但东西确实是好东西，安城那边的特色酒，非常有质感，您一定要尝一尝。”陆子君说道。

“特色酒，我一定尝尝，谢谢你。对了，安城的骨科怎么样？去那里都开展了哪些业务？”华贤人问道。

“骨科规模不大，几十张病床，主要是创伤的病人、颈肩腰腿痛的病人比较多，但是手术治疗的很少。我去挑了一些合适的病人开展了手术治疗，但还有相当一部分病人没有得到有效的治疗。”陆子君说道。

“为什么？是因为没设备吗？还是因为费用太贵？”华贤人问道。

“主要是没设备，当然，费用也是一个小的方面，安城的普通老百姓经济能力相对而言不是很强。若是有设备，能够帮助他们解决病痛，花点钱，跟他们好好谈谈，其实他们是能接受的。”陆子君说道。

“主要是什么设备？”华贤人问道。

“椎间孔镜、术中神经监测系统和自体血回输装置。”陆子君说道。

“椎间孔镜他们都没有？这既不是什么大型设备，也不是什么高端设备，怎么会存在困难？椎间孔镜我们科室买了四套，你带一套过去用。”华贤人笑着说道。

“哈哈，谢谢华主任的慷慨解囊，设备带过去不方便，再说了，设备虽然不贵，但这属于医院的资产，需要走程序审批，拿到安城去用，审批能不能通过都是一个问题。”陆子君笑着说道。

“小陆有进步，考虑问题比以前要周全多了。神经监测系统和自体血回输装置，没有也不影响开展业务呀，这是锦上添花的设备。”华贤人说道。

“他们那边的用血非常紧张，经常要不到血，所以出血多的手术都开展不了，病人都跑去上级城市或其他更好的医院了。有自体血回输装置，可以留住一部分病人。对于上颈椎损伤的手术，我需要神经监测系统，这样做起来心里踏实点，没有这个，我不太敢开展手术。”陆子君说道。

“你分析得有道理，每个医院都有自己的特点，确实要入乡随俗，具体问题具体分析，不能生搬硬套。”华贤人说道。

“是啊，我刚去之后很不适应，花了一段时间才调整过来。”陆子君说道。

“不急，慢慢来，再说了，你只是去支援并不是去主持工作，所以能做多少算多少，不要太拼命。很多事不是你能改变的，人多，领导多，自然而然地，想法就各有不同，要整齐划一是非常难的，但步调不一致又做不成任何大事，哎，矛盾。”华贤人说道。

“您说得有道理。”陆子君说道。

“你的椎间孔镜手术做得非常不错，把这项技术传递到安城那边，教会他们，这应该是项惠及广大老百姓的好事。你能够做成这件事，已经算是非常成功的支援之旅。”华贤人说道。

“我也是这样想的。”陆子君说道。

“抓紧时间搞定设备，你跟我们这边的椎间孔镜公司联系一下，找找熟人，看能不能把设备的事给办了，早日拥有设备，才好开展此项业务。”华贤人说道。

“谢谢华主任提点，我现在就去联系。”陆子君兴奋地说道。

“去吧，好好干，另外，注意身体，别太拼。”华贤人边说边站起来。

“好的。”

陆子君说完便离开了办公室，小步跑着离开了医院，生怕碰见熟人。

“陆老师！陆老师！”敖巧巧在身后喊道。

“巧巧，你今天没有手术？”陆子君停下脚步后转身，惊奇地问道。

“有，但跟老师请假了，今天要参加医院组织的大合唱训练。”敖巧巧说道。

“呵？你还有这个爱好？现在要去练习吗？”陆子君笑着说道。

“不用，刚解散，晚上再接着练。哎，我们进修的班上没人愿意去，我就报名了，大家都很忙。”敖巧巧说道。

“呵，你真是一个以大局为重的人，很不错。”陆子君说道。

“过奖了，心太软而已。陆老师什么时候走？”敖巧巧问道。

“过两天吧，这次回来要处理一些琐事。走，我们找个地方坐着聊。”陆子君说道。

“好的。”敖巧巧回答道。

他们来到咖啡店，点了两杯新款咖啡，为了给接下来紧张的谈话营造出一个舒缓的氛围。咖啡喝了一半之后，聊的内容就开始由八卦转向《椎间孔镜笔记》，陆子君在主导谈话的内容，他知道时间紧任务重，晚上还有饭局。

经过讨论，《椎间孔镜笔记》一书推进得更顺畅，陆子君感到非常满意，激动地邀请敖巧巧晚上一起吃饭。敖巧巧说晚上还要大合唱练歌，陆子君没有强求，他们一起离开了咖啡店。

杨国庆、古巴伦、崔智美、张小雅等一大群人在餐厅的包房里等了好一会儿，陆子君姗姗来迟。当陆子君走进包房之后，杨国庆就开始起哄，让陆子君自罚三杯，理由就是他最后一个到场。陆子君则二话不说，拿起酒杯就连喝三杯，豪爽的劲儿让大家直呼过瘾，也许他是真的高兴，也许他是有意想醉，杨国庆真懂他。

当大家的酒喝得差不多的时候，陆子君开始有点清醒，他想起华贤人的话，开玩笑地说要把椎间孔镜带到安城去，正所谓言者无心，听者有意，他把杨国庆拉到一边，想跟他商量此事。

“国庆，能不能帮我弄一套椎间孔镜的设备？”陆子君问道。

“你自己买吗？”杨国庆反问道。

“当然不是，我哪有那么多钱，借。”陆子君说道。

“不懂你。”杨国庆说道。

“我借了带去安城，他们医院还没买椎间孔镜，我用了让他们觉得好，然后考虑买你们的设备，相当于免费给你们做广告，怎么样？”陆子君笑着说道。

“带去安城？你早说呀，借，当然借，他们没有你怎么不早说？”杨国庆说道。

“我一直在忙，再说了，之前我没操心进设备的事，但现在我想管这个事了。”陆子君说道。

“你说话有没有决定权？”杨国庆小心地问道。

“我有建议权，他们比较尊重我的意见。”陆子君说道。

“子君，进设备这套系统不像做手术那么单纯，是你不熟悉的领域，不会像你想的那样简单……但是，我支持你，我明天就去跟公司申请，若是公司不允许，我私人买了送给你！”杨国庆说道。

“好兄弟，够意思！来，干杯！”陆子君说完一饮而尽。

“干杯！”杨国庆说完也一饮而尽。

陆子君心头的事总算有了着落，于是喝得更放肆，跟每个人又单独喝了一次，快要飘起来了。最后他又走到张小雅旁边，抓住她的胳膊，竟然泪流满面。

“小雅，你真是太可怜了，被那个洪志诚骗了，我当初就反对你们在一起，以后我见他一次打他一次！”陆子君说完，举杯跟张小雅碰杯。

张小雅一脸懵地看着陆子君，然后又看了看大家，最后喝了杯中酒。

“谢谢哥，碰见那个姓洪的了，就像第一次见面时那样，给我狠狠地打。”张小雅笑着说道。

“陆大教授哪是在哭小雅姐，他是借着小雅姐的事在哭自己。”崔智美说道。

“哎哟？有什么内幕？”宋慧倩古怪地说道。

“八卦模式开启。”古巴伦说道。

“崔智美，你知道的太多了，小心被封口。”朱文静说道。

“美美说得没错，我就是在哭自己，我跟怀姝琴离婚啦！我自由了！”陆子君擦干眼泪后说道。

“你不是刚当爸爸吗？喝多了不要乱说话！”杨国庆说道。

“好兄弟，我没乱说，当爸爸跟离婚是同时发生的。”陆子君说道。

大家都惊呆了，没想到有这么大一个瓜吃，都不知道是该欢呼还是该悲惘，都没有出声。

“恭喜恭喜！我敬你！”张小雅第一个打破沉默说道。

“谢谢，你已经那么惨了还愿意恭喜我，我也敬你！”陆子君说道。

“你怎么老说我惨我可怜？我过得很开心，自由自在，你若是把自由解读成可怜，那恭喜你，说对啦。”张小雅说道。

“到你我这个年纪，自由就是可怜。”陆子君严肃地说道，过了一会儿，看大家没反应，自己便放肆地大笑起来。

“陆主任说的话太深奥，我们这些肤浅的人都听不懂，来，喝酒！”古巴伦举杯说道。

“来，干杯！”大家附和着说道。

就这样，陆子君把自己给灌醉了，在被杨国庆拖回家的路上，他哭得稀里哗啦，撕心裂肺，肝肠寸断，伤心欲绝。他哭诉自己对怀姝琴那么好，她为何要背叛自己，自己原谅她了，为何她仍然要跟他离婚。杨国庆听着这些酒后真言，终于明白了一些他和怀姝琴之间的事，但也帮不上什么忙，唯有支持他并与之共进退。

生活不易，负重前行的人值得尊敬。

四

带着伤感，怀着希望，陆子君又回到了安城，这里的一切都是那么的熟悉，短暂的离开，竟然让他对安城表现出留恋。张小雅也一同回来，这次在火车上，她表现得异常安静，矜持文雅，独自听着音乐，与陆子君没有太多互动。没有闹腾的张小雅，陆子君觉得很不正常，他也不是一个很主动的人，所以没有询问，只是感觉有些无聊，整个旅途显得相当漫长。

没过几天，杨国庆发送的椎间孔镜设备就到达安城，陆子君带领科室的同事一起将其搬到手术室，在杨国庆的在线视频指导下，他们顺利完成设备的安装连接，并将设备调试正常。蔡铭悦非常兴奋，因为他终于可以见识陆子君的微创技术，陆子君更兴奋，因为他能够为一部分病人解除病痛了。这种让病人的痛苦获得释放的成就感，是激励他坚定追求进步的动力，这种手术成功后给医生带来的满足感虽然无名无分，但是价值连城。正是这份满足感，给了无数医生坚持下去的勇气。

有了椎间孔镜设备，陆子君将与该治疗手段相关的各项工作进行全面铺开，有序推进适合的病人进行椎间孔镜手术治疗。他首先在科室对所有医生、护士进行授课，题目是《椎间孔镜技术在脊椎退行性疾病中的运用》，着重介绍了哪些类型的颈椎间盘突出症、胸椎间盘突出症及腰椎间盘突出症适合做椎间孔镜手术治疗。通过宣讲，让大家都了解这项技术，特别是医生，上门诊时，给适合椎间孔镜治疗的病人多一个治疗上的选择。其次，在他的亲自设计指导下，完成了大宣传海报的制作，简单介绍椎间孔镜技术及其适应症，有相关疾病困扰的病人可以前来咨询、就诊，并将这些海报放置于骨科门诊及病房显眼的地方。第三，他通过罗佳佳的牵线，与安城县电视台《健康有方》栏目编导及主持人取得了联系，定期去电视台就“颈腰椎疼痛的预防及治疗”做一系列的专题宣讲，在节目中顺便宣传椎间孔镜的微创手术及其适合治疗的各类椎间盘突出症。

经过密集的准备工作，一个月之后，效果就非常明显，陆子君门诊的病人越来越多。大家都知道安城县人民医院有个骨科，骨科有个陆子君主任，该主任会做椎间孔镜手术来治疗各种类型的椎间盘突出症。

从刚开始的第一个月一共开展了3台椎间孔镜手术，到第二个月的15台，到第三个月的40台，陆子君越做越多，他的病人已经占用了科室一半左右的病床。面对此局面，明德江内心非常焦躁，而张宏良副院长内心狂喜，为了更好地促进骨科的发展，这天，张宏良把陆子君和明德江叫到了他的办公室，他希望跟两位主任好好谈谈。

“陆主任，明主任，两位请坐，我这里有刚泡好的红茶和绿茶，你们喝哪一种？”张宏良笑着说道。

“张副院长，我来倒，您先坐。”明德江急忙上前，接过张宏良手上的茶壶，然后说道。

“我喝绿茶。”陆子君说完在沙发上坐下，虽然看见沙发想躺的习惯仍然没有改变，但他现在学会了自控，凡事讲场合，观大局。

张宏良端了一杯红茶后坐下，明德江端了一杯红茶和一杯绿茶，递给陆子君一杯。陆子君起身说了一句“谢谢”后接过明德江手中的茶，然后三个人坐下开始喝茶。他们边喝茶边聊些没有营养的事情，陆子君和明德江一直赔着笑脸聊着天。终于，张宏良开始聊正题。

“陆主任，听说你最近椎间孔镜手术做得很火热，病人很多，病房已经收不下了，有部分病人已经开始排队预约住院治疗？”张宏良问道。

“回张副院长的话，您听到的这个有点夸张，也没有那么多病人。有些预约手术的病人确实是事实。”陆子君回答道。

“明主任，这事你怎么看？”张宏良问道。

“张副院长，这是非常好的事情，陆主任会做微创手术，很多病人慕名而来，增加了我们院骨科的知名度，提高了我们医院的声誉，把以前流失的病人挽回了一部分，这部分病人不用跑到大城市去看病和治疗了。”明德江回答道。

“哎哟，明主任，你的站位如此之高，对陆主任的评价也是如此之好。”张宏良笑着说道。

“没有，我也就是陈述事实而已。”明德江笑着说道。

“我之所以能够顺利地展开工作，也全靠张院长和明主任的鼎力支持，没有你们，我寸步难行。”陆子君说道。

“呵呵，所以说，我们是一个大团队，只有相互协作，才能让医院发展得更好，让人才能够人尽其用，这是医院实现大发展的重要基础。”张宏良说道。

“对，人才是发展的动力。”明德江说道。

“今天把你们叫在一起，我就是想跟你们讨论一下骨科的发展问题。你们觉得基于目前的形势，下一步应该如何去做？明主任，你说说看。”张宏良说道。

“目前骨科在陆主任的带领下，初步确立了椎间孔镜的微创品牌，使我们科室变得更有特色。但是，我们的病床数是固定的，椎间孔镜的病人多了，其他的病人就少了，做微创手术的病人多了，做开放手术的就少了，虽然手术的方式发生了变化，但椎间孔镜手术给医护人员和医院带来的福利并没有增加。”明德江说道。

“明主任，你继续说。”张宏良说道。

“从医护人员的福利待遇的角度来说，椎间孔镜手术并没有优势，甚至还降低了大家的收入。所以，有部分同事不是很赞同陆主任的发展思路。”明德江说道。

“那你觉得应该怎么办呢？”张宏良问道。

“我觉得需要兼顾平衡，陆主任热爱椎间孔镜手术，就划分一部分床位来收治这类病人，其他床位让其他医生收治一些常规手术病人，这样一来，大家都有事做，也就不会有什么意见。”明德江说道。

“明主任说的问题很现实，但有一个缺点，就是骨科品牌会弱化，你看，陆主任没来之前，我们骨科几十年不温不火，在外人眼里几乎没什么特色，品牌效应不强。现在这个局面很难得，在陆主任的努力之下，我们骨科有了特色，若是不给予相应的支持，恐怕会错过发展的机会。”张宏良说道。

“那张副院长的意见是什么？目前我们骨科的规模就这么大，除陆主任外，其他医生也不愿意学这个椎间孔镜技术，短时间内也学不会。若是放开收，陆主任能把整个病房的病床收满做椎间孔镜手术的病人，这样一来，其他骨科病人就没办法收治，其他医生就闲着没事可做。若是这样，不利于科室的团结，另外，我们传统的创伤急救特色治疗也会受影响。”明德江说道。

“明主任说得很有道理，陆主任，你有什么好的建议？”张宏良问道。

陆子君没有及时地回复张宏良，他站起来把茶杯端到放茶壶的桌边，往自己的杯子里加满了水，拿起来喝了一口，然后把茶杯放在桌上。

“张副院长和明主任说得都非常有道理，我总结了一下，你们两个人观念上的矛盾就是发展方向和发展方法之间的矛盾，怎么调和这种矛盾，方法有很多。我想表达的是，发展方向比发展方法更重要，若是发展方向不对，发展方法再好也出不了品牌。”陆子君说完又端起茶杯喝了一口。

“怎么调和发展方向和发展方法之间的矛盾？”张宏良问道。

“张院长，聊发展方向和发展方法的矛盾太抽象了，我们回到具体的问题中来谈。我们安城人民医院的骨科，发展了几十年，在明主任和其他主任的努力下，其实也有特色，比如创伤品牌。但在同行之中，创伤算不上品牌，要把创伤做成品牌是非常困难的事，放眼全国，只有大城市和特大城市的大医院才有平台把创伤做成品牌。目前我们骨科以局部麻醉下的椎间孔镜手术为发展方向，从国内外骨科发展形势来分析，这是非常不错的发展方向，做好了非常容易出成果，大家也看见了，目前效果非常明显。若是我们协调好这个发展关系，我们就能力争上游，若是协调不好，我们就会错过这个发展机会，回归平庸的老路。我虽然不是我们安城人民医院的职工，只是来支援你们骨科的发展，但是，我视自己是安城人民医院骨科的一分子，希望我们骨科发展越来越好。所以，我觉得张院长提的发展方向一定不能动摇，品牌好不容易建立起来，一定要乘势而上，不能够缩小规模，也不能够限制发展，反而要加大力度促进发展。我们就以微创的椎间孔镜技术为骨科的突破口，当病人源源不断地来就诊和治疗的时候，我们就有了发展的绝对优势。首先在思想上要有这层认识，其次不能只盯着自己的利益，不能以个人的福利大小来评价发展的问题。明主任提的现实问题，也需要正面面对，目前骨科算上加床一共55张，目前椎间孔镜的病人占了30张，就我跟蔡铭悦，还有这个月调到我们组的叶祖辉三个人管。具体管事主要是他们两个人，我负责做手术，目前简单的手术蔡铭悦能做，但大部分都是我做，确实有点辛苦。我希望能够再培养两个人，科室里至少要有三个人会做椎间孔镜手术，这样才能维持这个品牌，然后做大做强。我觉得明主任刚说的大部分内容我都赞同，但有一点我有不同的见解。就是说椎间孔镜的病人多了，其他病人就会少，然后其他医生没事做。这一点我觉得不妥，首先，病人多是好事，这个病人多不是天上掉下来的，而是我们通过努力换来的；其次，病人多，我们要想方设法地解决这些病人的问题，为这些病人提供治疗，而不是限制；第三，希望骨科同事们能够转变作风，努力学习，掌握新技术新方法，为病人提供治疗。”

陆子君一口气说完之后，又去倒了一杯茶。

“陆主任，你说得很好，确实为我们骨科的发展用心良苦。但，有什么具体的建议？”明德江问道。

“明主任，陆主任的话我已经听出意思来了，他的建议很明确，就是扩大骨科规模。”张宏良笑着说道。

“目前我们医院还有哪里能腾出病房吗？”明德江问道。

“办法都是人想出来的，陆主任说的发展思路是对的，我强力支持。另外，告诉你们一个好消息，我们医院自己买的椎间孔镜设备下个星期就能到，两台，跟陆主任交流后，我直接跟黄院长请示，追加一台设备。这样一来，你们就可以放心大胆地去做事。”张宏良笑着说道。

“明智的张副院长，有您的支持，骨科一定更上一层楼！”陆子君兴奋地说道。

“谢谢张副院长对骨科的大力支持。”明德江笑着说道。

“明主任，陆主任毕竟是华山来的医学博士，大教授，他的眼光一定没错，虽然你的辈分高，但是你还需要多跟他学习学习。”张宏良笑着说道。

“一定一定，陆主任身上有很多东西值得我学习。”明德江笑着说道。

“明主任，我们相互学习，共同把骨科建设好，让骨科成为名副其实的品牌。”陆子君也笑着说道。

“陆主任，明主任，我作为院领导，向你们承诺，下个月开始，给骨科增加30张病床，床位暂时从其他科室抽调。若是你们能稳定地发展，我们想办法对全院的床位进行调整，腾出一层楼的50张床给你们，直接成立椎间孔镜科。只要你们有能力发展，我就能给你们提供后勤保障！”张宏良自信地说道。

“谢谢张副院长，明主任，您说的问题也解决了，希望您跟科室的同事们做做动员工作，特别是年轻医生，让他们跟着我学习椎间孔镜手术，把这个品牌做起来。期待我们成立椎间孔镜科，哈哈，张副院长，行业里没有这个科室，一般我们叫脊柱微创科。”陆子君说道。

“我不懂，乱说的，具体的名字你来定！”张宏良笑着说道。

“陆主任，你放心，我一定全力支持你！”明德江也笑着说道。

就这样，工作认真踏实的陆子君在安城人民医院骨科成功地打造出骨科微创品牌，获得了医院领导的大力支持。

事情发展得越来越顺利，过了几个月，医院腾出了一层楼，陆子君带领的团队管理着这层楼的55张病床，以椎间孔镜手术为主。目前安城周边很多县城的老百姓都慕名前来就诊，陆子君虽然非常辛苦，但是很快乐，爱情的伤痛已经没有什么了不起了，他过得非常充实。

这天，下班之后，张小雅组的局，罗佳佳、赵美婷、蔡铭悦、叶祖辉，他们一起来到一家小酒馆，忙碌的日子使得大家很久都没有聚一聚了。

这一群人中除了张小雅，大家都非常尊重陆子君，也非常崇拜他。

“陆大才子，你在安城呼风唤雨，还想不想回华山?”张小雅边吃边问道。

“你最喜欢乱说话，我只是一个小角色，我对自己还是有很清晰的认识的，不会因为任何人的一两句话就飘起来，找不着北了。”陆子君边吃边回答道。

“这就是传说中的有自知之明，优秀。”罗佳佳说道。

“但小雅姐说的也没错，在医院里您是大红人，您提什么要求，医院都会满足您。”蔡铭悦说道。

“是啊，我们都靠您吃饭呢。”叶祖辉附和着说道。

“有可能你们说的是事实，但是我不能居功自傲，我的确对自己有清醒的认识。铭悦，祖辉，你们两个人是我手把手教出来的，算是我的学生，我希望你们以后不管能力变得有多大或是多强，都一定要低调本分，踏踏实实地看好病、做好手术。”陆子君说道。

“您当然是我们的老师，一日为师，终身为父，您教给我们技术，就是我们的再生父母，我们敬您!”蔡铭悦站起来举杯说道。

“蔡铭悦说得对，您是我们正宗的老师，毫无保留地教我们做手术，还有做人。我们一起敬您。”叶祖辉也站起来举杯附和着说道。

“谢谢你们，来，我们干，未来是你们年轻人的，希望你们稳扎稳打，做出成绩。”陆子君站起来说完，便一饮而尽。

“我也敬您，陆主任，您在我心中就是大明星。”赵美婷举杯说道。

“谢谢美婷，在科室跟着我们也辛苦了。”陆子君说完又一饮而尽。

“大帅哥，陆主任，我也敬您，您要是愿意留在安城，我就嫁给你。”罗佳佳笑着说道。

“哈哈，佳佳，不要开玩笑了，说我大帅哥我接受，嫁给我就算了，来，喝酒。”陆子君说完一饮而尽。

“佳佳，你太心急了，若是说嫁给陆大才子，还需排队知道吗?目前而言，我张小雅排在第一个。”张小雅说道。

“哈哈，小雅姐，陆教授若是留在安城，那我就是排第一位，你排第二，若是回华山，你就排第一，我排第二。”罗佳佳大笑着说道。

“这样也行，哈哈。”张小雅也笑着说道。

“陆主任，再过几个月您就要回华山了，没有您在，我们恐怕撑不起这个科室。”蔡铭悦说道。

“是啊，我们虽然会做椎间孔镜，但是遇上一些复杂的病情，我们仍然不敢自己做。”叶祖辉说道。

“所以，还有几个月的时间，你们要抓紧时间学习，你们的陆主任迟早要走，他的单位也有大好的前程等着他。”张小雅说道。

“我们科室非常依赖陆主任，一年时间太短，照目前这个形势，过几个月我们也没办法断奶。”叶祖辉说道。

“你们说的有道理，目前我们科室的发展势头非常好，若是过几个月我走了，可能会有很大的影响。但是，我不离开是不可能的，江山我已经帮你们打下来了，你们一定要把它守住。正所谓打江山容易守江山难，所以希望你们跟江山搞好关系。”陆子君说完不自觉地笑了起来。

“陆主任，您能不能不走?”蔡铭悦问道。

“铭悦，你要是能把陆主任留下来，我送一套房子给你。”罗佳佳说道。

“哈哈，佳佳你真是大手笔!”赵美婷笑着说道。

“这不算什么，关键是他能把陆主任留下来，我就赢了小雅姐，就有很大的机会嫁给陆主任。”罗佳佳说道。

“哈哈，铭悦，别做傻事，留下陆主任是在害他。”张小雅大笑着说道。

“你们两个人不要开玩笑了，我们三个人之间都是不可能的，好朋友而已。”陆子君说道。

接下来大家又开始相互敬酒，陆子君刻意没有放开喝，一方面是因为身体有点吃不消，越来越喝不动了，另一方面是因为每天晚上都有任务，他快马加鞭地在编写书，希望《椎间孔镜笔记》能够早日完成。

大家有意无意间的聊天，提醒着陆子君，几个月过后，他的支援任务就要结束了，但是，他不太放心。自己一手撑起来的脊柱微创科，目前还选不出一个好的接班人，没有好的接班人，如今这个大好局面可能就会破产。若真是这样，那不就是昙花一现吗?想到这里，陆子君内心有点不安起来，怕自己的一片好心不能持续下去，所以越喝越郁闷。

儿女情长

一

这个周末可以休息两天，陆子君非常开心，他的作息比较规律，晚睡早起的习惯不会因为第二天不上班而破坏。这天，他一大早起来之后，穿上运动套装，戴上耳机，听着音乐便出去沿着河边跑步，呼吸着这自由而新鲜的空气。罗佳佳迎面跑了过来，她看见陆子君非常惊喜，便调头陪着他跑，他们没有语言交流，只是用表情打了个招呼。

过了好一会儿，陆子君感到汗流浃背，于是停下来走路，罗佳佳与他保持步调一致。

“陆主任，很难得碰见你呀。”罗佳佳说道。

“是啊，我也没遇见过你，说明我们缘分不够。”陆子君说道。

“攒一攒就够了。”罗佳佳笑着说道。

“你平时跑步很多吗?”陆子君问道。

“不多不少，有空就跑。”罗佳佳说道。

“有点意思，跑不动了，回去换身衣服然后吃饭去。”陆子君说道。

“你今天休息，干点啥？要不要跟我出去玩?”罗佳佳问道。

“有安排，你自己玩吧。”陆子君说道。

“佳人有约……是张小雅吗?”罗佳佳问道。

“不是，你别管了，少打听别人的私事。”陆子君笑着说道。

“你可不是别人，我喜欢你，你在安城就是我的人。”罗佳佳笑着回答道。

“女孩子要矜持一点，不要往男人身上贴，要不然以后怎么嫁出去。我是有家室的人，你别乱说话。”陆子君说道。

“你已经离婚了，还有什么家室？所有人都知道了，就你自己不承认。”罗佳佳说道。

“佳佳，我的事你最好不要管，也不要掺和进来，很复杂，我已经对爱情没有兴趣了，我也对女人不感兴趣。”陆子君说道。

“你已经遁入空门了？我带你去空灵寺转转，或许你在那里能遇到与你志同道合的人。刚认识你时就说带你去，一直没有机会。”罗佳佳说道。

“没有你想的那么夸张，我还是一个凡人，只是没有爱情了而已。今天的确有约，下次再一起去，谢谢。”陆子君说完便走开了。

“好吧，再见。”罗佳佳低声说道。

“再见。”陆子君回头说完便小跑了起来。

回到宿舍，他洗完澡换了一身衣服，出门后刚走到楼下就碰见张小雅。

“陆君君，早呀。”张小雅说道。

“早早早，不要叫得那么肉麻。”陆子君说道。

“好吧，君君。”张小雅说道。

“真拿你没办法。”陆子君说道。

“君君去干吗？”张小雅问道。

“吃早饭呀，你上班去吗？”陆子君反问道。

“不去，今天休息，你请我吃早饭吧。”张小雅说道。

“好吧。”陆子君说道。

他们两个人边聊天边往外走，来到一家特色牛肉粉丝店，点了两碗大份的招牌粉丝。就着旁边的辣酱，两个人吃得热血沸腾，鼻涕四溢，浪费了店老板的一些纸巾。

“等会有安排吗？要不你带我出去转转？”张小雅问道。

“有安排，改天再带你转吧。”陆子君回答道。

“跟谁约上了？罗佳佳？”张小雅问道。

“不是，电台主持人，她说要对我进行进一步采访，之前做的节目效果很好。”陆子君说道。

“你现在真的变成了安城的名人，以后跟你玩还要提前排队预约。”张小雅说道。

“那可不，就跟看我的门诊一样，要预约挂号。”陆子君笑着说道。

“这叫预约拿号，跟吃饭一样，跟看病不一样。”张小雅说道。

“说得真纠结，总之，不要再看不起我了，要尊重我。”陆子君说道。

“谁敢看不起你陆大教授呀，我胆小，别说是我。”张小雅说道。

“就是你。”陆子君说道。

“我很尊重你呀，我最尊重你，我打心底里尊重你。”张小雅说道。

“尊重我的话，以后就不要再乱叫我了。”陆子君说道。

“原来你在乎这个。行，我以后就只叫你的大名，说到做到，让你看看我的诚意。”张小雅说道。

“行，谢谢你。”陆子君说道。

他们吃完早餐就各自回宿舍了，陆子君看了一会儿书，电话就响了，是那个主持人打过来的。他们约好了在附近的一个咖啡店碰面，根据地址，陆子君跟着手机导航顺利地来到了这家店，他推门走了进去。

主持人已经坐在窗户旁边的椅子上喝着咖啡，她看见陆子君走过来，立马站了起来。

“陆教授，您好。”主持人说道。

“你好，坐吧。”陆子君说道。

“您也请坐。”主持人说道。

他们一起坐了下来，服务员过来问陆子君喝什么，陆子君点了一杯美式咖啡。

“我还不知道你的全名叫什么?”陆子君说道。

“方采妮，尼采的采，尼采的尼左边加一个女字旁。”主持人说道。

“好有哲理的名字，你爸妈应该是很有学问的人吧?”陆子君问道。

“是的，我爸是一个作家，写了很多小说，但是并不畅销，所以是一个穷苦的知识分子。”方采妮说道。

“现在不出名，也许以后会出名，作家大部分都需要耐得住寂寞。跟这样的大文学家在一起生活，你妈妈应该是一个了不起的女人。”陆子君说道。

“她很普通，是一个高中老师，教数学，最瞧不起语文，认为搞文学的都有点不切实际。”方采妮说道。

“那他们为何会结婚?”陆子君问道。

“很多人都是稀里糊涂地结了婚，婚后生活时才发现彼此不合适，但是晚了，有了孩子也就将就着过日子。”方采妮说道。

“那不是很不幸福?”陆子君问道。

“还好吧，也没有那么针锋相对，慢慢地日子就过顺了。过日子就是不计较，要不然早就过不下去了。”方采妮说道。

“你这感悟挺深的。”陆子君说道。

“貌似今天我是来采访你的，怎么反过来变成你问我答了？你果然是大师级别的人物。”方采妮笑着说道。

“见笑了，我哪算得上什么大师，一个普通的人而已，只不过职业比较特殊，是个医生。”陆了君说道。

“医生好啊，救死扶伤，治病救人，妥妥的社会正能量。”方采妮说道。

“那必须是的，职业性质决定的。”陆子君说道。

“你手术做得那么好，应该有技巧吧？要不然就是有天赋，你觉得你的成功是靠天赋还是后天的努力?”方采妮问道。

“手术当然有技巧，要想做好需要花心思，要有悟性。我没有很成功，跟国内外的业内专家们相比，我算不上什么。但是，一个成功的骨科医生，必须是勤奋加悟性，没有捷径可走。”陆子君说道。

“照你这样说，我可以理解成你把自己大部分时间都花在了专业上吗?”方采妮问道。

“可以。”陆子君说道。

“那不是没办法照顾家庭?”方采妮问道。

“的确，别的医生不知道怎么样，但我觉得我自己在家庭方面还是比较失败的。”陆子君说道。

“职业特点决定的，你家里人应该能理解你。”方采妮说道。

“是的，我希望她们能理解。”陆子君说道。

“陆教授，你看了那么多病人从病痛到治愈的过程，有什么感悟吗?”方采妮问道。

“感到很欣慰，帮助他们解除病痛，这让我很有成就感，同时也感觉我们人类非常渺小，在大自然界中，显得弱不禁风。”陆子君说道。

“你觉得他们幸福吗?”方采妮问道。

“我觉得你这样问没有意义，因为他们幸不幸福不是我认为怎么样，它就是怎么样的。每个人幸福的点不一样，没办法回答。幸不幸福只能问本人，比如，你可以问我，或是我问你，幸不幸福。”陆子君说道。

“你幸福吗?”方采妮问道。

“我很幸福，你呢?”陆子君反问道。

“我很迷茫，目前而言，说不上幸福。”方采妮说道。

“为什么?”陆子君问道。

“我不知道我该怎么样过这一生，或是说怎么样过好这一生。参考其他成功人士的经验，我觉得自己达不到他们那种境界。观察身边的人，我看见很多人，都急急忙忙地想尽各种办法赚钱，却忽略了该怎么样去生活，只是被动地活着而已。”方采妮说道。

“你这境界就比较高了，上升到哲学高度来思考人世间的事了。”陆子君笑着说道。

“我是直观的感受，没有哲学的高度。”方采妮说道。

“古人不是说过吗？天下熙熙，皆为利来；天下攘攘，皆为利往。自古以来，人类社会就是这样，不为利益，就不会熙熙攘攘，也就不热闹了。”陆子君说道。

“但你不觉得，不被利益左右的生活更重要吗?”方采妮问道。

“你这个问题提得非常好，自古以来，很多哲学家们都在思考这个问题，以什么方式生活才是正确的。有些人主张积极地入世，另外一些人主张出世，也一直没有定论。其实这个问题不必纠结，遵从自己的内心就行了，想太多只会是庸人自扰而已。”陆子君说道。

“你说得有些道理。”方采妮说道。

就这样，陆子君与方采妮聊了很久，陆子君觉得方采妮不仅人长得漂亮，而且有一定的思想觉悟，所以很享受跟她聊天的过程。看着她说话的样子，他想到了边祺祺，她有几分边祺祺的影子，所以，对她更增加了几分好感。

他们一直聊到吃完午饭，也没有要分开的意思，方采妮提议出去转转，陆子君很开心地答应，于是他们在安城街上闲庭信步。

“前面是空灵寺，我们安城最大最古老的寺庙。”方采妮指着前方说道。

“空灵寺，久仰大名，今日得以相见，实乃三生有幸。”陆子君笑着说道。

“那我们进去转转吧。”方采妮说道。

“嗯，转转。”陆子君回答道。

其实各地的寺庙都大同小异，走在里面内心能够收获一丝平静，清静的环境能够给净化心灵提供外在的条件，陆子君越来越能理解边祺祺喜欢参观寺庙的习惯。

他们在空灵寺内转了好几圈，走到无人的地方时耳语几句，其他时间都是默不作声。方采妮在前面走，陆子君在后边跟着，看着她随风飘动的裙子，他几次有心动的感觉。也许是由于她身上有边祺祺的影子，唤醒了他内心原本沉睡的记忆，他努力表现出克制，因为边祺祺的位置不可替代。

走出空灵寺，他们来到旁边的特色小吃街，安城各类美食尽收眼底。

“陆医生，你能买一个冰糖葫芦给我吃吗?”方采妮问道。

“可以。以后不要叫我陆医生，直接叫我名字就好。”陆子君说道。

“好的，陆子君。”方采妮笑着说道。

陆子君上前去买了一串糖葫芦，然后递到方采妮的手中，她高兴地接过糖葫芦，边走边吃。看见此情此景，陆子君仿佛出现了幻觉，以为眼前的这个人就是边祺祺，他感到无限的满足。

“陆子君！陆子君!”方采妮叫道。

陆子君傻傻地站着发呆，方采妮叫了好几次才把他唤醒到现实世界中来，然后他又跟在她身后走。方采妮以为他对自己有好感，所以很开心，看得出来，她也对他有爱意。

陆子君突然觉得再这样走下去，怕自己会把持不住自己，做出什么超越朋友关系的事情来，于是找了一个理由跟方采妮告别，他需要一个人静一静。

果然，回到宿舍，他心无旁骛地开始编写著作、查资料、看文献、总结经验，又一直工作到深夜。独处的时候，虽然事情也比较多，但是他内心感觉非常轻松、惬意，在知识的海洋里遨游也能洗涤肉身的欲望。

安安静静地过完双休，周一一大早，陆子君就来到科室，他把病区的几个重点病人查看了一遍，然后等待交班。现在这个病区完全是由他来主持工作，所以他按照自己的设想来布置病区的一切事情。每天提前半个小时交班，每天推迟半个小时下班，有手术的话就是手术做完了再下班。对于这样的安排，虽然大家私下里都有微词，但是由于他现在是医院的大红人，再加上都知道他不会长久地待在安城，也就随他去了。

陆子君能够完美地推行自己的管理方式，还得益于张小雅，她跟着来到这个病区担任护士长，把这群护士小姐姐们调教得服服帖帖，也算是有较强的领导能力。

交完班，陆子君带队把其他病人都看了一遍，然后回到自己的办公室坐下，他准备喝几口咖啡后上手术，突然有人敲门，只见冯世庆、王三奎、胡九龙三个人走了进来。

“冯主任，你们有什么事吗？”陆子君问道。

“陆主任，我们几个有事想跟你商量。”冯世庆说道。

“你们坐吧，有什么事尽管说。”陆子君说道。

冯世庆他们三个人在沙发上成一字排坐下，过了一会儿才开口。

“陆主任，经过一段时间的观察，我们发现你最初的分析是对的，所以我们想转到脊柱微创科，跟着你学习椎间孔镜手术。”冯世庆说道。

陆子君听完这话，心里特别高兴，但转而一想，这样会造成整个骨科动荡，明德江肯定会受较大的影响，于是面不改色地站起来，在办公室来回走动。

陆子君的反应，让冯世庆他们三个人有点不安，他们有点焦急。

“陆主任，若是你很为难那就算了，当我们没说，我们就先出去了。”冯世庆说完起身准备往外走。

王三奎和胡九龙也起身跟着冯世庆。

“冯主任，你等等。”陆子君开口说道。

冯世庆听见陆子君开口后停下了脚步，转身过来面对他。

“你们先坐下。冯主任，我们脊柱微创科当然是非常欢迎你们的加入，只是，明主任怎么办？他能不能同意你们到我们科室来？”陆子君说道。

“陆主任，你放心，只要你肯要我们，明主任绝对不会阻拦我们。”冯世庆说道。

“但你们都过来，他那边缺人做事怎么办？”陆子君问道。

“这个……可以再招新人，另外，其实我们也没有那么多手术。”冯世庆说道。

“是这样的，我的态度很明确，我是非常欢迎你们的加入，但是这件事说大也大，说小也小，还是需要征得明主任的同意。一方面，我跟明主任沟通一下这件事，另一方面，你们也跟明主任提一下这件事，他毕竟是科室的主任。”陆子君说道。

“行，我明白了，谢谢陆主任愿意接纳我们。”冯世庆说道。

“冯主任，客气了。”陆子君说道。

“那我们先走了。”冯世庆说完再次起身。

“好的，冯主任，我们保持联系。”陆子君说道。

“好，再见。”冯世庆说完，带领他们推门走了出去。

陆子君端起咖啡又喝了一口，然后离开办公室，上手术室，今天的手术有点多。在手术室的更衣间，他碰见了明德江，两个人寒暄了几句，但没有提冯世庆他们的事，陆子君感觉说不出口。他看见明德江憔悴的样子，顿生怜悯之心，他觉得明德江不是坏人，只是有些不适应骨科的发展速度。

一整天，陆子君都在想冯世庆他们提的事，但一直到晚上躺下，他都没有想出解决问题的方法。他无法面对失落的明德江，但作为脊柱微创科的主任，又迫切地需要人员的扩充来壮大科室的力量。

思前想后，陆子君决定先去找张宏良谈谈，以期获得他的支持。次日，陆子君专程来到张宏良的办公室，门开着，看见张宏良在泡茶，他敲了敲门便直接走了进来。

“陆主任，有什么事？”张宏良问道。

“冯主任和其他两个同事，想从明主任的病区转到我们脊柱微创科来，这事我不知道该怎么解决。”陆子君说道。

“来，喝茶。”张宏良边说边递过茶杯。

“谢谢。”陆子君边接过茶杯边说道。

“就这么简单，像接茶杯一样，你接过去不就行了吗？你们科室应该是缺人的吧？”张宏良问道。

“一直缺人，目前病人越来越多，病人周转比较快，几个人太辛苦了，急需增加人员。”陆子君说道。

“照这个趋势发展下去，脊柱微创科还要扩大一倍，工作人员也要增加一倍。”张宏良说道。

“张副院长，不能盲目地扩大规模，因为椎间孔镜技术有一个学习曲线，人才的培养还需要一个过程。”陆子君说道。

“我听你的，尊重发展规律，你有要求我尽量满足你。”张宏良说道。

“谢谢张副院长，您看这个事情具体怎么办？”陆子君问道。

“我让明主任报招聘计划，以临时借调的名义把冯主任他们安排到你们科室，用得好就留下来，不行就退回原科室。”张宏良说道。

“这样比较妥当，张副院长您要亲自去我们科室一趟，我约明主任当您的面聊一下这个方案。”陆子君说道。

“没问题，你们约好了通知我。”张宏良说道。

“好的，谢谢张副院长，我先回去忙了。”陆子君说完转身离开了办公室。

就这样，在张宏良的介入之下，陆子君帮助冯世庆、王三奎和胡九龙三个人顺利地转到脊柱微创科来上班。陆子君手把手教他们三个人做椎间孔镜手术，蔡铭悦和叶祖辉也经常帮忙对他们三个人进行补充教学。正所谓“闻道有先后，术业有专攻”，大家在一起共同学习，没有长幼之分，只有先后入门之别，以技术交流与提高为目标，这样大家的进步都非常快。陆子君亲自制定的教学模式，获得了明显的效果，他非常有成就感，就如同做了一台成功的手术那样开心。

在开心的同时，陆子君内心有一点点愧疚，是他打破了明德江原本安逸的生活。但每天看着一个个椎间盘突出的病人重获新生，他的内心又平衡了起来，正所谓不破不立，进步是需要付出代价的。相比老百姓的健康，个人的喜怒哀乐显得没有那么重要，自己并不是想做圣人，只是想发挥自己的力量做好本职工作。

二

由于方采妮的帮助，陆子君的名声持续扩大。她策划了一系列关于陆子君的健康节目，可以说是为他量身定制，这些事让他的事业如虎添翼。现在的安城人民医院脊柱微创科门诊、病房都异常热闹，人来人往，繁忙的景象已经具备超大医院的特点。

陆子君接到通知，下午要参加医院干部任命大会，张宏良提前跟他讲过，他要任命陆子君为副院长，虽然是挂职干部，但是足以见得张宏良对他的重视。对于此事，陆子君比较犹豫，想拒绝张宏良，但没有非常充分的理由。对于干部任职一事的矛盾心理非常突出，干部就意味着要面对和处理的事情更多更复杂，需要花费的时间和精力会更多，那么，给自己面对专业问题的时间就会缩水，此消彼长。他不想分散精力，只想专心做好临床工作。但是，没有行政力量的大力支持，临床中很多工作又无法快速高效地开展，这就是他犹豫不决的原因。

在干部任命大会上，有关领导宣布张宏良为安城县人民医院院长，陆子君为副院长，备注他为挂职干部。会上，陆子君在张宏良之后做了当选发言，他表态说将继续带领医院走品牌路线，充分挖掘各个科室的特色，让医院能够更好地为老百姓提供医疗服务和保障。

会后，张宏良把陆子君单独叫到院长办公室，商量医院的发展规划。

来到院长办公室，陆子君坐立不安，无所适从，他从来没有如此飘忽不定过。

“陆副院长，你坐吧。”张宏良说道。

“我站一会儿，张院长，您还是叫我陆医生或是陆主任，叫副院长太别扭了。”陆子君说道。

“哈哈，有个适应的过程，没关系。”张宏良笑着说道。

“我当一个科主任已经算高就了，现在又弄一个副院长，我真不会，并且我确实不想当副院长。”陆子君说道。

“大家都想往上爬，当领导，你难道不想上进吗?”张宏良问道。

“我不适合当行政领导，只能做点专业上的事 。”陆子君说道。

“你不要太在意，这个副院长只是挂职的，等时间一到你就要离开安城，又不是让你一直干下去，再说了，我们这个小县城哪能留下你这样的人才。”张宏良说道。

“张院长，我不是这个意思……”陆子君还没说完，张宏良就打断了他的话。

“好了，陆副院长，既然决定了的事，你就好好做，排除困难，我相信你。”张宏良说道。

陆子君没有接话，他走过来在沙发上坐下，张宏良端着茶走过来递给陆子君。

“另外，我准备继续扩大骨科规模，明年在东边的那块空地上建一栋12层的大楼，做成骨科专科楼，你觉得怎么样?”张宏良问道。

“张院长，我们哪有那么多病人?”陆子君反问道。

“以现在的发展状态，未来三五年肯定会有越来越多的病人前来就诊，我要提前谋划。”张宏良说道。

“光靠椎间孔镜一种手术技术无法支撑这么大的局面。”陆子君说道。

“当然，我们把骨科其他的亚专业也开展起来，这样局面就能打开。”张宏良笑着说道。

“您说得没错，您已经有方案了吧?”陆子君问道。

“有一个初步方案，所以还想听听你的看法。”张宏良说道。

“您说。”陆子君说道。

“在前期的努力之下，椎间孔镜的病人处于饱和状态，其他骨科病人也被吸引了过来，明德江他们经过考察，有足够的条件开设关节外科、脊柱外科，再加上之前已经存在的创伤骨科，可以进一步细分为这三个骨科亚专业，加上你的脊柱微创科一共四个专业，给你们四层楼，一个病区50张床，床位不够就先暂时加床处理。东边的骨科大楼建成后骨科整体搬过去，扩大手术室，缓解如今手术室无法满足临床治疗需要的紧张局势。”张宏良说道。

“您这个规划非常好，未来的骨科和医院都会发生天翻地覆的变化。新成立的脊柱外科由谁来负责？”陆子君问道。

“新引进了一个人才，我们安城人，也在华山上班，现在想回到家乡来发展，跟你一样年轻有为。”张宏良笑着说道。

“华山哪个医院？叫什么名字？”陆子君急忙问道。

“华山新龙医院，叫王景雄，你认识吗？”张宏良问道。

“王景雄？可能听过这个人，但不熟，新龙医院的骨科非常强，个个都是人才。他愿意回家乡发展，这是需要巨大的勇气，新龙那么好的医院，要放弃还是很难。”陆子君说道。

“对呀，这个小伙子知恩图报，对家乡的确有深厚的感情，我跟他谈了一次，他愿意回来，以前家里穷，他连大学都上不起，差点辍学，都是家乡的父老乡亲们凑钱供他读的书，一直读到博士毕业，非常不容易。他工作了几年，经验也很丰富，所以想回来发展。”张宏良说道。

“这么说来，王景雄这个人很难得，放弃那么好的单位，他能沉下心来到安城发展，同样能做出成绩。”陆子君说道。

“是的，能放弃大城市回来，很不可思议，我们必须好好珍惜他。”张宏良笑着说道。

“创伤骨科还是明主任负责吧？”陆子君问道。

“是的，他已经到了退休的年龄，但是对工作还是有很大的热情，所以准备延聘他几年。”张宏良说道。

“那关节外科呢？”陆子君问道。

“蔡竹笙，他去外面进修了一年，下个月就回来。”张宏良说道。

“有这么多的人才，骨科的发展应该会蒸蒸日上。”陆子君说道。

“是啊，不过，这一切都是你开的好头，让我们看到了发展的希望，所以，你需要站在更高的位置上来谋划整个医院的发展。”张宏良说道。

“张院长，我说过，我就是一个做临床的人，管一个科室还行，要管整个医院，对我来说非常困难。我喜欢骨科，所以我有无穷的热情来做专业上的事，若是脱离骨科，我的能力就会越来越弱。”陆子君说道。

“说到底，你还是不想当副院长？”张宏良问道。

“可能要辜负您的一片好意了。”陆子君说道。

“陆主任，跟你说实话，把你提为副院长还另有目的。”张宏良说完停了一下，没有说完。

陆子君疑惑地看着他，也想听听为什么。

“由于你的出色表现，再加上升为副院长，我就有足够的理由向上级领导申请多留你一年，有你的存在，我们骨科的发展会更平稳，这是我的私心。”张宏良说道。

“张院长，谢谢您的好意，我还是想早点回华山……”陆子君说道。

“你觉得你现在能放手让他们自己干吗？你愿意看着你一手扶持起来的骨科慢慢又垮下去吗？”张宏良问道。

“这也是我一直在想的事情，可是，我不回去也不行……”陆子君无奈地说道。

“陆主任，你想一想，若是你在安城搞出名堂来，建立了稳定的功绩，再回华山，这一定是一个非常不错的资本。到时候也有利于你在华山医院的发展，你可以像当年的体育运动一样，用小球带动大球的发展，你把安城的成功经验带回华山，这样也有说服力，能更有利于你的个人职业发展。”张宏良说道。

听了张宏良的这番话，陆子君沉默了，他在认真思考张宏良说的事。张宏良见陆子君有些被说动的感觉，于是接着阐述自己的观念。

“把安城骨科建设好了之后，这段经历足够你升主任医师，我知道，在你们华山，要升主任医师是非常难的，条件很多，但是支援地方医院的发展，若是做得非常出色，这会是一个很加分的项目。”张宏良说道。

“张院长说得有道理，不过，这个事我需要回去好好想想。”陆子君又沉默了一会儿才说道。

“行，不着急，等你想好了之后再告诉我，总之，我是真的很希望你能留下来多干一年，也算是帮我一个忙吧。”张宏良说道。

“谢谢张院长看得起，我当然愿意帮您，您对我非常好。不过，多留一年的事涉及很多方面，我需要回去再想想。”陆子君说道。

“好，没问题。”张宏良笑着说道。

“那我先回去了？”陆子君起身准备离开。

“等等，刚说的安排，你当副院长之后，脊柱微创科的科主任就准备让冯世庆接手，你好好培养一下他。你哪一天觉得他能接手主任的位置了我就让他接手，若是你觉得他能力还不够，无法支撑起脊柱微创科，那就你一直兼顾着科主任，你看怎么样?”张宏良问道。

“好的，一切听您的安排。”陆子君低声说道。

就这样，陆子君走出院长办公室，他一直在思考着张宏良说的话。领导就是领导，看事情的角度跟自己就是不一样，并且非常精准，切中要害，看来自己需要调整战略思路。

晚上张小雅设宴为陆子君庆祝，大家都到场，方采妮也来了。

陆子君最早来到这家酒店，躺在沙发上等待其他人的到来，不一会儿，罗佳佳到了。她看见横在沙发上的陆子君笑出了鹅叫声，这个恐怖的鹅叫声让陆子君立马坐了起来。

“不好意思，打扰您了，您继续睡，辛苦了。”罗佳佳笑着说道。

“你怎么来这么早?”陆子君问道。

“为你庆祝，我不得积极一点？这可是大事。”罗佳佳说道。

“屁大一点事儿。”陆子君说道。

“你的屁股那是相当的大，在我们眼里，那就是天大的事，说明你的屁股比这酒店还要大。”罗佳佳笑着说道。

“注意文明用语，年轻人要有正能量。”陆子君说道。

“不好意思，臀部，你的臀部。”罗佳佳说完在椅子上坐下，开始嗑瓜子。

“你觉得我当这个副院长好还是继续当脊柱微创科的科主任好?”陆子君边躺下去边问道。

“当然是科主任。”罗佳佳说道。

“呵，呵，为什么?”陆子君假笑两声后问道。

“科主任那是掌握实权的人，能做具体的临床工作，副院长只是一个摆设，空架子，没人听你的话你就啥都不是。”罗佳佳说道。

“呵呵，看不出来，你是一个如此睿智的人，对这个职位了解得如此透彻。”陆子君笑着说道。

“我瞎说的，你别介意。”罗佳佳笑着说道。

“不介意，当然不介意，很优秀！”陆子君笑着说道。

“可惜你要去当副院长了，不过空壳子混几个月就回去了，也很舒服。”罗佳佳说道。

“呵，原来你不是来恭喜我的而是来拆台的呀。”陆子君笑着说道。

“你的台还用我拆吗？内部已经瓦解，自己就垮掉了。”罗佳佳说道。

“佳佳，我很同意你的观点，这次提副院长是看似提拔实则贬职。”陆子君说道。

“你知道就好，看你怎么应付他们这帮人。”罗佳佳说道。

“你觉得他们是一群坏人？”陆子君问道。

“反正不是像你这样的好人。”罗佳佳说道。

“大家都只是在适应这个环境罢了，谈不上好与坏，每个人的立场和出发点不一样。我没有别的要求，只希望大家一起把事情做好就行了。”陆子君说道。

“你这无欲无求的状态真像一个圣人，华山能派你这样的人来安城，确实是安城老百姓的福气。”罗佳佳说道。

“佳佳，你真会说话，以前没发现你是如此清醒的人，我开始有点喜欢你了。”陆子君笑着说道。

“别说假话哟，喜欢我就娶我吧。”罗佳佳说道。

“谁要娶谁呢？”张小雅的声音传了进来，未见其人，先闻其声。

他们看见张小雅走了进来，于是终止了聊天，陆子君坐起来看了张小雅一眼，然后起身去上洗手间。

“你要娶谁？”张小雅一把拉住陆子君的胳膊后问道。

“你太八卦了，没有谁要娶谁，我们在瞎聊天。”陆子君说道。

“恭喜恭喜，你又高升了。”张小雅松开手后笑着说道。

“谢谢你，我出去一下。”陆子君说完转身离开。

“你去哪？我跟你一起去！”张小雅说道。

“我去洗手间，你要跟来吗？”陆子君回头问道。

“当然。”张小雅笑嘻嘻地跟上陆子君。

不一会儿，蔡铭悦、叶祖辉、方采妮都来到包房，大家依次坐下来，张小雅和罗佳佳把酒给每个人倒上，菜陆陆续续上齐了，在张小雅的提议下，大家开始举杯。

“来，我们一起祝贺陆主任荣升副院长!”张小雅说道。

“祝贺!”大家附和着说道。

开场后，大家开始轮番敬酒恭喜陆子君，陆子君喝酒前对每个来敬酒的人提同一个问题，需要对方回答，这个问题是：你觉得升为副院长之后有什么好处和坏处。听着大家的回答，陆子君很开心，一千个人眼中有一千个哈姆雷特，虽然答案不重要，但是大家提供的视角很宝贵，陆子君非常感谢大家。

在酒桌上，陆子君没有放开了喝，一是怕自己喝多了酒后失态，二是怕在场的三个女生喝醉了不好收场。这三个女生都是非常支持自己也是喜欢自己的人，他也不想一直纠缠不清下去，但是一直没有再婚的勇气。

清醒状态下，喝点酒聊聊天，也是非常惬意的事情，吃完饭，陆子君让蔡铭悦、叶祖辉送罗佳佳和张小雅回家，他则送方采妮。

清风袭来，有一丝丝凉意，陆子君把外套脱下来给她披上，他们慢慢地往她家的方向走去。

“当上副院长了，你开心吗?”方采妮问道。

“开心，这是对我工作的一种肯定。”陆子君说道。

“但我觉得你并不开心，反而有点失落。”方采妮说道。

“从哪看出来的?”陆子君惊奇地问道。

“从你的表情中，真正的快乐一眼就能看出来，同样的，假快乐也一眼就能看出来。”方采妮说道。

“我越来越发现女人都是睿智的，你们有独特的视角。”陆子君说道。

“还有谁也看出来了你不开心?”方采妮问道。

“罗佳佳，张小雅。”陆子君回答道。

“你为什么不开心？副院长的官位比科主任要大很多吧?”方采妮问道。

“大，的确大很多，但对于我来说，副院长是个空壳子，科主任是做临床实际工作的。”陆子君说道。

“你当副院长之后就不能做临床工作了吗?”方采妮问道。

“也没说不可以，只是副院长有副院长需要操心的行政工作，这些会占据大量的时间，我的精力是一个定数，行政工作多了，临床工作就会减少。”陆子君解释道。

“发的工资不少就行。”方采妮笑着说道。

“工资不会少，只是，工作的兴趣没那么大了，工作的目标不是为了钱，而是把事情做好。在做好事情的同时，获得相应的报酬，也是非常开心的事。”陆子君说道。

“人生哪能多如意，万事只求半称心。你可以做几天副院长试试，说不定会有不一样的体验，也不一定像你想的那样糟糕。”方采妮说道。

“你说得有道理，也许有不一样的体验。”陆子君笑着说道。

“我就住在这楼上，上去坐坐，喝杯咖啡?”方采妮说道。

“好快呀，不知不觉就到了。”陆子君不知道是该上去还是不该，他犹豫着没有回答她的问话。

“陆子君？到我家里喝杯咖啡，走吧。”方采妮说道。

“哦，好的。”陆子君缓过神来说道。

陆子君战战兢兢地跟在她的后面，坐电梯上楼来到她的家里，家里装修成粉色风格，比较温馨浪漫。

“你爸妈怎么不在家?”陆子君问道。

“他们住他们的家，我工作之后就跟他们分开住了。”方采妮说道。

“哦。”陆子君紧张的心一下子放松了很多。

“你咖啡加不加糖?”方采妮问道。

“不加，谢谢。”陆子君说道。

方采妮去弄咖啡，陆子君则坐在沙发上打量着房间，干净、整洁、舒适，墙上挂着一些山水画和动漫卡通人物画，好奇怪的搭配。

“给你的无糖咖啡。”方采妮边递过来边说道。

“谢谢。”陆子君站起来边接过来边说道。

“我平时在家的时间也不多，只是回来睡个觉，自己也很少做饭，所以家里的烟火气息不明显。”方采妮说道。

“挺好的，现在工作都比较忙，回到家只想倒头就睡。”陆子君说道。

“是的。”方采妮笑着说道。

“我带你看看房子的设计。”方采妮说道。

“好。”陆子君说完便跟着她。

方采妮依次打开三个房间展示给他看，最后来到主卧室的阳台上，他们一起朝外看星星和月亮，今晚的夜色好美。

方采妮转过头准备伸手去拨开悬在陆子君头上的衣服，陆子君也转过头，看见她凑过来以为她要亲他，于是迎上去先亲了她一下。

对于陆子君的举动，方采妮先是退回来愣了一下，然后又迎上去亲他作为回应。这一亲可不得了，激发了陆子君体内的荷尔蒙，他们开始热烈地拥吻，干柴与烈火，燃烧了起来。

在陆子君的眼里，方采妮身上有很多边祺祺的影子，这是刺激他对她做出亲昵举动的直接原因，若是对方愿意，他愿意跟她在一起。

三

陆子君走进副院长办公室办公的第一天，做的第一件事就是把脊柱微创科的科主任位子交给冯世庆，既然没有选择，那就做得干脆，不要拖泥带水。与冯世庆交接完工作，他便开始处理副院长需要面对的工作，按照医院的安排，他主要分管市场发展处、后勤保障处及医务处，负责把控医院的临床医疗工作。

为了宣传医院为整个安城老百姓健康事业做出的突出贡献，市场发展处联合电视台专门策划了一期节目，正面报道医院下乡给老百姓送健康送温暖的活动，陆子君以医院领导的身份随大部队前往各个乡镇村。

在参加活动的大部队里，也有方采妮的身影，她负责在整个活动中对人物的采访以及素材的收集。陆子君看着方采妮的身影，心情特别好，但又不敢刻意去跟她说话，只是假装客套一下而已。

方采妮向团队申请，自己对陆子君进行跟拍和采访，突出医院领导对该工作的重视和支持，团队其他成员则负责其他内容的收集。就这样，方采妮来到了陆子君身边。

“陆副院长，我们接下来需要对你进行跟拍和采访，希望你能配合。”方采妮说道。

“没问题，就是辛苦这位摄像大哥了，等会有很多山路，扛着这么重的机器走，会很辛苦。”陆子君笑着说道。

摄像大哥只是笑了笑，也没说什么。他们第一站来到当地的卫生院参加义诊送药，附近的老百姓都过来看病，这个场景陆子君印象深刻，他之前参加义诊活动的场景仍然历历在目。

接着就是下村庄去送医送药，服务那些行动不便或是出山就医困难的老百姓。跟上次一样，医疗团体分为几队，分头行动。陆子君一直马不停蹄地往前赶，一家接着一家地问诊、送药、交代注意事项，方采妮团队则将这些典型的画面记录了下来，她偶尔也跟村民们互动交流，但以不影响陆子君的工作为前提。

晚上他们在小镇上住宿，吃完晚饭后就在小镇上散步，这里规划很好，随处可见的绿色树木为小镇增色不少。

“子君，你有梦想吗？”方采妮问道。

“有，当然有。”陆子君回答道。

“那你的梦想是什么？”方采妮问道。

“子孙满堂。”陆子君一本正经地说道。

“这么传统的理想，那不是要抓紧时间结婚？”方采妮问道。

“是的，方采妮，你愿意嫁给我吗？”陆子君单膝下跪后牵着她的手问道。

“这么突然，我们还没有深入的了解……”方采妮惊慌失措地说道。

“我是认真的，你嫁给我，我们明天就去领证。”陆子君说道。

“这也太疯狂了吧，你快起来，做事不要冲动。”方采妮边说边拉他起来。

“再不疯狂就老了，为爱疯狂很值得。”陆子君边说边站起来。

“你都还没去见过我爸妈，我也没有见过你爸妈，咱们怎么结婚？最基本的礼节还是需要的吧？要不然，我们像是偷偷摸摸地在一起，跟地下情似的。”方采妮说道。

“咱们能不能抛开繁文缛节？我是结过婚的人，情况比较复杂，不能正常地举办婚礼。”陆子君说道。

“我同意，但不知道我爸妈答不答应。结过婚怎么了？难道社会会歧视你？”方采妮问道。

“会，我前妻的爸爸是我们单位的副院长，若是我刚离婚没一年就办婚礼，怕他们不好想，单位的同事们也会有流言蜚语。”陆子君说道。

“照你的意思，我们只能够偷偷摸摸地在一起？”方采妮问道。

陆子君没有回答，只是默默地往前走，方采妮则跟在后面走。

“其实形式不重要，只要你对我好就行。”方采妮说道。

“我当然会对你好，我是真心喜欢你。”陆子君停下脚步说道。

“那就够了，我一切都听你的。”方采妮甜蜜地说道。

“那你愿意嫁给我吗？”陆子君问道。

“当然愿意。”方采妮挽住陆子君的胳膊撒娇地说道。

“找个时间去见见你爸妈，然后我们就去华山见见我爸妈，然后我们就去拿结婚证。”陆子君说道。

“好的。”方采妮说道。

就这样，方采妮在如此短的时间里就决定把自己的终身大事交给陆子君，而陆子君也不再犹豫，他想与方采妮相伴着走下去。

一个双休日的假期，陆子君买了一些烟酒和水果，与方采妮一起来到她爸妈家里，算是登门提亲。初次见面，三个人很有礼貌地寒暄了几句，然后她妈妈就去厨房准备饭菜，而她的爸爸则与陆子君坐着聊天，她也陪他们坐着。

“陆子君，对吧？”方采妮的爸爸问道。

“对，叔叔，大陆的陆，君子的子君。”陆子君解释道。

“你是一个医生？”方采妮的爸爸又问道。

“是的，叔叔。”陆子君说道。

“你比我小不了几岁吧？我觉得叫我哥哥比较合适。”方采妮的爸爸说道。

“爸，你说什么呢！”方采妮有点生气地说道。

“叔叔，就算您只比我大一岁，我也得管您叫叔，您辈分在那里，这个规矩我还是要遵守。”陆子君笑着说道。

“你既然懂规矩，那为什么不愿意办婚礼？嫌我女儿给你丢脸了还是咋的？”方采妮的爸爸说道。

"叔叔，不是这个意思，因为我刚离婚，再办婚礼会有些不合适，采妮很优秀，能娶她是我的福分。"陆子君紧张地说道。

"既然你觉得不合适，那你还来招惹我家采妮?"方采妮的爸爸问道。

"我……"陆子君还没说完就被打断了。

"爸，你要是再这样说下去，我就跟子君走了。"方采妮生气地说道。

"你一个女孩子家的就不知道矜持一点，很多话结婚前说清楚不好吗?"方采妮的爸爸说道。

"陆子君，起来，我们走!"方采妮边说边拉着陆子君就往外走。

"采妮，你不要这样，叔叔毕竟是你的爸爸，他是关心你，没关系的，我能理解。"陆子君停下脚步后说道。

"他很犟的，你确定要留下来听他讲?等一会儿你们打起来了，可别怪我没有提醒你啊。"方采妮说道。

"不至于吧，采妮……"陆子君颤抖地说道。

方采妮的爸爸拿了一支烟点着后开始抽起来，陆子君则返回到沙发上坐下，方采妮挨着陆子君坐下。三个人彼此不说话，持续了好一会儿，方采妮的爸爸把一支烟抽完后才开始说话。

"你这么大的人了，找采妮一个二十出头的女孩子，你觉得合适吗?"方采妮的爸爸问道。

"叔叔，我跟采妮是真心想要在一起，如今的社会，提真爱确实容易让他人嘲笑，但我们之间的确是真爱。在爱情面前，没有年龄的限制。"陆子君说道。

"你们的背景差距那么大，年龄也差很多，这么短的时间，你们有没有认真地了解过对方?"方采妮的爸爸问道。

"虽然我们认识的时间不长，但我们对彼此有足够的了解，叔叔，我们是认真的，婚姻不是儿戏。"陆子君说道。

"婚姻不是儿戏，你为何会离婚?"方采妮的爸爸问道。

"我……我前一段婚姻的确很失败，本来没有打算这么快就结婚，但遇见采妮后，是她让我有勇气再走进婚姻，我想跟她好好过下去。"陆子君认真地说道。

“她在安城上班，你以后要回华山，你们准备怎么办？”方采妮的爸爸问道。

“她跟我一起回华山，到华山再找一份她喜欢的工作，您和阿姨愿意的话，可以一起来华山生活。”陆子君说道。

“呵，你说得倒是轻松，安城是我们祖祖辈辈的家，采妮去华山我们不一定同意。”方采妮的爸爸说道。

“爸，我要去华山，我想去大城市生活。”方采妮说道。

“你不要说话，你懂啥？你去华山了会后悔的。”方采妮的爸爸说道。

“叔叔，您说怎么办？”陆子君问道。

“你们都在安城生活，你在安城找一份工作。”方采妮的爸爸说道。

听完这话，陆子君沉默不语，他不知道该怎么回答，这都是之前没料到的，来之前方采妮说他爸爸很好说话，但这明显不是那么回事儿。面对她爸爸的表现，方采妮也一愣一愣的，感到非常困惑，这完全不像是她爸爸的风格。

“叔叔，华山是我奋斗了那么多年的地方，按照我目前的条件来看，前途一片光明，在该奋斗的年纪里我不想选择安逸。您也不希望采妮跟着我过苦日子吧？并且以后我们会有孩子，在大城市里，孩子的成长和教育会更好，为了下一代考虑，您觉得呢？”陆子君心平气和地说道。

方采妮的爸爸没有立马接话，而是拿出一支烟又抽了起来。

陆子君和方采妮都看着他抽烟，等着他说话。

“年轻人确实应该奋斗，你能保证会对采妮好一辈子？”方采妮的爸爸问道。

“当然，叔叔，我能保证。”陆子君信誓旦旦地说道。

“其实我也不是一个特别保守的人，我不反对你们，现在恋爱自由，婚姻自由，只是，采妮还小，希望你以后不要后悔今天的决定。”方采妮的爸爸说道。

“爸，你放心吧，我已经是成年人了，并且，我相信子君。”方采妮说道。

方采妮的爸爸站起来，他舒展着筋骨，然后向厨房走去。陆子君看着他起身离开，长长地舒了一口气，他的后背都汗湿了，感觉很热。方采妮看着他的样子笑了起来，她拿出纸巾帮他把脖子上的汗擦了擦。

“你还笑，不是说你爸爸很好说话吗？怎么这么咄咄逼人。”陆子君小声说道。

“他平时不这样的，是很随意，啥都无所谓的样子，今天的确很奇怪。”方采妮说道。

“他再问下去，我就要崩溃了。”陆子君说道。

“你也是，叫你走你不走。”方采妮说道。

“我也想走呀，但问题是走解决不了问题，总得要面对。”陆子君说道。

“你刚才的表现很不错啊，以压倒性的优势战胜了他，给你点赞。”方采妮笑着说道。

“还笑，这么严肃的事情你就不能共情？”陆子君说道。

“好了，共情共情。”方采妮边说边贴过来，他们两个人开始腻歪起来。

此时，方采妮的妈妈端着菜走了出来，她看见他们两个人你侬我侬的样子，故意大声咳嗽了两声。

“阿姨，菜做好了，我来帮忙端。”陆子君转身急忙说道。

“我自己来就行了，你们坐着。”方采妮的妈妈说道。

他们两个人挨着坐下，眼巴巴地看着她妈妈进进出出地端菜，像两个非常听话的孩子。

“你老爸跑哪去了？”方采妮的妈妈问道。

“应该是在书房，我去叫他。”方采妮说完正准备起身，她妈妈把她拦下了。

“你坐着，我去叫他。”方采妮的妈妈说道。

过了一会儿，方采妮的爸妈从书房走了过来，他们在对面坐下，然后开始吃饭。大家在吃饭的时候没有过多的交流，只是客气地说“吃菜”之类的，轻松的进餐氛围让陆子君受宠若惊，他慢慢地放松了下来。

吃完饭，方采妮的爸爸又去书房待着了，方采妮与陆子君在客厅看电视，她妈妈则在厨房洗碗刷筷。他们两个人边看电视边聊天，说说笑笑，过了好一会儿，她妈妈走过来，在旁边的沙发上坐下。他们两个人立马收住了笑容，一本正经地坐在那里看电视。

“我问你们，准备什么时候结婚？”方采妮的妈妈问道。

“阿姨，等我带采妮去见我爸妈后就定时间。”陆子君说道。

“那你们结婚在哪办婚礼？华山还是安城？”方采妮的妈妈问道。

“妈，我们没打算办婚礼，领个证就行了。”方采妮回答道。

“你一个女孩子家的，怎么那么随意？我没有问你，让陆子君说。”方采妮的妈妈说道。

“阿姨，我们准备过几年再补办婚礼，现在的时间比较敏感，我刚离完婚。”陆子君说道。

“你离过婚？方采妮，你们决定结婚之前有没有好好了解过对方？”方采妮的妈妈激动地问道。

“妈，那都是过去的事儿了，要往前看，不能因为他离过婚就揪住这点不放。”方采妮说道。

“陆子君，你说你这样，让我怎么放心把女儿嫁给你？”方采妮的妈妈说道。

“阿姨，我跟采妮是真心相爱的，我一定会好好照顾她的。”陆子君说道。

“你为什么离婚？”方采妮的妈妈问道。

“妈，你不要这样好不好？离过婚又怎么了？又不是杀人放火进过监狱。”方采妮生气地说道。

“你还长气了？我这个当妈的还不是为了你好，我怕你这个不懂事的丫头被别人骗了，以后后悔就来不及了。”方采妮的妈妈说道。

“妈，你想哪去了，陆子君是好人，他不是你想的那样。”方采妮说道。

“阿姨，我虽然离过婚，但这不影响我跟采妮之间的感情，那段失败的婚姻比较复杂，我跟我前妻本身就没有感情。”陆子君说道。

“没有感情也能结婚，你们对婚姻可真是儿戏。”方采妮的妈妈说道。

“那段婚姻好比是指腹为婚，不是自由恋爱，我跟采妮是自由恋爱。”陆子君说道。

“既然你是二婚，我建议你考虑清楚了再决定结不结这个婚，若是结了又离，我跟采妮他爸肯定不会答应。”方采妮的妈妈说道。

“不会的，阿姨，我们会好好的，一直过下去，请您给我们一个机会。”陆子君诚恳地说道。

方采妮的妈妈没有说话，她靠在沙发上休息了一会，然后又坐起来。

“你们结婚后住哪？”方采妮的妈妈问道。

“住华山，采妮跟我回华山。”陆子君说道。

“我刚听你说你们不办婚礼？”方采妮的妈妈问道。

“是的，过几年再补办。”陆子君说道。

“为什么？”方采妮的妈妈问道。

“阿姨，我刚离完婚，不方便这么快就办婚礼。”陆子君说道。

“不办婚礼肯定不行，在我们安城，若是不办婚礼就相当于没有结婚，这个婚礼仪式比结婚证还要权威。”方采妮的妈妈说道。

“既然如此，我们就在安城办婚礼，规模小一点。”陆子君说道。

“规模小不了，采妮的长辈们都会来，怎么能请了这个人而不请那个人？这样会制造出矛盾。”方采妮的妈妈说道。

“也行，阿姨，您说怎么办就怎么办，在安城，一切听您的安排。”陆子君说道。

“行，回头再跟你爸妈商量。”方采妮的妈妈说道。

“嗯，我带采妮见完我爸妈就安排他们来跟您谈结婚的细节。”陆子君说道。

“你们两个人差距有点大，特别是采妮，我劝你们再好好想想要不要结婚的事情。”方采妮的妈妈说完便起身去卫生间了。

他们两个人感到很无奈、很疲惫，要面对的人太多，要协调的关系太多，为何就不能简简单单地尊重两个人自己的决定而祝福他们？难道这就是所谓的中国式婚姻需要面对的事情？

方采妮爸妈的表现让她感觉非常尴尬，但她没有过多责怪他们，毕竟他们的出发点是为了自己好。为了早点结束这种尴尬的局面，方采妮拉着陆子君跟她爸妈一一告别，然后迅速离开了家。

出来之后，外面的空气真香真甜，陆子君猛吸着外面的空气，释放着自己体内的压力。钱钟书说婚姻是围城，里面的人想出来，外面的人想进去。在陆子君看来，不管是城里还是城外，人总得处于其中一个状态，在哪一个状态待的时间长了都会想念另外一个状态，而这一切跟城墙无关，与婚姻也无关。婚姻是文明社会的产物，也是相爱的男女之间的信物，没有它，他们能相爱，有它，他们也许能爱得更得体。

四

这天，陆子君上完专家门诊，准备去食堂吃饭，突然手机响了，是冯世庆打过来的。

“陆院长，你在哪?”冯世庆问道。

“在去食堂的路上，怎么了?”陆子君说道。

“你来手术室一趟，这个病人我做到现在还没个头绪，你来帮帮我。”冯世庆说道。

“行，我马上过来。”陆了君说完就转向手术室的方向走去。

像这样的临时救场，冯世庆已经不止一次地求助陆子君了，但巧得很，每次他求助时，陆子君都刚好在医院附近。要想维持建立起来的椎间孔镜品牌，就必须能应对各种类型的椎间盘突出病症，很明显，冯世庆还欠火候，光会一点皮毛是不足以担当打起品牌的大任的。相较而言，蔡铭悦和叶祖辉的椎间孔镜手术做得比较好，都能够独当一面，但是冯世庆爱面子，他求助于陆子君不会掉面子。

陆子君进入手术间后，先在观片灯上仔细看了看病人的X线片、CT及MRI的胶片结果，然后看了看C臂机显示屏上的透视结果，最后看了看冯世庆操作下的椎间孔镜显示器屏幕。他跟冯世庆示意自己出去洗手了，过了一会儿，他又进来，穿好手术衣并戴好手套，然后接过冯世庆的操作镜头，开始默不作声地进行手术。

在陆子君的帮助下，这台手术又花了不到半个小时就完成了，他们一起来到手术室的休息间，因为椎间孔镜手术是局部麻醉，患者是清醒的，陆子君为了给足冯世庆的面子，进入手术间后从头到尾都没有说过一句话。

“陆主任，对于这种椎间盘向后上方漂移的病人，我还是没有掌握方法，在里面总是容易迷路，找不着脱出的椎间盘。”冯世庆说道。

“冯主任，我之前给你讲过，可能你忘了，对于这种椎间盘漂移的，先靶点定位椎间隙，不要把靶点对准漂移的椎间盘，因为这样容易迷路。”陆子君说道。

“对着椎间隙把镜头进入以后也容易迷路，找不着飘移的椎间盘。”冯世庆说道。

“那你有没有看清楚我刚刚的操作?”陆子君问道。

“不是很清楚，你做得太快了。”冯世庆说道。

“刚刚我接手之后，第一件事是找到椎间隙，椎间隙的上界和下界，在这个地方把突出的椎间盘清理一番，然后顺着椎间孔往上走。结合病人的影像学结果，评估飘移的椎间盘大小及方位，然后用弹簧钳去一点一点地掏，这一步属于盲掏，所以一定要动作轻柔并且小心谨慎。把神经根完全显露了，确定其周围没有卡压的组织，就可以收工了。”陆子君说道。

“还是要多向你学习呀，我学得比较慢。”冯世庆说道。

“没关系，熟能生巧，手术就是这样。”陆子君说道。

“是的，多做多熟悉。对了，之前听你说你在编椎间孔镜的书，什么时候编完？到时候送我一本，有你的书在手上，什么类型的椎间盘突出都不用怕了。”冯世庆笑着说道。

“哈哈，冯主任夸大了，没有那么神奇。书快写完了，目前书中的插图也在紧锣密鼓地加工之中，我也希望它早点出版，到时候一定送你一本！”陆子君说道。

“先谢谢啦，今天又辛苦你跑一趟，现在不能陪你出去吃饭，还有四台手术，下手术了我们去喝一杯怎么样?”冯世庆说道。

“不了，改天，今天还有其他事要忙，你去做后面的手术吧，我就不耽误你了。”陆子君说完便起身离开。

“再见。”冯世庆说道。

“再见。”陆子君说道。

陆子君感觉现在的状态挺好的，每个星期上几次专家门诊，一周去病房查一次房，特殊病人再特意去看看，然后就是行政上的事情，除开这些，自由支配的时间倒是挺多。这样一来，自己就有充足的时间来编写《椎间孔镜笔记》

一书，他也希望自己在离开安城之前将此书出版，这样的话，当安城人民医院骨科的同事们对手术操作感到迷茫时可以翻翻此书，也算是对自己此次安城之行的一个交代。

当陆子君把想要与方采妮结婚的事告诉他爸妈之后，两位老人激动得第二天就坐上了来安城的火车，他现在就是去火车站接两位家长。

当他妈妈见到他时，激动得热泪盈眶，给了他一个大大的拥抱，孩子长得再大，在做家长的眼里都是一个孩子。上次陆子君回华山都没时间回家看看爸爸妈妈，一晃竟然快一年都没见面了。

“那个姑娘怎么没来?”陆子君的妈妈问道。

“她还在加班，过一会跟我们碰面。”陆子君说道。

“她是不是像你说的那样好？人不能只看表面，光长得好看不行，好看不能好好过日子也不行……”陆子君的妈妈说道。

“妈，等会见面您就知道了，人不仅漂亮，而且还很善解人意，温柔体贴。好了，我们先去住酒店。”陆子君说完，便把行李往车后备厢装。

安城不大，过了十几分钟便到达住的酒店，安排好住宿后，他们一起来到吃饭的地方，坐了这么久的火车，都饿坏了。

“小君，你回去看过怀姝琴和孩子吗?”陆子君的妈妈问道。

“上次，小乐天出生的时候回去看过。”陆子君回答道。

“之后呢？看过吗?”陆子君的妈妈又问道。

“没有，这边一直忙着。”陆子君回答道。

“你们就不能为了孩子而复合?”陆子君的妈妈再次问道。

“妈，不是我不想，姝琴的心已经不在我这里，更不在孩子身上，她是一个非常自我也非常自私的女人，她只关心她生活得怎么样。”陆子君说道。

“造孽啊你们，孩子长大以后肯定会恨你们，但现在补救还有机会。”陆子君的妈妈说道。

“妈，我会对乐天尽到一个父亲的责任，不管怀姝琴以后怎么样，我都会关心乐天的成长。”陆子君说道。

“你又要结婚了，怎么去照顾乐天？你让现在的媳妇怎么想?”陆子君的妈妈问道。

“妈，您别为我操心了，我能处理好这些关系，您和老爸两个人健健康康，我就非常知足了。”陆子君说道。

“小君，你从小就是一个特别老实的人，做事踏踏实实，没想到会败在婚姻上。”陆子君的妈妈说道。

“孩子他妈，你怎么能这样说呢？婚姻失败是一个人的错吗？再说了，婚姻失败又不是什么丑事，现在都什么年代了。年轻人恋爱自由，结婚自由，离婚也是自由的，不要用你的旧思想来审判儿子。”陆子君的爸爸沉默了这么久，终于说上话了。

“是啊妈，离婚是两个人的问题，再说了，法律也是允许离婚的，我们是法治社会。”陆子君说道。

“算了算了，你们离都离了，我说再多也没用，只是，小君，当妈的要提醒你，看人看准了再结婚，不能结啊离啊跟过家家似的，我们陪着你折腾不起。”陆子君的妈妈说道。

“放心吧妈，我这次看得特别准，采妮是一个很好的女孩，我们一定会白头到老的。”陆子君说道。

“但愿吧，你说的那个女孩怎么还没来？她叫什么来着？”陆子君的妈妈问道。

“采妮，方采妮。”陆子君回答道。

好巧不巧，方采妮此时推门进来，她看见桌上摆满了菜，陆子君和两位老人坐在一起，于是朝他们深深地鞠了一躬，连忙说：“不好意思，来晚了。”陆子君站起来，上前来拉着她挨在自己旁边坐下。

“伯父，伯母，你们好，我是方采妮，陆子君的女朋友。”方采妮腼腆地说道。

“这么晚了还在加班，先吃点菜吧。”陆子君的妈妈说道。

“谢谢伯母。”方采妮说完拿起筷子夹菜吃。

“方采妮，好听的名字，你爸妈应该是有文化的人。”陆子君的妈妈说道。

“回伯母的话，我爸是一个作家，我妈是老师，确实都是从事文化相关工作的人，但与陆子君比起来差远了，陆主任是博士，高学历，真正的文化人。”方采妮说道。

“尽说大实话，快吃菜，给你一只鸡腿。”陆子君笑着说道。

“你不要得瑟，你之所以如此优秀那是因为伯父伯母的基因好，教育得好，家教也好。”方采妮说道。

“采妮姑娘真会说话，你跟陆子君相差十几岁吧？你们能相处得好吗？”陆子君的妈妈问道。

“伯母，还行，相处得比较和谐。”方采妮回答道。

“你们准备什么时候结婚？”陆子君的妈妈问道。

“妈，我们打算等双方父母见过面了再定时间，但我们准备只拿一个结婚证，不办婚礼。”陆子君说道。

“不办婚礼？方采妮觉得可以吗？”陆子君的妈妈问道。

“可以，只要能跟他在一起，形式不重要。”方采妮说道。

“真是一个体贴的姑娘，可是就算你们说不办，但也过不了关呀，采妮的爸爸妈妈能同意吗？你们家几个孩子？”陆子君的妈妈问道。

“就我一个，我爸妈的意思是在安城办个简单的仪式，对家里的亲戚们算是有个交代。”方采妮说道。

“对吧，我就说怎么可能不办。”陆子君的妈妈说道。

“妈，在安城办可以，在华山不办，或者过几年再办。”陆子君说道。

“你们商量好就行，我和你爸没别的意思，只要你们安安稳稳地过日子，我们也算是安心了。”陆子君的妈妈说道。

“当然，踏踏实实地过日子。”陆子君笑着说道。

就这样，整个饭局气氛很平和，没有未来的婆婆为难准媳妇的画面，他们吃完饭就一起返回酒店，待陆子君爸妈回到房间后，方采妮和陆子君便一起离开。

陆子君和方采妮第二天就安排双方的父母见面，虽然他们四个人年龄相差有点大，但是沟通起来没有太大障碍。根据双方父母达成的共识，他们决定在明年的五四青年节时于安城举行婚礼。由于陆子君比较忙，他爸爸妈妈很支持儿子的工作，为了不打扰他上班，第三天他们就坐火车返回了华山。

这天，陆子君在副院长办公室处理事务，张小雅敲门后笑嘻嘻地走了进来。

“小雅，啥事儿这么高兴?”陆子君抬头看着她问道。

“你猜?”张小雅笑着说道。

“猜什么猜，还在工作呢，哪有时间猜，有事说事，没事就去忙自己的事。”陆子君边整理资料边说道。

“呵，伪君子，当上领导了就开始耍官威了。”张小雅假装生气地说道。

“你你你，你怎么又乱叫我的名字？之前怎么说的？再也不乱叫了，只叫我的大名，忘了?”陆子君激动地说道。

“你怎么能随便相信女人说的话，俗话不是说，女人的嘴，骗人的鬼，你又天真又幼稚，指不定又会被哪个女人骗。”张小雅说道。

“哎，只要你不骗我，天下就没有人骗我。你什么事，快说。”陆子君说道。

“我带你去见一个人。”张小雅说道。

“见谁?”陆子君问道。

“你去了就知道了。”张小雅说道。

“去什么去呀，现在正是上班时间，我还有很多事情需要做，你今天不用上班?”陆子君问道。

“今天我休息，给你一次机会，你去还是不去？不去你会后悔一辈子。”张小雅说道。

“呵，呵，什么重要的人物，我会后悔一辈子?”陆子君问道。

“对别人可能不重要，但对你来说，确实非常重要。痛快话，去不去?”张小雅问道。

“既然你已经开始威胁我了，我不去也不礼貌啊，去吧。”陆子君边说边站起来。

“这就对了，我啥时候坑过你，真是的。”张小雅说道。

“呵，你坑我的次数还少?”陆子君边关门边说道。

“别废话了，赶快走。”张小雅说道。

陆子君跟着张小雅来到医院斜对面的咖啡店，走进店里一看，坐着的这个女人让陆子君傻了眼，他像一个木瓜一样站在那里一动不动。

“陆子君，好久不见。”边祺祺站起来说道。

“祺祺……”陆子君小声说道。

他们两个人就这样对视了将近一分钟，一句话也没说，旁边的张小雅也没去打破这种平静，因为她懂他们两个人的故事，而所有的故事都需要时间来浓缩和舒展。

“坐吧，子君。”边祺祺开口说道。

“好的，你怎么来安城了？”陆子君缓过神来后接话道。

“来看小雅，她说你也在。”边祺祺说道。

“你还去米兰吗？”陆子君问道。

“暂时不去了，毕业后在那边待了一段时间，然后就回来了。”边祺祺说道。

“是因为工作的原因吗？”陆子君问道。

“不是。”边祺祺回答道。

“喂，喂，喂，这里还有一个人！”张小雅指向自己并夸张地说道。

“你好，你坐着喝咖啡。”陆子君笑着说道。

“不好意思，姐有事先走了，等你们认真反省后再来找我。”张小雅说完转身就离开了。

他们两个人知道她最爱开玩笑，也就随她去了。

“在国外待着多好，一个人自由自在，回国后还要被父母管，为何要回来？”陆子君接着问道。

“谁说不是呢，但是待不下去了，只好回来。”边祺祺回答道。

“不是因为工作，那就是因为感情，跟男朋友分手了？”陆子君开玩笑地说道。

“对，米兰变成了伤心地，所以回来了。”边祺祺说道。

“不好意思，我刚刚是开玩笑乱说的。”陆子君收住笑容后说道。

“可惜被你说中了，就是如此。”边祺祺说道。

“回国后有什么打算？”陆子君喝了一口咖啡后问道。

“没什么打算，先休息一段时间再看吧。”边祺祺说道。

他们两个人闲聊了一会儿之后，陆子君向边祺祺推荐了空灵寺，并邀请她去参观，她开心地答应了。跟她走在去往空灵寺的路上，陆子君感觉特别满足，仿佛又回到了之前与她初识的时候。他介绍着安城的历史、美食，还有美酒，说说笑笑，他发现边祺祺不像以前那样矜持而不言语，反而变得乐观开朗。

时间过得非常快，他们已经在空灵寺走了两圈，边祺祺喜欢在寺庙里安安静静地走，陆子君不知道她的内心是否平静，但他的内心是很平静的，静到没有一丝一毫的杂念。

“祺祺，你看左边的铁塔，感觉有点要倒的意思。”陆子君突然说道。

“有吗?”边祺祺转过头边看边问道。

“有，比我前几分钟走到这里时看着更斜一点。”陆子君说道。

“没有对比我体会不到，我仔细看看，然后等过一会儿转过来时再看看。”边祺祺说道。

“好的，记住它的位置，这个斜度。”陆子君用手比画着说道。

“呵呵，好的，陆教授。你们做学问，做看病的工作都是这样一丝不苟吗?”边祺祺问道。

“是的，马虎不得。”陆子君笑着回答道。

“能够成为你的病人，还是非常幸运呢，认真负责，然后技术又高明。”边祺祺说道。

“呵呵，过奖了，不过我很开心，这是最高级别的肯定，谢谢。”陆子君笑着说道。

“不客气，我只不过是描述了一个事实而已。”边祺祺说道。

“对了，你现在还在修心经吗?”陆子君问道。

“早没有了，之前是因为内心无法平静才去念心经，现在很容易就安静下来，所以不用了。”边祺祺回答道。

“说明你已经练成了，哈哈，世外高人。”陆子君笑着说道。

“在寺庙里说我是世外高人，你完全不把方丈和僧人们这些真正的高人放在眼里，小心他们出来修理你。”边祺祺说道。

“你们都是世外高人，他们若是出来了，我就对着他们一顿猛夸，这样他们也不好意思下手。”陆子君说道。

“你变了，有点油腻感。”边祺祺说道。

“哎，也许是人到中年了，我讨厌自己这样。”陆子君说道。

“别别别，这样也挺好，油腻一点不会刺伤他人，这样好，是适应社会的表现。年轻的时候，锋芒毕露，棱角分明，在有意或无意之间非常容易刺伤他人，这样不利于和谐。”边祺祺说道。

“对，你说得对。”陆子君笑着说道。

过了一会儿，他们又走到同样的角度来看铁塔。边祺祺有点动摇了，她也觉得这个铁塔有点斜，并且比之前还要斜一点。

“子君，你说对了，它慢慢地在倾斜。”边祺祺说道。

“怎么办?”陆子君急忙问道。

“先提醒塔周围的人散开，然后告诉寺内的管理人员……你去塔周围告诉人们绕开走，我去找人。”边祺祺说道。

“好的。”陆子君说完便向前走去。

在陆子君的解释之下，路过的人都绕开了，塔周围闲走的人也离开了，这片地空无他人，只有陆子君一个人在与塔对视。

不一会儿，边祺祺带着人过来了，他们一起在塔的周围拉起了警戒线，然后有序疏散整个寺庙的人。过了几分钟，塔倾斜的速度持续加快，轰隆隆地，它应声而倒，周围顿时一片混乱，陆子君紧紧抓住边祺祺的手，快速离开了这里。

他们来到一家小酒馆，陆子君带着在店外买的安疆酒，大摇大摆地走了进去。

“子君，你太嚣张了，到酒馆来喝酒，竟然自带酒，你让别人店老板情何以堪?”边祺祺说道。

“刚刚我们救了很多无辜的人，壮胆了。”陆子君笑着说道。

“呵，原来是英雄配美酒，可行。”边祺祺说道。

“应该是美酒配美人。”陆子君说完之后，觉得有点不好意思。

他们找了一个靠窗的位置坐下，点了几个特色菜，打开安疆酒，真香，他倒了两杯。

“听说你结婚之后又离婚了，这么随意。”边祺祺喝了一小口酒后说道。

“我也不想这样，有些事不是我能控制的。”陆子君也喝了一口后说道。

“不合就分开，这样挺好，不将就。”边祺祺说道。

“我想将就啊，我特别想将就，可是事与愿违。越长大越想模糊一点过，所谓的美好、幸福，都是人想象出来的，真正过日子的时候就是日子，日子就是与另一半协调着吃喝拉撒睡，所以不能计较太多，能将就就很不容易了。”陆子君说道。

“你咋变得如此消极？一次失败的婚姻不至于吧？”边祺祺问道。

“哎，不说了，太伤脑筋。说你吧，你过得那么潇洒，已经变成大姑娘了，怎么家里没催着结婚呢？”陆子君问道。

“我已经让他们失望透顶了，所以他们放弃了对我的要求。”边祺祺说道。

“但你也不能一直这样单着吧？”陆子君问道。

“不能，我有朋友啊。”边祺祺说道。

“谁？”陆子君急忙问道。

“张小雅。”边祺祺说道。

“怎么……你们……这样不好吧？”陆子君用异样的眼神看着她说道。

“你别想歪了，我是说张小雅她们这些朋友都在，也不算单着。”边祺祺说道。

“可毕竟不是一家人，我觉得你还是要结婚，要不然这么漂亮的基因就太浪费了。”陆子君说道。

“找不到合适的人，我也没办法。”边祺祺说道。

“眼光放低一点，那不就有大把大把的人了。”陆子君说道。

“说得倒是轻巧，哪有那么简单。”边祺祺说道。

“你爸妈提的条件太苛刻了，这倒是真的。”陆子君说道。

“他们是有点过分，不过现在已经无所谓了，因为他们说再也不管我结婚的事了，只要找个男人，他们就同意结婚。”边祺祺说道。

“时间消磨了他们那锐利的意志。”陆子君猛喝了一口酒后说道。

“我为当年他们对你的所作所为而道歉，来，敬你。”边祺祺说完一饮而尽。

“不用道歉，来，干。”陆子君说完也一饮而尽。

酒过三巡，两个人有点晕晕乎乎的，此时，陆子君的电话响了，是方采妮打过来的，陆子君才惊醒，自己还有一个方采妮。方采妮说今天晚上跟同事们聚会，问他在干什么，他说跟老朋友在吃饭，方采妮说少喝一点也就没再细问。挂掉电话后，陆子君又接着与边祺祺喝，面对她，他完全处于沦陷状态，这么多年了，她仍然让他神魂颠倒。

他们一直喝到小酒馆打烊，仍然意犹未尽，两个人飘忽忽地走出酒馆，开始在路上唱歌，边唱边跳。边祺祺不小心被石头绊了一下，接着一个踉跄，在摔倒的瞬间竟然被陆子君接住了，他搂着她的腰，双方的眼神凝视了几秒，接着同时摔倒在地上。陆子君赶忙拉起边祺祺，两个人又对视了几秒，接下来，他们开始奔跑起来，寻找着酒店，两个人办理了入住手续。

一进房间，两个人都疯狂地扯对方的衣服并激烈地拥吻，无奈衣服有点多，手脚也不利索，扯了很久还是没扯完。吻了好一会儿之后，陆子君主动地松开嘴巴和双手，他开始帮她整理穿的衣服，然后又帮自己整理，接着他们在床边坐了下来。这个时候，陆子君的酒劲竟然过了，他感觉非常清醒。

“祺祺，我们不能这样，我最近交了一个女朋友，我们已经在讨论结婚的事了。”陆子君低着头说道。

“你不喜欢我了吗？”边祺祺问道。

“喜欢，我一直都非常喜欢你。”陆子君看着边祺祺说道。

“那就跟着感觉走吧，人生苦短，想那么多干什么。”边祺祺说道。

“可是，我需要对我现在的女朋友负责任，就算是要跟你在一起，我也需要先去跟她说清楚。要不然，我心里过意不去。”陆子君说道。

“我尊重你的选择。”边祺祺说完便倒下睡着了。

陆子君在旁边呼喊了好几次，她仍然一动不动，他用手指在她的鼻孔处试了一下，风不明显，赶紧摸了一下她的颈动脉，搏动正常，他才松了一口气，然后也躺了下来。

可是，陆子君怎么也睡不着，虽然旁边躺着自己最喜欢的人，但是此刻内心却心心念着方采妮，怎么办？矛盾的心情让他焦躁不安。

他起身去卫生间狠狠地洗了一把脸，看着镜子里的自己有些模糊，摇摇晃晃的。此刻头有点晕，胃部一阵烧灼之后他就立马趴到马桶上去呕吐，吐完舒服多了。他洗漱完毕就走了出来，看了一圈，“人呢？”他惊奇地喊道，然后四处找，在对面床边的地上找到了她。

陆子君把她抱到床上，帮她把鞋子和外套脱了下来，然后盖上被子，自己起身往房间门口走。走着走着，突然又停了下来，他觉得把她一个人放在这里自己不放心，于是又走了回来。就这样来回几次之后，他也累了，于是躺下来脱掉外套、裤子和鞋子，然后钻到被子里，他刻意与边祺祺保持着距离，就这样睡着了。

第二天，当边祺祺醒来的时候，发现陆子君光着身子酣睡着，她急忙掀开被子，看见自己还穿着衣服和裤子，于是松了一口气。她使劲推陆子君，他才慢慢睁开眼，看见边祺祺后立马清醒，然后坐起来，发现自己是裸体后立马将被子裹在身上，他非常难为情。

“我怎么没穿衣服?”陆子君问道。

“我怎么会知道，我还想问你呢，我的外套是你脱的?”边祺祺反问道。

“应该是的，你昨天睡在地上，是我把你抱到床上来的。”陆子君说道。

“你除了脱我的衣服，就没有做别的事情?”边祺祺问道。

“有，还脱了你的鞋子。”陆子君回答道。

“还有呢?”边祺祺问道。

“没有了。”陆子君回答道。

“你太不尊重我了，难道现在我在你眼里就一点吸引力都没有了吗?”边祺祺难过地问道。

“不是，你千万别这样想，你知道我是非常喜欢你的，但是我现在有女朋友了，不能同时亲近你们两个人，这是尊重你，也是尊重她。你给我一段时间好好考虑一下，然后再做决定。”陆子君说道。

“好吧，我尊重你的意见。”边祺祺说完便从被子里爬出来，朝卫生间的方向走去。

陆子君这几天上班都没精打采的，每天晚上都失眠，当幸福泛滥的时候就不叫幸福了，适量的幸福才是真正的幸福。在错误的时间遇见对的人，与在对的时间里遇见错误的人，都是上天与自己开的玩笑，不过，这样一点都不好玩，反而让人焦躁不安。

他害怕下班，因为不知道该怎么面对方采妮，于是每天拖到很晚才离开医院。边祺祺在安城待了两天之后就回华山了，她不想逼着陆子君做决定。

这天，陆子君例行在医院转悠，走着走着就来到了脊柱微创科，看着这个自己一手扶持起来的科室，内心感觉非常舒服。

“小马，你今天没手术吗?”陆子君奇怪地问道。

“陆副院长，有……”马云修回答道。

“有你怎么没上手术?”陆子君问道。

“我……”马云修吞吞吐吐地回答道。

“怎么？有什么特殊情况?”陆子君又问道。

看着马云修吞吞吐吐的样子，陆子君觉得有点问题，于是把他叫到值班室，反锁上门，坐着跟他聊。

“现在就我们两个人，你有什么事可以跟我说。”陆子君说道。

“陆副院长，我可能是得罪冯主任了，他罚我一个月不能做手术。”马云修说道。

“你做了什么错事?”陆子君问道。

“上次，我做了一个难度比较大的椎间孔镜手术，脱出的椎间盘已经漂移到椎体上方很远，我运用您教的方法顺利地把它取出来了。然后，我发了一个朋友圈宣传了一下。”马云修说道。

“哦，这个事我知道，我看了你的朋友圈，很不错，你现在的椎间孔镜手术做得不比他们差，后生可畏，可喜可贺。”陆子君说道。

“就是这件事，冯主任罚我一个月不能做手术。”马云修说道。

“呵呵，真是奇怪，做了不错的手术，发个朋友圈宣传一下也有错?”陆子君生气地说道。

“冯主任说要我有科室大局意识，不能私自宣传自己。”马云修说道。

“年轻人都是科室的宝贵财富，为什么不能宣传？我讲了很多次，要把年轻人推出去，要好好宣传年轻人，不能让你们只会埋头做事，不仅会做，还要会说会写会宣传。宣传你们就是宣传科室，你就是科室的一分子！这又不是什么坏事，好事为何不能宣传?”陆子君有些气愤地说道。

“可是冯主任不是这样想的，他觉得我们都只能默默地做事，要宣传只能宣传他一个人，这样一来，老百姓都会来找他一个人看病，做椎间孔镜手术。”

马云修说道。

“胡闹，虽然他是科主任，但这个脊柱微创科不是他冯世庆一个人的，这个科室是大家一起干出来的！”陆子君仍然生气地说道。

“陆副院长，我也咽不下这口气，但是我一点办法都没有。”马云修说着说着眼泪就流下来了。

这个孩子对椎间孔镜手术是真的热爱，不让他做手术，那不是夺人所爱吗？这不，他委屈得哭了起来。

陆子君内心不是滋味，他了解冯世庆的为人，自己毫不保留地把椎间孔镜手术技术教给他，他才有机会当上这个科主任。但是他一点也不懂得感恩，从来没有郑重地谢过自己，反而在某些场合说自己的坏话，此人的人品有问题。

“小马，不要哭了，这也不是什么大不了的事，回头我跟冯主任谈一谈，让他取消这个无厘头的惩罚。”陆子君说道。

“谢谢陆院长，陆副院长，您明年走了之后，我们怎么办？”马云修说道。

“怎么办？好好把椎间孔镜手术做好，好好当一个负责任的医生，没有我，你们一样能做好，要有自信。”陆子君笑着说道。

“陆副院长，我们肯定会好好做，但现在的问题是，冯主任开始打压我们几个人，就是跟您走得很近的，蔡铭悦、叶祖辉和我。”马云修说道。

“怎么打压你们？”陆子君问道。

“我们三个人的病人，他都要亲自上手术，我们独自动手做手术的机会很少，除非是他有事不能上手术的时候。”马云修说道。

“这样也好啊，他作为科主任，帮你们把把关，这不是什么坏事，不要多想。”陆子君说道。

“可是他对其他人就不会这样，只有我们三个，另外，听传言他准备把我们三个调到即将成立的中医正骨科。”马云修说道。

“你们手术都做得好好的，怎么能让你们去正骨科？你们都是我手把手培养出来的，可以说，手术做得比其他人都好，这样安排非常不合理。”陆子君说道。

“是啊，我们理解的是，冯主任在打压我们，也就是打压您。”马云修说道。

"我们不能有小人之心，这个事，我找个机会问一下他。大家都是同事，在一起做事，何必把关系搞得那么紧张。"陆子君说道。

"您把业务搞起来之后，他们的心态就发生了很大的变化，但我一直不明白，他们非但不感谢您，反而一直在做挤压您的事。"马云修说道。

陆子君听了这些话之后站了起来，他在房间里来回走动着，一句话也没有说，仿佛在思考着什么事。

"小马，你们三个人都很优秀，智商绝对没问题，但我要提醒你们，要注意情商的提高。要想做成功一件事或是成就自己的人生，智商重要，但情商更重要。"陆子君说道。

"明白了，谢谢您的提醒。"马云修说道。

"情商就是说话、做事之前，要设身处地地换位思考，看透别人会产生什么心理反应。就是说话、做事要比较得体，尊重别人，不有损别人的自尊心，或者能让别人高兴、愉快，至少不使别人反感甚至产生对抗性心理与情绪的反应，这样才能为自己的成长道路扫除障碍。走好路靠智商，扫除障碍靠情商。就像开车，技术再好，路堵了，技术就无法发挥啊！但是，情商与智商二者不能完全分割，不是孤立的，而是相互作用、互相影响的。用得好，相辅相成、相得益彰。用得不好，互相损害、恶性循环。其实，情商是以智商为基础的。真正的高情商，得以高智商为基础。高智商才能产生高情商。"陆子君语重心长地说道。

"谨遵您的教诲。"马云修说道。

"所以，不管是冯主任还是其他同事，你们都要运用情商和智商去面对，要灵活机动一点，不要只凭意气做事。"陆子君说道。

"我明白了，陆副院长。"马云修说道。

"你有空了买一本蔡康永的情商课来看看，不是说他写得有多好，但是，他讲的一些故事就会对你产生一种提醒，怎么样去更好地为人。"陆子君说道。

"好的。"马云修说道。

"你去忙吧，现在不做手术，你就利用时间去看书，整理临床资料，还有很多事情可以做，要学会变通，不要死板，明白吗?"陆子君说道。

"明白了。"马云修说完，起身打开了值班室的门，跟在陆子君的身后走了出去。

在回副院长办公室的路上，陆子君陷入了深深的思考，他扪心自问：我们什么时候能够为人际关系减负？让所谓的情商不再过多地消耗智商？让大家毫无阻碍地把宝贵的智商充分地发挥出来创造更多的财富？

大医精诚

一

在前期充分准备的基础上，骨科楼已经启动建设，工地上热火朝天地在进行作业，张宏良内心非常开心。这天，他带着陆子君在工地周围转悠，有些事他希望听听陆子君的意见。

“陆副院长，我已经跟县里领导申请了，希望你能再干一年，你们医院的领导过段时间就会来安城考察，最后做出决定。”张宏良说道。

“张院长，我听您的安排。”陆子君说道。

“你已经想通了？”张宏良问道。

“是的，早就想通了，要做就把事情做好。”陆子君回答道。

“我们医院的发展现在确实离不开你，等把这段路走顺了，我也不留你。现在骨科已经成为我们医院的发动机，整个医院的发展全靠它来带动。”张宏良说道。

“有您的支持才有现在的骨科，都是您一手扶持起来的。”陆子君说道。

“哈哈，你真是谦虚。”张宏良笑着说道。

“没有，我说的都是大实话。”陆子君说道。

“冯世庆前段时间申请的UBE设备下个星期就到医院了，三套，足够你们同时开展业务。王景雄这个星期就能来医院，他来了之后先待在脊柱微创科，让他跟着冯世庆，重点培养，等新大楼建成后，让他担任即将成立的脊柱外科科主任。”张宏良说道。

“这个规划前景让人非常期待。”陆子君笑着说道。

“UBE 技术，你也要多带带他们，冯世庆虽然说能做，但是他这个人你也了解，嘴巴比手的能力更强，但业务是要靠手而不是嘴巴。”张宏良说道。

“您是内行人，说得非常有道理。我不反对引进新技术，但是有一个原则，需要把握好，就是手术适应症。椎间孔镜的适应症非常广泛，对人体破坏比较小，只针对造成患者症状的病变组织，这叫精准打击，效果也很好。UBE 的适应症相对而言比较窄，合适的病人效果就很好，有一些病人能用椎间孔镜解决问题就不需要 UBE，当然，UBE 也能解决问题。所以，我想说的是，需要把握适应症，不能盲目地跟风开展手术。”陆子君说道。

“当然，这是我们当医生的底线，该做什么手术就做什么手术，病人适合做哪一种手术，我们就用哪个方法去做。”张宏良说道。

“我们有这个共识作为指导，就没问题，业务开展起来就会越来越顺。”陆子君说道。

“哈哈，希望如此。临床工作，还是你们最在行，我只是一知半解，所以全靠你们。”张宏良笑着说道。

“张副院长，以后我们医院的骨科规模会越来越大，我建议成立一个骨科学术委员会，有什么重要的事情或是重大手术的开展，还是需要学术委员会讨论一下，把个关，这样更有利于发展。”陆子君说道。

“这个建议好，我回头跟冯世庆和明德江说一声，你有机会也跟他们提一下。”张宏良说道。

“好的。”陆子君说道。

通过与张宏良的交流，陆子君发现了冯世庆的野心，UBE技术的确有它的优势，对于一些复杂的椎管狭窄的病人，它比椎间孔镜技术更能解决问题。该技术能够逐步取代传统的开放手术，但是不管是开放手术还是UBE，都需要进行椎间融合和内固定，也就是说与手术有关的费用会比较高。相比而言，椎间孔镜产生的医疗费用会低很多，陆子君之所以选择推广椎间孔镜技术，就是看上了它产生的医疗费用低，并且能解决大部分的腰椎间盘突出症及少部分腰椎管狭窄症。

每个人的立场不同，站的角度不同，对于手术技术的态度和观念也有不同。每个技术都有它的适应症，综合考虑来看，陆子君觉得UBE技术的角色就是椎间孔镜技术的补充，可以针对一些椎管狭窄的病人进行治疗，但强烈反对将UBE取代椎间孔镜。

但是，陆子君还不知道，冯世庆正在将椎间孔镜技术边缘化，对于这件事，张宏良也是睁一只眼闭一只眼。

时间过得太快，张小雅要回华山了，也许是因为陆子君离开了脊柱微创科，她才不想再待在安城。这天晚上，陆子君把大家召集在一起，为张小雅饯行。

方采妮下班后也赶了过来，现在她对陆子君黏得很紧，因为她听说了他上次单独见边祺祺的事，但不是很清楚他与边祺祺的感情深浅，只知道她是他的前女友。

大家都陆陆续续地把餐馆的座位填满了，菜也上了，酒也满上了，陆子君一句话，大家开始吃菜。

方采妮在陆子君的耳边嘀咕了两次，让他少喝一点，陆子君微笑着点头貌似是答应，但是他知道，酒一喝起来，谁拉得住。

"我们一起敬张小雅一杯，这几个月把脊柱微创科管理得井井有条，功成身退，一路顺风!"陆子君举杯说道。

"来，敬小雅姐!"大家附和着说道。

"陆副院长，你这总结词貌似不是说我吧？把科室管理得井井有条，功成身退，应该都是对你的形容词，就一个一路顺风符合我的现状。"张小雅举杯说道。

"真是谦虚低调，我应该向你学习。好，遂你愿，祝你一路顺风!"陆子君又说道。

"谢谢，干杯!"张小雅说道。

"干杯!"大家附和道。

今天喝酒时大家的兴致都不高，气氛比较沉闷，一方面确实有点不舍，另一方面这几个人目前在科室都受到了排挤，很不顺心。

"蔡铭悦、叶祖辉、马云修，你们三个人今天很沉闷，有心事还是舍不得小雅的离开?"陆子君问道。

“没有心事，来，我们三个人一起敬小雅姐，祝你一路顺风，天天开心！”蔡铭悦带头说道。

“谢谢你们三个人，我会想念大家的，你们一定要好好努力，争取跟你们的陆副院长一样优秀。”张小雅说完一饮而尽。

“我们会努力的。”叶祖辉和马云修一起说道。

“小雅姐，我敬你，祝你和我都早日找到男朋友！”罗佳佳笑着说道。

“这句话实在！”叶祖辉笑着说道。

“哈哈，来，佳佳，我们干！”张小雅说完一饮而尽。

看得出来，张小雅是想把自己灌醉，来者不拒，酒慢慢喝，大家的兴致就慢慢起来了。之前沉闷的蔡铭悦、叶祖辉和马云修各自开始跑场子敬酒，饭桌上就方采妮一个人显得格外另类，对于他人的敬酒，她只是小口小口地抿了抿。

蔡铭悦喝酒前最沉闷，喝酒后超疯癫，他竟然拉着陆子君在旁边的沙发上大谈特谈。

“陆副院长，我们心里苦啊，您离开科室之后，我们三个人被排挤，冯主任想尽办法限制我们开展工作，您说我们应该怎么办？”蔡铭悦说道。

“我之前跟马云修讲过，你们三个人要学会变通，情商很重要，情商。”陆子君说道。

“我的情商低怎么办？”蔡铭悦问道。

“小蔡，你怼得我没话说了。”陆子君尴尬地说道。

“对不起对不起，陆副院长，我自罚一杯！”蔡铭悦说完一饮而尽。

“来来来，我陪你一杯。”陆子君笑着说道。

“子君，你少喝一点。”方采妮走到陆子君身旁说道。

“好的，少喝点，今天大家开心，我稍微陪着喝点。”陆子君说道。

“嗯。”方采妮说完便回到桌边的座位上。

“小蔡，你可以买一本蔡康永，是你本家，他写的书，情商课，你好好看看，学一学你本家是怎么施展情商的。情商，说白了就是让他人感到舒服，是人际关系的润滑剂。”陆子君说道。

“陆副院长，我明天就去买来看！哎，其实道理我都懂，就是做不到。”蔡铭悦说道。

“为什么做不到？我告诉你，是因为你的心气高，放不下高姿态！明白吗？送你一副对联，气傲皆因经历少，心平只为折磨多。”陆子君说道。

“气傲皆因经历少，心平只为折磨多，好句子，您说得很对，我需要放低姿态。但是，陆副院长，我试过，姿态越低，就被压得越厉害，一直压得让我喘不过气来。”蔡铭悦说着说着哭了出来。

“小蔡，男人有泪不轻弹！赶快擦干！”陆子君说道。

蔡铭悦反而忍不住哭得抽泣起来，陆子君看在眼里，疼在心里，这几个年轻人都是自己亲手培养出来的，很能干也很优秀，不能因为自己而遭遇不公平对待。他起身走开，罗佳佳走过来递给蔡铭悦纸巾，抚摸着他的背安慰他，此时，蔡铭悦立马收住了哭泣，变回正常模样。

“小蔡、小叶、小马，你们三个人要记住了，人生在世，除了要挺直胸膛做人，还要学会协调与他人的关系，我不是让你们去搞关系，而是要学会平衡自己与周围人之间的关系，要不然，自己的能力就没办法很好地展现，自己的发展也会阻力重重。”陆子君语重心长地说道。

蔡铭悦、叶祖辉和马云修三个人走到陆子君身边，同时敬了他一杯。很多时候，男人需含着泪负重前行，在前行的过程中，时间会帮助你成长。

晚上的酒喝得不开心，陆子君跟着方采妮回到了她家里，一进门他便扑在沙发上呼呼大睡起来。方采妮去洗了个澡换了身睡衣，然后走出来，看见陆子君一动不动地躺着，她走过去使劲地摇他，他仍然一动不动。她看着他，突然一个大嘴巴子狠狠地抽在他的脸上，他瞬间翻滚到地上，醒了。

“什么事？什么情况？”陆子君迷迷糊糊地问道。

“你在沙发上睡着了不小心滚到了地上，摔疼了吧？”方采妮边扶他起来边说道。

陆子君逐渐清醒过来，他在沙发上坐下，摸了摸自己的脸。

“我摔在地上，怎么脸很疼？”陆子君疑惑地问道。

“喝多了吧，摔下来脸着地当然会脸疼，我在旁边看见时已经来不及扶你了。叫你少喝点你听不进去，酒又不是什么好东西，伤身体还容易误事。”方采妮说道。

“你说得对，以后要少喝点。”陆子君边摸脸边说道。

“我给你冲一杯咖啡，你坐好，别又摔倒了。”方采妮说完走向吧台。

“谢谢，不会摔了，刚摔了一跤，现在清醒多了。”陆子君说道。

方采妮边冲咖啡边看陆子君，陆子君过一会儿就摸一下脸，莫名其妙的样子有点搞笑，她忍住了没笑出来。不一会儿，她端着咖啡走了过来，把咖啡递给他，然后在他旁边坐下。

“子君，有件事情我想听你说是怎么回事。”方采妮平静地说道。

“什么事？”陆子君问道。

“就是，你跟张小雅是什么关系？”方采妮问道。

“同事关系，也是好朋友。”陆子君回答道。

“就这样？”方采妮又问道。

“就这样，怎么？你又听到什么风言风语了？”陆子君问道。

“没有人说什么，只是大家都觉得你们两个人关系不一般，不像是普通朋友，而像是男女朋友，她不会也是你的前女友吧？”方采妮问道。

“不要乱讲，我跟她是很多年的同事了，是战友，是兄弟，没有男女之间的感情，就是非常好的朋友，采妮，别人怎么说都无所谓，但是你要相信我，我对你很坦诚，不会撒谎。”陆子君说道。

“那就好，我也相信你。”方采妮说道。

“谢谢你，让我们一起好好过日子。”陆子君抱着方采妮说道。

“嗯……还有一件事情我也想问你。”方采妮说道。

“还有事？什么事？”陆子君放开她后问道。

“上次你的前女友来安城，你是不是跟她待了一晚上？”方采妮平静地问道。

“是的，那天都喝多了。”陆子君也平静地回答道。

“你们晚上做了什么？”方采妮继续问道。

“睡觉啊。”陆子君回答道。

陆子君说完之后，发现方采妮的脸色变了，于是赶忙解释。

“那天晚上没做什么，我和她各睡一张床，把她送到酒店后，本来我是要离开的，但是看见她睡得很死，然后一个人在酒店，我有点不放心，万一出什么事了，会非常麻烦，所以我就在另外一张床上睡下，那天吃饭吃到很晚，我也不方便给其他人打电话让她们来帮忙。”陆子君说道。

“你们都分手了，还有那么多话要说？还可以一起吃饭喝酒？你们是不是要复合？”方采妮平静地问道。

本以为方采妮会大发脾气，但是她没有，而是非常平静，可能是由于她是主持专业出身，擅于控制自己的情绪对他人进行采访，但是这一点还是让陆子君有点害怕。

“没有，我和她之间已经是过去式了，不可能复合，再说了，我有你。”陆子君说道。

“若是没有我呢，你们会不会复合？”方采妮问道。

“没有也不会。错过了就是错过了，不可能重新来过。”陆子君坚定地说道。

“那你们之间为何还有那么多话要讲？”方采妮穷追不舍地问道。

“哎，分手后，我和她之间还是朋友，当年，她去国外留学，我们就再也没联系了，本以为再也不会与她见面。现在她回国了，只是老朋友之间的聊天，你不要多想，我不会背弃我对你的承诺。那天晚上，我脑中全部都是你，虽然跟她待在一起，但是我一直想着你。”陆子君说道。

“真的吗？”方采妮问道。

“真的，我想跟你过一辈子。”陆子君说完又抱住了方采妮。

“我接受你的过去，但希望你以后只爱我一个人。”方采妮抱住陆子君后说道。

“当然，我只爱你，我们还要生很多小宝宝。”陆子君说道。

就这样，埋藏在陆子君心底的那个结慢慢地被解开了，他一直在犹豫该怎么跟方采妮沟通，没想到她会如此平静而成熟地看待这件事。这样的好女孩，他不忍心也不想辜负她，他希望跟她一直走下去。

第二天一大早，陆子君便开车来接张小雅，他要亲自送她去火车站。一路上，张小雅没有说什么话，仿佛一直在思考着什么。到达火车站后，陆子君一直送她到火车站里面，看看时间，还有一个多小时，于是主动坐下来陪着她等车。

“小雅，谢谢你这么多年来对我的照顾，我希望你能找一个好男人，拥有自己的家庭，以后少喝点酒，伤身体。”陆子君看着她说道。

“谢谢你。”张小雅低头说道。

“能跟边祺祺认识，我真的非常满足，谢谢你当年介绍我和她认识。”陆子君说道。

“你们认识是注定的，不是我的功劳。”张小雅说道。

“在我心里，你是我最好的朋友之一，希望你也能一直把我当成好朋友。”陆子君说道。

“当然，不管怎样，我们都会是好朋友……你没发现我们的对话像两个小孩子一样吗?”张小雅说着说着笑了出来。

“是的，有点幼稚的对白。”陆子君笑着说道。

“陆子君，我到安城来就是为了你，现在看着你找到了自己的幸福，我也就不能再打扰你了，没有缘分跟你成为夫妻确实比较遗憾，但我也很知足。”张小雅苦笑着说道。

“谢谢你，小雅。”陆子君说完一把抱住了她。

张小雅也用双手紧紧地抱住陆子君，就这样持续了好一会儿，张小雅默默地流下了眼泪。

进站的铃声响起，张小雅抹干眼泪后松开双手，她提起行李箱便头也不回地往里面走去，只留下陆子君呆呆站在那里。

二

第一个合适UBE手术的病人出现了，由陆子君亲自主刀，冯世庆和王景雄担任助手，蔡铭悦等人在台下观摩。陆子君边做边讲解，每一步操作都非常清晰，让冯世庆和王景雄不停地赞叹。陆子君很想对蔡铭悦他们说，“你们看，这就叫情商，好好学。但是，不要只会拍马屁，在修炼真本事的基础上，学点马屁技术，方能锦上添花。”

手术进行得非常顺利，结束后，陆子君把冯世庆和王景雄叫到一起，在科室的会议室内坐下，就UBE技术的开展，他想叮嘱他们几句。

“陆副院长，刚刚的手术做得实在是太棒了，行云流水般的，大师级的，厉害。”冯世庆说道。

“是啊，陆副院长，我的感受就八个字，勇猛精进，十分漂亮。”王景雄说道。

“谢谢你们两位的夸奖，对于这个UBE手术，我有些想法想跟你们聊聊。”陆子君说道。

“陆副院长，您说，我们是想听听您的意见。”冯世庆说道。

“对于椎间盘突出的病人，有明显的压迫神经症状，我们采用椎间孔镜手术治疗，这是我们的初心，也是我们的特色，我们需要坚持做下去。不管是从经济上还是从疗效上，对病人有利的，我们必须坚持，这是我们创造的品牌。对于椎间盘突出和严重椎管狭窄的病人，以前我们采取传统的开放手术来治疗，现在我们有了UBE技术，就多了一个选择，对于此类病人，我们可以采用UBE技术来治疗。在手术适应症方面，椎间孔镜和UBE技术有重叠的部分，但是，在我们科室，我不希望在不久的将来，UBE技术完全取代椎间孔镜。因为，椎间孔镜运用熟练了，已经可以解决大部分椎间盘突出的问题，并且它产生的医疗费用低。我们作为公立医院，要坚持惠及广大群众的原则。以上是我的看法，冯主任和王医生，你们怎么想?”陆子君问道。

“陆副院长，您说得非常好，也非常对，我们按您说的办。您提到的一点非常好，就是椎间孔镜是我们创立的品牌，我们一定要坚持，我们骨科的发展日益壮大，是椎间孔镜开启的局面，我们不能忘本。”冯世庆说道。

“我同意冯主任的意见。”王景雄说道。

“好，既然我们能达成共识，以后就按这个原则办，品牌的维护非常重要，建立一个品牌不容易，但要毁掉一个品牌易如反掌。”陆子君说道。

“是的，陆副院长说得很有道理。”冯世庆说道。

“王医生，你抓紧时间学习UBE技术，以后成立的脊柱外科就以开放手术和UBE为主，你要把它做出品牌。”陆子君说道。

“明白，陆副院长，我一定好好努力。”王景雄说道。

“只要是有疑问的病例，或是复杂的病例，在手术之前一定要进行讨论，只要你们需要，我随时都可以过来参加你们的讨论，我们一定要走稳。”陆子君补充说道。

“明白，陆副院长。”冯世庆说道。

跟冯世庆和王景雄讨论完毕后，陆子君满意地回到自己的办公室，他边喝咖啡边来回走动，现在他好像已经过成了自己以前讨厌的样子，并且还有点享受的感觉。对于这种情况，他内心会被突然冒出来的罪恶感填满，所以赶紧打开材料，又开始认真地编写著作。《椎间孔镜笔记》只剩最后两章的内容，著作的插图都已经请人绘制完毕，待这两章写完之后，就可以交由出版社审稿、出版，想到这里，陆子君激动得猛喝了两口咖啡。

今天是一个特别的日子，陆子君自家医院的书记已经来到安城，等一会儿他要陪同安城人民医院的领导们一起去迎接书记，并陪同书记对医院进行参观、考察。

大家都换成正装，提前站在医院门口列队等待书记车队的到来，欢迎横幅也拉得非常醒目，瞧这阵仗，应该算是最高规格的接待了。

不一会儿，车队到达，书记及其他人员陆陆续续地从车上走下来，现场响起了热烈的掌声，热情程度溢于言表。

陆子君一看，是黄伟坤书记，还有其他几位领导，他高兴地与华山来的领导们握手、寒暄。

黄书记看见如此盛大的欢迎仪式感到非常开心，来了一场慷慨激昂的演讲，对陆子君的突出表现给予充分肯定。欢迎仪式结束后，一群人陪同黄书记在医院的骨科进行视察，并参观了正在建设中的骨科楼工地。

公开活动结束后，黄伟坤把陆子君拉到一边，开始跟他单独聊天。

“小陆，你的表现非常好，为我们医院争光添彩，你的事迹在市组织部引起了轰动，领导们都给予你极高的评价，并点名表扬了我们医院，你让我的脸上非常有光。”黄伟坤笑着说道。

“谢谢领导的认可，这都是得益于我们医院对我的培养，没有我们医院就没有我。”陆子君说道。

“你这个认识非常有高度，我很喜欢你，的确，我们个人若是离开了医院这个平台，就什么也不是，是医院成就了我们。”黄伟坤说道。

“是的，黄书记。”陆子君说道。

“鉴于你突出的表现，安城人民医院的领导经由安城县组织部向我们华山市组织部提出申请，希望你能再待一年，继续给他们提供技术上的帮助和指导。市组织部让我来问一问你个人的意见，小陆，这次机会难得，领导们也很少这样开口要人，你要好好把握。”黄伟坤说道。

“黄书记，我想过了，再干一年。我与安城人民医院已经有了深厚的感情，希望他们的骨科、他们的医院能够更上一层楼。”陆子君说道。

“哈哈，那就好，我们医院以有你这样的人才而骄傲！”黄伟坤笑着说道。

“黄书记过奖了。”陆子君假笑着说道。

“你有什么困难或是想法，可以跟我讲，我能做到就一定帮你。”黄伟坤说道。

“谢谢黄书记，医院已经给我提供了非常好的成长环境，我非常感恩目前的状况，没有什么困难，若是说想法，倒是有一点……”陆子君说道。

“什么想法，尽管说。”黄伟坤说道。

“就是评审职称，回医院后能不能解决我主任医师的评定？”陆子君问道。

“哈哈，小陆，你如此优秀，不用担心这个职称，只要你的各项条件都达到评审的要求了，我们学术委员会会优先考虑你的。”黄伟坤笑着说道。

“谢谢黄书记。”陆子君笑着说道。

“还有什么想法吗？”黄伟坤问道。

“没有了。”陆子君回答道。

“好的，你在安城好好干，等你回华山的那一天，我亲自招待你！”黄伟坤笑着说道。

“好，谢谢黄书记。”陆子君说道。

听着黄伟坤的回答，陆子君心里仍然在犯嘀咕，职称评审非常难，他说达到要求了才会优先考虑，但是医院设置的要求太高，恐怕很难达到，哎，只能走一步看一步了，黄伟坤也不可能拍胸脯保证他能评审通过。

黄伟坤毕竟是见过大世面的人，那么大的医院，面对那么多人，需要足够的智慧来应对，这一点是值得陆子君学习的。这天晚上又喝多了，陆子君回到家时吐得稀里哗啦，方采妮在旁边又是擦又是洗，充分展现了一个女人贤惠的一面。

“不是说了不再喝很多酒吗?”方采妮问道。

“能不喝吗?今天是我们医院的领导到安城视察工作，给予我那么高的评价，不喝不是很不给领导面子?”陆子君说道。

“你们领导怎么那么能喝酒?”方采妮说道。

“不能喝酒怎么当领导?真是的。”陆子君说道。

“照这样看来，我觉得你还是不要往领导的方向发展，当一个普普通通的医生就可以了，要不然身体迟早会被喝垮。”方采妮说道。

“我没想过当领导，是准备做一个普通的医生，但是你不知道吗?实力不允许啊，非要把我往领导的位置上推，不让我低调啊。”陆子君说道。

“这个话在家里说说就算了，你可千万不要在外面这样说，还是要低调。实力不允许，你是光彩照人，光芒四射，掩盖不住你的辉煌是吧?”方采妮笑着说道。

“是的!”陆子君说道。

“你咋喝个酒把胆子充得那么大，以前从来没有这么嚣张过，我给你放热水，你好好洗洗，清醒一下。”方采妮说道。

“我都是说的实话。”陆子君说道。

“行，你牛气冲天，去洗澡。”方采妮边说边把他推进浴室。

一觉醒来，又是美好的一天，陆子君心情愉悦地去上门诊，为每一位病人详细诊断，耐心解答，做出治疗方案上的指导。他越来越有自信，像一个武林高手一样沉稳。

门诊快结束的时候，陆子君的手机响了，是冯世庆打过来的，接通后了解到，冯世庆请他去手术室帮忙。

此时，陆子君拨通了蔡铭悦的电话，通知他去手术室与自己碰面。

就这样，陆子君与蔡铭悦一起来到冯世庆的手术间，仔细阅片之后，陆子君跟蔡铭悦嘀咕了几句，然后他们两个人一起去洗手、消毒，穿衣上手术台。

陆子君接过冯世庆手中的椎间孔镜镜头，在里面看了一圈，然后把镜头交到蔡铭悦手上，示意他来操作。蔡铭悦领会到陆子君的意思之后，开始认真地做，陆子君在一旁协助蔡铭悦操作，就这样一个小时过去了，手术顺利完成。

看见这个局面，冯世庆感觉非常不自在，因为手术间其他人也目睹了整个过程。

走出手术间，冯世庆在陆子君的背后叫了他一声。

“冯主任，怎么了?”陆子君停下脚步转过头问道。

“陆副院长，这个复杂的手术，您让小蔡来做，让我有点……”冯世庆吞吞吐吐地说道。

“尴尬？不服气?”陆子君笑着问道。

听着陆子君的问话，冯世庆没有说话。

“冯主任，你的椎间孔镜手术是我教的，蔡铭悦他们的椎间孔镜手术也是我教的，平心而论，他们做得比你还要好，他们的悟性都非常高。虽然这个手术确实很复杂，但是也有技巧，这个技巧我教给他们之后，他们都掌握了，但是你还是没掌握。前段时间你没做下来的病人情况跟这个差不多，所以你想一想，是不是要考虑一下，多给年轻人一点机会?”陆了君认真地说道。

“我给了他们很多机会，但是年轻人成长还需要一个过程。”冯世庆说道。

“冯主任，我建议再多给蔡铭悦、叶祖辉、马云修他们一点机会，你也知道，我还要在安城多待一年，我希望看见他们几个人有好的成长环境，他们都非常优秀，一定会成为你的得力助手。”陆子君说道。

“我明白了，陆副院长，我尽量多给他们机会。”冯世庆说道。

“先谢谢你了，冯主任，我们一起努力，把骨科建设好。”陆子君笑着说道。

“好的。”冯世庆也笑着说道。

通过此次机会，陆子君希望冯世庆对蔡铭悦他们的态度有所改观，希望他明白年轻人永远都是科室发展的助推器，一定要善待他们。

就这样，三个月过去了，医院举行季度总结报告会，在报告会上，陆子君翻阅着手上的内容，脸上的表情越来越严肃，他感觉这个数字有点不对劲。

散会之后，陆子君电话约王景雄在科室碰面，他想了解一下目前科室的运行状态。

“陆副院长，我们在会议室聊吧。”王景雄笑着说道。

“嗯，走。”陆子君说道。

陆子君坐下来之后，王景雄给他端过来一杯茶水，然后在他对面坐下。

“景雄，目前科室做了很多UBE手术?”陆子君问道。

“回陆副院长的话，做了一些，比之前要多一些。”王景雄说道。

“这几个月做的UBE总量是椎间孔镜手术的两倍，这是非常大的一个数字，不是一点点。”陆子君说道。

“确实比之前多很多。”王景雄说道。

“你是UBE手术的主要参与者，你有没有将它的适应症扩大?”陆子君严肃地问道。

“没有。”王景雄回答道。

“那为何会多出那么多的UBE病人？这些病人从哪来的?”陆子君继续问道。

“陆副院长，每个医生都是选择自己熟悉的手术方法来为病人提供治疗，这样也是为病人的安全做保障，您说是不是?”王景雄说道。

“景雄，你先回答我的问题。”陆子君缓了一口气后，平静地说道。

“有一部分准备做椎间孔镜的病人改为了UBE手术，所以UBE多了，椎间孔镜就少了。”王景雄沉默了一会儿后才说道。

“这是谁的主意?”陆子君又问道。

“科室讨论后决定的治疗方案。”王景雄回答道。

“冯世庆的主意?”陆子君问道。

王景雄没有说话，他不知道该怎么回答，也许沉默就是回答。

“景雄，我们当医生的，这一辈子可能就不会再干别的了，只能好好当一名医生。医生，要把病人放在第一位，我们的奋斗目标就是要用最小的代价解决病人的问题。正因为如此，目前我们骨科的发展趋势就是微创化，甚至无创化。相对于UBE手术而言，椎间孔镜手术对人体的破坏更小，也更微创，能用椎间孔镜解决的病人，我们最好不用UBE，需要用UBE手术的病人我们就用。对于这一点，之前我当着冯主任的面讲过，你也在场。但是，这几个月以来，情况完全不一样，所以我想提醒你们，要守住我们的职业底线。”陆子君平静地说道。

“陆副院长，您也知道，冯主任不是特别擅长做椎间孔镜，但是UBE手术做得还行，所以他倾向于UBE。”王景雄解释道。

“景雄，你说得很牵强，我们都是搞脊柱专业的，大家都是明白人，椎间孔镜手术都做不好，怎么可能做好UBE？UBE技术跟椎间孔镜是相通的，冯主任要是没有你的帮助，他敢做UBE吗？”陆子君说道。

“陆副院长，您说得很对。但是，您有没有想过，若您是冯主任，会怎么做？选择一个有人支撑的技术开展还是一个没有人支撑的？”王景雄问道。

“你的意思是椎间孔镜手术没人帮助冯主任？”陆子君问道。

“是的，他本来是求助于您，结果您上次让他难堪之后，他就不愿意再求您帮忙了。您知道的，他不会去求助于蔡铭悦他们。”王景雄说道。

“照这样看来，是我促使他选择UBE了？”陆子君自问道。

“有这个因素。”王景雄说道。

陆子君没有说话，他默默地喝了一口茶。

“陆副院长，我知道您是一个为老百姓着想的好医生，并且是不计回报地付出，我辈一定会以您为榜样，规范自己的行为。但是您有没有想过，您一直在提的适应症，会不会它本身也有一个适应症？”王景雄说道。

“景雄，你说的是什么意思？”陆子君疑惑地问道。

“一个疾病，比如腰椎间盘突出症，适合用椎间孔镜治疗，也适合用UBE治疗，还适合用开放手术治疗，这一个病就适合用三个方法来治疗，怎么来确定它的唯一适应症？不还是落脚到医生身上吗？这个负责治疗该疾病的医生，他会什么方法，不就是它相对最合适的适应症吗？”王景雄说道。

“你说得有点道理，不过，这不叫适应症，叫相对合适的治疗方法。我们医生需要提高业务水平，从而为病人提供最佳的治疗方案。”陆子君说道。

“陆副院长，我们骨科这么多医生，不可能每个人都能像您一样把椎间孔镜做得那么熟练，所以，他们达不到您的要求是很正常的事。但是他们也要继续当医生，继续给病人治病，用他们熟悉的方法来解决病人的问题。”王景雄说道。

听到这里，陆子君没说什么，他起身在会议室里来回走动，仿佛在思考着什么。过了好一会儿，他停下脚步并坐了下来。

“景雄，你选择从华山回到安城，我真的很佩服你，我相信你以后一定会做出成绩。作为过来人，我经历过你现在所处的阶段，所以不会责怪你，但我希望你能传播正能量，让手中的技术在它该发挥作用的地方释放光彩。”陆子君说道。

“我明白您的意思，您放心，我会将您的话铭记于心，用来指明我以后的路。”王景雄说道。

“嗯，UBE技术我不反对，但是，我希望你能好好学习一下椎间孔镜技术。对于一些合适的病人，学会用椎间孔镜来治疗。”陆子君说道。

“好的，我有机会了就跟蔡铭悦他们学习学习。”王景雄说道。

“行，那我先走了，有什么事情随时联系。”陆子君说完起身离开了会议室。

“再见，陆副院长。”王景雄看着陆子君的背影说道。

在回办公室的路上，陆子君显得很低落，反思自己是不是情商也不够用，本想帮助蔡铭悦他们，但如此看来，会不会帮了倒忙。

他想现在去找张宏良谈谈，但又觉得有必要先跟冯世庆聊一聊，在犹豫不定中已经走到了自己办公室门口。他推开门，冲了一杯咖啡，喝上一口之后就坐在沙发上闭目养神，也许他需要先静一静。

三

椎间孔镜手术在脊柱微创科被边缘化的现状，让陆子君在这段时间里一直闷闷不乐，他生怕自己一手建立起来的微创品牌，由于自己的不当管理而又毁在自己的手里。就如同孙悟空的师父当年教会他七十二变之后，担心他日后运用所学本领惹祸一样，所以陆子君一直在思考着该如何处理这件事。

冯世庆的两面派作风，让陆子君觉得跟他谈话没有太大的意义，思前想后，陆子君决定找张宏良谈一谈，他敲门进入院长办公室。

“陆副院长，有什么好事要与我分享？”张宏良笑着问道。

“好事？的确有好事，现在我们骨科的发展势头良好，UBE技术也开展得如火如荼，上个季度的总结报告上有数据分析，对于这个结果，我很震惊。”

陆子君说道。

“震惊？是因为出乎所料吗？”张宏良问道。

“是的，出乎我的预料。”陆子君回答道。

“骨科发展得好，都是你们的功劳。”张宏良说道。

“张院长，我想跟您谈的就是这个发展的问题。”陆子君说道。

“发展有什么问题？”张宏良问道。

“现在由于各种因素，导致发展有点偏离轨道。我们的椎间孔镜品牌没有得到很好的维护。”陆子君说道。

“不明白，你说直白一点。”张宏良说道。

“现在冯主任大力推进UBE的手术治疗，导致椎间孔镜手术量急剧下降。”陆子君说道。

“你是说椎间孔镜的手术量下降了，所以担心这个品牌地位不保？”张宏良问道。

“简单理解的话，就是如此。但这是表面现象，深层原因就是冯主任在王景雄的协助下大力开展UBE手术，将椎间孔镜手术边缘化了。”陆子君说道。

“如此看来，王景雄还是很有能力。”张宏良笑着说道。

“张院长，您还没明白我的担忧吗？这样下去椎间孔镜的品牌就会受影响。”陆子君说道。

“弱化了椎间孔镜的品牌，不是新建了一个UBE的品牌吗？”张宏良笑着说道。

听到这里，陆子君心头一震，看着张宏良脸上的笑容，他突然觉得有点可怕。听过他刚刚的一番话，陆子君觉得冯世庆之所以如此大刀阔斧地开展UBE技术，背后应该有人支持，这个人可能就是张宏良。停顿了几分钟，陆子君才接着说话。

“张院长，在微创治疗椎间盘突出的问题上，椎间孔镜有很大的优势，UBE更适合于椎管狭窄的病人。椎间孔镜手术百分之九十以上都可以在局部麻醉下进行，而UBE需要硬膜外麻醉或是全身麻醉。简单来说，在同等条件下，前者花费少且手术风险低，后者刚好相反。”陆子君说道。

“陆副院长，临床上的事我的确不是很懂，所以对于你说的我没办法做出准确地判断。但是，有一点我非常清楚，在我这个位置上就必须相信临床中做事的人，他们这些科主任就是我的靠山，他们做得好我就能坐得稳。冯世庆，不管他是发展椎间孔镜还是发展UBE，只要他平稳地发展，我就支持。我不懂你们的专业，什么突出啊什么狭窄，哪个适合哪个，我管不了，既然冯世庆是主任，这些都交给他去判断和把握。若你是科主任，我也会完全相信你，就跟之前你开展椎间孔镜技术一样。”张宏良说道。

“那我现在再回去当科主任呢？”陆子君说道。

听到这里，张宏良没有立马回话，而是起身去拿茶壶，他倒了两杯茶，递给陆子君一杯。

“陆副院长，事情都是向前发展的，你再回去当科主任，但是你能一直在我们医院待着吗？况且冯世庆他们做得还不错，他们是需要长期做下去的。你把技术带到我们医院，对于这一点，我非常感谢你，但是，医院的长远建设还是需要冯世庆他们那帮人。”张宏良说道。

“我明白了，但是张院长，我认为我们可以做得更好。”陆子君说道。

“陆副院长，怎么样才叫更好？你有没有想过，虽然你是非常优秀，但再怎么培养，冯世庆他们也不可能成为你，让他们找到适合他们发展的方向不好吗？”张宏良说道。

“的确，好是没有止境的，只要投入时间和精力，就可以一直超越好的界限，就跟人类的欲望一样，满足了这个又想要那个，是个无底洞。可反过来想想，我们医学的发展，不就是精益求精的过程吗？古话说得好，大医精诚，成为大医的最基本要素应该就是精益求精、技术精湛。”陆子君说道。

张宏良又沉默了，他在办公室来回走动，似乎在思考着什么。

“你的确是不可多得的人才，病人能够找到你是他们的幸运。我同意你说的，你有什么计划？”张宏良问道。

“我想聘请马云修为我的助理，协助我处理副院长的事务，另外，我想重回脊柱微创科，当一个小组长，负责一部分病人的具体治疗。”陆子君说道。

“没问题，就按你说的办，就像你刚开始来的时候一样，我支持你。”张宏良说道。

“谢谢张院长。”陆子君说道。

“不客气，我应该谢谢你，有你这么一个认真负责、全心全意为病人服务的医生，实在是我们安城老百姓的幸运，是我们安城人民医院所有医生的楷模。”张宏良说道。

“张院长，我化您的话为前进的动力，我出去忙了，再次谢谢您的支持。”陆子君站起来说道。

“不客气。”张宏良笑着说道。

张宏良虽然面露笑容，但是陆子君明显感觉到他内心的不悦，自己重回脊柱微创科的行动可能会对他和冯世庆的发展规划形成一定的影响。明知山有虎，偏向虎山行，陆子君的这股倔劲儿和初生牛犊不畏虎的精神，让张宏良对他又爱又恨。

就这样，陆子君又回到了脊柱微创科，他与蔡铭悦、叶祖辉还有马云修组成一个治疗小组，平时医院的相关事务都交由马云修去办，他现在又一心扑在临床工作上，能扎扎实实地为病人解除病痛，他就觉得心里很踏实。

在张小雅离开脊柱微创科之后，罗佳佳就当上了科室的护士长，她看见陆子君又扎根于科室，感到非常开心。陆子君回来上班的第一天，罗佳佳就要请大家吃饭，说是为了欢迎陆子君归队。这天下班后，大家就凑到了一起，开启了狂欢模式。

这次是在无敌KTV，一群人边吃边喝边闹边唱，陆子君跟着大家一起疯，很久没有如此放纵、放松、放飞自我了。

大声唱过之后，感觉有些空虚，陆子君走出KTV，在大街上静静地喝西北风，借着风让头脑清醒一下。

罗佳佳跟了出来，她觉得他有心事，所以想关心一下。

“陆教授，你站在这里吹风，不怕吹吐了？”罗佳佳问道。

“吐了会舒服一些，我想吐。”陆子君回答道。

“你往前面走一点，离那个大垃圾桶近一点，要吐就吐准，不要给环卫阿姨添麻烦。”罗佳佳说道。

“谢谢你的指点，我会吐准一点。”陆子君对她翻了一个白眼后说道。

“嫂子怎么还没来找你？往常出来聚会时她都是很早就来黏着你了。”罗佳佳说道。

“吵架了，还在冷战中。”陆子君说道。

“模范夫妻，怎么会吵架?”罗佳佳笑着说道。

“模范夫妻也会吵架，就如同你每天都要吃饭一样，是很正常的事儿。”陆子君说道。

“你们每天都吵?”罗佳佳问道。

“你这是什么理解能力？怎么会每天吵?”陆子君说道。

“你说跟吃饭一样，我每天都吃饭，那不是你们每天都吵架?”罗佳佳说道。

“你……我……我们聊点别的可能会好一点。”陆子君放弃解释地说道。

“好吧，你想聊什么?”罗佳佳问道。

“你说人这一辈子为了什么?”陆子君问道。

“为了名，为了利，为了理想，为了欲望，还有，为了生存。”罗佳佳回答道。

“为了生存？可生存又是为了什么?”陆子君问道。

“为了创造一个丰富多彩的世界。”罗佳佳说道。

“好，这个回答好。人与动物的本质区别在于将丰富的想象力变成执行力，摸索并改造这个世界。”陆子君说道。

“是的。”罗佳佳附和着说道。

“我们人类很伟大，又非常渺小。生命很强大又非常脆弱。”陆子君感叹道。

“陆教授，你想那么多干吗？把自己的生活过得妥妥当当就足够了。”罗佳佳说道。

“想象容易，把生活过好不容易。”陆子君说道。

“不要灰心，怎么会呢？你把对待工作的那股认真劲儿挪一部分用到生活中，就没问题了。”罗佳佳说道。

“太难，学不会。”陆子君说道。

“借口，就是懒。”罗佳佳说道。

“感情要比工作复杂。”陆子君说道。

“那是你，我觉得感情要比工作简单很多。”罗佳佳说道。

“呵，那你说，方采妮误会我跟前妻的关系，这事怎么解决？”陆子君问道。

“直接跟她说清楚就行了呀。”罗佳佳说道。

“说了，到现在还在生我的气。”陆子君说道。

“你这问题确实有一点复杂，不过，有一个办法可以解除后顾之忧。”罗佳佳说道。

“什么办法？”陆子君问道。

“与方采妮现在就结婚，让她安心，她不安心当然会三天两头地误会。”罗佳佳说道。

“这个办法有点激进……但也确实是个办法，我跟前妻有个女儿，不可能不联系，跟她结婚后，她应该会安心些。”陆子君说道。

“当然，女人就喜欢胡思乱想，特别是没结婚之前，非常没有安全感。”罗佳佳说道。

“好吧，我去跟她商量，把婚礼提前。”陆子君说道。

“嗯，进去吧，外面风吹得很冷。”罗佳佳说道。

跟罗佳佳聊完，陆子君如同拨云见日般明朗起来，他开心地跟她一起回到KTV包房，继续唱啊跳啊，感谢这帮同事们的陪伴，让他看上去不是那么孤单。

新年的第一天，陆子君与方采妮到民政局领取了结婚证，尊重她的意见，在安城的一家酒店举办了一场小型的婚礼仪式。

听着大家给予的美好祝福，陆子君和方采妮向大家表达谢意，在大家眼里，他们两个人是幸福且甜蜜的。

当晚陆子君没有喝很多酒，因为没有人来灌他，面对这个局面，他反而有些失落。由于他坚持低调和小型的原则，杨国庆他们都没有来到现场。跟一众亲戚们吃完晚饭，送走所有人之后，他们两个人协助工作人员清理仪式现场。

“子君，这幅巨照搬回家挂在客厅的正中央怎么样？”方采妮指着两个人的结婚照问道。

“太夸张了吧，还要裱起来，会很重的，我们找一个小一点的。”陆子君说道。

“好吧，听你的，结婚后一切都听你的。”方采妮甜蜜地说道。

“采妮，你说反了吧？不是结婚后都听女方的吗?”陆子君问道。

“对外说的时候，当然是听我的，但是，我愿意都听你的。”方采妮笑着说道。

“谢谢你，采妮，能娶你是我这辈子最大的福气。”陆子君说完紧紧抱住方采妮。

“我们回去吧，有点晚了。”方采妮说道。

“嗯。”陆子君边松开双手边说道。

回到家里，他们两个人把蜡烛点上，将灯光调暗，红酒满上，制造一点点浪漫的气氛。

由于两个人在婚礼现场都没有喝很多酒，如此重要的时刻，像是缺少了一点什么，于是两个人开始找话题，边聊边喝酒，越喝兴致越高，渐渐地，找到了婚礼理应有的状态。

“采妮，你知道吗？我第一次看见你就对你产生了好感。”陆子君说道。

“你对我是一见钟情?”方采妮问道。

“差不多。”陆子君想了几秒后说道。

“你竟然还要想一下才能回答，太过分了。”方采妮说道。

“女人果然是敏感的，连这几秒钟都能捕捉到。”陆子君笑着说道。

“当然，不光是敏感，还有细腻，警觉。你结婚后一定要老老实实，本本分分，不要做什么出格的事，要不然，我很快就能发现，那你就完蛋了。”方采妮说道。

“哈哈，原来我娶了一个柯南。”陆子君大笑着说道。

“呵，不只是柯南，要比柯南厉害十倍!”方采妮说道。

“你不要把我当成是犯罪分子，我本来就是一个老实本分的人，不会做出什么出格的事。”陆子君笑着说道。

“那样最好，要不然我就会收拾你。”方采妮说道。

“呵，结婚前怎么没见你这么狠，刚一结婚你就对我撂狠话。”陆子君说道。

“哈哈哈，这就是女人，明白吧?”方采妮笑着说道。

“你再这样就会把你在我心中的美好形象消费完。”陆子君说道。

此时，方采妮慢慢地走到陆子君的身旁，依偎在他身上，用手温柔地抚摸着他的胸膛。

“那么认真干啥，这不是在调节氛围吗？我能严肃，更能温柔。”方采妮边说边举杯。

陆子君与她碰完杯，就喝了一大口，压压惊，感叹女孩的心思还真是不好猜。

他们就这样喝呀喝，喝得有点燥热，陆子君起身去把空调的温度调低了一点，并把音乐打开，随着轻音乐的旋律，两个人开始跳舞。

张宏良给陆子君放了一周的假，陆子君只要了三天，他带方采妮在安城周边游玩了一圈，然后就回科室接着上班。用方采妮的话说，像他这样的人，只有病人和医院领导满意，家里人是有意见的，幸好是热恋中，她没有跟他计较。

经过陆子君的努力，椎间孔镜手术在科室占据一半的地位，与UBE平分秋色，在他看来，这就是理应有的状态。

敖巧巧白天打过电话，跟陆子君约好晚上召开视频会议，商量稿件的细节，商讨完就要交付给出版社，大家都有“等了好久终于等到今天”的感觉。

与敖巧巧、钟山文连线成功后，陆子君从序言开始核对稿件，方采妮从他身后飘过两次，接着她端来一杯咖啡放在他的左手边，然后又飘走了。

“陆老师，我建议把每一章结尾的几个一问一答框起来，然后把字体调小一号。”敖巧巧说道。

“可以，框起来的地方放置一个表情符号，大问号或是一个疑惑的表情加一个问号。山文，你把这个修改写清楚。”陆子君说道。

“好的，陆老师。”钟山文说道。

“每个章节都核对完了，你们还有什么意见吗？”陆子君问道。

“没有了。”钟山文回答道。

“我也没有什么意见。另外，陆老师，这个序言，除了邀请胡大春教授写序，我觉得您也要写一个自序。”敖巧巧说道。

“自序，我觉得像我这样的非权威人物写自序会非常没有自信，不知道该说些什么。”陆子君笑着说道。

“陆老师，您谦虚了，能完成这本著作就已经很了不起了，要有自信。”钟山文说道。

“是啊，您必须自信，这是一本好书，一定会大卖热卖的，内容很细腻，就算是一个像我这样的小白，看完整本著作都有信心自己去开展椎间孔镜手术了。”敖巧巧说道。

“巧巧，你这才叫谦虚，你的悟性很高，当然会做，不过，书本只是一个铺垫，能把椎间孔镜手术做好，还是需要在上级医生的指导下多做几台，熟能生巧。师父领进门，修行在个人，我们这本书只要能给同行们提供一个参考就达到了我编写此书的初衷。”陆子君说道。

“对，陆老师，您的自序就写这些内容，把您的感悟写出来就是一篇很好的自序。”敖巧巧激动地说道。

“对呀，就从您自己的角度谈一谈椎间孔镜技术，谈一谈手术经验和体会，我觉得应该会非常真实、实在，并且有用，至少我想要听您谈这些内容。”钟山文说道。

“哈哈，你们给我布置了一个命题作文。”陆子君笑着说道。

“那您就写一篇命题作文呗！”敖巧巧说道。

“行，我写一篇。”陆子君开心地说道。

视频会议进行到这里，准备说再见了，虽然大家都有点不舍的样子，但是不知道该说点啥。沉默了一会儿，敖巧巧先打破了平静。

“陆老师，我下个星期就要回家了。”敖巧巧说道。

“怎么？进修时间到了？”陆子君问道。

“是的，这个月就结束。等您回华山之后，我再找时间来看您。”敖巧巧说道。

“好的，你回去之后好好做，争取把学到的技术带回去开展。”陆子君说道。

“嗯，有不懂的地方，再问您。”敖巧巧说道。

“没问题，我们保持联系。”陆子君说道。

“敖医生，我们《椎间孔镜笔记》出版发行的时候，您也要来华山一趟吧?”钟山文笑着说道。

“对，著作首发的时候，我一定会来。”敖巧巧也笑着说道。

“嗯，到时候我们再好好聚聚。今天就到这里了，你们都好好努力，巧巧回家一路顺风，注意安全，山文，继续做好实验，多看文献资料，也要适当锻炼身体。再见。”陆子君说完朝大家摆摆手。

“陆老师再见。”大家一起边说边摆手。

关闭视频后，陆子君竟然感觉眼眶有点湿润，哎，也许是年纪越来越大的原因。

四

现在的陆子君幸福指数爆棚，每天在医院为病人解除病痛后都能获得极大的成就感，下班后回到家里跟方采妮一起做菜吃饭，晚上在公园散步，体会着生活的美好。一切都是那么的平静，也是那么的平凡，但这就是最简单、最纯粹的幸福。

这天，陆子君与方采妮从公园走出来，特意到大街上转悠，看到处处张灯结彩，他们才意识到今天是平安夜，过几天就是元旦，新的一年马上就要到来。

“子君，下个星期我要出外景，去山区采访，做一期关于山区百姓健康呵护的纪录片，展现山区医务工作者的风采。”方采妮说道。

“那你不跟我去华山了吗？新书发布会，全球首发，独一无二，机会难得。”陆子君边笑边说道。

“我很想去啊，对你来说非常重要的事，那就是我的重要事。但是台里有个同事休假，领导只能让我去。”方采妮说道。

“缓一段时间再去不行吗?”陆子君问道。

“我已经跟领导说了，他说时间紧，等着播，不放我假，我就只差说辞职了。”方采妮无奈地说道。

“你辞职算了，我养你。”陆子君笑着说道。

“辞职当一个全职太太，我也想过，但是这是我喜欢的工作，不忍心。等你明年回华山时我再去辞职，那时理由比较正当。”方采妮笑着说道。

“人有理想是好事，我不强求你了。新书发布会上，我发视频给你看看现场。”陆子君说道。

“当然要视频见证，预祝你发布会圆满成功！”方采妮握住他的手深情地说道。

“谢谢我美丽的妻子。”陆子君说完，在方采妮的脸颊上亲吻了两下。

罗佳佳强烈要求跟随陆子君一起去华山，陆子君反对，但是他拗不过她，最后只好把马云修叫着一起，三人行，坐上了去往华山的火车。

路上有几个伴儿，时间就过得飞快，到达华山火车站后，杨国庆、古巴伦、贺天成、张浩明竟然都来了，看着这帮兄弟，陆子君激动万分，与他们一一拥抱。

“陆教授，你的朋友们怎么都是大帅哥？赶快介绍给我认识一下。”罗佳佳拉了拉陆子君的衣服，在他耳边低声说道。

“哈哈，当然，不过你不要打他们的主意，他们可都是有主的人。”陆子君大笑着说道。

“赶快介绍，少啰嗦。”罗佳佳使劲捏了陆子君一下后说道。

“啊，好…好疼，你…”陆子君苦笑着说道。

“子君，这位美女是嫂子吧？你可真有福气！”杨国庆开口说道。

“是的，你们好。”罗佳佳说道。

“佳佳，不要开玩笑，他们会当真的。”陆子君说完将罗佳佳的手拿开。

“子君，什么情况？要不要解释一下？”古巴伦笑着说道。

“兄弟们，这位是安城的同事，罗佳佳护士长，喜欢开玩笑的一个人。这位是马云修，骨科的同事。小马，佳佳，这位是杨国庆，这是古巴伦，这位是贺天成，这位帅哥是张浩明。”陆子君依次介绍道。

“幸会，幸会。”他们相互打招呼说道。

一群人坐上车后，直奔酒店，先让罗佳佳和马云修放好行李，然后由杨国庆带他们在华山溜达，参观一下华山的景点。时间紧，事情多，大家分头行动，古巴伦和贺天成去布置明天发布会的会场，张浩明去预定晚上吃饭的位置，陆子君则开车去怀姝琴家看陆乐天。

陆子君提了一大堆玩具，还有补品和酒，迫不得已地敲门，是怀姝琴的妈妈开的门。

“妈，我回来看你们了。”陆子君说道。

“来就来，还带这么多东西干什么，快进来。”怀姝琴的妈妈边说边帮他拿东西。

“小乐天呢?”陆子君边换鞋边问道。

“在里屋睡觉呢，吵了半天，刚哄睡着。”怀姝琴的妈妈说道。

“辛苦您了，妈。”陆子君说道。

“辛苦啥，这些都是我们应该做的。”怀姝琴的妈妈说道。

“妈，您真是这个世界上最好的妈妈。”陆子君笑着说道。

“光我好有什么用，你们这么好的一对都分开了，真是可惜。”怀姝琴的妈妈说道。

陆子君听着这话，不知道该怎么接，于是沉默不语，他坐在沙发上翻看着手机，过了一会儿，才开口说话。

“妈，姝琴上班去了吗?”陆子君问道。

“是啊，她跟你一样，也是一个工作狂，天天以事业为重，总不着家，也不知道她到底挣了多少钱。”怀姝琴的妈妈说道。

“只要她开心就好。”陆子君说道。

“开心？她总闷闷不乐，哪有开心的样子。”怀姝琴的妈妈说道。

“她没有再找一个男朋友吗?”陆子君问道。

“应该是没有，有个男的出现过几次，但她说是她同事，我也没多问。”怀姝琴的妈妈说道。

陆子君在聊天的过程中轻手轻脚地走进房间，看着熟睡中的小乐天，肥嘟嘟的脸很可爱，他内心非常开心，打心底里感谢怀姝琴的妈妈对孩子的照顾。

看看时间，陆子君说要走了，怀姝琴的妈妈也没强留，叮嘱他多抽空来陪陪小乐天。

当他来到楼下时，只见怀姝琴迎面走了过来。

“姝琴……”陆子君小声说道。

“你怎么来了?”怀姝琴问道。

“来看看小乐天。”陆子君回答道。

怀姝琴没说什么，她往电梯的方向走去。

“姝琴，你还好吗?”陆子君问道。

“还行。”怀姝琴停下脚步转过头来回答道。

“我们聊一聊好吗?”陆子君问道。

“我还有事要忙，你想聊什么，赶快说。”怀姝琴说道。

“好久不见你，我就是想跟你闲聊一下，虽然我们不再是夫妻，但还是朋友，我也很关心你，希望你过得好。”陆子君说道。

“我过得很好，谢谢你的关心。”怀姝琴说道。

“姝琴，我又结婚了。”陆子君说道。

“哦，恭喜你。”怀姝琴面无表情地说道。

看着怀姝琴对自己毫无兴趣，陆子君沉默了几秒钟后，知趣地结束了这尴尬的局面。

“你先忙吧，改天跟你约时间再聊，再见。”陆子君说完挥手道别。

“再见。”怀姝琴说完转身离开。

陆子君看着她消失之后，才转身走向小汽车。他明白，男女之间没有了爱，就会被恨取而代之，只不过有些人表现出来了而有些人则选择隐藏。

陆子君来到医院，提了两瓶安疆酒来见华贤人，看见陆子君，华贤人非常高兴。

“小陆，你现在是医院的大红人呀，都把你当模范人物来宣传，你在安城做得非常好，是我们科室的骄傲!”华贤人一见面就高兴地说道。

“谢谢华主任的夸奖，这是给您带的特色酒。”陆子君边说边把酒放在桌上。

“你太客气了，上次带给我的还没喝完呢。”华贤人说道。

“安城的特色，就数这个酒最有名，一点心意。”陆子君笑着说道。

“有心了小陆，谢谢。”华贤人说道。

“不客气。”陆子君说道。

在华贤人的办公室里，陆子君向他汇报了在安城做的事，并听取了他的指导意见，陆子君感觉非常受益。两个人又聊了一些科室发生的事，最后陆子君邀请他明天参加自己的新书发布会，并担任演讲嘉宾，他开心地答应了。

忙了一圈，终于闲下来，陆子君在医院对面的咖啡店安安静静地喝了一杯咖啡后，便来到张浩明订的餐馆。

大家都到齐了，陆子君看着眼前的一切，熟悉又陌生，好久没相聚了，人还是那些人，但感觉上有些变化，是珍惜他们的感觉多一点了。

“下面有请陆副院长给大家说几句，大家欢迎!”杨国庆示意大家安静后开口说道。

“不要叫副院长，我只是挂职的。”陆子君急忙解释道。

“挂职的也是副院长，不要把挂职的干部不当干部。”古巴伦笑着说道。

“就是，很多人都是从挂职开始的，挂着挂着就成正式的了。”贺天成说道。

“来，赶快讲几句，我们等着吃大餐。”崔智美笑着说道。

“好，难得大家都很给面子，我一回来就见到了你们，首先，谢谢大家。”陆子君站起来认真地说道。

大家开始热烈地鼓掌。

“我很认真地讲话，结果你们就更认真地来搞笑……别弄得跟领导讲话一样，不要掌声。”陆子君说道。

大家听懂了，只是笑笑，然后很安静地坐着。

“我这次出去一趟，在安城收获很大，认识了像佳佳、小马他们这样的好朋友，还有就是丰富了自己的骨科事业，也收获了爱情，我很感恩。但是，最重要的一点是，离开华山的日子里，我更想念华山的你们了，有你们的存在，是我陆子君这辈子最大的财富!”陆子君大声说道。

此刻，大家又激烈地鼓掌，陆子君没有反对，他安静地坐下来，杨国庆宣布开席。

大家轮流地跟安城来的朋友喝酒，罗佳佳和马云修被大家的热情吓着了，幸好陆子君从中解围，要不然早就喝醉了。大家热闹一下之后，就各自回家了，因为明天一大早就要准备陆子君的新书发布会。

第二天一大早，陆子君就来到发布会的现场，在现场看了一圈之后，满意地去吃早餐。当他再次来到发布会现场时，好朋友们也陆陆续续地到场，邀请的嘉宾们仍然没来，他掏出手机开始逐一给他们打电话。

9点零9分，发布会正式开始，由杨国庆主持，他向到场的各位朋友、同行以及媒体简单地介绍了陆子君的背景资料，然后举起《椎间孔镜笔记》这本书，向大家展示并介绍，最后以“有请陆子君教授给大家讲几句”收尾。

“尊敬的胡大春教授、华贤人教授，以及各位朋友们，大家早上好，感谢大家的支持和关注。这本书是我做了近一千例椎间孔镜手术后的治疗体会和经验的总结，有成功的经验，也有失败的案例，对于失败的案例我们又进行了椎间孔镜手术或开放手术的治疗，最终获得了满意的疗效。书中对这些病例进行展示有两个目的，一是给同行们提供一个手术技巧方面的参考，二是扩展大家的治疗思路。下面有请胡大春教授就本书提一些看法，大家欢迎。”陆子君站起来说道。

胡大春在掌声中站起来，给大家鞠了一躬之后便坐下来开始发言，他对陆子君和此书给予了充分的肯定，强力推荐搞脊柱微创的同行们和想做椎间孔镜手术的年轻医生们翻阅此书。

华贤人接在胡大春后面发言，他也对此书给予了极高的评价，说这本书是想开展椎间孔镜手术的骨科医生必看的专业书，是椎间孔镜手术入门的宝典。

接下来是自由提问环节，针对大家提出的问题，胡大春、华贤人和陆子君轮流回答，有时就提出的问题三个人进行讨论式的回答与交流，现场学术氛围浓厚。

最后是抽奖活动，杨国庆把现场的气氛推向了高潮，但动不动就送出一本陆子君亲笔签名的书，让陆子君感觉自己的“亲笔签名”好廉价。

在这个热闹的环节里，方采妮发来了视频连线，陆子君向她展示了整个活动的场面。

“好热闹，你的宣传海报设计得很漂亮。”方采妮说道。

“是啊，这些都是杨国庆搞的，他是我最好的兄弟之一。”陆子君笑着说道。

“快结束了吧？”方采妮问道。

“是啊，这是最后一个环节，抽奖，搞完……”陆子君还没说完那边的画面就开始剧烈晃动、翻转。

“啊……啊……”方采妮大声叫道。

“采妮！采妮！”陆子君盯着手机屏幕激动地大声叫道。

经过激烈的动荡之后，手机屏幕定格在了车子的一角，没有了声音，方采妮乘坐的汽车翻倒在了某个地方！

此时，陆子君感到撕心裂肺般的痛，他拿着手机不知所措，又惊慌失措，古巴伦和贺天成第一时间凑到他身旁，询问了几句之后，帮助他出主意。

杨国庆见此情形，提前结束了活动，疏散大家有序退场，然后在网上给陆子君购买了最近一趟去往安城的火车票。

“子君，手机视频连线不要关，把手机电充满，用我的手机给安城那边的熟人打电话！”古巴伦说道。

“我来打！我找人！”罗佳佳说道。

在慌乱之中，杨国庆陪同陆子君，与罗佳佳和马云修一起坐上了去往安城的火车。

在回安城路上的每一分每一秒，陆子君的心都如同被刀绞一样，清清楚楚地痛，度秒如年。平时最擅长聊天的杨国庆，此刻一句话也没说，只是安安静静地坐在他身边。

当陆子君他们到达安城的时候，方采妮和她的同事们已经在医院的抢救室进行抢救，车上有三个人，开车的同事没有抢救过来，只剩下方采妮和她另外一个同事仍然在抢救。

陆子君坐在急救室门外的长椅上，双目微闭，表面平静，内心焦躁。方采妮的爸爸妈妈也默不作声地坐着，只不过她妈妈一直在安静地流泪。

“子君，吃点面。”杨国庆边递过来边说道。

“我不吃，谢谢。”陆子君开口说道。

“那我先吃了。”杨国庆说道。

“嗯。”陆子君有气无力地说道。

杨国庆狼吞虎咽地吃完，然后走到方采妮的爸爸妈妈面前。

“叔叔，阿姨，我陪你们出去吃点东西，这里有子君。”杨国庆说道。

“小伙子，谢谢你，我们不饿。”方采妮的爸爸说道。

杨国庆知道这种场合，自己不方便多说话，于是独自出去走走，留得他们三个人在这里安静地等待，或是说祈祷。

大概又过了六个小时，方采妮被推了出来，目前生命体征比较平稳，但是仍然处于昏迷状态，需要在ICU密切观察。

“郭主任，我爱人情况怎么样？”陆子君问道。

“陆副院长，她颅内血肿已经清理干净，内脏的损伤也修复完成，现在就等她苏醒，若能醒过来那么问题不大，醒不过来，可能就是一个植物人了。”郭光亮说道。

“好的，谢谢您，辛苦了。”陆子君握着他的手说道。

“另外，陆副院长，还有一个情况。”郭光亮说道。

“什么情况？”陆子君问道。

“您爱人肚子里的孩子有可能保不住。”郭光亮说道。

“什么？她怀孕了？”陆子君惊奇地问道。

“您不知道？”郭光亮问道。

“不知道。”陆子君回答道。

“可能是刚怀，没有表现出来。观察几天，若是小孩对她生命的稳定没有影响，那可以先保住，若是有影响，那您就要决定保不保了。”郭光亮说道。

“保大人，不管是什么情况，就保我爱人。”陆子君坚定地说道。

把方采妮的爸爸妈妈送回家之后，陆子君也回到了自己家，在灾难面前，人真的非常脆弱和渺小。洗完澡，他坐在沙发上看着他们的结婚照发呆，很久很久。

这几天，陆子君带着内心的伤痛认真地上班，下班之后就去病房看方采妮，每天坚持给她讲故事，读自己曾经为她写的诗。

陆子君把华山自己医院脑外科的姜建军主任邀请到安城来，为方采妮会诊，姜建军的话跟郭光亮说的大致相同，维持生命，等待奇迹。

等待奇迹，可哪有那么多奇迹？陆子君内心虽然有点悲观，但表面上还是非常乐观，每天微笑着给她讲故事，读诗。就这样过了一个月，陆子君内心逐渐坦然，因为生活还得继续。

现在的他工作更加投入和专注，每天晚上都在看文献，总结医疗经验，幻想着方采妮在自己身后忙碌，给自己递咖啡。

对于科室的发展现状，陆子君又做了深入的调查和思考，努力寻找解决发展中遇到的问题的方法。具体而言就是一方面要调动大家做事的积极性，另一方面是要把手术技术往更接近于他所认为的正轨方向上引导。陆子君把冯世庆、王景雄、蔡铭悦、叶祖辉等人召集起来，将所做的UBE手术病例进行分析总结，安排具体的任务给每一个人，他开始主导编著《UBE手术技巧与适应症》一书。

这天，陆子君做完了几台椎间孔镜手术，效果非常好，几个病人及家属非常满意，要一起请他吃饭，他高兴地婉拒了他们。由于非常开心，陆子君下班后专门去街上找了一家花店，买了一支玫瑰花，然后来到方采妮的身边，跟她说送给她一枝花，并帮她把花插在桌上的瓶子里。接着，他照例给她讲故事，读诗，跟她讲了很多，很久，最后趴在她身边睡着了。

他突然感觉有什么东西在触摸他的脸，便警觉地醒过来。方采妮的手指在动！陆子君激动地站起来，喉头哽咽，泪水稀里哗啦……